生死对决

叶坚 著

上海文艺出版社

图书在版编目（CIP）数据

生死对决 / 叶坚著. — 上海：上海文艺出版社，
2022
　ISBN 978-7-5321-8148-3

　Ⅰ. ①生…Ⅱ. ①叶…Ⅲ. ①长篇小说—中国—当代
Ⅳ. ① I247.5

　中国版本图书馆 CIP 数据核字（2022）第 011393 号

责任编辑　　徐如麒
特约编辑　　长　岛
封面设计　　马海云

生死对决

叶坚　著

上海世纪出版集团　上海文艺出版社
上海市闵行区号景路 159 弄 A 座 2 楼　201101
上海文艺出版社发行中心发行
上海市闵行区号景路 159 弄 A 座 2 楼 206 室　201101　www.ewen.co
苏州市越洋印刷有限公司印刷
开本 787×1092　1/16　印张 18.5　插页 2　字数 289,000
2022 年 3 月第 1 版　2022 年 3 月第 1 次印刷
ISBN 978-7-5321-8148-3 / I·6542　定价：52.00 元

告读者如发现本书有质量问题请与印刷厂质量科联系
T：0512-68180638

目 录
contents

第一章

两个安副市长

深冬的夜晚来得特别早。

山阴市公安局副局长宗绍阳驱车回家时，大街上已是万家灯火，公寓楼道里黑黢黢一片，他打开了楼道灯。宗绍阳虽然已是五十开外，但仍然体魄健壮，精力充沛。

宗绍阳家在公寓的五楼，是楼房的顶层。那一年分房子，局里给他分了三楼的住房。按理说这符合副局长的身份，并没有什么不妥，他却将这套房子让给局里一位腿脚不便的老同志，自己主动要了这套五楼的住房。他认为爬楼梯也是一种锻炼，一天爬四五趟五层楼对腿脚肯定有好处。一个人的衰老首先是从腿脚开始的，而公安干警追捕犯罪嫌疑人与犯罪嫌疑人搏斗，正需要腿上的功夫。几年下来，果然受益匪浅，五层楼七八十个台阶，一鼓作气，一两分钟就搞定了，中途根本不用停顿喘息，双脚踩踏在楼板上，发出"咚咚"的声音，就像是重锤击打在牛皮鼓上，铿锵有力。

宗绍阳刚登上楼梯的最后一个台阶，独生女儿宗佩兰已经打开房门，笑嘻嘻地迎接他了。

"爸，我一听就知道是你回来了，楼板都要给你蹬塌了！"

宗绍阳很喜欢这个女儿，不仅长得像自己，而且勇敢聪明有主见，二十三四岁年纪，方方正正的脸盘，一米七零的个子，长得结结实实的。女儿在山阴市刑侦支队当刑警，父女俩算是同道中人。此时，她穿着一件花哨的毛线衣，腰间系一条白色围裙。她是听到脚步声，从厨房里走出来给父亲开门的。

宗绍阳走进房间随手关好门，摘下头上的帽子，和手中的提包一起挂到门背后的衣架上。他充满爱意地看了一眼女儿，见她像是正在厨房炒菜的样子，随口问道："臭丫头少贫嘴，你妈呢？"平时，总是妻子吴品菊最早回家烧菜做饭的。

"妈还在台里写报道呢，今天回家一定会很晚。"

"又有什么重要新闻了？"

"妈说，下午她采访市委常委会议，会议结束已经很晚，她要赶着在六点钟把新闻发出去，让我们先吃饭！"

"哦，原来是这么回事。"

吴品菊是山阴人民广播电台的副总编辑，早已不直接参与具体的采访工作了，但对一些重大的新闻活动，例如像常委会议这样重要的会议，还是必须她亲自出马的。遇到这样的情况，回家就会晚一点儿。

一盏二十瓦的节能灯把不算很大的客厅照得亮堂堂的，户外虽然寒气袭人，但屋子里一片温馨。宗绍阳跟着女儿走进餐厅，餐桌上饭菜已放得整整齐齐。在宗绍阳常坐的位置前还放着一只玻璃酒杯，里面倒了大半杯琥珀色的陈年绍兴老酒。宗绍阳晚上喜欢喝一点儿陈年绍兴酒，但那得确信这晚闲来无事，如果有事或感觉有事，他决不沾酒，他坚信酒能健身但也会误事的道理。

"怎么样，女儿的手艺不错吧？"宗佩兰解下围裙，在父亲对面坐下来，喜滋滋地看着父亲，等着他的夸奖。

宗绍阳将酒杯移到一旁，端起一碗米饭，急急地往嘴里扒了一口，他确实有点饿了。

"这还用得着我表扬啊？你要是不会洗衣做饭，以后谁要你做妻子？"他不以为然地说。

宗佩兰不高兴了，撅起了嘴："爸，你别大男子主义好不好，不会洗衣做饭的男人我还不要呢！"

"要是你的丈夫工作很忙呢？"

"你别拿妈妈的标准来要求我，妈妈单位里忙完了忙家里的，里里外外一把手。我以后决不嫁警察，像你那样把家里当旅馆、当饭店的！"

宗绍阳笑起来:"别把话说绝了,警察有什么不好,工作忙又有什么不好?再说,感情上的事也由不得你。"

"我知道妈妈……"还没有等她把话说完,客厅里的电话突然响了起来,她站起来说,"我知道,妈妈是被你的英雄气概打动的!"

她飞快地跑到客厅,还未等宗绍阳回味女儿话中的意思,女儿却高声大嗓地喊了起来:"爸,李队电话!"

李队就是市交警支队队长李敬右,交警支队是宗绍阳分管的。宗绍阳意识到又发生了重大的交通事故,因为一般的小事故,李敬右是决不会来打扰他的。宗绍阳三步并作两步跑到女儿跟前,接过电话,刚听了几句,便脸色大变。市委常委、常务副市长安祖裕在市区安康大道遭遇严重车祸,司机小彭身亡,安副市长身受重伤。

宗绍阳不知道自己是怎样下的楼梯,也不知道用了多长时间,开车来到了安康大道。等他回过神来,只觉得两边耀眼的灯光像流星一样向他的身后飞驰而去。两耳风声呼啸,尖利的警笛声几乎要刺穿他的耳膜。他一只手紧握着方向盘,一只手捏着对讲机,双眼紧盯前方。

宗绍阳从警车的反光镜里看到自己的身后,警车一辆紧接一辆,接踵而至,警笛声此起彼伏。

"立即通知医院,让他们赶快派救护车来!"实际上,从接到李敬右的电话到现在,他一直对着对讲机说着这句话。已经说了多少遍,连他自己也记不清了。

"明白!"李敬右很耐心地回答道。

"保护现场,别让肇事车逃跑了!"

"明白!"

"我马上就到!"

确实,他马上就要到车祸现场了。他看到前方道路已经被封锁起来,道路的正中停着好几辆警车,围着好多人。还有一辆白色的面包车,像是医院的救护车。马上就要见到安副市长了,他对安副市长的挂念一刻重似一刻。安副市长伤得很重,有没有生命危险?他希望李敬右是夸大其词,其实安副市长只是受了一点儿皮外伤,啥事也没有。但这个想法很快就被他否定了,李敬右办事认真细致，诚实可靠，要他夸大事实，弄虚作假，是不可能的；他希望李敬右是因为缺乏医学常识，把安副市长的伤势扩大了，但这个念头一出现，又马上被他否定了。李敬右的女友是市医院的脑外科护士长，所谓近朱者赤，近墨者黑，耳濡目染，伤重伤轻这种分辨能力他应该是有的；再说李敬右做了这么多年的交警，这种常识性错误在他身上是不可能出现的。离车祸现场已近在咫尺，现在他唯一的念头就是赶快来到安副市长身旁，保护他的生命安全。

此时，对讲机里响起局长吕福安的声音："是老宗吗？"

宗绍阳赶紧回答："吕局长，是我。"

"你现在什么地方？"

"我在离事故现场大概一百米的地方。"

"安副市长脑部严重受伤，生命垂危。"

宗绍阳只觉得大脑轰的一声，李敬右确实没有谎报军情。

"为确保安副市长迅速、安全地送入医院，请你立即调转车头，为救护车疏通道路……"

吕福安的决定是对的，就是话说得啰嗦了一点儿，时间就是生命，这是用不着他提醒的。宗绍阳没有等他再说下去，已经来了一个急刹车，刹车声很响，也很急，马路上留下一道深深的痕迹。紧接着，他又来了180度的急转弯，由于他驾技高超，这一系列动作做得干脆利索，毫不拖泥带水。他又调整对讲机的频率，对尾随而来的警车大声喊道："各位警员请注意，立即调转方向，扼守各条十字路口、三岔路口，严禁一切车辆横穿安康大道！"

他身后的警车，飞快地调转了车头，动作敏捷，技术高超，而且立即遵照他的命令，横车立马，守在了十字路口和三岔路口，等他的警车驶过去的时候，安康大道已经显得非常空旷，众多的车辆被阻拦在安康大道十字路口的两端或三岔路口的另一端。载着安祖裕的救护车，前由警车开道，后有警车护驾，呼啸着一路疾驰而来。救护车的叫声，警车的警笛，响成一片。那些被挡了路的汽车驾驶员和行人，不知道发生了什么惊天动地的大事，向飞驶而来的警车和救护车投去惊奇的目光。

拐个弯，转入三岔路口，就是通往山阴市人民医院的道路。宗绍阳飞快地打着方向盘，在转弯驶入那条道路时，透过挡风玻璃，他看到三岔路口的另一端，停着一辆陈旧而沾满尘埃的救护车。那救护车车厢顶上的警灯，一闪一闪地亮着蔚蓝色的光，说明救护车的警笛也在高一声、低一声地呼叫着，这也是辆载着危重病人的救护车。一位身材高大而壮实的青年妇女，站在一名守护路口的警察面前，一只颀长的手臂，幅度很大地挥动着，像是正在与警察争吵。紧挨着她站着一位五十来岁的中年妇女，弓着腰，双手合十，像是在向警察行礼作揖。估计这两个女人是母女俩，一定是为救护车通行的事与交警发生了争执。宗绍阳来不及细想，车子拐过弯，那情形瞬息之间就过去了。

宗绍阳的警车驶到市医院大门口的台阶旁边，一个紧急刹车。他从车子里钻出来，一抬腿就站到了医院大楼前的石阶上。紧接着救护车也驶进医院大门。宗绍阳喊塌天似的大嗓门，对着对讲机吼着：“救护车已安全到达，各路口交警请迅速撤离……”

救护车刚刚在台阶前停住，另一辆警车也跟着驶了进来。车门一开，从里面钻出来的，却是市交警支队队长李敬右。

“你怎么也来啦？”宗绍阳吃惊地盯着他敦厚而精神的脸庞问道。按理说，他应该留在车祸现场进行勘察。

“吕局长不放心，让我护送救护车来了。”李敬右跳上台阶，站到宗绍阳身旁，接着说，“安副市长伤得很重，后脑被敲碎了，脑浆外溢。”

最不希望发生的事还是发生了。后脑严重受损，脑浆外溢，这是很致命的，安副市长的生命确实危在旦夕。

“怎么会发生这样的车祸？”他问。

“安副市长的轿车与停在前面的运煤车、后面驶上来的一辆大型挖掘机首尾相撞。现场只有运煤车司机，挖掘机却不见了。”

“谁在现场勘察？”

“吕局长……”

这时，担架被医务人员从救护车上抬了下来，宗绍阳立即冲上前去。安祖裕确实伤得不轻，脸部血肉模糊，已经看不清哪里是鼻子，哪里是眼睛了。原来充满阳刚之气的国字形脸庞，和蔼的充满智慧的双眼，竟然成了这个样子，宗绍阳从心底涌上一股哀伤。他从一位医务人员手中接过担架，对身材同样魁伟的李敬右说："担架我同你抬，你在前我在后。"李敬右立即从医务人员手中接过担架，走在前面，宗绍阳自己抬着担架走在后面。有位警员要来接替他，他不让。他说："我们抬的是安副市长，步伐要稳，速度要快！还是我来吧！"他们确实捷走如飞，又快又稳，还悄然无声，这没有几十年功夫是做不到的。宗绍阳脚底生风，走得飞快，还不时地低下头来，深情地说："安副市长，你再坚持一下，前面就是手术室了，你可千万要坚持住啊……"

医院方面早已接到公安局的通知，做好了抢救的一切准备。为主的就是著名脑外科专家、院长许伟达和著名脑外科专家、脑外科主任顾迪安。

许伟达四十出头年纪，身材瘦削矮小，给人一种营养不良的感觉。他的脑袋是中间大两头小，形似橄榄，年纪轻轻却已谢顶。秃头有前秃、后秃和中间秃几种，据说前秃是政治家，后秃是科学家，中间秃是阴谋家。这个说法似乎不太符合实际，眼前这位大名鼎鼎的外科专家前不秃，后不秃，恰好秃在中间，头顶像是用剃须刀刮了好几遍，光溜溜的。最具个性的还是他那两只炯炯有神的眼睛，和一对又黑又密的大刀眉。别看他其貌不扬，却曾是美国哈佛大学医学院脑外科系主任，今年上半年，市政府向国外招聘市医院院长，他应聘回国当了院长。

顾迪安却是另一种形象。他六十开外的年纪，圆圆的脑袋，矮胖的身材，一头银灰色的头发，显得既风度翩翩，又成熟老练。按理他已过退休年龄，早就可以回家享受天伦之乐了，但因为他有正教授的职称，又是全国著名的脑外科专家，再加上许伟达再三挽留，所以至今还留在原来的工作岗位上。

这两个人宗绍阳是非常熟悉的，也深知他们的医术。他和李敬右把安祖裕推进手术室，向他们投去一瞥信任的目光，轻轻地点了点头，就悄然无声地退了出来，和李敬右坐在手术室对面的简易椅子上等消息。他要亲耳听听医生的意见，伤重伤轻，有无生命危险，医生的意见是最权威的，也许许伟达会说，安副市长只是血流得多了一点儿，生命并无大碍。要是这样，他该有多高兴啊！

说不清过了多少时候，安祖裕被医务人员从手术室里推出来了。这回他的身上已经覆盖着白色的床毯，脸上罩着氧气罩，整个脑袋被白色的纱布包裹着，看不清他的脸，也看不清他的身体。穿着白大褂的许伟达和顾迪安刚刚跨出手术室，宗绍阳和李敬右一个箭步迎上去。活动担架经过他们的身旁，向重症监护室推去。

宗绍阳急不可待地问道："安副市长伤得怎么样？"

许伟达和顾迪安在他们的面前站住了。许伟达摇摇头："伤得太重了，伤得太重了……"

宗绍阳又问："有生命危险？"

顾迪安说："很危险，随时可能死亡。"

宗绍阳的心像被尖利的刀锋狠狠地刺了一下。"还有办法吗？"紧接着他不假思索地追了一句，"你们是一流的专家，一定有办法救活他！"

"宗局长，你别难过，我实话对你说，"顾迪安说，"人的后脑特别脆弱，很容易被钝器击碎，脑壳与脑组织之间的空隙很少，后脑由小脑、延脑和红核等脑组织组成，红核知道吗……"

顾迪安的学究气太重，他的解释，像是在学术研讨会上的发言。宗绍阳等不及了，他需要知道结果："安副市长还有没有救？"

许伟达像是看穿了他的心思，也不想欺骗他，他说："恐怕很难！"

"这怎么行？"宗绍阳痛苦万分，许伟达的话等于判了安祖裕的死刑，"他可是下届市委书记的候选人啊！"

"顾先生，我心里有个疑问，"许伟达说，"我处理过不少因车祸受伤的人，但像安副市长这样后脑受伤的伤员还没有碰到过。"

"我也这样想，"顾迪安说，"这里面可能有问题……"

李敬右说："轿车的后座被工程车的铁铲重重敲击，安副市长是坐在轿车后座上的。"

"这就是疑问，"顾迪安说，"处理交通事故，你们是专家。"

"事故我们会处理的，抢救安副市长就拜托两位了。"宗绍阳恳切地说。

"这你放心，我们一定会尽力的。"许伟达说。

这时，楼道里响起了嘈杂的人声。

李敬右说："一定是市委、市政府领导闻讯赶来了。"

宗绍阳和许伟达他们立即朝着嘈杂的人声走去，果然是市委、市政府的人。狭窄的走廊里已是人满为患，一位医院的工作人员在前面快步走着，他的身后是一大群吵吵嚷嚷、西装革履的人物。一见许伟达他们，那位工作人员停住了脚步，他身后的人群也停住了脚步，嘈杂声戛然而止。走廊上人虽然多，但宗绍阳马上认出身材矮小的市委书记魏怀松和魁梧伟岸的市委副书记李剑峰，还有那位个子瘦长、形似电线杆的安祖裕的助手、市政府副秘书长范芝毅。宗绍阳上前一步，依次与他们握了握手，他正要将许伟达和顾迪安介绍给他们，站在稍后一点儿的范芝毅却跨上前来，干瘦的脸上堆满微笑，他把许伟达介绍给了魏怀松和李剑峰，也把自己和魏怀松、李剑峰介绍给了许伟达。其实用不着他介绍，这些领导许伟达是非常熟悉的，他们几乎天天在电视上露面，哪会不认识。至于范芝毅，他在市医院担任过几年党委书记，又与医院财务科长汪培琼关系密切，常到医院来，许伟达偶尔也会与他不期而遇。

　　范芝毅介绍完毕，然后说："请各位领导做指示。"

　　市委书记魏怀松摆摆手，他说没有什么指示，还是先去看一看安副市长。于是一群人跟在许伟达和顾迪安身后，来到了重症监护室。刚到门口，一位穿着淡青西式套裙、脸容姣好、个子高挑的青年女子，挤出黑压压的人群，跑了过来，一边大声喊着："我家老安在哪里？我家老安在哪里啊？！"

　　这个女人就是安祖裕的续妻欧阳殿生，原本是市歌舞团的一名舞蹈演员，三十多岁年纪。安祖裕前妻遇车祸丧生以后，便和她结了婚。婚后育有一女，已有四岁。她的芳名还有一个小小的典故，据说出生时她母亲梦见自己在一座巍峨高大的殿堂里，因此取名叫殿生。欧阳殿生见到魏怀松后，刚才略带夸张的神态稍许收敛了一点儿，恳切地要求道："我要见我家老安。"

　　能见安祖裕的没有几个人，欧阳殿生、魏怀松和李剑峰跟随着许伟达走进了重症监护室，其他人都被阻挡在门外，顾迪安向留在外面的领导们介绍情况。不一会儿，进入病房的人都出来了，欧阳殿生满面泪水，悲痛欲绝。魏怀松和李剑峰则是一脸的凝重。他们在门口站住了。

　　欧阳殿生哭泣着："许院长，你一定要救活我家老安啊！"

　　许伟达说："我们一定会尽力的。"

李剑峰也安慰她：“安副市长伤势很重，但专家们医术高明，一定会妙手回春的，你就放心好了……”

“许院长，要你多费心了。”魏怀松双手抱拳，低头弯腰，向许伟达和顾迪安深深一揖，语气沉重地说：“我代表市委、市政府拜托了……”

许伟达连忙抱拳回礼：“魏书记太客气了，拯救生命是医生的职责……”

范芝毅说：“为加强对安副市长抢救工作的领导，是不是成立一个抢救领导小组，请魏书记和李副书记亲自挂帅……”

李剑峰立即表示赞成：“这个意见好。”

魏怀松说：“成立一个抢救小组也好，就由范芝毅同志和许院长具体负责吧！”他又向李剑峰询问道，“你的意见呢？”

李剑峰说：“我同意魏书记的意见，抢救安副市长的事，市委、市政府还是要过问的，魏书记没有时间，谢市长在国外考察，就由我来具体负责吧！”

魏怀松说：“那好，有关安副市长的抢救工作，具体工作由范芝毅负责，也就是市委、市政府和医院的联络员，重大事情要向李剑峰同志请示汇报。”

不一会儿，市委、市政府领导要回去了，欧阳殿生想留下来，但魏怀松劝她回去，说她在医院会影响医生们的工作。欧阳殿生只好跟着市领导们走了，走廊上又恢复了平静。宗绍阳心里沉甸甸的，这个车祸确实有点儿蹊跷。不过，吕福安在现场勘察，应该能把车祸原因弄清楚的。

这时，从医院的急诊大厅里，传来一个妇女尖厉悲惨的喊声：“政府救救……”

宗绍阳和李敬右循着声音，来到医院急诊大厅。大厅里空荡荡的，因为任务已经完成，刚才满大厅的警察已全部撤走，只有少数几位医生和护士神色匆匆地走动着。宗绍阳快步向喊声奔去，那喊声是从大厅门口的一个墙角发出来的。沿着墙角着地放着一副担架，一位神色疲惫、皮肤黝黑、衣衫陈旧的青年妇女和一位打扮入时、皮肤白皙的青年女子，面对面地站着，两个人都神情激动地高声说着话，一位脸色憔悴的中年妇女，则弯腰曲背地站在摩登女郎面前，涕泪俱下地喊着。“政府救救啊……”的喊声，就是她发出来的。一个念头突然像闪电般掠过宗绍阳的脑海，这两个神色疲倦、衣衫破旧的女人，不就是刚才站在三岔路口和交警争吵的母女俩吗？他刚才的猜测是对的，她们的救护车刚才被阻挡在岔路口了。不知怎的，他竟对她们产生了一丝怜悯与愧疚。

宗绍阳的猜测没有错，这两个女人确实是母女二人，母亲叫陈湘莲，女儿叫黄秀秀。担架上躺着的人是陈湘莲的丈夫，黄秀秀的父亲，叫黄三省，他们是山阴市下属的蒲东县琥珀乡排头村的农民。刚才，载着黄三省的救护车开到医院附近的三岔路口时，被把守路口的交警拦住了，急得黄秀秀与交警发生了争吵，陈湘莲则苦苦地哀求交警，为的是把她们的亲人尽快送入医院。现在到了医院却又发生了争执与哀求。

"汪科长，什么事？"李敬右认识摩登女郎，他脱口喊着。

汪科长叫汪培琼，医院财务科科长，宗绍阳不太熟悉。她很漂亮，漂亮中带着几分妖冶。汪培琼一见李敬右，像是找到了知音，盛气凌人的目光立即和善了许多。

"小李，你给评评理，没有钱怎么可以看病？"猩红的嘴唇快速地翕动着。

"怎么回事？"李敬右反问道。

在汪培琼准备说清是怎么回事时，黄秀秀将那倔强的目光投向宗绍阳宽阔而又坚毅的脸上。她一脸惊奇地喊道："黑猫警长！"

宗绍阳不由得一阵惊喜。在阔别蒲东县城十余年后的今天，有人竟然还记得他的绰号"黑猫警长"，真是久违了！二十多年前，宗绍阳在蒲东县当交警。那时蒲东县城很小，用当地老百姓的话来说，就是"灯不明，路不平，一个警察管全城"。全城只有一个十字路口，也只有他一个交警，他几乎每天都要站在这个十字路口指挥车辆，所以县城里的人几乎没有不认识他的。那时候，电视台正在播放一部叫《黑猫警长》的动画片，因他长得五大三粗，浓眉大眼，胡子拉碴，黑不溜秋的，对人又和气，办事也公道，人们就给他起了个雅号："黑猫警长"。但是，使他成为名副其实"黑猫警长"的，却是一次突发事件，就是在那次让在场的人终生难忘，也使他名声大振的事件中，他被安祖裕发现、提拔，由一名普通的交警成为县交警大队的副队长。久而久之，蒲东县的百姓渐渐忘记了他的真名，"黑猫警长"也就成了智慧和英勇的象征。直到他离开蒲东县城，担任山阴市公安局副局长，这个雅号才渐渐地远离了他。

李敬右不知个中情由，便纠正道："他是宗副局长。"

陈湘莲听说宗绍阳是位局长，她虽然不知副局长是个多大的官，但反正是个官。她对着他扑通跪下，像鸡啄米似的磕起头来，一把鼻涕一把眼泪地喊着："政府救救啊，我老公是被村长黄阿虎打伤的啊，我没有钱啊！"

宗绍阳连忙弯下腰，伸出双臂，要把她扶起来："大嫂，你站着和我说！"

但陈湘莲坚跪不起，继续喊着："政府救救我啊！"

宗绍阳搀扶她的胳膊，说："你站起来，把情况说清楚，我一定帮你！"

黄秀秀也弯腰搀扶母亲："娘，你起来，娘，你起来！"

陈湘莲站起来，哭诉了事情经过。为五十元茅坑迁移费，黄阿虎带着几名护村队员打伤了黄三省。送到乡卫生院时，医生说，这么重的伤没法治，到市医院也许还有救。乡卫生院的救护车千辛万苦把黄三省送到市医院。今天正好是汪培琼在挂号室值班，她要她们先缴五千元钱的预付金才给挂号，母女俩拿不出这么多钱，就发生了刚才宗绍阳看到的一幕。

"哪有没看病先要钱的。"自出娘肚皮从未住过院看过病的黄秀秀，对医院的做法表示了明显的不满。

"你们要是看了病跑了呢，谁负责？"汪培琼说。

宗绍阳知道，前几年常常有病人看了病逃跑的事发生，医院也经常要求公安部门追讨。所以汪培琼的理由也是很充分的。

"你们是人民医院啊，人民医院救救我人民啊！"陈湘莲呼喊着，她的道理更过硬。

"医院不是慈善机构。"汪培琼补充说。

宗绍阳说："小李，你去对许院长说，能不能先把伤员收下来。"

李敬右说了声"是"，转身走了。

"就是这个伤员？"宗绍阳走到担架跟前，俯下身子，揭开盖在黄三省头部的毯子。眼前这个人虽然面无人色，双目紧闭，气如游丝，已经奄奄一息。但是，这张脸庞他实在太熟悉了，这不是副市长安祖裕吗？宗绍阳大吃一惊，不由得脱口喊道："安副市长！"

汪培琼漂亮的脸蛋上掠过一丝惊讶，她揶揄地说："宗副局长别开玩笑了，安副市长正在重症监护室呢！"

黄秀秀也感到莫名其妙，她更正说："这是我爹爹黄三省。"

宗绍阳自知失控，感到非常尴尬。这时李敬右回来了，身后跟着两个人：一位很漂亮的青年女子，宗绍阳认识的，她是李敬右的女友，脑外科护士长上官云霞；另一位是个老头子，年纪和顾迪安不相上下，是医院的外科主任、著名的外科专家诸葛瑞德。

上官云霞嫣然一笑，主动伸出手，和宗绍阳握了握，热情地说："宗副局长，你好！"

宗绍阳也轻轻地握了握她的手，说："你好！"

诸葛瑞德只朝他笑了笑，就径自走到担架跟前，问道："就是这位伤员？伤在哪里？"

黄秀秀抢着说："伤在肚皮上。"

诸葛瑞德俯下身，掀起盖在黄三省腹部的毯子，撩起他的衣服。黄三省的腹部青一块紫一块，肚皮已经高高隆起，惨不忍睹。诸葛瑞德用双手在黄三省的肚皮上摁了几下，又把了一会儿脉搏，脸色凝重地站起来，自言自语地说："伤得太重了，太重了！"然后像是下命令似的对宗绍阳说，"快送手术室！"

宗绍阳像是听到了命令，迅速弯下腰，双手紧紧握住担架的木杠，对李敬右说："还是老规矩，你在前我在后，脚下要实，步履要快！"

李敬右立即弯腰抬起担架，起步就走。两个人配合默契，捷走如飞，且又悄然无声。

等黄秀秀反应过来，他们已经冲出了好几步路。她想从宗绍阳手中接过担架，宗绍阳不让，要她去照顾好自己的母亲。黄秀秀很感动，"黑猫警长"名扬全县的时候，黄秀秀还处在幼年时代，虽然那故事很真实，也很感人，但那只是一个停留在记忆里的虚无缥缈的故事。现在的事情，却实实在在地发生在自己身上。黄秀秀不再与宗绍阳争执，按照他的嘱咐搀扶着母亲，紧紧地跟在担架旁边，一路小跑。

诸葛瑞德和上官云霞快步在前面领路。

汪培琼向他们紧追几步说："诸葛教授，他们还没有付押金呢！"

诸葛瑞德回过头来，厌恶地说："别钱钱的，这个人再不抢救，只有死！"

上官云霞说："汪科长，你别把钱看得比命还重要！"

汪培琼猝然变色，她很生气。他们竟敢用这样的口气对她说话，他们根本不把她这位财务科长放在眼里，于是她厉声地说："钱不是给我的，她们要是逃跑了呢？要是她们付不出钱呢，谁负责？"

宗绍阳很干脆地说："钱我负责！"

宗绍阳这样一说，汪培琼就不再说话了。她想，你多管闲事，就得让你多负一点儿责任，反正你们做领导的有的是钱。她本来想离开医院回住处去了，但宗绍阳对着黄三省深情地呼喊安副市长的情形，又清晰地浮现在她的眼前。她感到好奇，就跟在担架后面走进了手术室。

宗绍阳和李敬右把黄三省抬进手术室，向上官云霞和诸葛瑞德告辞出来，驱车去了事故现场。宗绍阳和李敬右走后，上官云霞就到脑外科安祖裕重症病房去了。因为许伟达打电话来，要她立即参加安祖裕的护理工作。

诸葛瑞德走到担架跟前，准备将黄三省从担架上抬到手术台上。他掀开了盖在黄三省身上脏兮兮的棉毯。这时，他看到了刚才宗绍阳看到的惊人的一幕。诸葛瑞德瞪着眼睛，惊讶地自语："这、这、这是怎么回事……"他见汪培琼把一个毛绒绒的头伸了过来，就指着还躺在担架上的黄三省，对她说，"这不是安副市长吗？"

汪培琼也不相信自己的眼睛了，不错，是安祖裕！他就是安祖裕！她坚定地这样想。她转身走出手术室，快步走到走廊上，一直走到不易被人看清、说话不易被人听到的地方。她拿出手机，拨通了市府副秘书长范芝毅的手机。

黄三省被医生们送进了手术室。黄秀秀和母亲陈湘莲互相依偎着，坐在手术室门口的椅子上。她不知父亲从手术室里出来的时候，会是一个什么样子？她一脸的忧愁，静静地等待着。

夜已经很深，楼道里静悄悄的，仿佛一切都已沉睡，连那悬挂在楼板下面的电灯光，也显得灰暗而孤单。她估计，那个安副市长一定与自己的父亲长得很像。要不，为什么"黑猫警长"会失声叫父亲"安副市长"呢？父亲曾多次对她说过，他不是土生土长的排头村人，他原本也不姓黄。新中国成立前一年，在一个风雨交加的深夜，一位年轻女人带着一对三四岁的双胞胎男孩，敲开了排头村村民黄阿申的家门。第二天黎明，这户人家就多了一个白白胖胖的小男孩，而那个女人带着另一个男孩离开了，从此杳无信息。父亲不知道自己从何而来，也不知道姓甚名谁，只知道他那年四岁。他出生那一年是狗年，她的老实巴交的祖父就根据当地习俗，给父亲取名为阿狗。父亲成年以后，从《论语》"吾日三省吾身"的名句里，取了"三省"二字，做了自己的大名，黄三省的名字也就一直使用到现在。父亲与安副市长很相像，安副市长很可能就是父亲失散多年的双胞胎兄弟。要是她真有一位当副市长的伯父或者叔父，黄阿虎决不敢捉着黄蜂来叮手，把父亲打成这个样子了。

想到黄阿虎，她就联想到今天上午梦魇一般的那一幕。父亲被打的起因很简单：为了五十元钱的茅坑搬迁费。

今天上午，排头村党支部书记兼村委会主任黄阿虎带着七八名护村队员，来到她家门口，她正带着四岁的儿子连生坐在门口的小板凳上，看守摊晒在门前晒谷场上的稻谷。黄阿虎身材瘦小，一张狭小的猢狲脸庞，下巴上有几根稀疏的鼠须。他虽然年纪要比黄秀秀大近三十岁，论辈分却是黄秀秀的远房侄子。按当地人的习俗，黄阿虎抬头就得叫黄秀秀一声"姑姑"。这叫作萝卜生在盆（辈）儿上。黄阿虎的父亲原来是排头大队党支部书记，黄阿虎就是由他父亲培养起来的。他十八岁入了党，二十岁那年就承继了他父亲的职务。村支书一职，一当就当了近三十年。后来，大队改成村，他又增加了村委会主任的职务，党政一把手，其权威就可想而知。

黄阿虎上身穿着一件明显过长的深灰色西装，脖子上挂着一根猩红色领带，敞开着衣襟，双臂幅度很大地摆动着，走近黄秀秀。黄秀秀抱着儿子从凳子上站起来。紧跟在黄阿虎身后的七八名护村队员，立即对黄秀秀形成了一个弧形包围圈。有几个护村队员还拿着小木棍。

"秀秀，黄三省呢？"黄阿虎直呼其名，威严地问道。

黄秀秀对黄阿虎这样直呼其名地喊她父亲，心里很反感，但又无可奈何。她皱了皱眉头，说："我爹去养兔场还没有回来，村长有什么事，对我说吧！"

父亲和母亲一早就去了琥珀岭上的兔场。那时，太阳还刚刚在远处犬齿状的山峰上露脸，大地还被清晨轻纱般的雾霭笼罩着。父亲站在自家门口的晒场上，用手指抠了一下鼻孔，对着初升的太阳连打了三个喷嚏，那喷嚏惊天动地，把一直蹲在门口的那只大狼狗惊吓得逃得很远。长辈们常说父亲打喷嚏这样响亮，一定能活过九十岁。她倒并不奢望父亲能活到这么大的岁数，只要父亲能平平安安快快活活的就好，父母现在的生活实在是太拮据了。父亲没有什么手艺，就靠两亩半责任田过活。琥珀山上的那十几只长毛兔，被父亲侍弄得膘肥体壮，那是他们一年中油盐酱醋的基本来源。母亲患有疯病，发病时要花去很多医药费，再加上她带着儿子连生住在娘家，这使父母的生活更加贫困了。父亲在村办小学里当过老师，又在村办企业里当过会计，那时家里的生活还勉强过得去，但父亲的"犟头"脾气容易惹是生非，先是为一个孟巾帼的知青与黄阿虎关系闹僵，随后县里来进行财务大检查，父亲像竹筒倒豆子似的，把村办企业偷漏税收的事都说了出来，结果被赶出了村办企业。这样家里的生活也就"王小二过年，一年不如一年"了。

"你家的茅坑搬迁费该交了！"

"怎么，搬迁茅坑也要收费啊？"

"村里搞村政建设统一规划，屋前屋后、道路两旁的茅坑都要搬迁，村委办公室在半个月前就贴了告示，别的村民早已交了搬迁费，只有你们拖拖拉拉到今天还不交！老虎，你给她收据！"黄阿虎对一位护村队员喊道。

"这是收据，快给五十块！"老虎将一张白头条子递过来，说，"一只茅坑二十元，你家有两只半茅坑，合计五十元。"他还算民主，把收费标准讲清楚了。

黄秀秀看着那人手中的条子，仿佛是看见了一条吐着长长信子的毒蛇，连连向后倒退了几步。"不……不……"她惊恐地说。

"黄秀秀，你到底给不给？"黄阿虎不耐烦了，大声问道。

"这个钱我不能给……"

黄阿虎厉声吼道："你不给，就搬地上的稻谷！"

"黄村长，能不能等我爹回来以后再说？"黄秀秀看了看天空，日头接近中天，他们差不多该回来了。

"不行！谁有那么多时间，为五十块钱一次一次地往你家中跑！你把钱付了，就没事了。"

"我没有钱……"

"有没有钱都得给!"

对黄阿虎蛮不讲理的话,黄秀秀气得双手发颤,两眼发直。她将儿子连生放到地上,一脸怒容,双目直瞪着黄阿虎。

黄阿虎见黄秀秀用这样凶狠的目光盯着自己,感到受到了侮辱。村里的人是从来不敢用这样的目光看他的,连正面看他一眼也需要勇气。黄阿虎大怒,厉声喝道:"五十块,你到底给不给?"

黄秀秀的回答很简单,也很坚决:"不给!"

黄阿虎气呼呼地向他的下属一挥手:"黄阿狗、黄阿牛上!"

他们是有备而来的。被叫作黄阿狗、黄阿牛的两个青年男子,一个从地上拎起一只蛇皮袋,敞开袋口;一个从地上拿起一只簸箕,铲起地上的稻谷,就往蛇皮袋里装。黄秀秀见状立即冲上来,争夺黄阿狗手里的蛇皮袋。因黄秀秀身高体壮,又一腔怒火在胸,憋足了力气,黄阿狗蹲在地上重心不稳,黄秀秀一拉蛇皮袋,他立即仰面倒地,形似一只被翻过了背的螃蟹,双手双脚在空中乱划乱蹬,一时爬不起来。黄阿牛举起簸箕向黄秀秀的脑壳砸来。黄秀秀举起手臂随手一击,正好击中黄阿牛手中的簸箕,簸箕马上飞出有丈把远。黄阿虎听说过黄秀秀力大无穷,但从未领教过,这回算是领教了,他又一挥手,大喊:"黄秀秀抗拒执法,给我打!"他自己也从身旁一位护村队员手中夺过一根木棍冲上来。

黄阿狗、黄阿牛和其他护村队员立即将黄秀秀团团围住,木棍和拳头像雨点般地向她袭来。在混乱中,她的两只丰腴的乳房不知被谁狠狠地捏了一把,痛得她撕肝裂胆。

黄阿虎一边打一边喊:"打死她!打死她我负责!"

黄秀秀虽然力大,但她毕竟是个女子,而且手无寸铁,怎敌得过众多有备而来,手里拿着家伙的男子。

黄阿虎挥舞着木棍,大声喊:"给我打,给我打!"突然间,他手中的木棍掉到了地上,喊声也停止了。

黄三省像从天而降,铁塔似的站到了黄阿虎的面前。

陈湘莲则冲到黄秀秀身旁,一把抱住女儿,她看着地上被弄得乱七八糟的稻谷，大声喊着："我跟你们无冤无仇，怎么来欺侮我！"

黄三省和陈湘莲是听到打斗声，从山上兔场里奔跑下来的。

黄阿虎的一只手被击得生痛，叫道："你、你……你敢打我！"

黄三省的眼珠子像要从眼眶里弹出来，怒吼着："你怎么行凶打人？"

黄阿虎说："你抗拒交纳茅坑搬迁费，破坏村政规划！"

黄三省责问道："什么茅坑搬迁费？我不交！"

黄阿虎咬牙切齿地说："不交，就给我打！给我捆起来！"说着伸手朝着黄三省的额头就是狠狠地一拳，"你这个'犊头'，我让你来对抗我！"

黄三省被打得站立不稳，一个趔趄，差一点儿栽倒在地上，他还没来得及还手，黄阿虎抬起大腿，对准黄三省的腹部就是致命一脚。黄三省顿时痛得脸色惨白，双手捂着腹部，身子弯曲得像一张拉满弦的弓箭。这时，黄阿虎捡起刚才被黄三省打落在地的棒槌，举起来，对准黄三省的腹部，狠狠一击。黄三省像一座大山似的慢慢倒在地上，大口大口地喘息着。黄阿虎手中的棒槌又狠狠地猛击了一下黄三省的腹部，趾高气扬地责问道："'犊头'，五十块钱缴还是不缴？"

黄秀秀见父亲被打倒在地，想冲上去把父亲从地上扶起来，但被黄阿狗和黄阿牛等阻挡住了，母亲也把她抱得紧紧的，让她动弹不得。母亲头脑不清楚，这时的行为真像外国寓言中的"熊的服务"。母亲哀求着："阿虎侄孙，求求你别打了，你要钱我给你！"

陈湘莲的话根本没有进入黄阿虎的耳朵，他继续用棒槌狠击着黄三省的腹部，而且打一记，还凶狠地叫一声："'犊头'，你缴不缴？"

村里背地里确有称父亲为"犊头"的人。"犊头"这个绰号，本来不是什么坏名称，只是当地人对性格古怪、脾气执拗的人的一种别称。父亲办事顶真，为人正直，不计较个人得失，对黄阿虎有损公德的事，敢顶敢抗。最能体现父亲"犊头"本性的，就是那件举报信的事。村里几名党员要写信举报黄阿虎贪污公款，让不是党员的父亲代笔，这样一件很可能引火烧身的事，父亲竟然同意了。现在，"犊头"这个名称从黄阿虎的嘴里吐出来，黄秀秀知道，这是在咒骂父亲是呆子，是傻瓜。

黄三省躺在地上，痛得紧咬牙关："你非法收费，我不缴！"

黄阿虎说:"什么是法?我就是法,你懂不懂?"这一句话说完,他又向黄三省腹部狠狠地打了一棒槌,"我要你永远记住今天的日子!"

"你胡说……"黄三省一声惨叫,就躺着不动了。

"你死到临头还敢嘴硬……你还写不写举报信?"

父亲"犟头"脾气十足,此时他虽然声音微弱,但语气坚定:"你要做坏事,我就要举报……"

此时,黄秀秀明白了,黄阿虎是为父亲写举报信的事来的。她大喊:"黄阿虎,你还有没有王法!"

黄阿虎朝她冷笑一声:"什么是王法?想告倒我,你们有这个能力吗?"他用棒槌对着黄三省的腹部接连打了三四下,黄三省这时一点儿声音也没有了。黄秀秀知道父亲是很倔强的,只要有一口气,他一定会与黄阿虎对抗到底。

这时候,晒谷场上里三层外三层挤满了人。

村民黄小毛实在看不下去了,大声喝道:"阿虎,三省叔给你打成这个样子了,你还不住手……"还没等他把话说完,站在他旁边的一个护村队员,给了他狠狠的一棒,黄小毛蹲到地上不出声了。

陈湘莲突然跪到地上,哭喊着哀求道:"阿虎侄孙,你饶了他吧……"

"要我不打可以,五十块钱拿来!"黄阿虎的报复心理得到了满足,现在他只认钞票不认人了。

陈湘莲双手颤抖,从衣兜里东摸西摸,终于摸出一张皱巴巴的五十元人民币。黄阿虎一把夺过来。他站起来抬腿朝黄三省踢了一脚:"你就躺在地上装死吧,咱们走!"他对手下人挥了挥手,护村队员们跟着他大摇大摆地走了。

村民们七手八脚地将父亲送到了乡卫生院。乡卫生院的寿医生说,父亲可能已经五脏俱裂,没有救了。如果能救活,也只有市医院有这个技术。于是乡卫生院的救护车将父亲送到了市医院。

抢救父亲的手术, 定在紧张地进行着,不时地有医生从手术室里走出来,走进去,他们行色匆匆,谁也顾不上理睬坐在门口的母女俩。无论那个安副市长是不是父亲的兄弟,她一定要找到他。如果他真是父亲的兄弟,她要让黄阿虎死无葬身之地,黄秀秀想着。

宗绍阳和李敬右从市医院驱车来到事故现场。

现场已经被清理干净，安祖裕的坐车已经被拉走，与安祖裕轿车相撞的那辆大卡车也已经开走，在现场勘察的局长吕福安和其他警员也都回家去了。只有马路上残留着的玻璃碎片和斑斑血迹，说明在这里刚刚发生过一场惊心动魄、惨不忍睹的车祸。他真不敢相信，他所敬仰的安副市长竟然会受到如此严重的伤害。宗绍阳站在马路边，看着川流不息的车辆行人，思绪纷纭。他知道，安副市长坐轿车是绝对不坐副驾驶室的。他多次听安副市长说过，邻省一位领导因坐在副驾驶室，在车子急刹车时，脑袋冲破挡风玻璃被刮破脸面的故事。坐在轿车的后排座位上，大脑怎么会受伤的呢？而且伤重得令人难以置信。李敬右对他说，是一辆大型挖掘机的铁铲，正好击在轿车的后座上，可挖掘机现在不知去向。既然车祸的责任完全在安祖裕的轿车上，挖掘机为什么要逃逸？再说那铁铲为什么会不偏不倚地击在安祖裕的后脑上？难道世界上真有这么凑巧的事？难道这是一次人为的事故？是谁造成了这次事故？又为什么要造成这次事故？一连串的问题，让宗绍阳毛骨悚然。

宗绍阳认识安祖裕是在二十五年前一个偶然发生的事件中。这个偶然发生的事件，不仅使他成为蒲东人民心中的英雄，也使他成了名副其实的"警长"。他从十八岁起，在那个离山阴市区足有八十公里的蒲东县城里当交警，一当就是六年。他二十四岁那年春天，一个星期天上午，他骑着自行车到乡下一位亲戚家去。路过彭公湖渡口时，本来风和日丽的天气，突然乌云蔽日，狂风大作。烟波浩渺、广阔无垠的彭公湖，顿时浊浪排空，波涛汹涌。他远远地看见一只渡船在湖心颠簸飘摇，传来了大人小孩的呼天抢地的喊声。他掷掉自行车，一头扎进湖水，奋力游向渡船。那只本来只能乘坐十几个人的渡船，船老大为了挣钱，却载了四十多名去彭公岛春游的小学生。渡船严重超载，又遇风大浪急，学生们受惊，渡船重心不稳，便大幅度地摇晃起来。翻船的危险就在顷刻之间。那时，他也不知道从哪里来的力量，只知道一个劲儿地向渡船游去，边游边大声喊道："同学们坐稳啦，黑猫警长来啦！"这喊声确实起到了意想不到的效果，本来想弃船逃跑的船老大慑于警察的权威，不敢弃船逃跑了。小朋友听说是"黑猫警长"来了，便听从老师的吩咐，安静下来。宗绍阳游到船边，让会游泳的船老大跳入湖中，减轻渡船的重量，又让不会游泳的女教师掌舵把握渡船的重心。接着又让会游泳的学生跳入水中，抓住他的衣服，或者抓住船沿。他泰然自若，不慌不忙地指挥着。在附近村民的帮助下，渡船靠岸，师生们安然无恙。

不久，他就被提升为县刑侦大队副大队长，名正言顺地当了警长。

就是在这次偶然的事件中，他认识了安祖裕。当他浑身湿淋淋地爬上了岸，明明记得鞋袜是脱在岸上的，可是怎么也找不到了。他在找鞋袜，村民们却在找他。一位比他大不了几岁的青年一把抓住他的胳膊，大喊："黑猫警长在这里！"人们围拢来，几个身强力壮的小伙子把他高高地抬起来，老奶奶老爷爷们领着自己遇难成祥的孙子孙女、外孙外孙女，让他们跪在他的面前，跪拜谢恩。那位青年拍着他的肩膀，笑着对他说，"黑猫警长有勇有谋，名副其实啊！"他认出来，这位青年就是从省城下来挂职锻炼的县委副书记安祖裕。他在附近村子蹲点搞路线教育，这天没有回县城，正遇到这惊心动魄的一幕。宗绍阳在湖心救学生，安祖裕在岸边组织群众营救。再后来，宗绍阳由副队长升为队长、副局长，又从县里调到市里。他的职务基本上是跟随着安祖裕升迁的。安祖裕升为市委常委、副市长后，他也由市刑侦支队长升为市公安局副局长。

也是在那个偶然事件以后，一个年轻美貌的女大学生走进了他的生活，这就是他现在的妻子吴品菊。说起来，他们的婚姻还是安祖裕做的"红娘"。那时候，她是大学新闻系三年级的学生，正在《山阴日报》当见习记者。那次事件发生后，全省的新闻媒体争相报道，她也来凑热闹。那是个崇尚英雄的时代，记者的采访也往往围绕着英雄的话题。"你最崇拜哪位英雄？""你想到了哪位英雄？"她的提问总是别出心裁："你跳到水里去救人，是不是那里有你的亲戚？""没有。""你有没有想到死？""没有。""真的？""真的。""为什么？""没时间去想。""后怕吗？""后怕。""后怕什么？""后怕死。""英雄是不该这样想的。""我本来就不是什么英雄！"这样的采访真令人哭笑不得，但更让人哭笑不得的采访还在后面。有一次她竟问："有没有女朋友？""没有。""为什么没有？""不想有。""为什么不想有？""年纪还小。""二十四岁的年纪已经不小了，是不是没有中意的？""就算是吧。""你的择偶标准？"

"没有标准。""没有标准也是一种标准。你看我怎么样？"那时他还不知道旁敲侧击是什么意思，只是感觉到她很无聊，他宗绍阳找对象同她有什么关系呢？他搪塞她："也行吧。"但从那以后，这个"也行吧"，常常以采访新闻为由来找他。实习结束，这个"也行吧"又给他来了一封信，向他借一本有关刑侦方面的书籍。书要不要给她寄，他拿不定主意，就去请教安祖裕。安祖裕看过信后笑着说，受人之托，终人之事，你就把书寄去吧。还说，礼尚往来，有来无往非礼也，你就给她写封回信吧。宗绍阳遵命给她寄去了书，还给她写了一封信。几封信交往以后，宗绍阳感觉到，这个女大学生文笔不错，对人也真诚。渐渐地他感到与她通信是一种享受，也是一种快乐，与她通信成了他生活中不可或缺的一部分。至于他们之间是种什么关系？这样通信又是为了什么？女大学生不说，他也不说。那时他青春年少，他不知道这就是初恋的情感，即使知道他也不一定敢正视它、捅破它。没过多久，安祖裕像掀起新娘子的盖头一样撩起了这张情感的面纱。安祖裕调到山阴市担任市委组织部长，宗绍阳也由蒲东县调到了山阴市刑侦支队当了副支队长。有一天，安祖裕让他到他那里去。当他走进安祖裕的办公室时，吴品菊已端坐在安祖裕对面的沙发上，安祖裕让他紧挨着她坐下来，对他说，小吴已被分配到山阴人民广播电台，正式成为一名新闻工作者。这是他意料之中的事，因为吴品菊在与他书信往来时，也没有忘记与安祖裕联系。市委组织部长要想在市直单位安排个人，并非什么难事。安祖裕郑重其事地说，你们俩接触的时间不短了，如果你们还想往深处发展，就请握一握手。吴品菊立即大大方方地向他伸出颀长的手臂，等着他的响应。他记着自己那句"也行吧"的话，也就顺势握住了她的手。这时安祖裕笑呵呵地说，那我就等着喝你们的喜酒了。那年他二十五岁，第二年春暖花开的时候，他们成亲了。洞房花烛之夜，他才知道，他们这种恋爱方式乃是安祖裕的杰作。

可是现在，这个多次改变他命运的人却躺在医院的病床上生死未卜。他的心里要多难受就有多难受。

李敬右说，疑点最大的是那辆挖掘机，他们得到报警迅速赶到现场，被安祖裕撞上后轮的那辆大卡车，原封不动地停在现场，司机守着现场等待接受调查，而且也是卡车司机最先报的警。据卡车司机反映，车祸刚发生时，他还看见轿车车尾有一辆挖掘机，但还没有等他反应过来，挖掘机很快就开走了。李敬右问过卡车司机有没有看清车牌。他说那辆挖掘机好像没有挂车牌。后来才发现轿车的后身被敲了一个大窟窿，估计是挖掘机巨大的铁铲砸在轿车车身上造成的，致使安副市长身负重伤。宗绍阳问，现场还有没有其他目击者。李敬右摇摇头说，围观的人倒是有一些，但还没等他询问旁边围观的人，吕福安来了，要他护送救护车去医院了。

听完李敬右的叙述，宗绍阳决定去汽车大修厂查看安祖裕的轿车。

来到汽车大修厂时，门卫已经睡下了。湛蓝的天空闪烁着满天的星斗，夜已经很深。门卫打着呵欠，睡眼惺忪地为他们开了门，听说是市公安局的人，显得很热情，立即把他们领到了停车场。场面确实是惨不忍睹，原本乌黑锃亮的奥迪轿车，车头几乎没有了，挡风玻璃完全破碎。根据宗绍阳的常识判断，要将轿车造成如此严重的损伤，当时的车速应该在每小时一百公里以上。车厢后座顶篷也已凹陷进去，触及到后座沙发。

门卫说，他看到过无数车祸损坏的轿车，但像这辆轿车的情形，他还从来没有看到过。

回到家里，妻子吴品菊正伏在卧室的写字台前整理录音。从声音判断，那是市委书记魏怀松的讲话录音。吴品菊将录音放一段关掉，然后将录音中的话写到纸上。如果记录不下来，她还要把录音重新放一遍，一遍遍地放，一遍遍地听，直到把录音记录得准确无误为止。录音中的内容，宗绍阳也是很感兴趣的，因为这是市委书记的讲话，山阴市的近期工作思路就是以此为准则的。但录音机快放、慢放，发出来的"吱吱呀呀"的声音，实在让人受不了。

宗绍阳脱掉警服，洗漱完毕，换上便服，在靠近妻子的床沿上坐了下来，目不转睛地注视着这张熟悉而美丽的脸。他想把安副市长车祸受伤的事告诉她，但不知道如何开口。他知道，她对安副市长的感情和他一样的深厚。这时吴品菊把录音整理好了。她关掉录音机，收起稿子。虽然吴品菊已人过中年，但她依然美丽。那双特别传神的眸子总是笑模笑样的，当她注视着你的时候，闪烁的眼神仿佛在向你叙说令人神往的美丽童话。当年宗绍阳能与她保持联系，并最后与她结成伉俪，这传神的双眼起到了至关重要的作用。

现在这双传神的眼睛，正凝视着他，只是眼神中有着几分忧伤。

"录音整理好了？"他心里盘算着，该如何告诉她安副市长遭遇车祸的事。

"整理好了。这是魏怀松书记今天下午在常委会的讲话录音，魏书记让我整理一下，明天早新闻发出去。"稍停，她问道，"安副市长不要紧吧？"

既然她已经知道了，还是真情告知的好。因此他说："伤得很重，还有生命危险。"

"安副市长怎么会出这样的车祸？"她心情沉重地问。

"他像是去机场接人，大概为了赶时间，小彭把车开得飞快，与其他车辆首尾相撞，小彭当场死亡，安副市长脑部严重受伤。"宗绍阳干脆来了个竹筒倒豆子，把他知道的情况都说了出来。

吴品菊柳眉一皱，像是突然想到似的说："他是去机场接省委领导的……"

"省委领导？是不是章启明同志？"

宗绍阳知道，省委副书记章启明是安祖裕的异姓兄弟。安祖裕的父亲是为营救章启明的父亲在新中国成立前牺牲的。新中国成立后，安祖裕的母亲找到已是省委书记的章启明的父亲，章启明的父亲将安祖裕收为义子，送他上了大学，当了干部，一步步地将他提拔上来，直到现在的副市长。这是干部圈子里人尽皆知的事。

"可能就是他，"吴品菊说，"下午四点半市委常委会议结束时，安副市长亲口对我说，五点半他要去机场接一位省委领导……我为如何报道这次常委会议精神去请示魏书记，我从他的办公室出来时，已经五点多了，看见李剑峰副书记还在他的办公室里……"

"从市委大楼到机场至少有半个小时路程，为了赶时间，小彭只好开飙车，车速每小时至少在一百公里以上，这样没有不出车祸的！"宗佩兰穿着睡衣，不知道什么时候走进了他们的卧室。

宗绍阳和善地看了女儿一眼说："臭丫头，又来耍贫嘴了，这些情况你是怎么知道的？"

宗佩兰浓眉一扬，得意地说："爸，你连你女儿是谁都忘了？市刑侦队的侦察员。"

吴品菊说："绍阳，你说吧，是不是像佩兰说的那样？"

"从轿车损坏的情况看，车祸的原因有车速过快的因素，现场是吕局长勘察的，还有没有其他的原因目前还不清楚。"宗绍阳思索着问道，"安副市长五点半要到机场接人，李副书记知道吗？"

"应该知道啊！"吴品菊说，"安副市长和我说话时，他就站在旁边。"

"既然知道，为什么到了五点多，还不离开安副市长的办公室呢？"宗绍阳追根究底地问道。

"他们一定有非常重大的事情啊！爸，这还用问吗？"宗佩兰说。

吴品菊说："蒲东县委书记陈仁义要调任山阴市副市长，组织部提出来，县委书记一职由副县长孟巾帼接任，安副市长表示坚决反对。认为孟巾帼在群众中口碑不好，过去提拔她担任副县长职务，本身就有个组织失察的问题……"

安祖裕在蒲东县工作过，对孟巾帼知根知底，他反对提拔孟巾帼，并不使人感到意外。宗绍阳也在蒲东县工作过，对孟巾帼的情况当然也很了解。他说："我也想不到，像孟巾帼这样在群众中名声很差的人，怎么还有人想着提拔她呢？她的生活作风问题，特别是她与黄阿虎的关系，群众中有许多议论，组织上难道不会认真想一想？"

"爸爸有的时候也是很幼稚的，"站在一旁的宗佩兰口气略带讽刺地说，"群众中有句口头禅，叫做不跑不送原地不动，又跑又送提拔重用，当干部哪个不是靠关系的？"

"臭丫头，别把话说绝了，难道你爸妈都是靠关系上来的？"

"爸，你别对号入座好不好！"

"干部路线的腐败是根本的腐败，"吴品菊说，"李副书记到安副市长办公室，大概是为了说服安副市长，两个人的声音都很响，像是发生了争论……"

"李副书记为了孟巾帼的职务，竟然不惜与安副市长发生矛盾，这太不可思议了。"宗绍阳满脸疑惑地说。

"爸，妈，我还有一个马路消息，"宗佩兰说。

"什么马路消息？"宗绍阳和吴品菊异口同声地问道。

宗佩兰说："社会上流传，魏怀松明年就要退休，安祖裕和李剑峰都有可能接他的班，他们要真是竞争对手，产生矛盾也是很正常的。"

吴品菊说："这样的话我也听说过。今天下午，常委会决定由安副市长负责起草明年十月份的市党代会工作报告。按惯例，谁做工作报告，谁就会成为市委书记。我估计，章明启在这样的时候来到山阴，找安副市长，十有八九与此有关……"

宗佩兰说："但现在安祖裕生死难料，如果一个竞争对手不战而退，另一个竞争者必然稳操胜券。要是安祖裕有个三长两短，得利的还真是李剑峰。"

"佩兰，这种话是不好随便说的。"吴品菊批评说。

宗绍阳说："这起车祸是不是一场谋害，现在还不好说，但从轿车损坏的情况看，谋害的可能性还是有的……"

吴品菊说："谋害一名副市长？谁有这个胆子，又有这个必要吗？"

宗佩兰说："妈，刑侦工作就是要多问个为什么。"

女儿说得不错，刑侦工作就是要多问几个为什么。宗绍阳想，谁来担任山阴市委书记，这是组织上的事。妻子也说得不错，如果安祖裕的车祸是一场谋害，那么这个人的胆子也确实够大的，也一定有着险恶的用心。说到孟巾帼和黄阿虎，宗绍阳马上就联想到黄三省。黄三省的脸像一枚钢钉，牢牢地钉在他的脑子里，怎么抹也抹不去。这张脸不就是安副市长的那张脸吗？宗绍阳突然想起来，安副市长有一个孪生兄弟，新中国成立那年失散了，是不是失散多年的兄弟邂逅相遇了？世界之大，无奇不有，芥菜籽掉进针眼里的事，也是可能的。宗绍阳把在医院里遇到黄三省的事说了一下，母女俩都认为，黄三省有可能就是安祖裕的同胞兄弟。宗佩兰说，解决这个问题最好的办法是，请安祖裕的母亲来辨别一下。她自告奋勇，明天一早就去蒲东县城，把安老太太接来。因明日一早要去蒲东，吴品菊也要在六点钟的早新闻播发魏怀松的讲话稿，宗佩兰就离开父母的卧室回自己的房间睡觉去了。临睡前，宗绍阳想起黄秀秀说黄三省是被黄阿虎打伤的话。二十年前，排头村一位女知青被奸杀的惨状，又浮现在眼前。

宗绍阳给蒲东公安局局长严关根打了一个电话，要他认真查清黄三省一案。

第二章

奇妙的换头术

当医生们为挽救安祖裕的生命做着种种努力，宗绍阳为揭开车祸的真相费尽心机时，有两个人也正为安祖裕的车祸而绞尽脑汁，一个是蒲东县副县长孟巾帼，另一个就是排头村党支书兼村委会主任黄阿虎。

此时，孟巾帼和黄阿虎在山阴市区一家高档宾馆的豪华套房里，正肩膀挨着肩膀坐在沙发上，一脸的紧张，一脸的严肃，各人手中捏着一只手机，目不转睛地盯着，谁也不出声。房间里很安静，安静得让人透不过气来。突然，手机的铃声响了，两人不约而同拿起来，迅速掀开翻盖，紧贴耳廓。

"喂！喂！"两个人同时对着手机，低声呼喊起来。

"喂！喂！"孟巾帼从耳边拿开手机，合上翻盖，而黄阿虎却继续呼喊着，"喂！喂……"孟巾帼紧张地盯着黄阿虎同样紧张的脸，她那张布满淡淡斑雀的小圆脸，在套房乳白色的灯光照耀下，苍白得失去人色。

黄阿虎的电话打了大约一分钟，但孟巾帼感觉仿佛跨越了一个世纪。黄阿虎终于打好了电话，抬眼看着孟巾帼说："成了……"

"成了？怎么成了？"

"安祖裕快死了……"

"快死了，就是还没有死？是不是？"

"跟死差不多了，脑壳被砸烂，脑浆也流出来了……"

孟巾帼突然将身体一歪，将整个身体靠到黄阿虎的身上，用手捂住脸，"呜呜"地失声痛哭起来。

黄阿虎没有理睬她的哭泣，一动不动，任由她将身体的重量靠在自己的身上。他显得很镇静，紧张的神色正慢慢地从他的脸上褪去，取而代之的是一种凶狠、得意的神情。惊魂甫定，他从西装口袋里摸出一盒中华牌香烟，抽出一支含在嘴里，然后掏出一只打火机，点着烟，深深地吸了一口，长长地将烟雾吐出来。烟雾升腾起来，套房里的灯光变得暗淡下来，各色物品显得朦朦胧胧。黄阿虎理解孟巾帼此时的心情，也就没有阻止她这种突如其来的哭泣。

虽然眼前这两个人的地位相差悬殊，但他们的交往却是源远流长，一直可以追溯到二十几年前。

那时孟巾帼在排头村插队务农，才十六七岁，黄阿虎是个二十出头的青年农民，刚刚从父亲手里接过大队党支部书记的职务。从年龄上看，她应是个初中毕业生，但实际上她只有小学三四年级的文化程度。因为家里穷，小学未毕业，她就进入了一家街道办的羽绒厂工作。这家名为工厂的企业，实际是个手工作坊，只有十来个工人，一式的女工。每天的工作就是把废品收购站收购来的鸡毛鸭毛，按绒毛羽毛分拣开来，然后洗净晾干，再卖给羽绒制品厂。每月也就是二十多元钱的工资，虽然收入不多，至少自己的生计已不成问题。就是这样一份不起眼的工作，她的父母也为此作了许多的努力。而这个时候，蒲东县城正在进行一场"知识青年上山下乡一片红"的如火如荼的革命。"一片红"，就是应该下乡支农的城镇知识青年都要被动员下乡。孟巾帼原本是可以不下乡的，她在五个兄弟姐妹中排行第四，前面有两个姐姐和一个哥哥，还有一个弟弟。一个大姐早已出嫁，另一个姐姐和哥哥早已被动员下乡插队了，弟弟尚未成年。但孟巾帼却突然决定响应号召下乡插队。这个决定让她的父母气坏了，在她下乡后的一段较长时间里，父母与她基本上断绝了往来，直到她改变了自己的命运为止。这个在一般人看来不可思议的举动，她是经过深思熟虑的。她认为在羽绒厂将永无出头之日，与婆婆妈妈们在一起又很无聊。当时，福建省有个叫李庆霖的人，为知识青年的生计问题，给毛主席写了一封信。毛主席的指示正在被热火朝天地贯彻，城镇知青在农村的生活环境和社会地位有所改善，而且不仅可以招工进城，还可以上大学读书，甚至可以当干部。她要改变自己的命运，只有上山下乡当知青，让政府重新安排工作。但是她的前途并非像她想象的那么一帆风顺。生产队让她去养猪。捡鸡毛虽然无聊，但没有臭气。养猪虽然有前途，但眼前的臭气却使她无法忍受。她找到黄阿虎要求调动工作，最好是到村办小学当老师。但是还未等她把要求说出来，黄阿虎的一套知识青年上山下乡接受再教育的理论，说得她哑口无言。她想着如何打破这个僵局。送礼，她没有这个本钱，而且送多少礼才能如愿以偿，她心中无数。后来她从村民的闲谈中得到一个信息，黄阿虎别的不爱就爱女人。凡是与他有过性关系的女知青，一个个上城走了，凡是与他有性关系的村里的女人，都得到了他的照顾。她虽然很难看，一脸的雀斑不说，嘴巴又宽又大，嘴唇翘得老高，身材矮小。但她深知"男求女隔座山，女求男隔层单"的道理，她曾经为调动工作的事，与一名街道干部发生过性关系。后来那个干部因男女作风问题受了处理，事情虽然没有办成，但她取得了经验。

在一个酷暑难当的夜晚，她大胆地把黄阿虎请到了自己刚刚能放得下一张床的屋子里。黄阿虎穿着背心裤衩，孟巾帼上身穿着件薄薄的、开口很低的鸡心领纺绸白汗衫，下身穿着一条当地农村妇女常穿的大脚短裤。汗衫又薄又白，天气很热汗出得多，白汗衫快湿透了，但她还嫌不够。她用水打湿了汗衫，汗衫湿透就全透明了，两只肥肥大大的乳房，两颗像红玉石似的乳头，毫无遮掩地显现出来。而那条大脚短裤，裤脚短得接近大腿根部。她让黄阿虎坐在一个小板凳上，自己则坐在床沿上，面对着黄阿虎。那时候，她也不知道自己从哪里来的灵感，将裤脚绾一撩，那胯间的沟壑，也就一目了然了。这个动作立即发生了神奇的作用，黄阿虎像只饿虎似的扑上来，把她按倒在床上，那才叫迅雷不及掩耳之势。后来她才知道，她和黄阿虎在做那事时，房间里连电灯也没有关。完事以后，她就从屁股底下取出一块早已准备好的白布，拿在手里，很伤心地哭起来。

"我是个处女……你赔我……"

黄阿虎赤条条地紧挨她坐着。虽然他感觉她不像处女，但她手里的这块白布，让他尴尬，让他害怕。那时毛主席给李庆霖的信发表不久，女知青俗称"高压线"，如果与女知青发生性行为，无论女知青是否愿意，只要女知青控告，都可以被定为强奸。白布上红色的血迹和白色的液体，足可以使黄阿虎丢掉党籍，坐上八九年的牢房。

"你让我怎么赔你？"

"我要到村办小学当教师……"

孟巾帼如愿以偿，当了一名村办小学教师，她就是在村办小学里熟悉了黄三省，也领教了他的"犟头"脾气。那时黄三省也在村办小学当教师。孟巾帼文化不高，有一次，村里的一位农民要给上海的亲戚寄几斤葵花子，请她写了一张便条。这便条字不多："寄上瓜子数斤，请查收。"他们的亲戚收到瓜子后，也寄来了一封信，这样写的："只见瓜子，不见爪子，瓜子乎？爪子乎？"原来，孟巾帼把"瓜子"写成了"爪子"。后来，黄三省编了一个顺口溜："瓜子爪子连根，仓颉造字不行，还要我来改正。"这个顺口溜很快就在村子里流传起来，村民们要求取消孟巾帼为人师表的资格。村民的呼声虽然很强烈，但却是螳臂当车，孟巾帼不但仍然做着她为人师表的工作，而且还当了村办小学校的校长，入了党。气得黄三省说："她不走，我走！"

黄三省这一走，得罪了孟巾帼，也得罪了黄阿虎。

明年五月份蒲东县委领导班子换届，上面已经明确表态，县委书记陈仁义要调山阴市任副市长，县委书记一职，就成了许多人雄心勃勃追求的目标。孟巾帼已近中年，在副县长的岗位上也已任职多年，这次要是不上一个台阶，那她就将是年画上的孩子——永远也长不大了。经过一番艰苦卓绝的努力，她终于进入了市委的盘子，但安祖裕却跳出来，死活不同意。曾有人对她说，权力之争本来就是你死我活的斗争，于是她和黄阿虎策划了这场车祸，大功告成，她却乐极生悲。

孟巾帼哭了一会儿，终于平静下来，她自知失态，感到不好意思。

"妨碍你当县委书记的绊脚石，给你搬掉了，你应该高兴啊！"

"我这辈子不容易啊！好不容易熬到今天，他偏偏要出来捣乱……"

"你要是不容易，这天底下就没有容易的人了，我才不容易呢！过去给你利用，今天还给你利用！"

"是我利用你，还是你利用我？你给我说清楚！"孟巾帼不高兴了，"那一年，你把那个女知青强奸后杀掉了，要不是我帮你，你早没命了……"

那一次确实很危险，黄阿虎现在想起来还很后怕。那个女知青实在太漂亮了，漂亮得在路上与她相遇都想扑上去按倒她、强奸她。有一天夜里，他路过那个女知青的住处，见她的屋子里亮着灯，就趴到窗台上偷看屋里的动静。时值初秋，天气尚有几分炎热，女知青只穿着贴身的内衣，坐在床上看书，那雪白的肌肤，鼓鼓的胸部，使他血脉贲张。他去敲门，开门了，这更使他冲动得难以自持。那女知青站在他的面前，亭亭玉立，婀娜多姿。他随手关上电灯，不由分说地扑上去，把她按倒在地上。他以为那女知青假装挣扎以后，就会很驯服地受他的摆布，他毕竟掌握着她的前程和命运。但是他错了，那女知青不仅拼命挣扎，而且大声喊叫起来，他费了很大的劲儿，才让她安静下来。他从孟巾帼身上获得了经验，他没有将精虫释放在她的体内，而是释放在自己的裤衩内，然后将她勒死。第二天早晨，他带了几个人敲开了那女知青的房门，趁机破坏了现场。当时带队来查案的，就是现在的市公安局副局长宗绍阳。黄阿虎自以为做得人不知鬼不觉，但狐狸再狡猾，也逃不过好猎手，宗绍阳很快就把嫌犯的目标锁定在他的身上。这个情报，就是已经在县广播站当记者的孟巾帼告诉他的。孟巾帼还给他出了一个主意："嫁祸于人。"他用这个办法，找到一个男知青做了替死鬼。孟巾帼又通过当时的一位县委领导给宗绍阳施压，使他逃过了这场没顶之灾。

黄阿虎伸出一只手臂把孟巾帼搂在怀里，调笑地说："孟书记的救命之恩，小的我怎么敢忘记，以后还要靠孟书记多多帮助！"虽然孟巾帼还没有当上县委书记，黄阿虎提前称她为书记，让她高兴高兴。

孟巾帼从他的怀里挣脱出来，伸出食指在黄阿虎的脑门上摁了一下，说："油腔滑调的，说了半天的废话，你连安祖裕的车祸经过都没有给我说清楚。"

"一切都是按预定的计划进行的。"黄阿虎说，"结果也要比预期设想得好。安祖裕从市政府出来时，已经五点一刻了。为了赶时间，司机不得不开飞车，真是玩命了。他们先走的平安大街，从市政府去机场数这条路最近。这条路正在挖煤气管道，轿车一定要在这里停下来，并调头，我们本来准备在这里趁轿车调头时解决问题，但这里人多，无法下手。他们又改走安康大道。这时车速比开始时又提高了十几公里，轿车像要从地面上飞起来，司机没有看清前面有辆大型运煤车，这也是老天保佑，该你当县委书记，轿车一头撞在运煤车的后轮上，结果整部车被撞得没有了脑袋。司机当场就死啦！要是安祖裕坐在前面副驾驶室里，恐怕连十条命也没有了……"

"有没有留下什么痕迹？"孟巾帼说，"你这个人胆子太大，漏洞也太多！"

"这回我做得不会有漏洞，那个运煤车司机我已经打发他回老家了，两个开工程车的是我的铁杆手下，"黄阿虎叹口气说，"只可惜挖掘机的铁铲敲击得稍微轻了点，没有把安祖裕当场解决掉。不过安祖裕伤得很重，恐怕现在已经死了。"

孟巾帼说："只有他死了，才去掉我的心腹大患。"

黄阿虎说："你同范芝毅很熟，给他打个电话，不就什么都知道了？"

孟巾帼就给范芝毅打手机，但手机关机。

孟巾帼说："这小子和你黄阿虎是一路的货色，喜欢玩女人，现在不知道又在什么阴暗角落里。"她放好手机准备过一会儿再打，可刚合上手机，手机却出其不意地响了起来。孟巾帼一看显示屏上的号码，立即翻开翻盖，将手机贴到耳边。

孟巾帼脸色大变，绿豆一样的小眼睛睁得像核桃似的。手机里响起了"嘟——嘟——"的长音，她也忘了合上盖子。她厉声问黄阿虎："你、你、你把黄三省打成了重伤，是不是？"由于惊恐和生气，她长满雀斑的脸也扭曲了，连说话都不利索了。

"他暴力抗法，我们是正当防卫……"黄阿虎辩白说。他顺手替她盖好手机翻盖，手机"嘟嘟"的忙音，实在太难听了。

"你一个村长，有什么权力执法！"孟巾帼吼叫起来，"为了五十元茅坑搬迁费，你把他打得差不多死啦，你这是公报私仇！"

"我要报仇，就是要报仇！"黄阿虎对她的大喊大叫很反感，他毕竟刚刚为她办了一件大事，他提高声音喊道。

"宗绍阳要求查清这件事情。"她大哭起来，"我说你这个人胆子太大了，你迟早要落到他的手里！"

他把手机往桌子上一掷："你喊什么，叫什么，你不知道我对黄三省有多恨？你不是不知道，他鼓动村里的党员写举报信告我贪污公款，我让他在村办企业做会计，他却举报我偷税漏税。那一次补缴加罚款，让我损失了一百多万元。那个女知青的事，你让我找个替死鬼，我找了一个男知青的内裤做物证，又是他到专案组去做证，说那个男知青的内裤案发时还挂在他家晒谷场的铁丝上，差一点儿把我送上了西天。你说我能不抽他的筋，剥他的皮吗？"黄阿虎发了一通火，口气缓和了下来，"还有一件事与你有关。"

"是不是顺口溜的事？"孟巾帼也平静下来，问。

"不是。"黄阿虎瓮声瓮气地说，"是关于处女的事……"

孟巾帼想起来，她第一次和黄阿虎发生关系后，说自己是处女。过了几天，她再次与他发生关系时，他说，从来没有和男人上过床的女人才叫处女。你不像啊！黄阿虎的话使她很尴尬，她问他这句话是谁告诉他的？他说是"犊头"黄三省。从此，她知道黄三省这个人不仅好管闲事，而且还很可恶。

黄阿虎见她情绪平静下来，接着说："你在排头村，不是也吃过他的许多苦头吗？"

"黄三省可恶，但小不忍则乱大谋啊！"

"巾帼，"黄阿虎说道，"现在别的话多说都是废话，还是先想想你自己的事情吧！"

于是孟巾帼又给范芝毅打电话，她急于知道安祖裕的生死。

虽然许伟达和顾迪安对安祖裕进行了精心的抢救，但两位专家精湛的技术，并没有阻止他走向死亡。面对安祖裕越来越微弱的呼吸和心律，许伟达无可奈何地对上官云霞说："快向家属发病危通知，如果来得及，家属还可以见上一面。"上官云霞正转身要走，顾迪安和诸葛瑞德却把她叫住了。诸葛瑞德不知什么时候来到安祖裕的病床前，他说，那个农民黄三省和安祖裕长得完全一样，经DNA检测，可以认定他们是一对同卵同胞兄弟。黄三省因肝脏、脾脏等脏器大出血，也已无法抢救濒临死亡。

许伟达跟着诸葛瑞德来到黄三省的病床前，注视了一会儿黄三省的脸，接着又走进医生办公室，看了检测报告。许伟达同意了他们的看法。

"黄三省已经无法抢救，"诸葛瑞德走到许伟达、顾迪安和上官云霞当中，说道，"我估计他的生命最多还能延续半个钟头。"

"发病危通知了吗？"许伟达问。

"没有。"诸葛瑞德摇摇头说。

"赶快发病危通知，让家属见最后一面。"许伟达吩咐道。

诸葛瑞德没有回答许伟达的话，却问上官云霞："安副市长最多还能活多长时间？"

上官云霞回答说："也就是半个小时吧。"

"我们有一个大胆的设想，对安祖裕进行头颅移植。"顾迪安深思熟虑地说，"他们是一对同卵同胞兄弟，两个人将同时死亡完全符合头颅移植的医学条件。"

顾迪安的话提醒了许伟达，眼前出现的情况在医学上几乎是不可能出现的。他在国外的实验室里，做过几例同卵同胎的猴子的头颅异体移植试验，虽然失败的居多，但有一只猴子竟然活了好几年。现在出现了这样千载难逢的奇遇，作为一名科学家，是绝对不肯放弃的。他沉思着。许伟达的沉思，顾迪安误以为是犹豫或反对的表示，他恳切地说："许院长，科学就是大胆地假设，然后小心地求证。不瞒你说，我和诸葛教授已经做过几例动物头颅的异体移植手术。"

许伟达心里深深一震，没有想到，国内科学家对人类生命科学的探索研究，并没有落后于国外先进国家。虽然鲜为人知，但他们的努力却是多么令人惊奇，令人振奋。他急切地问道："情况怎么样？"

"有成功的，也有失败的，但我们取得了经验。"

"……"

"你不相信我们？"

"你们说得不错，科学是要冒风险的，这是百年不遇的机会……"

"这么说，你已经同意了？"

"我同意进行人体头颅异体移植，但我们需要家属的明确授权……"许伟达说，"国家虽然还没有关于人体头颅移植的法律，但人体其他脏器移植的国家法律还是有的。"

顾迪安高兴地说："我们就以这些国家法律为依据。"

经过讨论，确定许伟达、顾迪安、诸葛瑞德和上官云霞四人为人体头颅移植小组成员，并做了明确的分工。同时他们必须与黄三省和安祖裕的家属谈一谈，得到她们的授权。上官云霞是欧阳殿生的好友，她主动请缨由她与欧阳殿生谈，因顾迪安能说善辩，上官云霞拉上他做了搭档。许伟达和诸葛瑞德则去征求陈湘莲的意见。此时，黄秀秀正好到医院外面给母亲打饭，许伟达对她说，只有把黄三省的头移植到另一个人身上，他才能活下来。"这要多少钱啊？"她问道。"这要很多的钱，"诸葛瑞德说。"黑猫警长还肯来付吗？"陈湘莲又问道。许伟达不明白："黑猫警长是谁？"诸葛瑞德说："黑猫警长就是市公安局副局长宗绍阳，汪培琼要她们先缴五千元押金才肯给她们挂号，宗副局长说钱由他负责。""他说话算不算数？"陈湘莲又问道。许伟达回答得很干脆："钱我负责。"陈湘莲涕泪满面，又要跪下来："世上总是好人多啊！"许伟达把她扶住了，问她同不同意做这个手术。她连连点头说，只要能救活他爹，医生怎么做她都同意。

但与欧阳殿生的谈话却颇费了一些工夫，还险些误了大事。

欧阳殿生接到上官云霞的电话，风风火火地赶来了。

"你们深更半夜把我叫来，有什么事？"欧阳殿生急切地问道。

上官云霞让她坐下来，自己也拉过一把椅子紧挨着她坐了下来。

"是这么回事，安夫人，"顾迪安为欧阳殿生倒了一杯水，一改笑嘻嘻的状态，语气严肃地说道，"安副市长已经病危，有一件事我们必须和你商量……"

欧阳殿生从椅子上噌地站起来，不容分辩地说："安副市长病危，你们为什么不赶快抢救？！"

上官云霞按住她的肩膀，让她重新坐下来："欧阳，你先别急，让顾教授把话说完。"

顾迪安等欧阳殿生重新坐下来，不慌不忙地说道："如果能把安副市长抢救回来，我们用不到半夜三更把你叫来和你商量，救死扶伤是我们的职责。"

"你这是说我家老安没有救了？"极度痛苦的神色马上就写到了欧阳殿生的脸上。

"如果不采取特殊的救治办法，原则上可以这么说……"

"这是什么话？你们给我说清楚啊……"欧阳殿生带着哭腔责问道。

上官云霞站起来，轻轻地拍着她的后背，询问道："欧阳，你应该知道，安副市长有没有孪生兄弟？"

欧阳殿生停止了哭泣，吃惊地问道："老安有一个孪生兄弟，新中国成立前夕就失散了，这跟抢救老安又有什么关系？"

上官云霞走到门口，把本来就关得好好的房门，重新关了一下，又回到欧阳殿生的身旁，亲切地说："我们发现安副市长那个失散的孪生兄弟，此时也正在我们医院里抢救。这个人是个农民，叫黄三省。"

"如果不采取特殊的救治办法，黄三省也必死无疑。"顾迪安字斟句酌地说。

"什么是特殊的救治办法？"欧阳殿生口气温和了一点儿，被泪水包裹着的秀目，紧盯着顾迪安的脸，声音发颤地问道。

"就是将黄三省的头颅移植到安副市长身上……"顾迪安说，"只有这样，这两个人中有一个人的生命才有可能延续。当然失败的可能性是很大的，但成功了这将是一项重大的科学创举。"

"这怎么行？这怎么行？！"欧阳殿生大声地叫起来。

"不这样做，这两个人都没有生存的希望。"上官云霞很肯定地说。

"那个农民的头颅移植到我家老安身上，让他活下来？我不同意，坚决不同意！"欧阳殿生失去理智地吼道。

"欧阳，你仔细听我说，"上官云霞抚摸着欧阳殿生的肩膀，让她安静下来，"我们可不可以做这个移植手术，手术后活下来的又是谁，这正是我们要同你商量的……"

"我们也征求了黄三省家属的意见，她同意了……"顾迪安说。

"我家老安是副市长啊……"欧阳殿生低下头哭起来，"这叫我怎么办啊……这叫我怎么办啊……"

"欧阳，安副市长和那个黄三省随时可能死亡，一旦死亡，什么都晚了。你要赶快决断，行，还是不行？"

欧阳殿生抬起头来，闪着泪花的双眼，求助地看着顾迪安和上官云霞的脸。稍停片刻，她说："我有一个要求……"

上官云霞鼓励道："说吧！"

"我要求你们对这个手术做到绝对保密！"

"这你放心，保密是绝对的！"顾迪安坚定地说。

"我还有一个要求！"

"说吧！"上官云霞点点头，鼓励她继续说下去。

"我要我家老安活下来！"

上官云霞和顾迪安互相对视了一下，面呈难色。

"什么？不行啊？"欧阳殿生瞪大了挂着泪水的秀目，急切地问道。

顾迪安说："安夫人，你这个要求我无法满足你，也是无权满足你的……"

还未等顾迪安把话说完，欧阳殿生又放声哭起来："要是这样，我就不同意你们做这个手术……"说到后来，她几乎是大声吼叫起来，"不同意！不同意……"

上官云霞揉摸着她的肩膀，柔声细语地说："欧阳，这不是我们同意不同意的问题。头颅移植同其他器官移植一样，首先要征得亲属的同意；其次，按规矩器官跟着身躯走，但头颅移植情况特殊，身躯要跟着大脑走。"

"这么说来，我家老安死了，那个黄三省活下来啦？"

"就是这么回事。"顾迪安说。

"我不同意！"欧阳殿生又哭起来。

"从法律角度和医学角度来讲是这样，但如果他的亲属和他本人同意以安副市长的身份出现呢？"上官云霞盯着顾迪安的脸，问道。

"那就另当别论了。"顾迪安回答说。

"他们怎么肯让自己的亲人死啊？"

"欧阳，你听我说，"上官云霞说，"我们是不是先把手术做起来，时间耽误不起，手术成功了，我们再来讨论这个问题好吗？"

欧阳殿生哭泣着，点点头说："上官，你帮帮我，帮帮我啊！"

上官云霞紧紧地抱住她，眼眶滚动着泪水，哽咽着说："欧阳，我帮你，我一定帮你……"

汪培琼给范芝毅打了几次电话，一直打不通，气得她真想摔掉手机。可她刚合上手机，手机却出其不意地响了起来，她以为是范芝毅回电了，急忙打开手机，手机里传来另一个男人低沉浑厚的声音。

"你是汪培琼吗？"那声音有几分亲切地问道。

"我就是，你是哪一位？"汪培琼反问道。

"我是李剑峰。"那声音亲切地回答道。

"李剑峰？"汪培琼心里一愣，她感觉这名字很耳熟，但一时又想不起来是谁？她傻乎乎地问了一句，"李剑峰是谁？"

"我是市委的李剑峰啊！"那声音报出了家门。

汪培琼明白了，也就傻了眼了，他是市委副书记李剑峰。他怎么会知道她的名字？又怎么会给她打电话？她激动的心都要从胸腔里跳出来："李书记，你好，你好。"

"你好，你好，"李剑峰很亲切地说道，"小汪，你知道不知道范芝毅到什么地方去啦？我给他打了一个晚上的电话都没有打通。"

汪培琼又傻了眼了，她不知道市委领导找不到范芝毅，怎么会打电话来问她？她不知道自己与范芝毅的婚外情是不是连这位市委领导也知道了。但此时，紧急的情况使她没有细想下去，她向楼道深处走了几步，压低声音说道："我也给他打了一个晚上的电话，也是打不通……"

"省委领导要听取安副市长的伤势汇报，这个人真的误事。"李剑峰不高兴了，他批评道。

"李书记，他们又把安副市长推进了手术室，安夫人也来了……"

"是不是安副市长病危啦？"李剑峰问道。

"不知道，他们还把那个农民黄三省和安副市长同时送进了脑外科手术室，黄三省和安副市长相貌长得很像啊……"

"怎么回事？"李剑峰严肃地问道。

"我不知道啊！"

"你去了解一下情况，再打电话给我！"李剑峰把电话搁下了，手机里响起了"嘟嘟"的忙音。

汪培琼还在发愣，她不知道此时的感觉是高兴呢，还是忧虑？她也不知道应该怎样去落实李剑峰的指示。手术室是绝对不敢进去的，许伟达会把她赶出来。她只得给范芝毅打电话，这回打通了。

范芝毅刚一声："喂……"

汪培琼就大呼小叫地喊起来："你到哪里去了？手机关机，真把人给急死了！是不是又到哪个女人那里去玩啦？"

"我手机没有电了，我一直在家里啊。你不信可以去问金春香……"金春香是范芝毅的妻子，凡是喜欢搞婚外恋的人，个个都是说假话的能手。范芝毅把假话说得像真的一样。

"我才不会去问呢！你还是赶快过来吧。"汪培琼说。

"出了什么事？火烧眉毛似的。"

"安副市长又在抢救了，安夫人也来了……"

"李副书记要我马上去向省委领导汇报安副市长的伤势……"

"还有一个情况，他们把黄三省和安副市长一起推进了脑外科手术室……"

"我汇报好情况立刻就来，你盯着点儿。"范芝毅挂断了电话。

当欧阳殿生跟着上官云霞走进脑外科手术室，许伟达、顾迪安和诸葛瑞德已经做好了头颅移植前的一切准备工作。安祖裕和黄三省已经头对着头，脚碰着脚地并排躺在手术台上。她一个跟跄向前扑去，这时她发现，躺在手术台上的这两个人实在是太像了。无影灯洁白的灯光，照着他们同样洁白的躯体。要不是上官云霞事先告诉她，这两个人是一对孪生兄弟，她还真以为是幻觉。尽管如此，她一时辨别不出哪个是她的丈夫，哪个是她丈夫的兄弟。这两个人同样长着一张国字形的脸，印堂很深，额头很宽，浓浓的剑形的眉毛。因罩着氧气罩，看不到两人的鼻子和嘴。上官云霞悄悄告诉她，安副市长已经脑死亡，手术还是晚了一点儿，要是再晚一点儿，安副市长全身血液凝固，四肢僵直，手术就无法进行了。经上官云霞指点，此时躺在手术台上的安祖裕，已经两眼发直，瞳孔散大，原来炯炯有神的眼睛已呈灰色。她意识到丈夫确实是死了。按照顾迪安的说法，如果手术成功，活下来的将不再是她的丈夫，而是另外一个人。这个打击，对于贵为市长夫人的她来说，实在是太大了。痛苦，悲伤，还有害怕，各种令人难以承受的情绪，一齐向她袭来，她无法抑制地哭泣起来。上官云霞也是一脸的悲伤，她伸出顾长的手臂，将她的双肩搂在自己的怀里，对她说："安副市长的死已经无可挽回，你还是认真想一想，下一步该怎么办？"

欧阳殿生知道，在手术前，为了让她见安祖裕最后一面，也让她见一见黄三省，脾气倔强的许伟达给足了面子。她只好擦干眼泪，强忍悲痛，从手术室走了出来。

欧阳殿生走出脑外科手术室，才发现手术室门口的椅子上，坐着两个眼泪汪汪、满面凄凉的女人。一望而知这两个女人是母女俩，母亲身材瘦小，一脸风霜。女儿身材高大，体魄健壮，一张方方正正的脸，虽然说不上美丽，但很健康。她从这个青年女子的身材和脸上看到了丈夫的影子。欧阳殿生不认识陈湘莲和黄秀秀，但她从她们的神态上估计到，她们应该是她的至亲，黄三省的妻子和女儿，也就是她的姆娌和侄女。

欧阳殿生不由想起丈夫具有传奇色彩的身世。

她记得丈夫曾经告诉她，他有一个孪生兄弟，在新中国成立前一年失散了，失散的原因，就像反映革命斗争历史的电影、电视剧所叙述的故事那样。为了营救被关押在国民党监狱里的一位共产党高级干部，安祖裕的父亲，也就是她的公公被国民党枪杀了。为了逃避国民党斩草除根，婆婆带着她的双胞胎儿子四处奔逃，在奔逃途中，婆婆将她的一个儿子送给了别人，自己则带着安祖裕在蒲东县城躲避下来。新中国成立后，他们无法说明自己是曾经为中国革命做出过牺牲的有功之臣，但他们国民党监狱狱卒家属的身份，却是明白无误地记录在案，他们被当作反革命家属管制起来。丈夫对她说，他们母子俩相依为命，婆婆没有工作，只能捡破烂为生。因为穷，安祖裕初中毕业就辍学了。改变安祖裕命运的，缘起于一张发黄的小纸条。安祖裕说，在他十五岁那年，有一天婆婆从外面捡破烂回来，一进屋子就从床铺底下拖出一只破得不能再破的箱子，口里不停地喃喃说着："我终于看见那个人啦！我终于看见那个人啦！"她神色紧张地在破箱子里左右倒腾着，终于翻出了一张小纸片。这张小纸片不知是从什么年代的报纸上撕下来的，已经又黄又脆。当时丈夫问婆婆："你见到谁啦？"婆婆只是眼泪汪汪地说，"我找了他十多年，终于找到了。"至于那个人是谁，婆婆没有说。丈夫也不明白婆婆为什么要把这张小纸片藏得这样好。这个人究竟是谁，要婆婆找他十多年？丈夫说，他记得婆婆拿着这张小纸片的手是抖着的，而且抖得很厉害。婆婆说，"祖裕，你瞧瞧上面写着什么字？"丈夫茫然地从婆婆手中接过小纸片。但无论他怎么看，也没有发现有什么字。"娘，没有什么字啊。"丈夫说着，把小纸片递还给了婆婆。婆婆又把小纸片推了过来，并把丈夫拉到了光线较强的窗口："儿，你再瞧瞧，仔细瞧瞧……"丈夫翻来复去地看着，终于发现在黄黄的小纸片上，果然有一行不易让人发现的淡淡的小字。这行小字原本应当是清晰的，只是因为年代久远，暗淡了，褪色了。"娘，上面果然写着字……""什么字？儿，快念给娘听听！"丈夫一字一句地念道："革命成功以后去找我……"婆婆轻轻地反复地说着："这纸条上果然写着字，他没有骗我……他没有骗我……"婆婆眼角里滚出了泪珠，丈夫的眼角里也滚出了泪珠。丈夫对她说，婆婆一生的苦难似乎都写在脸上，眼眶里总是噙着泪水，眉头打着结，脸上难得有一丝笑容。婆婆总是躬着一个腰，捡破烂背着竹篓的时候是这样，平时走路的时候也是这样，像是背着一身永远还不清的债务。四十不到的人，看上去像一个七八十岁的老人。第二天傍晚，婆婆从省城回来了。丈夫发现婆婆挂在眼角上的泪水没有了，打着结的眉头舒展开来，脸上露出从未有过的笑容，躬着的腰也挺直了。这时候，丈夫才发现自己的母亲原来是这样的美丽，这样的高大。婆婆说："儿啊，我们的苦日子终于熬到头了。"婆婆说过这一句话以后，丈夫的家庭发生了变化。他们由反革命家属很快成了革命烈士家属，丈夫也进了工厂工作。婆婆虽然仍然捡着破烂，但也拿到了政府的津贴……丈夫上班第一天，婆婆噙着眼泪对他说，"儿啊，你的工作是咱家的两条人命换来的，你可一定要好好工作啊！"后来丈夫从工厂被选拔到了大学读书，临行的那一天，婆婆照例又是流泪满面地对他说："儿啊，你有这一天，是你的父亲和你哥哥的生命换来的……"丈夫在大学里读书时，正遇上史无前例的"文化大革命"，因为他是革命烈士的后代，自然而然地担任了红卫兵组织的头目。有一天他回到家里，突然发现婆婆脸上的笑容不见了，腰又躬得很低很低，老是长叹短嘘，仿佛又回到了以往让人心碎的不堪年月。母亲唏嘘着对他说："那张小纸片让人拿走了……""是谁拿走了小纸片，他们为什么要拿走小纸片……"丈夫很纳闷，问婆婆。婆婆说，他们说是中央来的，要证明一个人的历史问题，"他们要证明谁的历史问题？"婆婆摇摇头，没有再回答下去。他们为什么把这张发黄的小纸片看得这样重？为什么这张发黄的小纸片能改变他的命运？这些问题，丈夫曾经问过婆婆好几回，但婆婆都摇头不答。后来有一天，婆婆把丈夫带到省委书记的办公室，婆婆让丈夫叫那位省委书记叔叔的时候，丈夫才明白，这张小纸片维系着省委书记的前途和命运。丈夫对她说，大学毕业后，他到一个部队农场锻炼了一年，后来被分配到省政府，在省政府工作了一年，他又被下派到蒲东县挂职担任了县委组织部副部长。后来他就这样一步步地升迁，基本上是三四年上一个台阶。

欧阳殿生的心里又是一阵酸楚，两个失散多年的亲兄弟，竟会同时躺在同一个手术室里，一个将命饮黄泉，一个却要依赖另一个人的躯体存活下来，却又生死未卜，两个妯娌相见竟会是在这样一个悲惨万分的场合。

欧阳殿生走到陈湘莲跟前，紧挨着她坐了下来，心里盘算着该与她攀谈几句，了解一些情况，如果一旦需要与她商量问题，不至于太突兀。此时，虽然凛冽料峭的西北风还没有肆虐江南大地，但温和的空气中已经夹杂着几分寒意。欧阳殿生在这充满寒意的夜晚，还穿着一套质地很好的西式套裙，脚蹬一双后跟很高很尖的红色皮鞋。虽然身上披着一件与套裙颜色一样的纯毛短大衣，但两条颀长的秀腿却裸露在外面。陈湘莲见她虽然面容憔悴，一脸忧伤，但穿着华丽整洁，气度非凡，不由自主地将身体往女儿旁边挤了挤，似乎自己身上的污秽会沾到她似的。欧阳殿生根本没有意识到陈湘莲的举动，将身体又往她跟前靠了靠，几乎与她肩膀挨着肩膀，接着和颜悦色地与她搭讪起来。

欧阳殿生的猜测很快就被证实了，中年妇女就是她的妯娌陈湘莲，青年女子就是她的亲侄女黄秀秀。她很快弄清了黄三省的伤势和受伤经过，心里又是一阵剧痛，没有想到安祖裕兄弟的家境是这样穷困潦倒，遭遇又是这样触目惊心。

陈湘莲见对方这样平易近人，通情达理，畏惧感很快就消除了，她问欧阳殿生："你在这里干什么，是不是丈夫也在里面做手术？"

欧阳殿生对她说，她的丈夫遇到了车祸，也在里面抢救。

陈湘莲问道："医生说我老公的头要装到另一个人身上，你是不是要装我老公头的那个人的老婆？"

欧阳殿生心里一惊，这个女人头脑还是很清楚的，手术成功了，要做她的工作，还真的要动一番脑筋呢。她一时不知所措，如实回答，说不出口；敷衍搪塞，又难以启齿。正在她两难之际，不知就里的黄秀秀为她解了围。她说："阿姨，我娘是被黄阿虎气糊涂了，她一定听错了医生的话，一个人的头怎么好安装到另一个人身上呢？"她以为娘癫痫的毛病又犯了，又说胡话了。

黄秀秀这么一说，欧阳殿生就把话想好了。她含糊其辞地说："换头术我也是第一次听说，这样的手术即使医生现在敢做，成功的把握也是很小的。"

陈湘莲却固执地说："医生就是这样对我说的嘛。"

这时从长长的走廊尽头，响起了杂沓的脚步声，范芝毅和汪培琼肩并肩出现在楼道里，急冲冲地朝手术室走来。欧阳殿生站起来，向他们迎过去，想把他们阻挡在手术室外面，对安祖裕和黄三省头颅异体移植，欧阳殿生怕的就是范芝毅知道。她如临大敌，心里盘算着如何应对这个局面，不管最后的结果如何，她无论如何也得让医生们把这个手术做完。她想着，从容不迫地朝范芝毅和汪培琼走过去。这时手术室的门开了，上官云霞高举着一只盐水瓶，诸葛瑞德推着手术车从里面走出来。欧阳殿生又踅回身，本能地向手术车奔过去，她要看看现在躺在手术车里的是谁？陈湘莲和黄秀秀也霍地从椅子上站起来，向手术车扑去。欧阳殿生站在楼道正中，手术车正好推到了她的面前，她身手敏捷地掀起盖在手术车上的毯子，黄三省裸露的腹部暴露无遗，他的腹部中间被一块狭长的白纱布覆盖着，其他部位已呈现出一片污黑。陈湘莲看到这副惨状，大哭起来："三省，三省……"黄秀秀要从上官云霞手中接过盐水瓶，上官云霞没有给她，说："还要进行第二次手术。"黄秀秀只好去帮诸葛瑞德推手术车。欧阳殿生仍然原封不动地盖好毯子。这时她看到了氧气罩下的一张脸，而那张脸正是安祖裕的。她的一颗剧烈跳动着的心像被人剜去了一样，眼前一片火星，天旋地转。她跟跟跄跄地走了几步，几乎跌倒，幸亏她早有心理准备，牙齿狠狠地咬住嘴唇，狠狠地咬着，又伸手扶住墙壁，竭力不让身体倒下。黄秀秀反应灵敏，伸手扶了她一把："阿姨，你……"欧阳殿生睁大眼睛，摇摇头说："我怕见血，一见血就头晕。"

手术车从欧阳殿生面前推了过去。陈湘莲母女也跟过去了。

欧阳殿生呆呆地站着，目送着手术车悄然无声地向前推去。世界上的事有时很复杂，有时又简单得让人难以置信。欧阳殿生连自己也没有意识到，她的这个不经意的掀起毯子的举动，却轻而易举地使陈湘莲母女相信，刚才躺在手术车上的伤员就是她们的亲人。当欧阳殿生再次发现范芝毅和汪培琼时，他们已经一脸茫然地站在她的面前了。

"安夫人，你怎么在这里？"范芝毅问。

"医生们正在给老安做手术，我只好等在外面。"欧阳殿生说。

"手术做得怎么样了？我们进去看看。"汪培琼说。

还未等欧阳殿生反应过来，范芝毅和汪培琼已经走进了手术室。

欧阳殿生也只好跟进去。

手术室里，顾迪安和许伟达正在合力将黄三省的头颅对接到安祖裕的躯体上。手术正处于关键时刻。

范芝毅向手术台走去，边走边问道："在抢救安副市长吧？"

汪培琼因害怕许伟达发火，只是远远地站在门口看着。

许伟达和顾迪安不约而同地抬起头，看着范芝毅。许伟达最反感的就是有人随便进入手术室，虽然范芝毅是领导小组组长，但对他不经允许随便进入，也十分不满。他沉下脸正要发火，欧阳殿生跨前一步，挡住了范芝毅的去路，她说："我已经对你说过了，医生们正在给老安做手术！"

范芝毅只好停住脚步。

"刚才从这里推出去的伤员，是不是黄三省？"范芝毅问。

顾迪安说："是这么回事，我们正在抢救安副市长时，黄三省脑部也出现问题，所以也把黄三省送来了……"

范芝毅生气地说："给安副市长做手术，为什么不通知我？"

欧阳殿生火了，斥责道："通知你？你好大的架子！你怎么不守在老安的身边，你怎么对老安这种态度？"接下来她的话就很难听了，"老安白培养你了啊，老安错看你了啊！"

市长夫人一顿教训，使范芝毅丢尽脸面，他连忙拉大旗作虎皮："这是市委李副书记的意见……"

没想到欧阳殿生更火了："李剑峰既然这样关心，他自己为什么不来？！"

"……"

这天夜里，汪培琼发现黄三省和安祖裕很像，李剑峰和范芝毅和她通过电话以后，她就一直站在楼道的旮旯处窥视许伟达他们的动静。范芝毅向省市委领导汇报完安祖裕的伤势后，就急匆匆地赶来了。在手术室里，当着这么多人的面，范芝毅被欧阳殿生训斥了一顿，感到脸面尽失，只好闷闷不乐地走出手术室。他想监督安祖裕救治的事，但不能这样赤膊上阵，还得利用一下汪培琼。他走出手术室，汪培琼迎上来问道："里面是安副市长吧？"

范芝毅摇摇头说："专家们正在做手术，安夫人不让靠近……"

汪培琼说："黄三省已经被推出去了，里面就一定是安副市长了。"

范芝毅和汪培琼走到离手术室较远的地方，站住了。他远远看见，欧阳殿生也从手术室里走出来，在门口的椅子上坐了下来。范芝毅神情忧郁地问汪培琼："你知不知道章启明到山阴来干什么？"

汪培琼一脸惘然，问道："谁是章启明？"

"章启明就是省纪委书记！"

"这跟你有什么关系？"

"他到山阴是来查我们那台放射治疗仪的，查出来咔嚓！"范芝毅做了一个杀头的姿势。其实，章启明到山阴来，同他们那台放射治疗仪没有半点关系，范芝毅为了像拴蚂蚱一样拴住她，才这样说的。

"啊……"汪培琼大惊失色，"那怎么办啊？"

那台放射治疗仪是范芝毅担任医院党委书记时，和汪培琼从西欧采购回来的，诓骗上边说花了一百二十万美金，实际上只花了二十万美金。前几天，安祖裕专门向范芝毅询问过此事。章启明是省委副书记兼省纪委书记，他来山阴，开始范芝毅疑神疑鬼，以为是来调查此事的。接触后才知道章启明不是为他们的事来的，也就放下心来。但他认为，这正是可以作为利用汪培琼的一根绳子。

汪培琼一脸的恐慌，这个女人既贪心，又胆小。当初是她主张要么不贪，要贪就贪它一百万，分赃时她又得了大头。现在她像是马上要被推出辕门斩首似的，害怕得浑身打着哆嗦。这个女人还是范芝毅在医院担任党委书记时勾搭上的。那一天，她刚从商业学校会计专业毕业，拿着一位朋友写的字条来找他，称他是表哥。她长得很漂亮，雪白的仕女形的脸，红红的樱桃小嘴，还有那磁性的嗲声嗲气的声音，使他血脉贲张，当时就与她在办公室里发生了性关系。后来，她就成了医院的会计，第二年成了财务科的副科长，第三年就成了科长。因为他们对外声称是表兄妹，所以他们公开往来也没有什么忌讳……

这时，范芝毅的手机响了。电话是李剑峰打来的，问他在什么地方。范芝毅把在医院里看到的情况简单地说了一下。李剑峰又问有没有看清黄三省的相貌。范芝毅说没有。李剑峰火起来，批评他工作不负责任，一个副市长怎么可以和一个农民同时做手术，万一安副市长有个三长两短怎么办？你负得了这个责任吗？范芝毅解释说欧阳殿生一直守候在手术室门口，他也没有办法。没有想到李剑峰更火了，说要是她也被糊弄了，或者说她也一起来糊弄人呢？范芝毅被他说得如坠云里雾里，一头雾水。李剑峰要他搞清楚两个人一起做手术的真正原因，让他亲自去看一看那个黄三省，并严厉地说，有什么情况，及时向他汇报。

这时，楼道里传来陈湘莲撕肝裂胆、催人泪下的哭声。

"黄三省"被宣告死亡了。

第三章

追　尸

　　范芝毅刚才莫名其妙地被市长夫人训了一顿，现在又被李剑峰骂得狗血喷头，心里老大的不痛快。但仔细想想，李剑峰的怀疑也许有道理，一个副市长怎么能和一个农民同时做手术呢？汪培琼说黄三省和安祖裕像得她分辨不出谁是谁了，李剑峰要他去看一看黄三省相貌，估计也就是要他去证实一下汪培琼的说法。他记得安祖裕说过，他有一个孪生兄弟，新中国成立前一年失散了，如果像得分不清伯仲，黄三省就是他失散多年的兄弟，那就有戏了，至于什么戏，他一时还想不出一个所以然。

　　安祖裕的遗体很快被拉到了太平间，在去太平间的路上，汪培琼不停地说着放射治疗仪的事，范芝毅被她唠叨得心里慌兮兮，又无计可施，只是安慰道安祖裕生死未卜，现在暂时没有什么危险。太平间到了，汪培琼因害怕见死人，就站在太平间门口，范芝毅走了进去。

　　被移植了头颅的安祖裕，静静地躺在医院太平间的挺尸床上。

　　黄秀秀搀扶着母亲站在挺尸床旁，对着挺尸床上被白色的床毯覆盖着的尸体，撕肝裂胆地嚎哭着。本来陈湘莲知道眼前这具遗体应该是另一个人的，但安祖裕的遗体推出脑外科手术室时，欧阳殿生掀起毯子的那个动作使她产生误会，极度的悲伤使她失去了理智。

　　上官云霞帮着陈湘莲母女把尸体送到了太平间。此时，她站在母女俩旁边，她想等她们平静下来后再向她们说明手术真相，但接下来发生的事，使她无法说明手术的真相，也使陈湘莲深陷误会的泥潭。

　　范芝毅走进来，没有理会正在号哭中的陈湘莲母女，也没有理会上官云霞吃惊的目光，他径直走到挺尸床前，他的目的很明确，就是要看看尸体的相貌。他撩起覆盖在尸体头部的白色床毯，安祖裕毫无血色的脸顿时出现在他眼前。范芝毅大惊失色，口里嗫嚅着："这……这，这是怎么回事？"因为他刚刚在脑外手术室里见到过安祖裕，和一直等候在那里的欧阳殿生，现在又出现了另一个"安祖裕"。范芝毅俯下身，脸对安祖裕的脸，仔细地察看。上官云霞心里很紧张，欧阳殿生关照过的，要对范芝毅保密。她想将床毯重新盖住安祖裕的脑袋阻止范芝毅，但仔细一想，这个动作太唐突，说不定还会弄巧成拙。她要引开范芝毅的注意力，但又找不到适当的理由。范芝毅伸出一只手正要托起安祖裕的脑袋，察看后脑，陈湘莲突然扑上来，一声撕肝裂胆的嚎哭，扑通一声跪在范芝毅面前。上官云霞被陈湘莲的一跪一喊惊醒了，对陈湘莲说："老妈妈，你不是说有冤枉吗？他是市政府领导……"

陈湘莲此时的动作，是她家乡的习俗。排头村的村民办丧事，每逢亲朋好友来吊唁，丧家就要号啕大哭表示悲伤和感激，陈湘莲把范芝毅当成了吊唁者，就跪到地上大哭起来。现在听说范芝毅是市政府领导，立即大声疾呼："政府救救啊……"

听说来人是市政府领导，黄秀秀也不肯放弃这个告状的机会。她把范芝毅拉过来，掀起覆盖在尸体腹部的床毯，声泪俱下："我爹爹是给黄阿虎打死的啊，你要为我们申冤啊！"掀起床毯马上就露出了惨不忍睹的腹部，陈湘莲哭得更加惊天动地，催人泪下了。她喊道："三省，你好冤啊！"

范芝毅明白了，安祖裕的孪生兄弟找到了，但是死了。问题搞清了，他可以向李剑峰交代了。他正想转身离开，抬头正好与上官云霞的目光相遇，他被上官云霞的美貌惊呆了，他没有见过医院里还有如此漂亮的女子，但陈湘莲的号哭，黄秀秀要为她父亲申冤的喊声，迫使他必须迅速离去，他只是惊鸿一瞥，像逃似的离开了太平间。

范芝毅走了，可把上官云霞吓得够呛。

范芝毅走出太平间，汪培琼还在门口等他。他问那个女护士是谁，汪培琼说，你是不是又在想歪门邪道了，她可是市交警支队队长李敬右的女朋友。范芝毅说，他怎么不认识？汪培琼说，她是你调到市政府后才来的。范芝毅"哦"了一声，算是明白了。汪培琼要他别胡思乱想，还是想想那一百二十万美金的事。范芝毅突然想起来，李剑峰也对他说起过安祖裕要查进口治疗仪的事。李剑峰为什么要对他说这样的话，是不是在拉拢他？汪培琼说，如果他来拉拢你，他能提拔你，你就赶快往他身上靠。社会上已经传得纷纷扬扬，他和安祖裕都是下届市委书记的候选人，让安祖裕去死，让他当市委书记。

这时孟巾帼来询问安祖裕和黄三省的伤势。

范芝毅告诉她安祖裕还活着，黄三省却死了。

黄三省死啦！孟巾帼又气得浑身发抖，大喊大叫起来。她合上手机的翻盖，直递到黄阿虎眼前，几近咆哮：“你给我去自首！你给我去自首啊！”

黄阿虎不知道发生了什么事情，将手机推回来：“你让我去自首什么？自首制造车祸的事？”

孟巾帼突然省悟，怎么能让黄阿虎打自己的手机去自首，这不是掩耳盗铃，自欺欺人吗？孟巾帼将手机收回来，但愤怒的程度一点儿未减：“黄三省死了，你该满意了，你为什么又要来害我啊……”她哭着喊着，像跟自己的丈夫吵架似的，伸手要打黄阿虎的耳光，黄阿虎一把捉住了她的手臂，说：“黄三省死了你悲伤什么？”

孟巾帼说：“我是替你悲伤，你总少不了吃一颗子弹。上次被宗绍阳盯上，差点儿在那个女知青身上翻船，不吸取教训，现在又来犯人命，又给宗绍阳盯上了。”

黄阿虎也害怕起来，瓮声瓮气地说：“你说我该怎么办？”

孟巾帼抬起短腿踢了一脚黄阿虎：“你还不赶快我给滚啊！”

黄阿虎拎起放在茶几上的手提包，站起来，气呼呼地向门口走去。

孟巾帼却又把他喊住了：“你去干什么？”

黄阿虎站住，斜眼看着她：“你不是让我去自首吗？我这就去找宗绍阳！”

孟巾帼喊起来：“冤家啊，我是让你去毁灭罪证啊，你怎么榆木脑袋不开窍啊！”

黄阿虎点了点头说：“我知道了！”他拉开门，走了。

黄阿虎一走，孟巾帼又坐到沙发上，呆呆地看着茶几上的一只杯子，想着心事。她这辈子实在不容易，磨难太多，代价也大大。虽然眼前安祖裕生死未卜，对她升任县委书记一职已无大碍，但黄阿虎打死黄三省的事，实在不是件好事，宗绍阳是什么人？他是只蚂蟥，他会叮住不放，他也是个"犊头"，会钻牛角尖。黄阿虎要是被他揪出来，必定祸害于她。她不知道该怎么办？

孟巾帼立即打开手机，拼命地摁了一通号码。电话马上就打通了，手机那头传来了她熟悉而又亲切的声音。

"喂……"

孟巾帼捏着手机，只是哭泣着："你叫我怎么办啊……"

手机那头给她哭得莫名其妙，很生气："谁死了要你哭得这么伤心？"

"黄三省死啦！"

"黄三省死与你有什么关系？"

"黄三省是黄阿虎打死的啊！"

手机那头也吃了一惊，不出声了。

"你说我该怎么办啊？"

"你在排头村插过队，一定认识黄三省。"

"他就是成了灰我也认识……"

"那么你一定知道黄三省和安祖裕长得很像喽！"

"知道啊！我第一次见到安祖裕就把他当成了黄三省，我估计黄三省就是安祖裕失散多年的兄弟！"

"你过去为什么不说？"

"黄三省和我是死对头，把这层关系捅破了，我岂不是自找麻烦吗？"

"黄阿虎办事不利索，安祖裕还没有死……"

"安祖裕受了重伤，要活也难，黄阿虎又给宗绍阳盯上了，你说我们该怎么？他是只癞皮狗，会乱咬乱攻的。"

"先保他一下，保不了就除掉他……"

孟巾帼打完电话，拉开窗帘，才知室外已是阳光灿烂，晴空万里。马路上人声鼎沸，人流如潮。她心里盘算着该如何去修补黄阿虎捅下的娄子，走到床头柜跟前，拎起她的小手包，准备立即回山阴去。这时，手机响了，电话里仍然是她熟悉的声音。

"喂，巾帼吗？"

"我是我是……"

"黄三省的尸体已经由医院的救护车送到乡下去了，救护车现在正行驶在从山阴市区到蒲东县的104国道上，你让黄阿虎拦住那辆救护车……"接着嘱咐她，"一定要让黄阿虎把尸体拦下来，拦住尸体后你立即告诉我……"

"是，我这就来安排!"

对方放下电话，孟巾帼立即打通了黄阿虎的手机，问他现在干什么。黄阿虎说，正在与派出所的同志商量搞份黄三省破坏村政规划、暴力抗法的证明材料。黄阿虎要孟巾帼给县公安局打个招呼，让配合一下。孟巾帼告诉他，黄三省的尸体由市医院的救护车送到排头村去了，要他立即到104国道线上拦住尸体，拦住后立即与她联系。黄阿虎说他这就去办。

宗绍阳是个直性子，也是个急性子，心里有事就会彻夜难眠，昨天夜里他基本上没有合眼。吴品菊因要编审六点钟的新闻稿，五点半就起来了。妻子起床，他也跟着起了床，洗漱完毕，随便吃了点妻子准备的早饭，就拿起公文包走出门去。离开时，他也没有忘记提醒女儿："别忘了今天要到蒲东县城找安老太太的事。"时间还早，大街上灯火璀璨，行人稀疏。宗绍阳走进办公室，打开电灯，在写字台前坐了下来。他有一个坐在写字台前思考问题的习惯，似乎不坐在写字台前就没有思路。他十八岁参加工作，已经有了三十多年的警龄，由他负责侦破的大大小小的案件成千累万。作案者再狡猾，只要有一点儿蛛丝马迹，凭着他执着的精神和高超的技能，都会让它水落石出，真相大白，把犯罪嫌疑人绳之以法。现在他要把昨天晚上掌握的情况和思索了一夜的问题，好好梳理出一个头绪。他感到安祖裕车祸案情重大，他还要和局长吕福安交流一下情况，因为昨天夜里现场是吕福安勘察的，一定对现场的目击者做过笔录，也许能从目击者的证词里淘出有益的线索，再成立一个专案组。

这时天色已经大亮，走廊上响起了脚步声，宗绍阳估计吕福安上班了，如果没有特殊情况，他一般都是提前半个小时上班。如果有什么重大事情，他会通宵达旦地守在办公室里，甚至连续几天不回家。宗绍阳站起来，此时他的头脑显得异常清晰，刚才纷杂的思想已经捋出了一个头绪。他必须尽快向吕福安汇报，尽快成立一个专案组。这时写字台上的内线电话响了。

电话是李敬右打来的，告诉他黄三省死了。职业的敏感使他意识到黄三省伤重致死必须进行法医解剖，如果证明黄三省重伤是黄阿虎所为，那么尸解将使黄阿虎罪责难逃。黄阿虎会做案，也会毁灭罪证，二十年前要不是他破坏犯罪现场，又拿出一个男知青的短裤做证，他黄阿虎即使有一百条性命也早就灰飞烟灭了。这回无论如何也不能让他逃脱了。宗绍阳告诉他赶快去医院，看住黄三省的遗体别让人运走了，他马上就到。放下内线电话，他又拎起了外线电话，他承诺过黄三省的医疗费由他负责，现在黄三省死了，他必须兑现这个承诺。他要吴品菊到市医院财务科问清黄三省的医疗费，然后如数付清。搁下电话，他来了个百米冲刺跑下楼梯，驱车直奔医院。

"回头再来和吕福安商量车祸的案子。"他在路上这样想。

但他还是来晚了一步，李敬右的警车已经停在医院大楼前。李敬右和上官云霞站在车旁等他，因为天气很冷，又站在风口，上官云霞的双颊冻得红红的，很好看。宗绍阳的警车刚停住，李敬右就对他说，黄三省的遗体在半小时前，已由医院的救护车送到蒲东乡下去了，陈湘莲母女随车走了。宗绍阳问，救护车驾驶员有没有手机？上官云霞摇摇头说："现在手机还没有普及，一个月收入只有几百元的工人怎么可能有手机呢？"

宗绍阳立即对李敬右说："追！"

宗绍阳的警车驶上去蒲东的104国道，就把车速开到最高限速。路上他打通了女儿的手机，问她在什么地方。宗佩兰回答说，她和同事朱莉莉在一个钟头前就出来了，正驶在东湖县地面上，快进入蒲东县地界了，前面一座山岙已遥遥在望。宗绍阳让她们看见市医院的救护车就拦下来，如果车里载着黄三省的遗体，就将救护车开到刑侦支队。宗佩兰说明白了。

时候还早，公路上车辆不多，宗绍阳的车技很好，再加上他思想集中，车子开得又稳又快。蒲东县和山阴市区之间隔着东湖县，从这里到宗佩兰说的那座山岙，大约有三公里路程。刚刚驶入东湖县公路收费站，宗佩兰就打来电话说她们已驶入蒲东县地界，翻过了山岙，到了三岔路口。路标上写着往南去是蒲东县城，往北去是琥珀乡，该走哪一条路？如果是去殡仪馆的，就得走县城那条路；如果是去排头村的，就得走琥珀乡这条路。宗绍阳也弄不清楚救护车会走哪条路，就让她们守在三岔路口，无论救护车往哪条路走，这是必经之地。

天气很好，宗绍阳的桑塔纳2000型警车鸣着警笛，向前飞驰。能见度很好，从车窗里极目远眺，足能看到数公里以外的路面。这次他一定要将市医院的救护车拦下来，他有能力，也有权力将黄三省的死因弄个水落石出。二十年前的那个案子办得真叫窝囊，那条男知青的裤衩，有好几个村民证明，他们在女知青被害后的当天，还看见晾在一个晒谷场上的铁丝上，怎么能成为男知青因奸杀人的铁证呢？再说那个男知青三天前就去了省城，案发夜里，还和另一名村民同睡在一个旅馆里……倒是这个黄阿虎，有人在案发当夜看见他从那女知青的房间里走出来，而那条裤衩也正是他提供的所谓证据。据说县里有位领导指示说，办案要坚决相信和紧紧依靠贫下中农，结果那男知青被判了死缓。这个死缓还是他据理力争的结果，要不是他坚持，那个男知青就被判处死刑、剥夺政治权利终身了……那时候，他只是刑侦队的一个副队长，人微言轻，还不足以与上级领导的错误意见相抗衡。这是他一生中的耻辱，也留给他一生的愧疚。

前方路上出现了一辆乳白的面包车，因为距离太远，面包车显得很小，小得就像辆玩具汽车，但宗绍阳认定那就是市医院的救护车。他加大了油门向前追去。

这时宗佩兰又打来了电话。宗佩兰说，黄阿虎的本田牌轿车刚从她们面前驶过，他的车后紧跟着一辆殡仪馆的运尸车，请示怎么办？宗绍阳问，黄阿虎的车驶往哪个方向。宗佩兰回答说，驶向山阴市区。宗绍阳说："追！"

与前面那辆面包车的距离越来越近，宗绍阳看清了车上的红十字标志，现在可以确定那就是市医院的救护车。目标锁定，速度加快，与救护车的距离也就越来越近了。

这时，宗绍阳的手机响了起来，这回是吕福安打来的。

"老宗啊，现在忙什么呐？"

宗绍阳把现在的情况和自己的想法，简明扼要地对他说了一下。他估计，他这个行动一定会得到吕福安的支持。

吕福安说："追一具农民的尸体，用得着你宗副局长亲自出马吗？通知蒲东县公安局不就行啦！"

宗绍阳说，他马上就要追上了。

吕福安要他马上调转车头赶到市委，李剑峰副书记正等着他开会。宗绍阳问开什么会？吕福安说，李副书记对安副市长的车祸很重视，他要亲自听取他们公安局对这场车祸的看法。别的同志都到了就等你。宗绍阳心里有点不高兴，就随口说道，这样的会议为什么不提前通知。吕福安不高兴了："老宗你怎么能这样说话？市委领导要听取汇报，难道事先要征得你的同意？"一句话说得宗绍阳哑口无言，也自知说漏了嘴。他知道自己目前的情绪受到了二十年前那个案子的影响，理智失控了。于是他说，他马上就赶回来参加会议。

和吕福安通过电话，和救护车的距离也就是三四公里的路程了。他想干脆就把救护车拦下来，亲眼看一下黄三省的遗体，然后让李敬右送救护车去市刑侦支队进行尸解，自己再去市委开会。于是，他打电话给身后的李敬右，把吕福安通知开会的事和自己的安排说了一下，李敬右说没有问题。

宗佩兰又打来电话报告说，她们已经看到父亲和李敬右的警车了，但黄阿虎的轿车和那辆运尸车却被山岙挡住看不见了。宗绍阳从车窗里往外望，公路在这里形成了一个弧度很大的弯道。那弯道是座两百多米长的山岙，公路就从剖开的山岙中间穿插而过。宗绍阳果然在山岙外面看见了女儿的警车，似乎女儿的警车与他很近，其实中间却隔着一个长长的弯道，至少有两三公里路。女儿警车的前面突然出现了一辆大卡车，那大卡车左右摇摆的，车速很慢，女儿想超车却又无法超越。黄阿虎的轿车和那辆运尸车已经驶入了山岙，被山体挡住视线看不见了。宗绍阳让她设法超越大卡车，盯住黄阿虎。宗佩兰大叫道，想超过大卡车，要么飞过去，要么开到田畈里去。宗绍阳也无计可施。此时被宗绍阳盯得死死的救护车也驶入了山岙，他的视线也被山体挡住了。他想这没有关系，拐个弯，顶多几分钟也就解决问题了。他鸣着警笛，路旁有一排旧房子他也没有留意，没有减速继续向前行驶着。这时，在前方不到五十米的地方，从路旁的旧房子里开出一辆推土机，他立即来了个紧急刹车，车头一歪，半个轮子陷进了旁边田间的排水沟里，后面快速驶上来的李敬右的车子，险些撞在他的车尾上。宗绍阳钻出轿车，前面公路上，已经前后错开地停着两辆推土机，把道路封死了。

李敬右从警车里走出来，问："局长，怎么回事？"

宗绍阳说："小李，请他们让让道。"

他钻进警车，把车子从水沟里倒了出来。李敬右和推土机司机交涉，但那两个司机反过来要他们让道。理由比他们还充分，他们要去挣钱糊口，穷人的时间耽误不起，一定要他们将车靠边。宗绍阳依了他们，两辆警车开到了一旁，让开了道路。那推土机却出了故障，不是点不着火，就是发动不了机器。

这时宗佩兰来电话说，救护车往琥珀乡的方向驶去了，请示怎么办？宗绍阳不假思索地说："追！"

李敬右帮助他们折腾了半天，终于把一辆推土机点着了火，另一辆推土机也发动了，两辆推土机往路边靠了靠。宗绍阳和李敬右钻进各自的车子，正准备开过去，却又发现一辆大卡车大摇大摆地开过来，紧随其后的是一辆本田牌轿车，黄阿虎坐在驾驶室里，一脸得意的微笑。黄阿虎似乎没有认出宗绍阳和李敬右，本田车连速度也没有放慢，就呼地驶过去了。宗绍阳和李敬右的车子终于又驶上公路，但公路上什么车子也没有了。宗绍阳手机又响起来。手机显示屏上显示出吕福安的手机号码。吕福安问他在什么地方？李副书记等了他大半天，已经火了。宗绍阳只得说，他马上就来。吕福安搁下电话。宗绍阳就给李敬右打了手机，让他帮助宗佩兰她们把救护车追回来，他又给宗佩兰打手机问情况。宗佩兰说，救护车跟是跟住了，但那救护车开得飞快，跟玩命差不多，公路上拖拉机、大卡车又多，她们像是在演一部警察飞车追歹徒的警匪片，惊心动魄，险象环生。宗绍阳嘱咐她注意安全，自己调转车头飞速向山阴市区驶去。

他感到很内疚。执行上级领导的指示，他从来是雷厉风行，不打折扣的，可今天有了例外，让市委领导为了等他，白白地浪费宝贵的时间。他真不该感情用事，去追什么救护车。但又仔细一想，如果黄三省真是黄阿虎打死的，黄阿虎的手上就有了两条半人命的血案。为什么说两条半呢？黄三省加上女知青是两条，那个被判了死缓的男知青算半条。两条半人命啊，而其中的一条半人命又与他休戚相关，你说他能不一腔义愤吗？一会儿，将这些情况对李书记做个解释，估计他也会理解，说不定会得到他的支持。如果能得到他的支持，黄三省的案子就可以组织力量进行调查了。

平时，在不到万不得已的情况下，他是不会按警笛的，这回他却按了，而且按得惊天动地。车子开得飞快，只听见两边风声呼啸，车窗两边的物体像流星一般飞驰而去。终于进入市区安康大道，他稍微放慢了车速。到市委大楼还有不到十分钟的路程，把情况向李副书记解释一下，他一定会谅解的，他这样想。这时，宗绍阳又接到吕福安从办公室打来的电话，要他立即到他的办公室去，汇报会取消了。

不一会儿，宗绍阳就坐在市公安局长吕福安宽阔的深红色老板桌前面了。吕福安今年已经六十三周岁，按理他在前年就该退下来。他没有退下来的原因很简单，据说就是没有合适的继任者。他自己也说还有充沛的精力，可以再轰轰烈烈地干它几年。他这番话并非夸大其词，从外表看，他至多只有五十五六岁。他生来是一副官相，一张胖乎乎的脸，两只鼓起的腮帮，像是口腔里含着两颗橄榄，两只鼓鼓的眼袋也很醒目，皮肤白里透红，油光锃亮的。吕福安很有本事，在"文化大革命"中担任过工纠队长，他的手下在清理"三种人"时，大部分锒铛入狱，而他却奇迹般地进入了公安系统，而且步步高升，一直到计划单列市的公安局局长，可见绝不是等闲之辈。

宗绍阳刚坐下，吕福安一脸的微笑，好像刚才的事根本就没有发生过。他问道："什么原因要你亲自去追一具普通农民的尸体？"

宗绍阳说："黄三省的家属说，黄三省被黄阿虎殴打致死，我要进行尸体解剖。"

吕福安说："即使如此，也用不着你亲自出马啊！我在电话里不是对你说，让蒲东县公安局的同志去办就行了。再说也用不着这么着急，蒲东县有个习俗，人死后要做道场，要让亲戚们来吊唁，遗体至少要保留一至三天，有这么长的时间，用得着你去飞车追尸吗？"他友好地笑起来。

宗绍阳说："我怕黄阿虎抢着去火化了，我深知其人。"

"如果黄三省真的是黄阿虎打死的，他一定难逃法网……"

吕福安和善地看着宗绍阳略显疲惫的脸："李副书记把我们叫去，是要听听我们对安副市长车祸的意见。开始李副书记一直在等你，后来他有事走了，他让我听听你的意见……"

宗绍阳问："你昨天在现场勘察有没有找到目击者？"

"有啊。"吕福安说。

"谁？有几个？"

"就是那个运煤车司机。"

"有其他目击者吗？"

"我赶到也晚了，只有围观的群众，没有真正的目击者，"吕福安皱了皱眉头，他好像对宗绍阳问话不太高兴，说道，"李敬右都做了记录，你要了解情况可以去看他的记录。"

"我对安副市长的车祸有怀疑……"宗绍阳也感到这样不停地提问，不是很合适，于是把自己的想法亮了出来。

"说说看。"吕福安发福的脸上立即红光四射，兴奋地说道。

宗绍阳把自己昨天晚上了解到的情况和思考的问题，条理分明地说了一遍。然后他说，那辆挖掘机是从哪里来的，怎么会这么凑巧，巨大的铁铲砸下来，正好敲在安副市长轿车的尾部。还有，如果是一般的车祸，肇事车辆也用不着逃逸。宗绍阳提出了各种疑问，但就是不敢推断这场车祸可能是蓄意谋害。因为他知道，这样推断他的胆子未免也太大了。有谁敢谋害一位副市长？有谁又这么愚蠢敢采取这种风险很大、又很容易被侦破的手段呢？

"你的意思是，这不是一般的车祸？"

宗绍阳不想说的疑虑，吕福安却逼着他说出来。宗绍阳说："心里有这样的念头，但不敢仔细往下想。"

吕福安严肃起来："为什么不敢这样想？破案嘛，大胆假设，小心求证。更何况这样的车祸又发生在安副市长身上。"

"那你的意思是……"宗绍阳盯着吕福安严肃的脸。

"成立一个专案组，由你亲自负责，我也要过问。案情进展情况，要随时向李副书记汇报。"吕福安的眼光闪烁着，一字一句地说道。

"小李已派人到车辆管理处了解情况了……"

"即使是一般的车祸逃逸案，也应该把肇事者缉拿归案，"吕福安站起来，向宗绍阳伸出一只胖乎乎的手，脸上的肌肉放松了，堆起笑容，"有你'黑猫警长’负责，没有破不了的案子。”

宗绍阳站起来，和他握了握手，说：“我一定努力去做。”

宗绍阳从吕福安的办公室走出来，回到自己的办公室里，屁股还没有沾着椅子，手机又响了。手机是宗佩兰打来的，告诉他一个惊人的消息，黄三省的遗体被黄阿虎直接运到殡仪馆火化了。宗绍阳担心的事终于发生了。原来宗佩兰和朱莉莉，还有随后赶来的李敬右，发现救护车马上追赶上去，想把它拦截下来，起初救护车开得飞快，他们像是追逃犯似的，经过一个村子后，救护车放慢了速度，快要迫近时，他们的前面出现了一辆开得摇摇晃晃的拖拉机，无论他们怎么按警笛，拖拉机就是左右摇晃，阻挡着他们的去路。后来，终于追上了，但救护车开进了排头村村委会。市医院救护车的驾驶员说，黄三省尸体已在那个山岙里，被装进运尸车送到殡仪馆火化了，他们是到村委办公室来拿报酬的。等李敬右他们赶到殡仪馆，黄三省的遗体早已火化了。

宗绍阳懊恼不已，只好让他们先回来，再做打算。

在宾馆里，孟巾帼和黄阿虎联络着，不断地向黄阿虎了解拦截救护车的情况。黄阿虎很具体、很详细地向她做着报告，告诉她救护车被拦下了，正在向市区驶来。孟巾帼很高兴，鼓励他做得好。他又告诉她发现了宗绍阳的女儿，随后又发现了宗绍阳和李敬右。这就引起了孟巾帼的一番批评，说他在这个时候找麻烦，宗绍阳一定是冲着黄三省的尸体来的，被他盯上了没有好事，叮嘱他千万不能把黄三省的尸体落到宗绍阳的手里，赶快送上来，交给吕福安局长。黄阿虎答应得唯唯诺诺，但快近中午时，却打电话告诉她黄三省的尸体他已经送到殡仪馆火化了，气得孟巾帼大骂他成事不足败事有余。黄阿虎却对她说，把黄三省的尸体送到公安局，公安局就要进行尸体解剖，这不是让他自投罗网吗？烧掉尸体，就烧掉了证据。孟巾帼想想也有道理，如果公安局一做尸体解剖，黄阿虎打人致死的罪证不就昭然若揭，确凿无疑了吗？

孟巾帼又拨通了那个她非常熟悉的手机号码，把黄阿虎毁尸和宗绍阳追尸的事汇报了一下。手机那头说，宗绍阳追尸的事他知道了，黄阿虎毁尸却把本来很简单的事弄得复杂化了。孟巾帼问为什么？手机那头说，许伟达为什么要把黄三省和安祖裕一起做手术，这个问题他要搞清楚。孟巾帼问，你是不是怀疑许伟达做了什么手脚？手机那头说，有这么点意思。孟巾帼说，黄三省和安祖裕她都熟悉，虽然两个是孪生兄弟，但区别还是有的，到时候让她看一看，还有安祖裕的母亲还健在，可以通过安老太太来识别。那头说，现在只能如此了。

宗绍阳坐在办公桌前的皮椅子上，心想上午还有点时间，可以研究一下安副市长的车祸，就给李敬右打了个电话，让他带着昨天夜里安副市长车祸的全部资料，立即到他办公室里来。虽然他知道李敬右起了大早去追尸，已经累得够呛，但安副市长的案子，既然李剑峰和吕福安这么重视，就得趁热打铁。

李敬右很快就来了，宗绍阳把吕福安的意见向他做了传达。宗绍阳说，领导们很支持他们的想法，证明他们想法是正确的。接下来的事，就是他们好好地干。

李敬右汇报说，上午他们在追尸时，他们支队的人已到市区车辆管理处了解过了。市区共有一百多家建筑公司、工程公司和工程队，有上百辆与那辆逃逸的工程车型号完全相同的大型挖掘机。外地的建筑公司、工程公司承包市区工程的自备工程车，还不计算在内。要查清这个案子，还真有点像老虎吃天难下口呢。宗绍阳说，再难也得查它个水落石出。

李敬右把一只文件袋交给宗绍阳，说："目前搜集的资料就这些。"

宗绍阳从文件袋里取出资料，只有薄薄的几页。记录最详细的就是运煤车司机的口述。运煤车是市光明热电厂的，司机叫田富贵，贵州山区人。宗绍阳再看其他笔录，也只是对故事现场的一些描述，还有几张现场照片。从运煤车司机的笔录笔迹看，这份笔录出于李敬右之手。

宗绍阳问："还有其他目击者吗？"

"记录里没有反映。"

"怎么没有反映？"

"我做好运煤车司机的笔录，吕局长来了，他让我协助抢救安副市长，后来又让我护送救护车到了医院，现场的勘察工作是由他做的……"

宗绍阳站起来，从写字台上拿来公文包，说："我们去找那位卡车司机。"

两人立即驱车来到市光明热电厂，找到厂运输科，向运输科的同志说明来意，接待的同志摇摇头说，昨天夜里他们没有安排人出车，也没有听说车祸的事。宗绍阳让他把驾驶员田富贵叫来。不一会儿田富贵来了，李敬右傻眼了，此人不是昨天夜里那个运煤车驾驶员，虽然相貌有点相似，但此人的个子要比那个人高得多，也不是贵州人。李敬右报出驾照号码，田富贵说驾照是他的，但在半个月前丢失了，随后又补领了一张。他拿出驾照，果然是新领的。李敬右又报出车牌号码，接待的同志说，这辆车也不是他们的。这样这条线索实际上已经断了，在这座有几百万人口的副省级城市里，外来务工人员也有五六十万，怎么去找那个逃逸的运煤车司机呢？这就是说，他们已经没有一点儿对侦破安祖裕车祸有用的材料了。造假逃逸，加深了宗绍阳的怀疑，但没有线索又使他深陷困顿。时值中午，两人只好回家吃饭。

回到家里，母女俩已准备好饭菜等他了。走进餐厅刚坐下来，宗佩兰就把一碗盛得满满的、热气腾腾的饭放到他的面前。吴品菊在他的对面坐了下来，说："我听佩兰说，她们上午追赶市医院的那辆救护车，演了一场警匪片里警察追歹徒的镜头，你让她以后开车小心一点儿，别让人提心吊胆的！"

宗绍阳往嘴里扒了口饭说："知道了。"

宗佩兰端着两碗米饭走进来，一碗给母亲，一碗留给自己。她在宗绍阳旁边的椅子上坐下来。

吴品菊问："你们父女俩追黄三省遗体干什么用？"

宗绍阳说："进行尸解，了解黄三省的死因和伤势。"

吴品菊说："让市医院出个证明不也一样吗？"

宗佩兰说："李敬右不是上官云霞的男朋友吗，让他弄张证明一定很方便。"

"医院的证明和法医的鉴定是有区别的，但眼下也只能如此了，"宗绍阳说，他问吴品菊，"黄三省医药费你结清了吗？"

"付清啦，"吴品菊说，"我到财会科付钱，有个姓汪的科长问，黄三省是你的什么人？"

"那是汪培琼，你怎么回答她的？"宗绍阳问。

"我说不是他的什么人。办公室里所有的人都看着我，目光怪怪的，那位汪科长说，我不信世上还有这样的好人。"吴品菊叹了口气，"唉，现在做点好事就这么难。后来我说，黄三省是我们家的远亲。"

"这样说也可以，"宗绍阳想起黄三省那张酷似安祖裕的脸，如果他们真的是亲兄弟，"远亲"就显得有点轻描淡写，他点点头问道，"付了多少钱？"

说到钱，吴品菊显出很不高兴的神情："现在的医院也真黑心，人死了不说，也不过抢救了一个晚上的时间，竟然要收一万五千八百元钱。"

宗佩兰伸了伸舌头，大惊小怪地说："哇，要这么多啊？"

钱是多了一点儿，但这是值得的。宗绍阳看了一眼妻子不快的脸容，问道："你是不是感到心痛？"

"一万五千八百元钱，说不心痛是假的，但你一个大局长的承诺能不兑现吗？"吴品菊说。

宗绍阳说："说实在的，我也不是什么百万富翁，这一万五千多元钱对我来说也不是小数目，但对黄三省来说，却是个天文数字。这点钱也真能救了黄三省他们一家呢。反正我不抽烟，也不喝酒，你如果心痛，就当我抽烟喝酒花掉了。"

吴品菊说："我也不是完全心痛钱，我是说类似黄三省的情况不少，个人的资助总是有限的，社会应该有个援助机构，帮助他们摆脱困境。"

宗佩兰说："爸，你什么时候也赞助我一万元钱，给我买台笔记本电脑？"

"你别来凑热闹！"宗绍阳断然拒绝，对妻子说，"你是新闻记者，可以向社会各界呼吁一下。"

　

李敬右起了大早追赶医院的救护车，又为安祖裕的车祸案忙了一个下午，结果都是狗熊掰棒子，白费力气，一无所获。下午下班前，他给上官云霞打了一个电话，请她晚上吃火锅。他们已经有好几天没有聚了，应该互相交流一下情感了，宗绍阳要他办的事，也得与上官云霞商量一下。上官云霞爽快地答应了，提出到老神仙火锅城，让他先订好座位。老神仙火锅城在医院附近的一条小街里，大概上官云霞要上夜班，不便走远。

李敬右来得早，火锅城的大厅里还没有多少客人，一排排火车车厢似的座位空荡荡的。他挑了一个靠窗能看到街景的位置坐下，招呼服务生走过来，点了菜，买了单。李敬右侧着身体坐在凳子上，双眼紧盯着街面上可能出现上官云霞身影的方向。因为此时正是下班高峰，行人们都是步履匆匆的，骑自行车的也不示弱，像是在比赛。这条小街是单行道，也不时有出租车或自备车鸣着喇叭开过来，闹得本来就很狭小的街道更加拥挤了。

他和上官云霞是高中同学。高中毕业，李敬右考上公安大学，上官云霞考上了医学院。他们的恋爱史并没有多少浪漫的故事，也没有爱得死去活来，难分难舍的。大学毕业后，李敬右被分配到了市交警支队当交警，上官云霞到市医院做护士，李敬右因处理交通事故，常与市医院打交道，也常与上官云霞接触。时间长了，两个人有了感情，确定了恋爱关系。恋爱谈了五年，现在已经到了筹备结婚的阶段。主要是要买一套中意的房子，两人去看了几处，到目前为止还没有一处满意的。

这时，李敬右看见上官云霞来了，她穿一套淡灰色的西装，脖子上系着一条粉红色纱巾，步履轻盈地走过来。上官云霞站在门口脖子伸得老长，眼睛睁得很大，向大厅内张望着，那样子很好笑。李敬右马上站起来，伸出手臂向她招手。

屁股刚沾着椅子，上官云霞就说："我只有半个小时的时间陪你……"

服务生打着桌子底下的煤气，端来配料和调料。

火锅里的水不一会儿就烧滚了，李敬右一边往锅里放着配料，一边问道："什么事这么着急？"

"今天夜里轮到我值班，我得赶快回病房去。"

李敬右点头表示理解。两个人约会，谈半个钟头甚至更短的时间，就急匆匆离开的事是常有的，两个人的工作特殊，也就互相理解了。

上官云霞问："黄三省是不是你们宗副局长的远亲？"

李敬右摇摇头说："不是！"

上官云霞说："今天上午，吴总编到医院为黄三省付医药费，她亲口对我们医院的人说的。"

"为黄三省付医药费，这是宗副局长承诺过的，当时你不是也在场嘛！"李敬右想了想又说，"吴总编这样说，无非是为黄三省付款找个理由。"

"宗副局长很不简单，一万五千八百元钱不是个小数目……"上官云霞一脸崇敬地说道。

"这有什么不简单的，见义勇为嘛。"李敬右想到宗绍阳要他办的事，转变了话题，"安副市长怎么样了？"

上官云霞回答说："手术做得很成功，但安副市长一直处在深度昏迷中，随时可能死亡……"

放进火锅里的牛羊肉煮熟了，李敬右夹到上官云霞的盘子里。上官云霞弯曲两只指头在桌子上敲了敲，表示感谢。

"不用谢！"李敬右说，"我有一个问题不明白，想问问你……"

"说吧。"

"我一直不明白，你们为什么要把安副市长和黄三省放到一起做手术？"这是今天下午，宗绍阳打电话要他办的两件事中的一件。现在已经谈到了安祖裕的伤势，他也就把问题提了出来。他以为这个问题并不复杂，一定能从上官云霞这里得到满意的答复。

"这是手术需要。"

"请说得具体一点儿。"这个回答难以交差，李敬右继续问道。

"再具体就不能说了。"

"为什么？"

"这是患者的秘密。"

果然有秘密,这就更加引起了李敬右的兴趣。"能不能告诉我？"他问道。

"不能。"上官云霞说得很坚决。

"不相信我？"李敬右没想到会碰钉子，心里不高兴，脸色就阴沉下来。

"这不是相信不相信你的问题，这是我必须遵守的一个准则。"上官云霞低头吃着东西，没有抬头看李敬右的脸。

"我和你是什么关系，你怎么用大道理吓唬我……"

上官云霞抬起头来，发现李敬右一脸不高兴，就爽朗地笑起来。她感到男人有时候像个孩子："你先别不高兴，我先问你几个问题，你要是回答得合情合理，我就回答你的问题。"

"你问吧。"

"你有没有职业道德？"

"有啊。"

"在工作上你有没有需要保守的绝对秘密？"

"有啊。"

"我要是让你干一些违背职业道德的事，你干不干？"

"不干！"

"我要你向我泄露必须保守的工作秘密，你干不干？"

"不干！"

"你不干的事，为什么非要逼着我去干呢？"

"这么说你承认安副市长和黄三省的手术有秘密？"

"可以这么说。"

"好，我尊重你。"

"我们能不能来个约法三章，"上官云霞向李敬右伸过一只手臂，张开五指做握手状，"尊重对方的职业道德，允许对方保守工作上的秘密……"

李敬右没有急于去握她的手："要是请对方帮个小忙呢？"

"帮忙另当别论。"

"我现在有个忙要请你帮一下。"这是宗绍阳要他办的第二件事，他说。

"你说吧，看我能不能帮你办。"上官云霞伸着手臂说。

"请医院出具一张黄三省的伤势证明。"

没有想到，这回上官云霞很痛快："可以。"

宗绍阳交办的两件事完成了一件，李敬右握住她的纤手，轻轻地捏了捏："三章还缺一章。"

"暂时就这两章。"

第二天上午，李敬右拿着上官云霞给他的一个文件袋，来到宗绍阳办公室。宗绍阳和他坐在三人沙发上，从文件袋里抽出材料。材料中有化验单、X光拍片、CT等资料复印件。证明是诸葛瑞德亲笔写的："该伤者入院时，肝脏、脾脏等脏器严重破裂，腹腔内大量淤血。经检查确认，该伤员的伤势为暴力所致。"

宗绍阳将材料收起来，放进文件袋里："任务完成得不错。"

"还有一个任务没有完成，"李敬右一脸歉意。

"为什么？"

"她说这是秘密，还与我约法两章，互相尊重对方的职业道德，允许对方保守工作秘密……"

"她有职业道德，你也有职业道德；她有工作秘密，你也有工作秘密，互相尊重。这没有错……"

"我原来想得很简单，我问她，她一定会告诉我的，没想到却碰了个钉子……"

"你先别泄气，"宗绍阳安慰他说，"至少上官云霞承认这里有秘密。"

"安副市长的车祸案，跑了两天一无所获。"李敬右很沮丧，他说，"关键是没有现场目击者。人海茫茫，哪里能找到现场目击者呢？"

宗绍阳突然站起来，激动地说："我有办法了，广播找人！"

他走到办公桌跟前，提起笔起草了一个"寻人启事"，写好后递给李敬右，"措辞有没有不妥当的？"

李敬右仔细看了一遍，把"寻人启事"递还给宗绍阳，点头表示同意。

宗绍阳又给吴品菊打了个电话，请她帮忙立即安排播出，多播几次，并用传真把"寻人启事"发了过去。

"你在办公室里要二十四小时安排值班，有情况立即告诉我。"宗绍阳吩咐说。

"是。"李敬右点头答应，但他忍不住笑起来。

"你笑什么？"

"我怎么感觉，我们破案像是在搞不正之风，凭关系，走后门……"

第四章

告　状

在一间四面通风的小房子里，黄秀秀被关了一天。

她的双手被绳子反绑着，但这并没有妨碍她用肩膀撞，用脚踢，把墙壁和用马口铁做的门板弄得"砰砰"直响，嘴里还大声喊叫着。但她喊了一天，敲了一天，也没有人来理睬她。上午，她和母亲被黄阿虎的走卒黄阿牛、黄阿狗关进这间房子时，她与他们发生过一场搏斗，母亲趁机逃跑，以后再也没有人来过。

黄秀秀拼命踢着房门，大喊："黄阿虎你这个狗东西，放我出去！"

撞击房门发出的巨大声响，和黄秀秀尖厉的喊声，在渐渐暗下来的天空中回响。

上午，市医院派了救护车，让她和母亲护送父亲的遗体到排头村的家里去。救护车驶到蒲东县和东湖县交界的山岙时，被一辆殡仪馆的运尸车拦住了，从车里跳下黄阿狗、黄阿牛等好几个护村队员。他们冲上救护车，七手八脚地要将父亲的遗体抬到运尸车里。黄秀秀问，抬她父亲的遗体干什么？黄阿狗说，送到殡仪馆火化。陈湘莲听说要火化，马上拉住担架不让抬。陈湘莲说要把丈夫的遗体送回村里做道场，超度亡魂。黄阿牛说，黄三省是孤魂野鬼，不能进村。黄秀秀说父亲不是孤魂野鬼，如果要说是鬼，那就是给你们打死的屈死鬼。黄秀秀和黄阿狗他们争抢起来，终因双拳难敌四手，父亲的遗体被他们抬上运尸车，很快就向县城方向驶去了。她们母女俩被推进一辆面包车里，面包车和救护车驶向了排头村。

快到排头村时，面包车和救护车分开了。救护车进了村子，而载着她们母女俩的面包车驶过一座小桥，进了一座院子里。黄阿狗和另外两个男子把她们母女俩从面包车里拉下来，推进了这间屋子里，黄阿狗关好房门和他同伙马上就走了。黄秀秀知道，她们母女俩被黄阿虎劫持了。

这时，黄秀秀发现母亲的疯病又犯了，母亲着地坐着两眼发直，面无人色，嘴角流着涎水，口里说着怎么听也听不懂的话。黄秀秀紧挨母亲坐在地上，双臂紧紧地抱着她的身体，将自己的额角紧靠着母亲的额角，心里一阵悲伤。

"娘，你可不能犯病啊。爹不能这样白白的给黄阿虎打死了啊！我们要去告状，我们要去伸冤，我们要让黄阿虎一命抵一命……"她摇着母亲的身体，"娘，你心里一定要拎清啊……"

听了女儿的话，陈湘莲的头脑稍微清爽了一点儿。她哭泣着，含含糊糊地说："找谁告状啊……"

"找政府，找黑猫警长！"

这时门开了，黄阿狗手里拿着一张纸，和黄阿牛一起走进来。黄秀秀立即"呼"地站直了身体，随手也把母亲从地上拉了起来。

黄阿狗扬了扬手里的纸，笑嘻嘻地说："秀秀，你想走，就在这上面签个字。"

黄秀秀大骂说："你们帮黄阿虎做尽坏事，不得好死啊！"

黄阿狗多眵的眼睛闪着淫秽的目光，他说："秀秀，听说你是白虎。"

黄秀秀骂道："放你娘的狗屁！"

黄阿牛扑上来想动手，黄阿狗拉住他说："阿牛，咱们先把村长交办的事办了。"他指着手里的纸，对黄秀秀说："你要是在这张纸上签个字，按个手印，我们立即放你们回去，村长说，你爹还可以按工伤待遇……"

黄秀秀正要拒绝，陈湘莲却一步跨上来，伸出一只手指说："我要回家，我要工伤……"

黄阿狗拿出印泥盒，捉住陈湘莲的一只手指，正要往印泥盒里按。黄秀秀伸手夺过了黄阿狗手中的那张纸，掷到地上。黄阿狗扑上来夺，黄秀秀抬起腿朝他的腹部就是一脚。黄秀秀满腔仇恨，又健壮有力，这一脚似有千斤之力，黄阿狗轰然倒地，趴在地上竟然一时爬不起来。黄阿牛见同伙被踢倒，鼓起勇气冲上来。黄秀秀也不示弱，立即伸胳膊踢腿地与他扭打起来。

陈湘莲呆呆地站在一旁，看着女儿和别人打架，嘴里喊着："秀秀，别打了，我要回家……"

黄秀秀抱住黄阿牛，也顾不了他在她身上乱摸乱捏，只是大喊："娘，快逃啊！快逃……"

陈湘莲醒悟了，她朝门口跑去，却又被倒在地上的黄阿狗捉住了一只脚，陈湘莲乱蹬乱踢，踢掉了一只鞋，光着一只脚逃跑了。黄阿狗从地上爬起来去追，黄秀秀只得放开黄阿牛，揪住黄阿狗，黄阿牛趁机将黄秀秀摔倒地上，用身体压住黄秀秀。黄阿狗也扑倒在黄秀秀身上，将她的双臂反剪过来。黄秀秀虽然力大，但她毕竟是女人，被两个身强力壮的男人按倒在地上，不论她怎么挣扎都无济于事。

黄阿狗将黄秀秀双手反剪按到背后，对黄阿牛说："拿根绳子将她绑起来！"

黄阿牛却一只手按着黄秀秀的大腿，另一只手来撕她的裤子，说："村里人说她是白虎，我还真的不知道白虎是个什么样子呢，阿狗，咱们先做了她！"

黄阿狗说："先办了村长的事再说。"

黄阿牛拿过一根绳子，将黄秀秀的双手捆住了，黄阿狗捡起丢在地上的那张纸，捉住黄秀秀的食指在印泥上按了一下，接着又在纸上按了一下。按好手印，黄阿狗收起那张纸，站起来说："阿牛，我们走！"

黄阿牛还要撕黄秀秀的裤子，但被黄阿狗强拉着走出了房间。他们一走，黄秀秀立即翻过身体从地上站了起来，冲到门口用脚猛踢房门，但房门关得严严实实的。

这是发生在上午的惊心动魄的一幕。

天完全黑下来了，屋子里黑黝黝的。这屋子像是一间被废弃的仓库，没有一张桌子，也没有一把椅子，乱哄哄地堆积着被丢弃的摩托车、人力三轮车、柴油桶、汽油桶及一些汽车的零部件。黄秀秀的双手被绳子反绑着，饥肠辘辘，从今天早晨开始到现在，她肚里没有进过一粒米。时值冬季，寒风从铁门和窗缝里吹进来，黄秀秀衣衫单薄，冻得上下牙打战，全身筛糠。

黄秀秀非常惦记母亲，母亲头脑已经不清楚，逃出去以后会怎么样？会不会又被黄阿虎捉住了？会不会逃到亲戚家躲起来？她得立即出去找她，不论是在什么时候，她必须和母亲在一起。她得赶快离开这间屋子，逃是唯一的出路。她用脚拨开乱糟糟堆积在墙边的东西，柴油桶、汽油桶哗哗啦啦地倒向了一边。这时，她看到了墙根有一个拳头般大小的洞口，从洞口外折射进来的粼粼波光判断，那墙外一定是条河流。黄秀秀记起来，她们乘坐的面包车进入这个院子时，曾路过一座小桥，估计这是间临河而筑的仓库。她觉得有了一线逃跑的希望，手上的绳子一时无法解开，给砸墙带来了麻烦，她开始用脚踢，用胳膊撞，但墙壁坚固，只发出了一声声沉闷的声音，没有一点儿倒塌的迹象。她想起墙角有一只摩托车头盔，戴上头盔撞墙，也许能有作用。她找到了头盔，戴到头上，尽可能地离开墙壁远些，然后将脑袋对准墙根的洞口上方，憋足力气猛得撞去，墙立即哗地倒了一片，眼前出现了一片波光。黄秀秀毫不犹豫地跳到河里，河水只有齐腰深，她抬头向四周望了望，墨黑的天空下，旷野中散布着稀稀落落的灯火，她立即认清了排头村的所在方向，迈开大步向河对岸走去。河水虽然不深，却冰冷刺骨，冷得她浑身打战。

　　当她一口气跑到黄小毛家里时，黄小毛夫妇大吃一惊。他们迅速给她解开了绳子，黄小毛老婆拿出干净的衣服让她换了，又盛来热饭热菜让她吃。黄小毛是黄秀秀的远房堂弟，又是相隔不远的邻居，在父亲的几个堂兄弟中，就数与黄小毛父亲的关系最好，平常就跟亲兄弟一样往来密切。黄秀秀将父亲送到医院时，就把儿子连生托给了黄小毛老婆。黄秀秀狼吞虎咽吃完饭，向黄小毛夫妇简要地叙述了自己的遭遇。黄小毛告诉她，婶婶到他家里也来过，看过外孙连生后，就急急忙忙地要走，问她去干什么，她说去找"黑猫警长"，告倒黄阿虎。她还说你被黄阿虎关在牢里，要请"黑猫警长"赶快来救。她一定要走，怎么拉也拉不住。黄小毛把她送上去市里的招手车，替她买了票，委托一位去市里办事的朋友路上照料她。黄秀秀得知母亲的下落，肚子也饱了，就要赶到市里去。黄小毛夫妇知道她此时的心情，准备了几件衣服和几百元钱，装进一只黄色的军用挎包里交给她。黄秀秀背着这只过时的背包，去看儿子连生。连生很安稳地躺在黄小毛夫妇的床上，睡得很香，她抱起儿子想亲亲他的小脸，连生却醒了。黄秀秀想起自己的遭遇，父亲给黄阿虎打死了，母亲疯了，她今后的日子怎么过啊！一行热泪忍不住从眼眶里流了出来。连生抱着母亲，用小手抹掉黄秀秀脸上的泪水，说："妈，外公死啦，我不能让你死啊！"黄秀秀强忍着泪水说："妈不会死，妈要替外公报仇呢！"连生说："妈，我长大了也要报仇！"黄秀秀心头不免一阵酸楚，她紧紧地把儿子抱在怀里，眼泪夺眶而出，哽咽着说："儿啊，娘不要你报什么仇，只要你长大了好好做人，不做黄阿虎这样的坏人……"

当晚，黄秀秀只身来到山阴市区，她估计母亲一定会到市公安局找"黑猫警长"，下了招手车，就打了辆出租车直奔市公安局。

山阴市区的夜晚要比蒲东县城繁华多了。一盏盏别致的路灯就像一朵朵盛开的瑰丽花朵，高高悬挂在摩天大厦上的霓虹灯，闪烁着五彩缤纷的光芒，真是赏心悦目。黄秀秀很少来山阴市区，深更半夜的进城更是从来没有过。她无心欣赏眼前繁华的景色，想尽快见到母亲。出租车驶近一座完全被聚光灯的光束照耀着的大厦时，司机对她说，市公安局到了。这时她远远看见，大厦广场前一群人把头颈伸得老长，不知在围观什么。人群中间有一个披头散发的女人，手舞足蹈地不知在做什么。在黄秀秀意识中，这个披头散发的女人就是自己的母亲。还未等出租车完全停住，黄秀秀就将手里早已准备好的钱塞到司机手里，推开车门钻出车子。围观的人群发出一阵阵哄笑声，接着是一阵五音不全的"在北京的金山上"的歌声。一听这歌声，黄秀秀断定那个女人就是母亲，她用肩膀撞开围得水泄不通的人群。陈湘莲被围在人群中间，一只脚趿拉着一只鞋子，另一只脚光着，浑身的泥土，满嘴的唾沫，一边唱，一边就像跳藏族舞蹈一样，东倒西歪，不停地甩着袖子。她非常麻木地跳着，毫无表情地唱着："北京的金山上光芒照四方，毛主席就是那金色的太阳……"黄秀秀看着眼前这位疯疯癫癫的女人，一股辛酸涌上心头，两行热泪夺眶而出。她扑上前去紧紧抱住母亲，失声喊道："娘啊！我的亲娘啊……"

陈湘莲也抱住黄秀秀，伸出一只手臂指着大厦，说："我要找黑猫警长，他们不让啊……"

黄秀秀安慰说："娘，黑猫警长一定能找到的，今天这么晚了我们先找个地方住下来，明天再来找……"

陈湘莲突然从黄秀秀的手臂中挣脱出来，大喊："黑猫警长救救……"

便向大楼冲去，但没走几步突然跌倒，双眼翻白，口吐白沫，喘着粗气，昏厥过去。

黄秀秀顿时没有了主意，只是抱着母亲"娘啊，娘啊"喊个不停。有一个中年人见陈湘莲昏过去了，立即捏住她的人中，帮助黄秀秀抱起陈湘莲往旁边的大楼走去，有个中年妇女一边走一边不停地按摩着陈湘莲的胸口。围观的人群中有几个年轻力壮者，也来帮助黄秀秀，把陈湘莲抬到了大楼的石阶上，把她放平。黄秀秀坐到石阶上，把母亲的头放到自己的膝盖上，见母亲双眼紧闭，不省人事，便撕肝裂胆地喊着："娘啊，娘啊，你不能走啊！你走了叫女儿怎么办啊……"有几位富有同情心的群众向大楼工作人员讨来热水，往陈湘莲嘴里灌。

好半天，陈湘莲才透过气来，她的头脑似乎清醒了一点儿，挣扎着挺起身来说："我去找黑猫警长，他们说没有这个人，他们骗我，他们和黄阿虎是一伙的……"

有个旁观者对黄秀秀说："这位人妈口口声声说要找黑猫警长，黑猫警长是谁？你们为什么要找黑猫警长？"

另一位旁观者说："这位老妈妈要进公安局的大门，门卫不让进，她就在这里疯疯癫癫地唱起歌来，跳起舞来……"

黄秀秀向围观的群众简要地叙说了自己家的遭遇，有不少人听到黄阿虎的名字，就摇摇头叹息着走了，留下来没走的几个人也缄口不语了。黄秀秀发现母亲赤着一只脚，一个脚趾在流血，她撩起自己的衣襟，将母亲脚趾上的泥土擦干净，又俯下身，伸出舌头舔母亲流血的脚趾，一边舔一边说："娘，你要是有个三长两短，我怎么对得起死去的爹爹啊。"

陈湘莲好像头脑清醒了一些，口齿也清楚了，她说："我要告状，告倒黄阿虎！"她想缩回脚，不让黄秀秀舔。

黄秀秀抱着母亲的脚不放，继续舔着："娘，你的脚在流血，一定会感染细菌的，我用唾液给你清洗干净，就可以防止细菌感染了……"

黄秀秀声声不断地喊着母亲，一口一口舔着母亲脚趾上的污血，终于将污血舔干净了，接着脱下自己的袜子和鞋子，小心翼翼地给母亲穿好，这样一来，她自己就赤脚了。此情此景，震撼着围观者的心，许多人流下了眼泪。

有个旁观者说，看样子你们是来告状的，告状就得有状纸。找到了黑猫警长，有了状纸他也好处理。今天已晚，你们明天再来也不迟。

黄秀秀觉得那人的话有道理，就扶着母亲，在离市公安局不远的地方，找了家小旅馆安顿了下来。第二天上午，黄秀秀到街上文具店买来了毛笔、墨水和纸。回到旅馆，先写好状纸，把黄阿虎殴打父亲致重伤，送到医院后死亡，以及黄阿虎强行火化遗体，将母女俩私自关押的经过，写了个详详细细，明明白白。诉状写好了，黄秀秀又饱蘸墨汁，在一张长条形的白纸上写下了"黑猫警长，救救我们！"几个字。黄秀秀从旅馆借来印泥，让母亲写上自己的名字，盖上手印。没想到陈湘莲写好自己的名字后，把自己的五个指头都盖了上去。黄秀秀自己也签了名，盖了手印。

上午十点多钟，黄秀秀搀扶着母亲来到市公安局大楼门口。

黄秀秀把条幅交给母亲："娘，你擎着这张纸再跪到大楼门口去。"

陈湘莲按照女儿的要求，高擎着条幅，跪在市公安局大楼门前，黄秀秀也双手擎着状纸跪在母亲后面。状纸上的标题是："黄阿虎打死我父，逍遥法外，法制何在？公道何在？"措辞触目惊心。这样一来，马上吸引了许多围观的群众，有人把状纸的内容读了出来，又引来了众多围观者的责骂声。传达室的两个门卫走过来驱赶，黄秀秀和陈湘莲不论他们怎么驱赶，就是不肯离开。许多围观者出于对社会腐败现象的痛恨和憎恶，和来驱逐母女俩的警员辩论起来，阻挠着不让他们驱赶。围观的人也就越来越多。一位门卫打电话到局长办公室，请示怎么办，并顺便问了句："我们局里有没有黑猫警长？"局长吕福安出乎意料地回答说，"有啊，副局长宗绍阳同志的绰号就叫黑猫警长。"门卫就把电话打到宗绍阳办公室："大门口有两个跪着的人，要你救救他们。"宗绍阳放下电话就走出来，他推开围观的人群，见是陈湘莲母女，赶忙弯腰去搀扶。陈湘莲见是她要找的黑猫警长，号啕大哭，躺倒在地上。黄秀秀见母亲伤心至极，急忙上来扶住母亲，口里悲伤地喊着："娘，娘……"

陈湘莲哭喊着："黑猫警长，救救我们……"

门卫见宗绍阳态度和蔼，也不敢怠慢了，纠正说："他不是黑猫警长，他是我们市公安局副局长。"

陈湘莲又喊道："黑猫局长，冤枉啊！"

宗绍阳对黄秀秀说："你先起来，该我办的事，我会努力去办的。我只知道黄三省死于非命，已经命令蒲东县公安局查清案情惩办元凶，你们起来吧，跟我到办公室来。"他用双手从陈湘莲母女俩手里接过状纸和条幅，说，"这条幅，这状纸我都收下了！"

黄秀秀扶着母亲走进宗绍阳的办公室。

宗绍阳让她们坐在沙发上，又叫工作人员给她们倒上茶水。

宗绍阳看完状纸，恍然大悟，黄阿虎抢尸毁尸，是经过精心策划的，他用了三十六计中的"调虎离山"和"移花接木"两计。看来现在的黄阿虎已经远非二十年前的黄阿虎可比了，与黄阿虎的较量也就增大了难度。他想起那晚在医院里，黄秀秀说她父亲是被黄阿虎殴打成重伤的，他曾经给蒲东县公安局长严关根打过电话，要他查清真相，现在不知查得怎么样了。他拿起电话打了过去，电话马上就拨通了，严关根告诉他，他所提供的情况不是很准确，据琥珀派出所报告，黄阿虎和黄三省发生斗殴是事实，但这场殴斗是由黄三省抗拒缴纳环境保护费引起的，黄阿虎是正当防卫，黄三省也只是受了一点儿轻伤。后来黄三省死了，可能是死于市医院的医疗事故。

宗绍阳问道："你们有什么证据？"

严关根回答说："有排头村村民的联名信，有乡卫生院医生的证明，还有黄三省家属的控告信……"

宗绍阳用手掌掩住电话话筒问黄秀秀："你们写过控告信，控告什么？"

黄秀秀说："写过啊，控告黄阿虎啊。"

宗绍阳问："有没有控告市医院啊？"

黄秀秀摇摇头："没有。"

陈湘莲突然说："我控告干什么？那秃头医生态度可和气呢。他对我说，他爹被黄阿虎打坏了内脏，救不活了，只有把头装到别人身上才能活……"

宗绍阳心里很震惊："你说什么？"

黄秀秀说："娘，你又说胡话了，人的头又不是锄头柄，可以装来装去的。"

陈湘莲坚持说："那秃头医生对我说的嘛，还说做这个手术要很多很多的钱，钱都由他出了，医生对我这么好，我怎么能告他们……"

这是宗绍阳第一次听到关于人体头颅移植的话。他心里想，要是黄三省的头真的安装到了安副市长身上，这可是石破天惊、震撼世界的特大新闻。对于陈湘莲的话，是信呢？还是不信？他的心里矛盾着。信吧，她女儿口口声声说她脑子有问题。另一方面，对这种科学创举他至今闻所未闻；不信吧，她又说得明明白白，而且在安祖裕的手术中，上官云霞也已经承认确实存在秘密。要是昨天拦住了黄三省的遗体，让法医鉴定一下，也就真相大白了，但现在黄阿虎毁灭了罪证，也毁灭了破译秘密的证据。

黄秀秀没有让他继续想下去，着急地说道："宗局长，你别听我娘胡说，我爹确实是死了，你一定要为我爹报仇啊！"

陈湘莲哭起来："他爹已经死了，是给黄阿虎打死的啊。"

宗绍阳知道，黄阿虎会做伪证而且胆大妄为。但黄阿虎之所以敢于制造伪证，一定有着很复杂的政治背景，这个案子远比他想象的要复杂，确实应该像妻子吴品菊说的，得好好动番脑筋。他对着话筒严厉地说："请你们马上写一份调查报告给我送来！"

对方答应着："好的。"

放下电话，宗绍阳说："你们先回去吧，这个案子我一定会认真办的。"

陈湘莲问："什么时候把黄阿虎抓起来？"

宗绍阳说："黄阿虎的罪行一经证实，我立刻把他抓起来！"

黄秀秀说："黄阿虎打死我父亲，这罪行还不够大啊？"

宗绍阳说："你别急，我们办理案子有一个过程，有一个程序。"

陈湘莲又跪到地上，高喊着："黑猫警长，你得给我们小百姓做主啊！"

宗绍阳说："老大嫂，我知道你有天大的冤屈，你要相信党和政府，相信我们公安干警。你要是相信我的话，你就站起来。"

陈湘莲擦着眼泪点着头，站起来说："我相信你黑猫警长！"

黄秀秀突然说："宗局长，你能不能领我去见见安副市长？"

宗绍阳问："你要见安副市长干什么？"

黄秀秀又问："那个安副市长是不是和我爹很像，我记得在医院里，你两次叫我爹安副市长……"

"像，很像。"宗绍阳毫不掩饰地回答说，接着又问道，"你爹有没有一个双胞胎兄弟？”

“有，新中国成立前一年失散了。”陈湘莲抢着说。

母女俩的回答印证了宗绍阳的猜测。可惜黄三省死了，要是黄三省活着，他还真愿意为他们牵线搭桥，让他们兄弟相认。他说："安副市长出了车祸，正在医院里抢救，他伤愈出院，我领你们去见他……"

黄秀秀说："要是安副市长是我爹的兄弟就好啦……"

这时电话铃响了。电话是李敬右打来的，告诉他广播找人已有了结果，有好几个目击者打电话来反映情况，已经约了几个目击者到交警支队，李敬右让他也去听一下。宗绍阳放下电话，让黄秀秀先扶着母亲回旅馆，需要做笔录时会通知她的。黄秀秀搀扶着母亲走了。

宗绍阳驱车来到市交警支队时，李敬右已经做完了笔录，大部分目击者已经回去了。有两个目击者，李敬右认为他们反映的情况特别重要，被留了下来，让他们亲口向宗绍阳介绍情况。一个目击者是位交通安全员，说在平安大街挖掘煤气管道的地方，看到过安祖裕的轿车，他还与司机发生过争执。另一个目击者是位过路行人，那时他正骑着自行车经过车祸现场，目击了这一场车祸的经过。

宗绍阳当机立断，让两位目击者坐上他们的警车，沿着安祖裕的行车路线走一趟。现在宗绍阳完全明白了，安祖裕的车子先到了平安大街，但平安大街正在挖掘煤气管道，后来又改走了安康大道，平安大街和安康大道是两条平行的大街。安祖裕的轿车由中兴路从平安大街驶入安康大道，在安康大道与一条叫北后街的小巷的交错处发生车祸。让宗绍阳感到纳闷的是，在挖掘煤气管道的平安大街和发生车祸的地方都出现了一辆挖掘机。目击者反映，那辆挖掘机像是守株待兔似的，兔子捉住后马上就溜走了。

回到交警支队，宗绍阳立即召开会议，分析案情。大家认为，在安祖裕车祸中，虽然运煤车驾驶员不知下落，但疑点最大的还是挖掘机。平安大街挖掘煤气管道的地方，安副市长的轿车遇到了一辆挖掘机，到安康大道车祸现场又出现了一辆挖掘机。而且这辆挖掘机正像目击者说，像是守株待兔似的。有人提出来两辆挖掘机是不是同一辆？但马上被否定了。挖掘机最快时速不过四十公里，而当时安祖裕轿车的时速至少在八十公里以上，再加上从挖掘煤气管道的地方到车祸现场，至少也有一两公里路程。挖掘机与轿车之间有时间差，可以肯定这两辆挖掘机不是同一辆。现在问题已经很明朗了，这场车祸是预谋的。这个设想一出来，几乎所有参加讨论的人都吃了一惊。谁有这样的胆量制造这样的车祸？谁又能把这场车祸组织得这样天衣无缝？但宗绍阳想得更远更深。他以前也猜测过，这场车祸背后隐藏着一个巨大的政治阴谋，能够制造这个车祸的人绝非等闲之辈。车祸的经过已经很明确了，但继续追查的线索却显得很渺茫，运煤车司机不知去向，两辆挖掘机也无从着手调查。在这座拥有几百万人口的城市里，要想在毫无线索的前提下，找到逃逸的司机和这两辆挖掘机，真是大海捞针。但困难再大，也得不遗余力。宗绍阳决定，让交警支队继续深入调查，继续广播寻找目击者。因案情特别重大，他决定连同黄三省的案子，向李剑峰和吕福安做一次专题汇报。

经过许伟达他们的精心治疗，头颅移植后黄三省的生命终于出现了转机。发现这个转机的，正是与安祖裕有着不共戴天之仇、要取其性命的孟巾帼。在山阴市的干部圈子里，既熟悉安祖裕又熟悉黄三省的人只有孟巾帼。安祖裕的手术经过，不仅宗绍阳在关心，孟巾帼也同样在关心。这天，范芝毅接到孟巾帼电话，让他一同到医院看望安祖裕。

范芝毅急匆匆地从办公室赶到医院时，孟巾帼已经站在重症监护室门口等他了。上官云霄笑容可掬地正在和她说着话。

孟巾帼身材矮小，但很有气质。因为保养得好，过去一脸粗糙的黄皮，现在反倒显得白皙细腻，塌鼻梁上的芝麻般大小的雀斑，由于涂着厚厚的脂粉，几乎看不到了，厚厚的嘴唇和翘起的嘴角，现在由于口红的作用，变得恰到好处了。只是由于岁月的流逝，额头上平添了一些细细的皱纹，眼角上也多了几道鱼尾纹。此时，她身着猩红色的套装，看起来与她的年龄很不协调，但在冬日柔和的阳光映射下，红色和白色交相辉映，使孟巾帼容光焕发，这一身刻意的打扮，掩盖了孟巾帼的丑陋，凸现出她的娇丽。

孟巾帼伸出一双软绵绵的手，和范芝毅握了握。和孟巾帼同来的，还有一名很年轻的女子，这女子高挑苗条的身材，脸庞白得像是涂了一层厚厚的乳汁。虽然已是冬季，但她从头到脚却是一身素白，白色的毛料套裙，系着一条白色的绣花丝织围巾，脚蹬一双乳白色的牛皮半筒靴，站在范芝毅面前，像一尊玉树临风的雕像。孟巾帼介绍说，这是她新从大学分配来的秘书，叫白芸。范芝毅不由得怦然心动，心想这才是真正的绝代佳丽。白芸伸出纤手，大大方方地与范芝毅握了握。

走进重症监护室之前，值班医生顾迪安让他们穿上了医院预备的衣服，戴上面罩，鞋子套上特制的塑料套。进入监护室才知道，监护室内还有一个四面用玻璃围起来的巨大的玻璃房。黄三省就躺在这间玻璃房里，脸上罩着氧气罩，身上盖着白色的毯子。从玻璃房外面其实是看不到黄三省脸庞的，黄三省的生命体征，主要通过各种仪器反映出来。这间玻璃房，一般是在抢救高度烧伤和异体器官移植的病人时才使用的，因为这种病人体质极度虚弱，在抢救或治疗过程中，很容易并发其他疾病，治疗他们的环境必须达到无尘、无菌的标准，对湿度和温度也有严格的要求。黄三省在这里已经度过了几十个钟头。玻璃房很狭窄，只能容纳两个人进去，其余的人只好隔着玻璃观看了。能进入玻璃房的当然是顾迪安和孟巾帼，范芝毅和白芸被留在外面。

不一会儿，孟巾帼从玻璃房里走出来，神色激动地对范芝毅说："安副市长在说话……"

范芝毅急切地问："他说什么？"

孟巾帼摇摇头："我听不懂。"

范芝毅走进玻璃房，顾迪安正弯着腰，侧着脑袋，将耳朵贴在隔着一个氧气罩的黄三省的嘴巴前，仔细地倾听着。因玻璃房内的过道很狭窄，范芝毅被他阻挡，只好站在床尾看着黄三省。黄三省整个脑袋被白纱布包裹着，脸上罩着一个大氧气罩，只有一双眼睛露在外面，眼睛紧闭着。顾迪安见他进来，就直起腰。他的脸上洋溢着灿烂的笑容，脱口说道："他说他要回家……"

范芝毅想从顾迪安身旁挤到黄三省的床头，被顾迪安阻止了。

范芝毅只好走出玻璃房，顾迪安随后也走了出来。此时重症监护室里已是一片欢腾，像遇到了什么重大的庆典。除了原来就在重症监护室的上官云霞、顾迪安以外，许伟达和诸葛瑞德也来了。他们喜气洋洋，容光焕发，这是科学奇迹即将诞生前科学家们发自内心的欢呼与期待。

孟巾帼对范芝毅说，李副书记让她去一趟他的办公室。范芝毅主动提出来要搭乘孟巾帼的车回市委。上了车，范芝毅才知道这个白芸还兼着孟巾帼的司机职务。到了市委，孟巾帼和白芸去了李剑峰办公室，范芝毅则回到了自己的办公室。

范芝毅坐在办公桌前根本无心办公，秘书小吴刚刚给他送来一份市公安局关于扫黄打非的总结材料，让他审阅后，以市政府的名义转发全市。材料摊在他的面前，目光却是游离在材料之外。孟巾帼的秘书兼司机白芸，他这是第一次见到，白芸的美貌和靓丽使他意乱情迷。他不仅忘记了阅读眼前的材料，还忘记了安祖裕即将醒来对他意味着什么。范芝毅把白芸和汪培琼放在一起比较，汪培琼变得平淡无奇，黯然失色。

这时响起了敲门声，他随口喊了声："进来。"

进来的人让他喜出望外，是孟巾帼。但随即又使他深感失望，因为白芸没有来。"白芸呢？"他忍不住问道。

孟巾帼笑嘻嘻地在他对面的椅子上坐下来，意味深长地看着他长长的马头形的脸，问："有事吗？"

"初次相识，不请客好像不好意思，想请你们吃顿饭。"范芝毅对自己突然之间冒出来的理由很满意，满面春风地说。

"小白在门口等我，这顿饭留着以后再吃吧，今天我们有事急着回去。"孟巾帼说，"你在市医院担任多年领导，一定熟人不少？"

范芝毅心里一阵窃喜，他真想着她来求他办事呢，还真找上门来了。他不动声色地问道："是不是家里有什么人得了病，要我找位好医生？"

"不是，有点儿别的小事，"孟巾帼说，"我们县排头村村民黄三省死在市医院，他的家属怀疑黄三省死于医院的医疗事故，我想弄弄清楚。"

范芝毅想，这算是小事。即使是小事，他也不能痛痛快快地答应她。他露出为难的神色说："这使我很为难，你要是真想弄清原因，可以通过正常的渠道。"

"我想先从侧面打听一下，你自己出面不方便，请你的表妹汪科长出面就行了。"

"不是我方便不方便的问题，市医院院长许伟达是从国外招聘来的专家，此人挺难对付的。"范芝毅继续说。

孟巾帼大概猜着了他的心思，很爽气地说："这一点儿小事难不倒你这位大秘书长，要是打听清楚了，我和小白请你吃饭！"

范芝毅顿时来了精神："我试试看吧。"

孟巾帼站起来，向他伸过去一只小手："我等着你的消息！"

范芝毅也站起来，握住她的手："我尽力而为。"

这时电话铃响了，范芝毅拎起电话，电话是李剑峰打来的。李剑峰告诉他，下午三点钟，省纪委书记章启明同志要去看望安副市长，要他陪同前往。范芝毅想，章启明是安祖裕的把兄弟，如果安祖裕和他谈到那台放射治疗仪的事，他和汪培琼不是马上就要成为阶下囚了吗？范芝毅这时的心情，真可以用惊恐万状来形容。他放下电话，发现孟巾帼早走了，也不知道她是什么时候走的。

他一时想不出一个万全之策，头脑变得空白一片，但他毕竟在医院工作多年，很快就镇静下来。如果让安祖裕继续处于昏迷状态呢，一切问题不都解决了吗？他拨通了汪培琼的手机，说下午三点，章启明来看望安祖裕，就是为他们那台进口放射治疗仪的事来的。吓得汪培琼差点尿了裤子，一个劲儿地问他怎么办？范芝毅安慰她，解决办法还是有的，不让安祖裕说话不就行了！"拿掉一会儿安祖裕的氧气罩，让他继续昏迷，而且必须在下午两点半前搞定。"放下电话，范芝毅禁不住为自己这个"神来之笔"沾沾自喜。

汪培琼这是第二次从范芝毅嘴里听到省纪委要调查那台进口放射治疗仪的话，而且情况一次比一次紧急。上次只是猜测，这次真的来查了。她知道，一旦查出她和范芝毅贪污了一百万美元，不被砍头，也得把牢底坐穿。范芝毅要她拿掉一会儿安祖裕的氧气罩，安祖裕眼前就靠氧气维系着生命，拿掉氧气罩意味着什么？哪怕是在瞬息之间，也许就永远苏醒不过来，也许永远成为植物人了。她知道这个行动有着极大的风险，要是被人发现，要是安祖裕死亡……但不冒这个风险，她和范芝毅面临的是被查处的更大风险。一般说来，女人求生的欲望要高过男子，当遇到生命危险时，她会不顾一切地进行本能的挣扎。两害相较取其轻，让安祖裕闭嘴是最好的选择。

汪培琼为进入重症监护室找了一个很好的理由：为脑外科的医生护士发放这个月的奖金。各科室的奖金，本来是由各科室派人到院财务科统一领取的，然后再发到每个员工手中。许伟达担任院长以后，对全院员工的奖金分配进行了改革，员工之间的奖金有了差异，每个员工的奖金也就得亲自到财务科领取了。当然也有因出差或工作忙，没有及时去领取奖金的。但即使一个月、两个月、三个月甚至半年不去领，这笔奖金也只能窝在院财务科的账面上，想让医院财务科将奖金亲自送到员工手中，恐怕有点不现实。要让汪科长亲自将奖金送到员工手中，这更是医院的奇闻趣事。但现在却有了例外，汪培琼在办公室里翻阅了一下奖金发放签名册，发现许伟达、顾迪安、上官云霞和诸葛瑞德都还没有领取奖金。于是她按照他们各人应得的金额，点好钱数装进信封里，信封上写上奖金领取者的姓名，把信封和花名册同时放进手提包里。她先给重症监护室打了一个电话。重症监护室里只有上官云霞一个人，许伟达在市卫生局开会，顾教授到医学院讲课去了，诸葛教授正在参加外科疑难病症会诊。

下午两点半，汪培琼拎着一只橘黄色的精致手提包，很有风度地走进了重症监护室，果然只有上官云霞一人。真是天赐良机。

虽然汪培琼对上次上官云霞未经她同意，擅自接收黄三省一事至今耿耿于怀，但此时她竭力装出一种友好的神情，和颜悦色地对上官云霞说道："你们这个月的奖金还没有领，"她拉开手提包的拉链，取出一个信封和花名册，放到上官云霞面前，"这是你的奖金，请签个字。"

上官云霞一脸的惊讶，随即收起信封，并在花名册上签了字："汪科长，谢谢你！"

汪培琼将花名册收起来，放进手提包里，随手拉过一把椅子，不请自坐。她的眼前是一台台测试病人各种指标的仪器，荧光屏上闪烁着的绿色或红色的光亮，说明连接仪器的病人活得好好的。她坐的地方离黄三省的玻璃房大概也就是一两米的距离，虽然看不清黄三省的脸，但只要跨出两三步就可以进入玻璃房里。上官云霞对她这副安营扎寨的样子，露出疑惑的神色。汪培琼笑着解释说："你不是说他们马上就来了吗？我等他们一会儿，你忙你的吧……"她希望上官云霞上厕所或到隔壁医生办公室去，只要上官云霞离开一小会儿，她就可以干脆利索地把事情做了。上官云霞点了点头，离开她的身旁，但仍然在重症监护室。

汪培琼抬头看了看墙壁上的挂钟，她进入重症监护室已经过去了五分钟，接着又过去了五分钟。上官云霞专心致志地做着她的事情，一点儿也没有离开重症监护室的迹象。她心里不免有点儿焦急起来，省纪委的领导马上就要来了。他的到来，就意味着高悬在她和范芝毅头上的那块巨石，马上就要坠落下来，他们的命运随时可能终结。但上官云霞根本没有一点儿离开病房的迹象。随着时间一点点的推移，她的心跳不由得加快了。她想着是不是给范芝毅打个电话，问问该怎么办？但此时机会却来了，上官云霞要上厕所了。临走时，特别吩咐她别让任何人走进玻璃房。上官云霞走出重症监护室，她立即从椅子上跳起来，打开紧紧闭着的玻璃房房门，像蛇一样钻进房子里。她紧张得心要从胸腔里跳出来了。黄三省整个头颅被纱布包裹着，只露出双眼睛和两只鼻孔，还有一张嘴巴，他平静地躺在床上，房子里很静，静得骇人，静得让人窒息，黄三省像游丝似的呼吸声也能听得清清楚楚。汪培琼很紧张，她三步并作两步跨到黄三省床前。黄三省双眼微合，鼻翼微微地翕动着。她看着黄三省，伸出手去摘罩在他脸上的氧气罩，她虽然看不清黄三省的脸容，但她想到眼前这位病人，是权倾一方的副市长，就又害怕了，伸出去的手又缩了回来。她的手颤抖得非常厉害。她咬着牙，壮着胆，再一次把手伸出去。她的手颤抖着，终于捏住了氧气罩的管子。她正要把氧气罩从黄三省的脸上移开，突然间外间的房门响了一下。汪培琼吓了一跳，手中的氧气罩又跌落到了黄三省的脸上。

进来的是上官云霞，紧跟在她身后的是诸葛瑞德。汪培琼转身离开了黄三省的床沿，迅速从玻璃房内走出来。她没有想到上官云霞会回来得这么快，而且进来的是两个人。她前脚刚刚跨过玻璃房的门槛，后脚还没有跟上来，上官云霞已经堵在门口了。

"你在里面干什么？"上官云霞问，虽然很和气，但很严厉。

"我……我，看看安副市长，没、没干什么啊。"汪培琼虽然理由很充足，但这个理由是临时编出来的，心里不免发虚，她支支吾吾地说。

"什么事？"诸葛瑞德也走过来，问道。

上官云霞撞开站在门口的汪培琼，从她的身边挤进了玻璃房。她突然大惊失色地叫起来："谁把病人的氧气罩移过了？谁移动了氧气罩？"她重新放好氧气罩，立即从玻璃房内走出来。

汪培琼走出玻璃房，拎起刚才放在桌子上的小提包，像是要离开的样子，强作镇静地说："我、我根本没有动什么氧气罩……"

上官云霞来到监视器旁边，各种仪器运转正常，说明黄三省器官运转正常。黄三省要是氧气罩脱落，哪怕是短短的几秒钟，这个头颅异体移植手术就前功尽弃了。上官云霞不寒而栗。正在这个时候，许伟达走了进来，市卫生局的会议还没有结束他就离开了。他见汪培琼在重症监护室一脸的惊慌，上官云霞也是惊魂未定的样子，便问道："发生了什么事？"

上官云霞说："病人的氧气罩被人移开了……"

"谁去过里面？"移动氧气罩意味着什么？这根本想也不用想。许伟达的表情更严肃了，他问。

"她，"上官云霞指着汪培琼说，"她在里面！"

许伟达转向汪培琼："是不是这么回事？"

汪培琼侧着脑袋，傲气十足地说："我进去看望安副市长，但我没有移动氧气罩！"

诸葛瑞德从玻璃房里走出来。

许伟达问："病人的氧气罩有没有罩好？"

诸葛瑞德说："还好，没什么问题。"

许伟达问上官云霞："你们刚才都到哪里去啦？"

上官云霞说："我上厕所去了！"

诸葛瑞德说："我去参加外科疑难病症会诊了。这个会诊前几天就安排好了的，不去不行。会诊还没有结束我就回来了……"

许伟达双目炯炯有神地盯着汪培琼的脸："你到这里来干什么？"

汪培琼避开他咄咄逼人的目光，低头拉开手提包的拉链，从里面取出几只信封，在许伟达眼前扬了扬说："喏，我是给你们发奖金来的，你们签个名吧！"

许伟达并不为汪培琼手中的信封所动，仍然很严厉地问道："奖金我们自己会到财务科领的，你说，你为什么要移动氧气罩？"

"我没有移动氧气罩，你们为什么要冤枉我？"汪培琼将手中的信封塞进手提包里，毫不示弱地吼道。

"我们冤枉你？"上官云霞瞪大杏目问道，"我们为什么要冤枉你？！"

诸葛瑞德说："小汪，做人要凭良心，不可血口喷人！我看到你慌慌张张地从玻璃房里走出来，你为什么要这样慌张呢？"

许伟达很严厉地说："回答诸葛教授的话！"

汪培琼想，移动氧气罩的事是绝对不能承认的，要是承认了，他们就会打破砂锅纹（问）到底，对你没完没了。干脆猪八戒倒打一耙，说他们冤枉她，反正她有靠山。她怒气冲冲地说："我一个市民看望一下市政府领导为什么不行？你们为什么冤枉我？是不是出了问题想把责任推到我头上？"

汪培琼这句话立刻就把大家惹恼了。

平时对人温文尔雅的诸葛瑞德也火了，他说："你说我们有什么问题？你给我说清楚！"

上官云霞愤懑地说："你要看病人可以，为什么不当着我的面看呢？"

汪培琼平时在医院里骄横惯了，怎么受得了这样气势汹汹的责问？她很气恼，气恼使得她本来一张很好看的脸庞都扭曲了。她满腔怒火地说："你们当我是犯人啊？我还是财务科长呢。"

许伟达本来就对这位财务科长不怎么满意，她和范芝毅从西欧进口的那台放射治疗仪的账目，他一直想查一查，但因汪培琼是财务科长，挡着道，下不了手。现在汪培琼又大言不惭用财务科长作挡箭牌，还说他们出了问题想把责任推到她的头上，顿时怒火中烧，说道："你说我们有什么责任要你来承担？你说话这样不负责，不是一个称职的财务科长！"

许伟达这么一说，汪培琼脸色就更加难看了，眼泪也随即掉下来。她把手提包一甩，有恃无恐地大声说道："不称职，你就撤了我！"说完，气呼呼地向门口走去。

诸葛瑞德喊道："我们的奖金呢？"

"你们自己到财务科来领！"汪培琼气急败坏地说着，一摔门，头也不回地走了。

重症监护室里出现了短暂的寂静，几个人面面相觑。

许伟达首先打破寂静，他满腔的气愤溢于言表："我们有什么责任要推到她的头上？这个人太可恶，太可恶啦！"

上官云霞说："这件事恐怕不简单，我们在做手术时，她始终站在脑外科手术室门口盯着我们，他们像是在了解什么情况。"

诸葛瑞德满腹狐疑地问："他们是不是想搞破坏？"

"他们为什么要搞破坏？"许伟达不解地问道。

这时内线电话响了，李剑峰陪同省委副书记章启明来看望安祖裕了。

汪培琼离开重症监护室，飞快地向电梯口跑去，想找个僻静的地方给范芝毅打电话，告诉他刚才的行动没有获得成功。虽然安祖裕像是在沉睡，一时也回答不了什么问题，但没能置安祖裕于死地，她心里很着急。得把情况立即告诉范芝毅，问问下一步该怎么办。但此时电梯门口已被医院保卫科和公安局工作人员封锁了，她被告知只能从楼梯走，省、市领导要来看望安副市长。她要看一看市委领导是谁陪同来的，范芝毅有没有来，于是她站在离电梯门口稍远的地方，双眼紧盯着电梯门。电梯门上方的标志灯闪烁着，随后停止了闪烁，电梯打开来，立即从电梯内走出一群红光满面、神采奕奕的人来。章启明她当然不认识，但她马上从人群中认出了高大伟岸、体魄健壮的李剑峰，细长干瘦、仿佛营养不良的范芝毅。他们谈笑风生，前呼后拥地从她面前过去了。

她突然产生了一种受骗上当、被人当枪使的感觉，她飞快地回到了自己的住处。

冬日柔和的阳光，从一尘不染的玻璃窗外射进来，把整间房子照得通体透亮。汪培琼回到住处的第一件事，就是拉拢房间里所有的窗帘。本来明晃晃、亮堂堂的房间，瞬息间就变得灰暗起来。她与范芝毅毕竟是婚外恋，两人同居一屋，光明还是少一点儿的好。接着她又走进卧室，脱掉全身所有的衣服，包括胸前粉红色的乳罩和玉色的内裤。室内的气温很低，由于寒冷，她晶莹雪白的手臂上，立即堆起一颗颗粉红色的鸡皮疙瘩。她打开空调，高高悬挂在床头墙壁上的空调机呜呜地响起来，房间里渐渐地暖和起来。她在穿上一件丝织的几乎透明的波斯袍睡裙时，不由自主地欣赏了一下自己的躯体。她确实很美，高矮适中，胖瘦得体，肌肤结实而富有弹性。这副身材无论哪个男子见了，都会为之怦然心动，血脉贲张。

穿好睡裙，钻进被窝，她开始给范芝毅打电话。

汪培琼已年届三十。按理说，她完全可以凭借自己的美貌和现有的社会地位，找一个如意郎君，组织一个让人羡慕的美好家庭。但她与范芝毅这种明铺暗盖，不明不白的关系，使她丧失了这种机遇。在此以前，曾经有过几位她颇为中意的小伙子进入过她的感情领地，但当他们得知她与范芝毅这种关系后，都相继与她"拜拜"了。当然也有条件较差，试图凭借她与范芝毅的关系得到实惠的小伙子向她射来丘比特之箭，因她不愿俯就而擦肩而过。现在又有了那台西欧进口放射治疗仪的事，她真像是只与范芝毅拴在同一根绳子上的蚂蚱，只能死心塌地地与他生死同命了。

这时电话打通了。范芝毅告诉她刚刚将章启明和李剑峰送出医院，还站在医院大门口的石阶上，向他们挥手告别呢。她要他马上赶到她的住处来，他答应一声就挂了手机。从医院门口到她的住处不过五百米的距离，用不着多少时间，范芝毅就会与她共度春宵了。室内温度很快就升高了，暖洋洋的。她掀掉被子，舒展双脚双手，整个身体形似一个大字躺在床上。范芝毅虽然已年过四十，干瘦如猴，但他情欲极旺，也会花样翻新。当地人称他这种人为"花户"，实际就是通常所说的"色狼"。她有的时候讨厌他，有的时候却又喜欢他，讨厌他是在心情恶劣时，喜欢他正是她心血来潮时。她这样舒展着身体平躺在床上，展示着她妙不可言的胴体。此时她对范芝毅很生气，她准备好好地捉弄他一下。这时，她听见了钥匙插进锁孔里旋转的声音。房门被打开，接着被关闭了。汪培琼知道范芝毅来了，因为她的房间除了自己以外，只有范芝毅有钥匙。她聆听着最熟悉不过的脚步声，闭上秀目。她知道，这个"花户"，一定会迫不及待。

果然，一阵"窸窸窣窣"的声音以后，睡袍的下襟被撩了起来，一个热乎乎的躯体猛地压到了她的身上。她知道她所要达到的效果达到了，趁两人的身体还未完全贴住时，她憋足力气，一只手托住他的下巴，另一只手抵住他一只肩胛，用力一推，趁他被推得仰起身体时，她将一条腿从他的身体下面抽出来，屈起膝盖，脚掌对准他的腹部用力踢去。轰然一声，范芝毅赤条条地倒在地板上，龇牙咧嘴，痛得倒抽着凉气。

汪培琼从床上挺身坐起，看着范芝毅趴在地上的那副丑态，真想开怀大笑，但她忍住笑，杏目圆睁，佯作一脸怒气，说："你出的好主意，让我出尽洋相……"她捂住脸，低声抽泣起来，"人家要是撤了我的职，我们只有死路一条啊……"

范芝毅从地板上站起来，坐到床沿上，想将她搂抱在自己的怀里。

汪培琼挣脱了他的搂抱，生气地说："你自己要来，还让我去拿掉氧气罩，这不是把我往火坑里推吗？"

范芝毅等她平静下来，又伸出手轻轻地抚摸着她的肩膀，柔声细语地问道："你这么生气一定遇到什么事情了？"

"我正在拿氧气罩时上官云霞突然进来了，许伟达凶巴巴的，我就差一点儿没有给他吃掉！"

"你被他们发现了？"

"要不是我手脚快，差点儿当场给他们抓住，否则我真的够坐牢的条件了。许伟达刚才还说要撤我的职……"

"我想好了，"范芝毅一只手搭在汪培琼的肩膀上，另一只手轻轻地揉摸她的乳房，"黄三省不是死了吗？说黄三省死于许伟达的医疗事故，让市卫生局来查，趁机把许伟达赶出医院……"

汪培琼恨死许伟达了，咬牙切齿地说："这个办法好，我到卫生局告他！"

范芝毅说："写匿名信，以医院职工名义举报。"

这是他在来汪培琼住处的路上想好的。汪培琼说得不错，这个许伟达对他和汪培琼来说，同样具有危险性。安祖裕现在还处于昏迷状态，生死未卜，所以他们必须对许伟达采取断然措施，搞臭他，把他赶出医院。另一方面，孟巾帼要他搞清黄三省的死因，如果她得知黄三省死于黄阿虎的棍棒之下，一定会千方百计让他做伪证。她的目的很明确，无非是替黄阿虎推脱罪责，她与黄阿虎的关系路人皆知。他满足了孟巾帼的要求，孟巾帼也许会有丰厚的回报，白芸勾魂摄魄的美貌使他辗转难眠呢。

"我来写。"

"搅混水的事我来办。"

"许伟达说要撤我的职,这该怎么办?"

"我正要通知市卫生局将你提为副院长呢。"

汪培琼一阵狂热的冲动,她突然向范芝毅扑过去。范芝毅猝不及防,被她紧紧地抱着压倒在地板上,压得范芝毅气也喘不上来。她喊叫着:"你真把我爱死啦!"

第五章

证　据

　　这天上午，宗绍阳打电话对吕福安说，他要把安副市长的车祸案和黄三省的死因，向他和李副书记做一次专题汇报。宗绍阳放下电话，过了大半个钟头，吕福安打来电话，让他立即赶到李剑峰办公室去汇报。

　　当宗绍阳跨进李剑峰的办公室时，吕福安已先于他到了。他们表情严肃，神情紧张，似乎已觉察到安副市长车祸案的问题严重性。宗绍阳想，只要领导重视，再难的案子也就有了七分胜算。宗绍阳在他们对面的沙发上坐了下来。

　　李剑峰站起来，亲自为他倒了一杯水，放到宗绍阳面前的茶几上。李剑峰一张慈眉善目的脸，笑眯眯地对着他说："听说安副市长车祸案有了重大发现？"

　　宗绍阳将随身带来的一只公文包放到茶几上，拉开拉链，从里面取出一叠材料，放到茶几上摊开，等李剑峰重新落座后，他才将安副市长的车祸案条理分明地做了汇报。李剑峰听得聚精会神，不时询问几句没有听清楚的细节，还在笔记本上些记录。例如"挖掘机和运煤车的车牌看清楚了吗？"宗绍阳摇摇头回答说："挖掘机和运煤车都没有挂车牌。""怎么没有仔细核对驾驶证上照片和驾驶员本人？"吕福安回答说："照片和那个冒名顶替者有几分相像，晚上天又黑，给他蒙混过关了。"宗绍阳描述了安祖裕车祸的全过程，从前后出现大型挖掘机和运煤车，到挖掘机驾驶员的逃逸和运煤车司机冒名顶替的情节。然后果断地说，这是一起蓄谋已久的谋害案，可能隐藏着一个重大的阴谋。

吕福安对宗绍阳这个判断，不以为然，他问："你感觉是个什么性质的阴谋？政治方面的，还是经济方面的？"

这个问题宗绍阳也确实盘算了很久，安副市长担任市委、市政府领导多年，总有一些政敌，特别是他听吴品菊说过，安副市长竭力反对孟巾帼出任蒲东县委书记，他深知孟巾帼其人，这个人为了做官从来是不择手段的。他本来想把这个想法说出来，但他把想说的话又在脑子里过滤了一下，就改变了主意。现在他还只是猜测怀疑，并不是确切的判断。万一他的猜测和怀疑是对的，现在说出来，走漏风声，对将来的破案也不利。于是他含糊其辞地说："目前还只是一种猜测。"

吕福安板起脸，神色严肃地说："老宗，你做公安工作多年，应该知道，这种话是不好随便说的。"

宗绍阳很反感，也就不客气地回敬了一句："我说这是猜测，破案嘛，应该允许我猜测。"

吕福安说："这种话要是传出去，弄得干部队伍人心惶惶，怎么行？"

宗绍阳忍不住笑起来，他微笑着反问道："吕局长，我们这三个人当中，你说谁会把我刚才说的话传到社会上去？"

吕福安哑口无言，一时间一张白白胖胖的脸涨得通红。

这时，李剑峰很不满意地朝吕福安看了一眼，说："老宗说得没错，破案嘛，要允许猜测和怀疑。至于刚才老宗说的话，你吕福安不传，我不传，谁会传出去呢？"他将目光转到宗绍阳的脸上，露出笑容，继续说，"老宗，我支持你大胆地往下查。但老吕的话也不无道理，对这个案子保密工作一定要做好，万一传到社会上，或者社会上出现种种谣言，破坏力也是不能低估的……"

宗绍阳点点头，觉得李剑峰的话鞭辟入里。他说："李副书记提醒得对，我们一定做好保密工作。"

关于安祖裕车祸案研究到这里该告一段落了，吕福安因刚才被宗绍阳顶撞，心里不痛快，绷着个脸，拎起公文包起身要走，宗绍阳把他叫住了。

"还有黄三省的死因也要向两位领导汇报一下。"宗绍阳从茶几上的文件堆里抽出有关黄三省的材料，放到自己的眼前。

吕福安重新坐下来。

　　李剑峰看着宗绍阳，说："我也听到了有关黄三省死因的许多说法，究竟是怎么回事？老宗，你说吧！"

　　宗绍阳把市医院关于黄三省伤势的证明和黄三省妻女的控告材料，放到了李剑峰和吕福安面前。李剑峰拿起其中一份翻阅了一下，随后交给了吕福安。吕福安接过材料翻阅起来。李剑峰又拿起另一份材料。李剑峰在翻阅材料时，两条乌黑的剑眉竖了起来，眉心形成了一个川字，脸色阴沉，额骨上的皮肉微微地颤动着。吕福安却是另一种神态，他虽然看着手里的材料，目光却游离在别处，一副心不在焉的样子。宗绍阳说，黄三省被人殴打成重伤，抢救无效死亡，从现在掌握情况看，殴打黄三省至死的凶手，就是排头村村长黄阿虎。他要求对黄阿虎进行拘留审查。

　　李剑峰把手里的一份材料随手扔到了茶几上，很生气地说道："黄三省要真是黄阿虎打死的，这倒真是个重大的案子。黄阿虎身为市人大代表，这样胡作非为、草菅人命怎么行？"他问吕福安，"你说怎么办？"

　　吕福安说："要真是黄阿虎打死的，黄阿虎判死刑也不为过，但仅凭这些材料……"他摇摇头坚决地说，"还不能拘留他！"

　　宗绍阳事先估计到他们可能会提出一些问题，但没有想到吕福安会反对得这么坚决。要是黄阿虎是个普通老百姓，恐怕十个黄阿虎也早被拘留了。他不明其意地看着吕福安，等他进一步说明理由。

　　吕福安说："凭这点材料，就是一个普通老百姓也不能拘留，更何况对待一个市人大代表、省优秀共产党员、省优秀乡镇企业家呢。"

　　宗绍阳把目光移到李剑峰脸上，诚恳地说："我汇报的目的，就是希望能得市委领导的支持！"

　　这时李剑峰的神色又恢复了原状，一脸的慈祥，一脸的微笑。他说："老宗嫉恶如仇的精神应当得到肯定，但吕福安同志的话不是没有道理的，我们毕竟是个法治国家，对黄阿虎人大代表的身份应该予以尊重……"

　　宗绍阳心想，他的意见实际上已经被否定了，汇报到此为止了。他所掌握的材料还不足以说服李剑峰，也许李剑峰说得对，黄阿虎人大代表的身份应该得到尊重，唯一能剥掉套在黄阿虎身上各种光环的，那就是确凿的证据。

他收起茶几上的材料，重新放进公文包里，看着李剑峰，等着他宣布散会。

吕福安也拎起公文包，做出准备离开的样子。

李剑峰不慌不忙地从沙发上站起来，和颜悦色地对宗绍阳说："老宗呀，你的工作积极性是没得说的，但方法上还得注意一点儿……"

宗绍阳也跟着站起来，他估计李剑峰说他工作方法要注意，一定是指上次他为追赶黄三省遗体，耽误了出席李剑峰主持会议的那件事。于是他歉意地说："我今后一定注意。"

李剑峰伸出一只厚实的手掌，和宗绍阳轻轻地握了握，和蔼可亲地说："以后有事多与老吕商量。"

宗绍阳快步走出市委大楼，在楼下停车场找到自己的警车，钻进车子，一踩油门，发动引擎。钻进车子前，他给李敬右打了一个电话，询问安副市长车祸案有没有新发现。李敬右神情沮丧地说，撒出去的人马刚刚回来，都说既没有相片又不知道特征，人海茫茫，哪里去找运煤车驾驶员。既不知道车子牌照，也不知道车了特征，车流滚滚，又到哪里去找那辆运煤车和两辆挖掘机呢？李敬右说，我们面对的是一只很狡猾的狐狸。宗绍阳又问，不是在继续广播找人吗，有没有人来反映情况？李敬右说，宗局头脑糊涂了，我和你说了那么长时间的话，有新情况还隐瞒得住吗？宗绍阳心里想，他确实被刚才吕福安的话弄糊涂了。他只好说有情况立即告诉他，就挂了手机。他想，还是先去市刑侦支队吧，和他们商量一下，看如何着手调查黄三省的案子。

宗绍阳车子刚要驶入市委大院门口的道路，汇入首尾衔接的滚滚车流里，手机出其不意地响了起来，他只好将车速放慢接听手机。

电话是吴品菊打来的。吴品菊告诉他，有个人用微型摄像机把安副市长发生车祸时的情景都拍摄了下来，那个人现在正在她的办公室里。宗绍阳一阵惊喜，"真是山重水复疑无路，柳暗花明又一村。"他说了声我马上就到，就挂了手机，又马上给李敬右打了手机，要李敬右在交警支队门口等他，他马上开车去接他。从市委去电台正好路过交警支队门口。

李敬右一上车就问："安副市长的车祸，领导有什么指示？"

宗绍阳说："认真组织力量调查，但要我们注意保密。"

李敬右说："领导怎么尽说废话，保密？我们初出茅庐啊？"他又问，"黄三省的案子呢？"

"证据不足。"

"医院的证明，受害者的控告，还证据不足啊？"

"别发牢骚！"宗绍阳关照李敬右，接着继续说，"黄阿虎是市人大代表、省优秀共产党员，这些证据确实不足以让他银铛入狱。"他想起二十年前那个女知青被害案，就是因为没有一条能致黄阿虎死命的证据，才被人钻了空子，让他逃脱了，至今逍遥法外。他发狠地说，"干我们这一行，说一千道一万，其他都是空的，只有证据才是硬道理！"

李敬右笑起来，调侃道："还说我发牢骚呢，自己也忍不住了！"

市广播电台在城西开发区的广播电视中心。宗绍阳和李敬右乘上电梯直奔吴品菊的办公室，广播电台领导办公室在十楼，吴品菊是副总编辑，也是一个人一个大办公室。吴品菊和那个目击者面对面坐在沙发上，吴品菊手里拿着一支笔，面前放着笔记本，面露微笑和目击者交谈着，像是在采访。那一台微型摄像机，就放在他们面前的茶几上，摄像机关闭着。目击者不抽烟，但他面前却放着一盒软壳的中华牌香烟。宗绍阳知道妻子是很少用烟招待客人的，除非是贵客，可见妻子为帮助他破案，也是不遗余力了。见宗绍阳他们进来，吴品菊立即站起来，向他们介绍目击者的身份。目击者是位二十五六岁的瘦高个儿小伙子，从美国回来探亲的留学生。那天，他和朋友到山阴市郊外秦皇山考察秦始皇巡视时镌刻的一块石碑，骑车回来途经安康大道时，见一辆奥迪车车速快得让人胆战心惊，就拿出随身携带的微型摄像机，跟在奥迪车后面跟踪拍摄，没想到发生了车祸。青年留学生说，他是刚刚听到广播从家里赶来的，因下午三点就要离开山阴回美国去，所以直接赶到广播电台来了，电台也许有设备可以翻录下来。留学生说话时用目光在办公室里搜索着，像是在寻找电视编辑设备。

宗绍阳激动万分，握着青年留学生的手连说谢谢。

时值中午，阳光灿烂，再加上摄像机性能很好，图像清晰得像电视剧的画面，就是小一点儿。而且青年留学生仿佛就是准备为破案提供证据似的，远景、近景及特写都有了。画面足有五分钟的长度。青年留学生说，要是能将微型摄像机接到电视的显示器上，图像放大效果会更好，而且你们破案也需要把录像翻录下来。吴品菊提议去电视台，放大也好，翻录也好，只有电视台才能办到。

吴品菊领着宗绍阳等三人来到电视台制作室。这里的气氛与吴品菊办公室完全不同，一台又一台的显示器，沿着墙壁整整齐齐地排列着，显示器闪烁着五彩缤纷的画面，让人眼花缭乱。工作人员端坐在显示器前，聚精会神地工作着，快速变幻的画面和编辑机"吱吱"的尖叫声，还真让人受不了。吴品菊是广播电视系统的前辈，宗绍阳和李敬右是新闻界的老朋友，电视台的工作人员认识他们，见他们进去，纷纷站起来与他们握手打招呼。说明来意，新闻中心主任赵得超说："宗局长叫我们怎么做我们就怎么做。"立即停下手中的工作，接好微型摄像机与编辑机之间的线头，从编辑机里退出自己的磁带，拿出几盘空白录像带，分别塞进几台机器里，一切做得又快又好。赵主任亲自操作，调好机器，按动按钮。画面上立即出现了一个惊天动地的场面，安祖裕的奥迪轿车鸣叫着，呼啸而过。小彭的车技应该说是不错的，超车时虽然险象环生，但还是都被他顺利地超越了，看到这个样子，就是宗绍阳这样有几十年驾龄的老公安，也提心吊胆地捏着一把汗。突然间，一声轰然巨响，安祖裕的轿车戛然停止，接着是一阵奔跑的镜头，再接下来是轿车被损坏的惨不忍睹的景象和其他一连串的镜头。车祸发生的过程和目击者的叙述基本吻合，因图像被放大，画面上景物的各种特征，也就看得更加清楚。挖掘机没有挂牌照，但车型和车子的每个细节，都被清清楚楚地记录了下来，挖掘机车棚上方有块凹陷处，这是李敬右记得最清楚的特征。运煤车驾驶员的脸也很清晰，鼻子旁边有一颗绿豆般大小的黑痣。宗绍阳让赵主任将图像倒回去，用慢镜头放了一遍。镜头放到车祸发生，宗绍阳叫停，画面就定格在那惊心动魄的一幕。

宗绍阳指点着画面上的运煤车，问："你们感觉这辆车是在行驶呢，还是停在那里？"

赵主任不假思索地说："运煤车是在行驶中突然刹车的。"他又把画面倒回去，仍用慢镜头放了一次。轿车在飞速行驶，运煤车也在行驶，运煤车突然刹车，轿车一头撞了上去。

青年留学生说："没错，运煤车突然刹车，轿车猝不及防。当初我就感到很奇怪，运煤车为什么要突然刹车？"

他们的看法和宗绍阳一致，有的问题也不便再多说。宗绍阳和赵主任握手表示感谢，赵主任则从编辑机里退出一盘磁带交给李敬右说，图像已全部翻录在上面，如果交警支队没有这种设备，需要的话可以到电视台来看。李敬右说，播放这种磁带的设备是有的，就是差一点儿，说了声"谢谢"，就把磁带放进了自己的公文包里。

宗绍阳和李敬右把青年留学生送到家里，记下了他的家庭住址。

宗绍阳说："谢谢你的支持，如果需要还希望得到你的配合。"

青年留学生说："配合警方责无旁贷。不过，下午三点以后我就要漂洋过海，远走高飞了。"

告别青年留学生，把李敬右送回交警支队的途中，宗绍阳突然想到黄三省是不是安副市长的孪生兄弟，还得证实一下，他得亲自去访问一下安老太太，让她去认一认排头村是不是她五十年前寄托儿子的村子，顺便也可以亲自调查一下黄三省的死因。如果黄三省真的是被黄阿虎殴打致死的，这回无论如何不能再让他逃脱了。他让李敬右回到办公室后，马上向吕福安汇报录像带的事，最好也让他看看录像，听听他对破案的意见。他说，现在完全可以肯定，安副市长车祸是场谋害。运煤车司机的脸部特征，那辆挖掘机的特征，在画面上已经很清晰，他希望通过电视台，寻找那位运煤车司机和那辆逃逸的挖掘机。图像要编辑一下，播什么图像请吕局长定夺。他希望这件事能尽快办好。李敬右点头答应，就与宗绍阳分手了。

宗绍阳回到市局将警车换成桑塔纳2000的自备车，他在一般的工作时间里是不穿警服的，也不用警车。这样进行一般的调查研究比较合适，特别像现在他几近微服察访，更不便开警车，穿警服。录像带的获得，使他对破获安祖裕车祸案的信心倍增。

在蒲东县城的一条小巷里，宗绍阳找到了安祖裕的老母亲安老太太。安老太太本来已经跟随安祖裕进了山阴城，安祖裕的前妻车祸死亡后，安老太太与欧阳殿生性格不合，就带着安祖裕前妻生的儿子安定国，回到了蒲东县城这间记录着他们苦难和发家历史的小屋。这条路很窄，窄得连轿车也开不进来，宗绍阳只好把车子停在路口。老屋墙体破旧，油漆脱落的大门敞开着，因屋檐低矮，宗绍阳走进去时不由自主地低下头。安老太太拿着抹布正在擦桌子，见宗绍阳进来，她扶着桌子角，木讷地看着他。

安老太太的脊背完全驼了，满脸的皱纹和黝黑的肤色，说明她经历过很多的苦难，她弓着背，抬头仰视着来人。宗绍阳与安祖裕相识时，安老太太正值盛年，身体高大健壮，真是岁月不饶人啊！置身陋室之中，让人难以置信面前这位老人的儿子竟是权倾一方的正厅级干部。宗绍阳知道，安祖裕不是一个不孝儿孙，也不是当地政府怠慢了她。住在这里，永远地住在这里，直到老之将至，这是老人的意愿。安祖裕在蒲东县挂职时，每当宗绍阳到他家里来，老人总是喋喋不休地说，安祖裕能有今天，是她家两条人命换来的。开始他和安祖裕并不理解老人这句话的含义，直至后来安祖裕官越做越大，住房条件越来越好，她还坚持要住在这里，安祖裕才悟出道理，就是要他永远不要忘记过去，忘记过去就意味着背叛，有一次，安祖裕把老母亲的话搬到了全市的干部大会上，不过略微做了延伸和发挥。安祖裕说："我母亲常常对我说，我之所以能有今天，是因为我家牺牲了两条性命。一条是我父亲的性命，父亲在新中国成立前夕，为营救一位党的高级干部被国民党枪杀了。另一条是我的一位孪生兄弟的性命，为逃避国民党的追捕，母亲带着我们兄弟两人连夜奔逃，途中将我兄弟寄托在一个农户家中，至今下落不明……"说到这里，安祖裕的眼睛湿润了，声音有点哽咽和颤抖，他说，"我常常这样想，我家两条性命换得了我个人今天的地位和前程，推而广之，我们共产党能得到天下，中国人民是付出了惨重代价的……值不值得，就要看我们这些掌权者掌权掌得怎么样啊……"

宗绍阳一步上前，紧紧地握住老太太的手："安老太太，小宗——宗绍阳来看望您啦！"

安老太太浑浊的双眼看着宗绍阳，终于认出了来人："是小宗啊，什么风把你吹来了？快请坐！"

宗绍阳把老人扶到一把椅子旁，让她坐下来，自己也顺手拉过一把椅子，紧挨着老人坐了下来。

宗绍阳说："我听您说过，安副市长有个孪生兄弟在新中国成立前夕失散了。"

老人抢着说："失散的是老大，大名叫祖补，祖裕是老二。"

宗绍阳问："您还记得是在什么地方失散的吗？"

"我要是记得那个地方，孩子早给我找回来啦。"老人说，"那时我带着他们兄弟俩，只知道逃啊逃，国民党特务追得很凶，要是慢一步，我们母子仨都没命了，哪里还想着去问地名呢？"

"您对那个村子还有没有印象？"

"我记得那户人家门前有一棵苦楝树，那树很高很大，我们逃到这个村子时，天黑得伸手不见五指，狂风夹着暴雨，我就是为躲避暴雨才找到了这棵苦楝树，树旁有户人家，里面亮着灯，那户人家姓黄，男的叫阿申。"

"我要是把您带到这户人家门前，您能不能认出来？"

"黄阿申对我说，找到了苦楝树就找到了他的家。我不知去找过多少次，怎么也找不到那棵苦楝树……"老人抬起头看着宗绍阳，眼神里充满了希望。她问道，"是不是老大有下落啦？"

"我想带您去一个地方，您认一认……"

宗绍阳带着老人来到了排头村。根据村民的指点，宗绍阳将车径直开到了黄三省家门口的晒谷场上。宗绍阳扶着老人从车里走出来，站在水泥浇成的晒谷场上，面前是三间低矮的平房，两扇由杉木做成的、并不厚实的漆黑大门虚掩着。为了确认这就是黄三省的家，宗绍阳又询问了住在附近的一位八十多岁的老伯，老伯一阵唏嘘，说，"黄阿申早死了，留下一个收养的儿子，前几天也被人打死了，老婆疯了，女儿到市里告状去了，家破人亡，家破人亡了啊……"苦楝树是没有了，但这破旧低矮的平房，和两扇并不厚实的木门，却唤醒了老人的记忆。老人从宗绍阳的搀扶中挣脱出来，一步一步地跨向大门，推开虚掩的大门，阳光涌入屋内，一声沉闷的声响，老人已双膝着地，身体匍匐下来，脑门磕在地上。宗绍阳抬头看到堂屋照壁的正中，悬挂着一男一女半身画像，都是六十岁不到的年纪，一脸的慈祥，一脸的和蔼，笑眯眯地注视着他。宗绍阳估计这就是黄三省的养父母，老人认出来了。

老人发出沉闷嘶哑的哭声："我的可怜的儿啊，我的可怜的恩人啊！"

老人跪在地上像鸡啄米似的磕着头，每磕一个头，就大哭一声，呼喊一声。那凄惨和心酸，让宗绍阳这位钢铁汉子也忍不住热泪盈眶。

乡下人喜欢看热闹，不一会儿，黄三省家门口聚集了许多村民，有人走进来询问宗绍阳他们是黄三省的什么人，那个爱管闲事的黄小毛也在其中。宗绍阳说，他们是黄三省的亲戚。

黄小毛不到三十岁，长得粗壮结实，他把宗绍阳领到门口的晒谷场上，自我介绍道："我是三省叔的堂侄，黄阿虎是三省叔的远房侄孙，比我还小一辈……"接着，他叙述起黄三省被殴打成重伤的经过，边说边做动作，说得不完全或者不正确的地方，旁边的人立即补充纠正。宗绍阳问，黄阿虎下手真的这么重吗？黄小毛说："是我帮着把三省叔送到乡卫生院的，乡卫生院的寿医生说，打成这个样子，神仙他爹也救不活了，只有送到市医院试试……"有一位中年男子说，阿虎和三省叔仇恨着呢，三省叔捉过阿虎的奸，告发过阿虎偷税漏税，还举报过阿虎贪污公款，你说阿虎能不恨三省叔吗？宗绍阳又问："既然你们都知道黄三省是被黄阿虎打死的，为什么不去报告派出所？"黄小毛摇摇头说："我们去报告，派出所会相信我们吗？"另一位年轻的村民说，人家是市人大代表，优秀共产党员，没人敢惹的。这时有位中年男子盯着宗绍阳的脸说："你不是黑黑……"宗绍阳说："我姓宗，叫宗绍阳。"那人对他说，"你这个人好面熟，一时又记不起来在哪里见过。"宗绍阳又问大家："要是公安局来调查，你们肯不肯说真话？"众人七嘴八舌地说起来，一个说要看谁来，如果是"黑猫警长"来，我们一定灶王爷告状照本直奏。另一个却说那也不一定，那年村子里发生女知青被杀案，"黑猫警长"就认为是黄阿虎作的案，想把黄阿虎捉拿归案，结果怎么样？还不是枉费心机，还差一点儿丢了自己的乌纱帽。这位村民的话像一把尖刀直刺宗绍阳的心窝，他气愤已极，差一点儿喊出来，这回我要是不把黄阿虎绳之以法，你们就宰了我，可话到喉咙口他就忍住了。宗绍阳紧抱双拳，向众人连连作揖，说："谢谢你们抬举我……"说得众人面面相觑，一头雾水。

这时安老太太被几个妇女搀扶着从屋子里走了出来。老人两眼红肿，一脸悲伤，站在门口对宗绍阳说，这里原来有株苦楝树。众人说，1956年被一场台风刮倒了。老人又指着黄三省屋后的山腰说，她就是抱着另一个儿子从这里爬上山冈，继续逃命的，山冈上都是遮天蔽日的大树。村民说，参天大树在大炼钢铁时早当煤炭烧掉了。宗绍阳放眼望去，眼前是一簇簇、一蓬蓬碧绿的茶树，在冬日阳光的辉映下，郁郁葱葱，生机益然。老人说，她原本只是想躲避一下暴风骤雨，度过漫漫黑夜。后来，她知道这是户殷实的小康之家，没有儿女，就萌发了一个念头，留下一个儿子寄养在这里，渡过了难关再来领回，那样即使她和跟随她的儿子遇到不测，总还有一个骨肉留在人间。她离开这户人家的时候，那小夫妇俩一直抱着她的儿子，把她们母子俩送到屋后的山冈上。快分别的时候，男子对她说，找到苦楝树，就找到了他黄阿申。但后来发生的事情，并没有像那位憨厚的农民所说那样，有苦楝树的时候，她不能来找；能来找的时候，苦楝树却没有了。后来，一切都变了，她怎么找得到寄托在这里的儿子呢？现在儿子找到了，儿子却死了……

在把安老太太送回蒲东县城的路上，宗绍阳心里已经盘算好了，把安老太太送到家里，他到蒲东县公安局去，亲自和局长严关根谈一谈。如果说他们还要搪塞的话，就对他们明说他要组成调查组，亲自来调查此案。

这时安老太太突然问："小宗，他们都说祖补是给村长黄阿虎打死的，你怎么不抓打人凶手啊？"

宗绍阳说："我这就去办这件事。"

"你回到山阴一定要对祖裕说，他哥哥找到了，可他哥哥死啦！"她哭起来，"要他为他哥哥报仇啊。"

"我回去就向他汇报……"宗绍阳心里难受极了，安老太太哪里知道她另一个儿子也正在医院里抢救，至今生死未卜，他在心里祝福安副市长遇难成祥，到那时候他要办黄三省的案子，力量就大了。

"小宗，"老人小心翼翼地问道："我让祖裕办这件事，不会让他犯错误吧？"

宗绍阳忍住要掉下来的眼泪说，"不，不会，绝对不会，抓了黄阿虎那是为民除害！"

"那好，那就好……"老人说。

宗绍阳的轿车在乡村土路上奔驰着，突然从反光镜里看到车后有一辆运载黄沙的新中国成立牌汽车，摇摇晃晃地开得飞快，像是一个醉鬼在开车。他的目光刚刚从反光镜里移开，正前方又出现了一辆开得飞快的运载石头的运输车，车速起码在每小时八十公里以上。由于车子开得飞快，扬起的尘土几乎把宗绍阳视线挡住了。宗绍阳双手紧握方向盘，向反光镜扫视一眼，车后的运沙车仍然紧随不舍，两辆运输车对他形成了前后夹击的势态。道路不好，轿车开得摇摇晃晃。正前方的运石车与轿车的距离更近了，一百米，八十米……运石车越开越快，宗绍阳这时感到来者不善了。车后的运沙车因为他加快车速，与他距离似乎有点拉远了。此时，他不怕两辆运输车的夹击，道高一尺，魔高一丈，让他担心的是坐在后排座位上的安老太太。老人要是有个三长两短，他怎么向安副市长交代。宗绍阳侧转身，对安老太太说："您抓住轿车的手把，身体尽量靠住靠背，道路不好，车摇晃得厉害，别怕！"安老太太说："别管我，安心开你的车。"宗绍阳抬头看了一眼驾驶室上方的反光镜，安老太太确实镇静自若，按他的要求双手牢牢地抓着手把，身体紧靠着靠背。宗绍阳心里踏实了。就在宗绍阳与安老太太说话的几秒钟里，宗绍阳的轿车与正前方运石车的距离已经缩短了二三十米。此时，稍有疏忽后果将不堪设想。轿车与运石车的距离越来越近，运石车似乎就是朝着宗绍阳的轿车撞过来的。在千钧一发之际，宗绍阳头脑特别的清醒，如果这时减速或者把车子停下来，那正好被运石车当靶子冲撞。如果他也把车开得飞快，而且摇摇晃晃的，这样反而使对方找不准目标。还有三米、二米……宗绍阳突然将方向盘往左打了个 90 度直角，然后猛踩油门，轿车擦着运石车保险杠飞驰而过，然后又迅速把方向盘打正，压着公路边缘绕过运输车，驶上了公路。只听见车后一声巨响，运石车一头栽到了公路旁边的排水沟里，整辆运石车形成 120 度倾斜，车上的石头倒了一地。而从后面追上来的运沙车，不及躲避，一头撞在运石车后轮上，也差点翻得车底朝天。宗绍阳这样临危不惧，眼明手捷，没有几十年的功夫是不行的。

安老太太说："那辆运石车开得这么快，要是轿车钻到它的肚子底下，我们的性命是一定不会有了。"

安老太太说得没错，要是轿车钻进运石车的车底，让后面追上来的运沙车再一挤，这个惨状一定和安副市长的车祸差不多。

宗绍阳说："老太太，你放心，小宗我在这条道上摸爬滚打几十年，他们想暗算我还差一点儿！"

是啊，是谁这样狠毒，对他有这样的深仇大恨，要用两辆卡车夹击的方式暗算他。宗绍阳把轿车停到公路旁边，对安老太太说出去看一下那两辆出了车祸的卡车，马上就回来。他钻出轿车走到两辆卡车跟前，运石车栽在排水沟里已动弹不得，运沙车撞在运石车的后轮上，保险杠已撞坏，大大小小的石头滚了一地，道路基本中断。两个司机好像是认识的，他们站在车旁，每人手里拿着一支刚刚点燃的香烟，头碰着头地不知在说什么，见他走近马上就分开了。他先看了看车子的车牌号码，又记住了车子的所属单位，一辆是琥珀热电厂的，一辆是蒲东工程公司的。他本来想打电话请琥珀派出所的人来查看一下他们的驾驶证，但想了一下，还是先别打草惊蛇的为好。回到自己的轿车里，立即给李敬右打了电话，要他查一查这两辆车所属单位的法人代表和驾驶员的姓名。李敬右告诉他，吕福安定在下午三点来看录像。宗绍阳要他把在电视台准备播出的录像，请吕福安审看，哪些画面能播，哪些画面不能播，请他明确指示，并写一份播出报告请他批示。李敬右说，这不是包脚布里钉钮襻，多此一举吗？宗绍阳说，你就按我说的去办吧。李敬右说，宗局，你怎么变得束手束脚了，这不像是你的风格啊！宗绍阳说，少啰嗦。李敬右说，好好，我一定按照你的指示办。宗绍阳心里也确实感到别扭，事事都要向正局长请示，还要他这个副局长干什么？但李剑峰的话，又时时响在他的耳畔：遇事要多与吕福安商量。这不等于批评他向吕福安请示得太少吗？打好电话重新发动车子，往县城驶去。他把安老太太送到家里，老人泣不成声，握着他的手久久不肯放开。她说，共产党打天下就是为了消灭坏人，没有想到祖补还会死在坏人手里。宗绍阳看着老人流泪，心里也不是滋味。他说，老太太您放心，这回我就是摘掉头上这顶乌纱帽，也要把黄阿虎办了！

　　告别安老太太，午饭时间已过，宗绍阳在蒲东县城随便找了家小吃店，吃了一碗肉丝面，便往县公安局长严关根家里打电话。他想利用午休时间与他好好地谈一谈，严关根是他一手提拔起来的，两人关系不错。他估计办黄三省的案子一定会有许多阻力，但如果能得到他的支持，事情会好办一些。电话打通了，严关根在家里。宗绍阳驱车来到严关根居住的公寓楼下时，他已经站在最底层的楼道口迎接他了。见了面，第一件事是请宗绍阳吃饭，宗绍阳再三说吃过了，因为有要紧事才来找他，否则他早就回去了。严关根只好作罢。

严关根四十五六岁年纪，也是高高大大的身材，黑里透红的肤色，肌肉发达。以他的体魄，赤手空拳撂倒三四个歹徒，没一点问题。

严关根把宗绍阳让进屋里，刚刚在沙发上坐下来，宗绍阳就开门见山地说了黄三省的案子。问他上次说的群众联名信和黄三省家属的控告信是怎么回事，那可都是假的啊。严关根脸色凝重起来，说："宗局，我知道这些都是假的，但假的我也必须把它当作真的报给你。"

听了严关根的话，宗绍阳血液往头顶涌上来，脸色红涨，气得想摔手里的杯子。

严关根说："宗局，你先别激动。我想对你说几件事，你要是这样激动，我就不说了。"宗绍阳闷闷不乐地喝了口水，情绪平静下来说："你说吧。"

严关根说，孟巾帼不知从哪里得知的消息，说市医院出具了黄三省被人殴打重伤致死的证明，也要求我们局和琥珀派出所的同志对黄三省死因进行调查。我们到乡卫生院找到了寿医生，他是黄三省送乡卫生院后第一个接触的医生。证明材料是根据孟巾帼授意写的，说黄三省送入乡卫生院时只是一点儿皮外伤，医生认为用不着治疗。但黄三省耍赖皮，非要住院治疗，乡卫生院坚决不收，黄三省要求乡卫生院派救护车把他送到市医院，寿医生断定黄三省死于市医院的医疗事故。

宗绍阳气得一拳击在茶几上，茶杯差一点儿滚落到地板上。宗绍阳脸色很严峻，说："这样的事你也会同意去做，原则不要啦？"严关根说："宗局，你别生气，孟巾帼要我们搞这个材料，我也是事后才知道的。"宗绍阳问："那个寿医生签字了没有？"严关根说："没有。"那个寿医生看完那份事先写好的证明材料，就把材料放到桌子上走了出去。琥珀派出所的同志说，这个寿医生平时谨小慎微，也很少说话，估计他不敢不在这份证明上签字。但使我们意想不到的是，他把自己右手的一食指剪断了。乡卫生院的其他医生搀扶着他走过来，他左手捂着右手，血淋淋的。另一位医生手里拿着一把特大的剪刀和一只断指，双手也是血淋淋的。寿医生对我们的同志说，他的手指断了双手都是血，如果可以用血签字的话就签。我少年时看过《说岳全传》，其中有个"王佐断臂"的故事。王佐是断臂取义，现在我们这位寿医生是断指取义。宗绍阳问，后来又怎么样？他们把这个情况向我做了汇报，我立即把这个情况向孟副县长作了汇报。我说，我们办案的原则是以事实为依据，以法律为准绳，这样做太过分了。孟副县长很不高兴，严厉地对我说，用不到你来教训我，什么是事实？什么是法律？这里有一个政治问题，我们必须把握好！黄三省是什么人？你们不了解，我了解。一个只会无事生非，捣乱破坏的"犊头"。黄阿虎又是什么人？我了解，你们也一定了解，市人大代表、省优秀共产党员、省优秀乡镇企业家，我们国家的经济靠谁来发展？靠他们！所以在这个问题上，我要求你们认真检讨自己的政治立场，要为我们共产党的天下，要为我们的经济发展保驾护航……她说得振振有词。黄阿虎经常捅些娄子，孟巾帼过去保他都是躲躲闪闪的，这回是明火执仗，这不正常啊。宗绍阳说，这也不奇怪，现在县政府是她在主持工作，县委书记陈仁义要调到山阴市担任副市长，她很有可能接陈仁义的班，她是有恃无恐，肆无忌惮了。宗绍阳又问，那份伪证材料最后有没有出笼？严关根说，他们最后请乡卫生院其他医生签了字，这也是我后来才知道的。孟巾帼对我说，这件事你就不要管了，还指定了另一位副局长管这件事，所以有关黄三省的案子现在都不让我知道了。宗绍阳深感歉意地说，对不起，我刚才错怪你了。严关根说，宗局批评我，还用得着道歉吗？我也确实有点问题，反应迟钝，没有先下手为强。严关根叹了口气，双眼看着宗绍阳，等他表态下一步该怎么办。话说到这个份上，宗绍阳也很难表态。公安系统的制度是很严格的，下级得绝对服从上级，既然县政府有了明确的态度，要严关根对着干是不明智的，也是不现实的。只有在执法系统工作过的人才会深刻地体会到，权力对于正义和真理是多么的重要。严关根见他低头不语，知道他心里一定像打翻了五味瓶。他说："宗局，你也别难过，虽然我们在权力上处于劣势，但正义在我们这一边，真理在我们手里。我知道你嫉恶如仇，执着顽强，你是不会认输的，请你别忘了在蒲东县还有一个严关根……"宗绍阳紧紧地握住他的手，一股暖流在他的身躯内涌动。他说："关根，谢谢你鼓励我。我此时此刻的心里确实很难过，你不知道，那个被打死的黄三省，就是安副市长失散多年的孪生兄弟。我刚才去了排头村，把安老太太带去认门，安老太太已经确认了。"严关根说："要是这样就好办了，他们不能不买安副市长的账。"宗绍阳摇摇头说："事情没那么简单，现在安副市长还处在深度昏迷中，生死未卜，要想得到安副市长的帮助，目前还很难。关根，你不知道我心里为什么这么难过？刚才在排头村，村民们七嘴八舌地向我叙述了黄阿虎殴打黄三省的经过，那个残忍，那个凶狠，简直不是人干得出来的。当时我问他们为什么不去报案。他们反问我，派出所会相信他们吗？我又问，要是公安局来调查，你们敢不敢说？你说他们是怎么回答我的？有个村民说，那要看谁来，如果是黑猫警长来，灶王爷告状照本直奏。另一个却说，那年村子里发生女知青被奸杀案，黑猫警长就认为是黄阿虎作的案，想把黄阿虎捉拿归案，结果还不是枉费心机，还差一点儿丢了他自己的乌纱帽。村民的话真像一把尖刀直刺我的心窝啊。当时我就想，这回我要是不把黄阿虎绳之以法，你们就宰了我！那个寿医生为什么要用断指维护正义，排头村的村民为什么不相信我，关根，你说我这身警服穿得窝囊不窝囊？"他紧紧握住严关根的手，把他的手握得生痛。宗绍阳说："刚才那句话我在村民们面前不敢说，现在要对你说，我宗绍阳这回要是不把黄阿虎捉拿归案，绳之以法，你就捅了我！"严关根热泪涟涟，说："宗局快别说了，赴汤蹈火，以身殉职，我严关根也算一个！"

宗绍阳驱车回到市公安局已经是下午四点。宗绍阳心里盘算好，打算绕过吕福安，单独向李剑峰汇报一次，说明黄三省就是安副市长失散多年的孪生兄弟。考虑到吕福安和孟巾帼对黄三省案子的态度和黄阿虎的特殊身份，宗绍阳要求由市政法委牵头，公安、检察、司法、市人大法制办联合组成调查组，对黄三省一案进行调查。他走进自己的办公室，在宽大的皮椅子上坐下来。今天奔波了一天，有点累了，毕竟是五十来岁的人了，全身筋骨经不起折腾了，刚才在排头村公路上那场出生入死、斗智斗勇的较量，已使他精疲力竭。他把头靠在椅背上，享受着由于筋骨放松产生的一种不可言状的舒适。但没过多久，手机响了起来。

电话是李敬右打来的，说上午从留学生微型摄像机里翻录的录像有问题了，要他立即赶到交警支队去看一看。宗绍阳问，出什么问题了？李敬右说，图像一点儿都没有了。怎么会呢？是不是刚才在电视台没有翻好？李敬右说，下午三点半，吕局长来看时还好好的。"赶快与留学生联系，再翻录一次。"宗绍阳命令道。李敬右说，我们连留学生的家里也去过了，留学生带着微型摄像机已经走了。真是破船偏遇顶头风，屋漏又遭连绵雨。黄三省的案子刚刚遭遇伪证，安副市长的车祸案又遭遇了挫折……

宗绍阳立即驱车赶到交警支队。交警支队的技术室内，唯一一台电视编辑机旁围着好多人，连电视台的工程师也请来了。宗绍阳走过去，大家便腾出了地方。电视台的工程师把磁带塞进编辑机里，一按播放按钮，电视显示器出现了一片亮光，他转动快进慢进按钮，显示器上时而出现带有射线形的光亮，时而出现模糊不清的图像。那样子就像是通过天线接收到的信号很弱、距离又很远的电视台的图像。看到这个样子，宗绍阳的脑袋像是被重拳击了一下，几乎晕倒。

李敬右神情沮丧，说："不知道怎么会成这个样子，真是大白天活见鬼了！"

屋子里的人都七嘴八舌地议论起来，吵成了一锅粥。

"大家先别急，我们先来分析原因。"宗绍阳定了定神先让自己镇静下来，又安抚大家安静下来，然后问电视台的工程师，"为什么会成这个样子？"

工程师说："如果原来图像很好的话，那就是被消磁了。"

"怎么会被消磁呢？"宗绍阳又问。

"碰到了一种磁性很强的物体。"

"有没有这种情况？"宗绍阳问李敬右。

"我们根本没有把磁带拿出过这间房子，"李敬右说，"这间屋子里也没有什么磁性很强的物体……"

"你们是什么时候发现图像没有的？"

交警支队的技术员回答说："吕局长难得到我们交警支队的技术室里来，他来了我们都很高兴，他审好片子，我们要求他坐了一会儿，我趁机向他提了一个要求，我们的摄录设备太落后，能不能批点钱更新一下，他同意了。大家又七嘴八舌地向他汇报工作，审好片子又坐了十来分钟。他走后，我们想根据他的意见把图像编辑一下，结果磁带塞进编辑机，就是白板一块……"

李敬右说："宗局要我们向吕局长写份播送录像的请示报告，我写了，吕局长也批了。"他拿出一张纸递给宗绍阳，果然吕福安在请示报告的天头上，写了"同意"两个字。他问："这该怎么办呢？"

宗绍阳问电视台工程师："还有没有办法修复？"

电视台工程师摇摇头:"这种技术现在还没有发明。"

修复不可能,但在电视台复制时,他们会不会作为资料同时复制了一盘?宗绍阳心里又燃起一线希望,问工程师:"我们在你们台里复制时,赵得超主任会不会另外复制一盘?"

工程师摇摇头说:"不可能,微型摄像机摄制的图像太差。"他说是这么说,但还是给电视台新闻中心主任赵得超打了电话,手机打不通,又打到新闻中心录制室,接电话的人说,没有听说赵主任复制了公安局的录像带。

最后的一线希望破灭了,宗绍阳心里很痛苦,但一时也想不出什么好办法。不一会儿,宗绍阳就让电视台的工程师回去了。工程师一走,没有了外单位的人,李敬右就显得更加焦虑不安起来。他问:"宗局,你说我们该怎么办呢?"

宗绍阳从进屋子开始,一直站在显示器旁边。刚才因急着要看片子,了解情况,只顾说话也不感到吃力,现在片子看过了,情况也了解得差不多了,疲倦马上就向他袭来,他拉过一把椅子,一屁股坐下去。他太疲惫了,疲惫得一时不想说话。宗绍阳沉默不语,李敬右以为他生气了。他知道宗副局长与安副市长的感情,他也知道宗副局长为了这个案子不知花了多少心血。案情刚刚有了点转机,但由于他们的失误,转机稍纵即逝。面对这样的失误,宗副局长能不生气吗?他毕竟年轻,沉不住气。"宗局,你说句话,我们该怎么办?你不说话,真把人给憋死了!你要打要骂冲我来,都是我的错……宗局,你说话啊!"

宗绍阳抬起来头来看着李敬右,笑起来说:"出了三十,快奔四十的人,怎么说话还像个孩子,我倒是想打你想骂你,可是这有用吗?我不说话,说明我也是没有办法啦,江郎才尽,黔驴技穷,懂吗?"

宗绍阳这样一说,屋子里的人都笑了起来。

李敬右搔搔头皮,瓮声瓮气地说:"骂我几句打我一下,出出气也好啊!"

"打过骂过以后呢?"宗绍阳笑起来,"还是没有办法。打也白打骂也白骂,我还要背个打人骂人的罪名。我倒认为这个事情有点蹊跷,大家认为呢?"

大家就异口同声地说,是有点蹊跷啊。吕局长刚刚看过,好好的。磁带也没有带出这间屋子,外人也没有进来过。再说这屋子里也没有磁性很强,足以能使磁带消磁的物体，怎么磁带里的图像说没有就没有了呢？大家分析来分析去，还是分析不出个道道来。

宗绍阳说："现在分析不出原因，大家回到家里继续分析，有了新情况，或者有了好主意，立即告诉李队，直接告诉我也行。图像没有了，案子还是要破的，而且力争要快破。我想了一个笨办法，大家说行不行？"

大家说："宗局，你先说出来，我们再来说行不行？"

宗绍阳问："刚才录像片大家都看了吧？"

大家回答说："看啦。"

宗绍阳问道："那个运煤车司机的脸部特征，挖掘机车身的特征大家都看清楚了吧？"

技术员说："李队边看边讲给吕局长听，我们也都听到了。"

宗绍阳说："这就好。蚂蚁扛鳌头，来个笨办法，我们撒开人马到市区各个工程队、工程公司去找那台挖掘机。再请画家画运煤司机的画像，让司机们来辨认，大家说行不行？"

有人说："这不是大海捞针吗？"

宗绍阳说："有这么点味道，如果谁有更好的办法，我拜他为师。"

开完这个会，下班的时间也到了。宗绍阳和李敬右从办公大楼里走出来。李敬右说那两辆大卡车他已经派人去查过了。一辆是琥珀热电厂的，另一辆是蒲东工程公司的，这两家单位的法人代表都是黄阿虎。

第六章

"记忆丧失"

黄三省真的起死回生了。

这天上午大约八时半，躺在玻璃房里的黄三省感到浑身酸麻，他想仰起头来，头一仰，却被罩在脸上的东西妨碍了。接着他伸腿掀掉了盖在身上的毯子，露出赤裸的下身。他想抬起右手拿掉罩在脸上的东西，但吊着盐水瓶不能动弹，便伸出左手拿掉了那东西。他不知道这是什么东西，反正挺碍手碍脚的。他想坐起来，但身上叮叮当当地夹着许多夹子，无法坐直。他感到很新奇，不知道这是什么医院。在印象中，他被黄阿虎打得很凶，痛得趴在地上死去活来，后来被送到乡卫生院。这里不像是乡卫生院，乡卫生院没有这么整洁，不要说墙壁黑乎乎的，天棚上也爬满了蜘蛛网，窗台上满是灰尘，连医生护士也是灰头土脸的。他感到很奇怪，自己单独睡着一个病房，好像是躺在一个巨大的玻璃罩里。他惊讶地看见一位漂亮的年轻女医生，急急忙忙地从玻璃罩外走进来。黄三省连忙用左手将被单往上拉了拉，因力不能及，没有完全将裸露的下身遮住，大腿露在毯子外面。女医生走近黄三省身边，轻柔地拉了拉毯子，将他裸露在外面的大腿盖了起来，黄三省看到的这位漂亮女医生，就是上官云霞。

黄三省抬起头问道："我怎么会躺在这里？"

上官云霞惊喜万分，伸手托起黄三省的脑袋为他垫好枕头，然后将他的脑袋在枕头上放平，说："你受了重伤，正在医院里抢救。"等他躺平以后，又顺手将氧气罩放到他的脸上。

黄三省想将氧气罩拿掉，被上官云霞阻止了，就说："记得黄阿虎把我打得五脏俱裂，我被送到了乡卫生院里抢救。这里不像乡卫生院啊？"

上官云霞说："这里是市医院。"

黄三省说："市医院！这要花多少钱啊？"

上官云霞说："钱你别担心，你好好躺下吧。"

黄三省摇摇头："我一个农民，钱花多了可还不出，你让我下来！"

上官云霞说："你还不能下来，你还得治疗。"

这时候，顾迪安胸前挂着听诊器，手里拿着一只血压计走进来。

上官云霞说："顾教授，病人要下床了。"

"我要回家！"黄三省双眼盯着走近他的顾迪安说。

"你还不能回家。"顾迪安不容置疑地说。

黄三省不出声了，只是疑惑地看着顾迪安。

顾迪安将血压计交给上官云霞，又将听诊器套到自己的耳朵上，对黄三省说："让我检查检查，你躺好。"

黄三省听话地将身体躺平了。顾迪安把听诊器放在他的胸脯上仔细地听着，上官云霞很快测量好了血压。

顾迪安说："奇迹，奇迹真的产生了！"

上官云霞高兴极了："要不要给许院长打电话？"

顾迪安说："许院长一早去了市卫生局，怎么到现在还没有回来，你给他打个电话，简要地把情况对他说一下。"

上官云霞点点头走出玻璃房。

黄三省挺起身来说："我要回家！"

顾迪安强行把他按到床上："你还没有脱离危险期，还得在医院治疗。"

黄三省说："我得赶快回家去，我老婆有疯病，她找不到我又会犯病的。"

顾迪安说："你伤势很重不能动，也不能说话，否则会有生命危险……"

听了顾迪安的话，黄三省害怕起来，就很听话地重新躺好。

顾迪安帮他把氧气罩放好，又嘱咐一句："无论谁同你说话，你都不要出声。"

顾迪安见黄三省点了点头，就走出了玻璃房。

黄三省仰面躺在床上，双眼紧盯着天棚上一盏乳白色的吊灯。光线很柔和，很容易让人昏昏沉沉入睡。这几天，黄三省感觉一直是在做梦，有时候清晰，有时候模糊。他清清楚楚地记得，黄阿虎为了五十元茅坑迁移费，叫了一群护村队员来打他。黄阿虎拿一根棍子打他的肚皮，他被打得趴在地上，痛得失去了知觉。他还记得妻子陈湘莲跪在黄阿虎的面前，苦苦哀求，但黄阿虎就是不肯住手。后来母女俩把他送到乡卫生院……后来，乡卫生院又派了救护车，把他送到市医院……黄三省想呀想，想得脑袋有点晕了，他闭上眼睛，静静地躺在床上。这时，黄三省从眯成一条缝似的眼睑里看到有位满脸笑容的中年男子走到他的床前，伸手按着他的脉搏，那人热乎乎的手指在他的手腕上搭了一会儿，对身旁的顾教授眉飞色舞地说："一切都很正常，比我们预想的要好。"他不知道，这位中年男子就是院长许伟达。

顾迪安说："是的，比我们预想的要好。"

许伟达说："要稳定，巩固疗效。"

快近中午时，又有两个人走进黄三省的玻璃房。听声音是两个女人，一个是刚才那位漂亮的女医生，另一位他还从未听到过她的声音，那声音柔声细语的，口齿伶俐，一定是位很年轻的女子。因为顾教授要他在任何人面前都不要开口说话，所以黄三省紧闭双眼佯装睡觉。一阵"笃笃"的高跟鞋敲击地面的脚步声过后，接着就是一阵扑鼻而来的桂花味很重的香气，这香气随着脚步声的临近，越来越浓烈。这香气一定是新来的女人发出来的，因为那位漂亮女医生的身上并无这种味道。

"他睡着了。"漂亮女医生说。

"相貌真的和我家老安一样啊……"香气很重的女人带着一种明显的哭腔说。

"他们是同卵同胎的孪生兄弟，能不像吗？"漂亮女医生说。

黄三省被她们说得云里雾里，那个老安是谁？他估计，这个香气很重的女人一定是老安的老婆。而且这个老安一定是出了什么事，否则她说话的语气不会这么忧伤，还带着哭腔。同卵同胎孪生兄弟是谁，是不是指他和那个叫老安的人？双胞胎就是双胞胎，怎么还是同卵同胎呢，废话！

"我听人说过，双胞胎再像也是有区别的。"香气很重的女人继续说。

"有没有区别你应该最清楚。"漂亮女医生轻轻地笑起来，调侃地说，"安副市长身上有什么特征，你心里应该有数。"

"老安靠近阴囊的大腿根部有颗黑痣，黑痣上有根长长的阴毛……"香气很重的女人说，"别的男人不会有的……"

黄三省心里一阵好笑，别的男人身上有没有黑痣，你怎么会知道呢？你总不能跟天下所有的男人都睡过觉吧。这种神经兮兮的话，就是他那个常常要患神经病的老婆也是不会说的。这时他感觉到了凉意，好像身上的毯子被掀起来了。黄三省抬起头来，虽然脸上的氧气罩妨碍了他，但他还是坚持着挺起了身。他的下身已经完全裸露在这两个女人面前，他发现正像这位香气很浓的女人所说的，他的大腿根部有颗绿豆般大小的黑痣，黑痣上有根长长的卷曲的黑色阴毛。这使他十分吃惊，这黑痣和阴毛是什么时候生出来的？他大腿这个部位是没有黑痣，也没有黑毛的。再看下身的肌肤，怎么这样光洁细腻了呢？他平时日晒雨淋，挑担负重，风里来雨里去，皮肤粗糙黝黑，眼前这身肤色只有坐办公室的人才会有的，这真是奇怪了。香气扑鼻的女人似乎这样还看不够，伸出一只白皙细嫩的手，轻轻地抚摸起他的大腿来。女人脸色涨红，显得兴奋异常，突然弯下腰抱住他的腿，涂满口红的小嘴贴住他的大腿，狂吻起来："是我的老公，是我的老公啊！"

这个女人是不是有神经病？盯着男人的下身不说，还抱着别人老公的大腿说是她的老公。黄三省再也忍不住了，把顾迪安的吩咐抛至脑后，怒吼道："你给我走开，我不是你的老公！"

这位满是香气的女人就是欧阳殿生。欧阳殿生脸色大变，像突然醒悟似的，双手捂住自己的脸马上从黄三省的床沿走开了。

"上官，他不认识我啊。"她双手捂着脸，轻轻地哭起来。

上官云霞为黄三省盖好毯子，走到他的床头，为他照原样放好氧气罩，对他说："你先躺下，有些事我们慢慢对你说。"见黄三省躺平了身体，不再说话以后，上官云霞才离开黄三省，走到欧阳殿生跟前。欧阳殿生哭得很伤心，眼泪像断了线似的流下来，泪痕满面。

"上官，这该怎么办？"她用手帕擦拭着眼泪，用乞求的目光看着上官云霞。

上官云霞显得很平静，伸出双臂将欧阳殿生拥入怀中，一只手轻轻地拍着她的肩膀，低声说："他本来就是黄三省嘛。"

欧阳殿生焦虑万分，低声说道："我要他是我家老安，他要是死认自己是黄三省怎么办？我该怎么办？上官，你帮帮我！"

两个女人虽然交头接耳，喃喃细语，像是防止黄三省听到似的，但她们的话还是一句不漏地传到了他的耳朵里。

上官云霞说："让他接纳你，这要比'头颅移植'容易多了……"

"我不要听这种废话！上官，你说我该怎么办？"

"这要看你能不能说服他。"

"头颅移植"是什么意思？她们说服他要想让他干什么？她们说得含糊其辞，他也听得糊里糊涂。黄三省心里很纳闷，真是一肚子的问题。

"我要是说服不了呢，"欧阳殿生又哭起来，"我这辈子算是完了……"

"让我们来想想办法，怎么说服他。"上官云霞说。

欧阳殿生哭得很伤心："上官，你帮帮我。"

上官云霞像哄孩子似的拍着她的肩膀，柔声细语地说："你别急，我一定帮你……"

"他不认识我，得有个说法。"

"记忆丧失……"

两个女人这样交头接耳，剖腹掏心地说了一会儿话，一个挽着另一个的胳膊，很亲热地走出了玻璃房。她们走了，但给黄三省留下了一连串的问题。"头颅移植"是什么意思？她们有什么问题要说服他？"记忆丧失"又是什么意思？那个香气很浓的女人是不是把他当成了她的丈夫了？否则她怎么能当着漂亮女医生的面，看他的下身。她的丈夫一定姓安，好像是个副市长。他想啊想，联想到自己下身突然长出来的黑痣和阴毛，又把这两个女人和前面两个男人说的话，像绳子穿珠子似的串了起来，心中这些扑朔迷离的问题，也就渐渐地明朗起来了。"头颅移植"也就是换脑袋，"记忆丧失"也就是忘记了所有的东西。他和那个姓安的人是双胞胎兄弟，他的头装到了那个姓安的人身上。那个姓安的人，一定是发生了什么事情，使他活不下来，医生才把他黄三省的头，安装到了他的身体上。这个年轻漂亮，香气很浓的女人就是那姓安男人的老婆。姓安的人还是个副市长，而他却已经死了。那个女人要想说服他黄三省僭越她丈夫的身份，要是说服不了，这个女人就"这辈子算是完了"……他想起来了,他是有一个双胞胎兄弟,新中国成立前夕,他的生母把他送给排头村一户黄姓人家做了养子,母亲带着他的兄弟走了。如果医生说那个姓安的人是他同卵同胎的孪生兄弟,那么这个姓安的人,就是他失散多年的亲兄弟,这位香气很重的女人应该是他的弟媳妇。他心里悲伤起来,失散多年的兄弟找到了,但是却死了!他的兄弟尸骨未寒,弟媳却在与人商量,如何说服他去僭越他兄弟的身份和地位。这怎么行!他打定主意怎么也不能被她们说服了……还有另一个问题,他听说过换肝换脾换心,换胳膊换腿的,但就是从来没有听说过换脑袋的。要是这样,这家医院的医生的本事也太神了。

大约下午五点钟的时候,天色渐渐地暗下来了,他躺在床上睁眼就能看到的那盏乳白色节能灯,渐渐地明亮起来。这时,一位身材魁梧、相貌英俊的中年男子,腋下夹着一个公文包,和那个秃头院长一起走进重症监护室,走进玻璃房,边走边轻轻地说着话。这个夹着公文包的人,正是宗绍阳,他这是第一次走进黄三省的重症监护室。黄三省认识许伟达,但不认识宗绍阳,也不知道他的身份。

许伟达说:"宗副局长,我把你的赞助款挪用了。"

宗绍阳感到莫名其妙,说:"我有什么赞助款给你?"

许伟达笑着说:"这笔款我要是贪污了,你也不记得了?"

宗绍阳也笑着说:"我们国家法纪严明,贪污是贪污的罪,挪用是挪用的罪。不过我这种公务员没有多少钱会赞助给你,即使赞助了也是几个小钱。像你这样的大知识分子,看得上我这几个小钱吗?"

许伟达说:"阎王不嫌鬼瘦。你赞助黄三省的医疗费,我挪用设立了一个救助基金会,基金会的宗旨就是救助像黄三省这样深陷困境,经济上又极度困难的危急病人,使他们能够及时得到救治。"

宗绍阳问:"那么,黄三省的医药费谁给付清了呢?"

"我啊,我已经为黄三省付清了医药费,你又让你爱人把钱送来了,我让她拿回去,她坚持要把钱留下,恭敬不如从命,我就把你的钱收下了……"许伟达紧紧握住宗绍阳的手,声音有点颤抖:"我为祖国有你这样富有同情心的好干部,感到自豪!"

宗绍阳说："我同样为你感到自豪，海外的生活环境和工作环境，不知比我们国内优越多少倍，可是你却放弃了。"

"我专门设立了一个账户，成立了这个基金会。我还准备动员医院的员工和海内外的有识之士来赞助，你同意吗？"

黄三省这时才明白能住在这样高级的医院里，得到这样精心的治疗，原来医药费是他们两个人争着给付了。要不是他亲耳听到，亲身感受到，他是怎么也不会相信眼前还有这样的好干部，这样的好医生。他不由得激动万分，双眼湿润了。

宗绍阳显得很激动，连连点着头说："同意，我完全同意……"他沉默了一会儿，语气忽然变得沉重起来，"许院长，你知不知道有人举报你……"

许伟达说："知道，举报者还是我们医院内部的，说黄三省死于我们的医疗事故……"

黄三省气得要拍床板，这真是睁着眼睛说瞎话，即使他真的死了，也是黄阿虎把他打死的，乡卫生院的那位寿医生完全可以做证。

宗绍阳继续说："举报信说你为黄三省支付医疗费，是别有用心。"

许伟达淡淡一笑："我知道，举报者才别有用心呢！按他们的逻辑推理，你也居心叵测呢。"

宗绍阳也笑起来："这样说来我们是同案犯了。"

许伟达又笑着说："市卫生局说要来调查，我希望他们马上来查，要是查清楚不是那么回事，你这个公安局长可要帮助我们把那个诬陷者查出来。"

宗绍阳说："这件事包在我身上……"

这时，黄三省才恍然大悟，这个仪表堂堂的中年男子原来是位公安局长。现在他还弄不清宗绍阳是哪一级的公安局长，但有一点儿他心里是明白的，不管哪一级的公安局长，足够使他沉冤昭雪，使黄阿虎锒铛入狱。能让一位公安局长来看望的（他心里明白，人家是来看望那个姓安的人的），一定是山阴市的大人物。黄三省见他们走近了，紧闭双眼平心静气地躺着，他要听听他们还会说出些什么话来。

许伟达说："病人正在恢复，实际还处于危险期中，你不能待得太久了。"

宗绍阳点点头说："我知道。"

许伟达和宗绍阳又一次握了握手，就走出了玻璃房。

宗绍阳在紧靠黄三省床头的小凳上坐了下来，凝视着黄三省这张酷似安祖裕的脸。过去威风凛凛、气度非凡的副市长，现在悄然无声地躺在病床上，离死亡只有一步之遥，他的心里沉甸甸的。他将一只手伸进盖在黄三省身上的床毯下面，紧紧地握住他的一只手。黄三省的手虽然冰凉冰凉的，但他感觉到了他跳动着的脉搏，脉搏虽然不是很强劲，但很有节奏，快慢适度，强弱得当。这可是生命之火，生命又回到了"安副市长"的身上。目前，他最迫切的愿望就是让"安副市长"尽快康复，"车祸案""黄三省致死案"如果能得到"安副市长"的支持，许多事情就好办多了。至少孟巾帼不敢这样明目张胆地来干扰对黄三省致死案的调查，"安副市长"自己的车祸案，也能为他们提供更加有力的证据。

"安副市长，你还好吧？"宗绍阳双眼凝视着实际上只露出眉毛和眼睛的黄三省的脸，轻轻地呼喊着。

"安副市长"哑口无声，回答他的只是均匀的呼吸。

"安副市长，你睁开眼睛看看我好吗？我是宗绍阳啊……"

这个名字好熟悉，但黄三省一时又想不起来。

"安副市长，这场车祸实在太严重了，车头撞没了，后座凹陷进去了，小彭也死了……你伤得不轻，后脑破碎，脑浆都流出来了。现在好了，许院长他们妙手回春，你在一天天地康复……"宗绍阳又轻轻地捏了一下黄三省的手，继续说，"我多么希望你赶快康复，就像过去一样，精神抖擞地坐在办公室里听我的汇报，我在工作中遇到了困难，受到了挫折，你给我鼓励，给我指示……"

黄三省明白了，他的双胞胎兄弟出了车祸，脑袋被撞烂了，而他被黄阿虎打烂了身体，医生把他们兄弟俩的头和躯体互相调换了一下，把他没有受伤的头，装到了他兄弟没有受伤的身躯上，又把撞烂的脑袋和打烂的躯体接到了一起。一个活了，另一个死了。那个死了的实际上就是他的兄弟，一定被当作他的尸体运到乡下去了。

"……我如果有做得不对的地方，你会批评我，指导我，"宗绍阳自说自话地说着，"总之，你给我力量，给我智慧……安副市长，你这场车祸很蹊跷啊……"

玻璃房里很静，静得似乎能听到自己的心跳。黄三省也感到蹊跷，这么大的干部怎么会出车祸？他倒要认真地听一听。

"造成你车祸的运煤车和挖掘机都找不到了，司机也逃逸了。我们好不容易找到了一盘能帮助我们查找车子和司机的录像带，却又莫名其妙地被消磁了，我们的调查陷入了困境……"宗绍阳长长地叹了口气，"还有，我领着安老太太去过黄三省的家，现在已经证实他就是你失散多年的同胞兄弟，老太太哭得很伤心，嘱咐我对你说，一定要将黄阿虎绳之以法……"

黄三省现在才知道他的生娘还活着，还去找过他的家。这时他真的想喊出声音来："娘，我好冤啊。"但他没喊出来，因为宗绍阳接下来说的话使他震惊，他感到要好好想一想对策。

宗绍阳动了感情，他的声音嘶哑了，语速也慢下来，但语气仍然十分坚决。"老太太不知道你受了这么重的伤，我怕她伤心担忧，没有告诉她。她不知道黄三省的案子同样遇到了困难，孟巾帼这回赤膊卜阵，竟然让县公安局的同志做伪证，说黄阿虎是正当防卫，黄三省死于市医院的医疗事故……全是胡扯！乡卫生院的寿医生为了不给黄阿虎做伪证，剪断了自己一个指头，'断指取义'，十分壮烈。县公安局的严关根反对孟巾帼的做法，孟巾帼让他靠边了。我问排头村村民如果公安局来调查，肯不肯讲真话？你知道他们都说了些什么？他们说当年女知青被害，明明是黄阿虎作的案，黑猫警长就想把他捉拿归案，结果怎么样？黄阿虎不但没有进去，黑猫警长还差一点儿丢了乌纱帽……安副市长，这件事你也是知道的，我对不起黑猫警长这个称呼，我对不起身上这身制服啊……"

黄三省终于明白了，坐在他身旁掏心剖腹地向他诉说着的铮铮铁汉，竟然就是蒲东百姓妇幼皆知的黑猫警长。听了宗绍阳这番内心独白，他明白宗绍阳也不易，干部中的确有像黄阿虎、孟巾帼这样的人，但世界上的事从来是阴阳交错，凶善相克的，有坏干部，就有好干部……坏干部有坏干部帮衬，好干部也要有好干部帮衬，现在听黑猫警长口气，黄阿虎这样猖狂，是有孟巾帼帮着他，孟巾帼这样猖狂，一定有比孟巾帼更大的干部帮着她，黑猫警长势单力薄，孤掌难鸣啊……

"黄三省的女儿到我这里来告状，市医院也出了黄三省入院时已受重伤的证明，"宗绍阳继续说，"按理凭这两条也可以把黄阿虎拘留了，但吕福安说证据不足，黄阿虎是市人大代表。我们搜集证据又遇到了困难，安副市长，你快快恢复健康，我现在非常非常需要你的帮助……"

黄三省眼角涌出了泪水。宗绍阳这番刻骨铭心的话，不能不使他动情，他突然悲哀起来，安副市长死啦，安副市长已经无法帮助你啦！宗绍阳站起来，很真诚地说了一句话，算是与他告别："安副市长，你快快康复，我需要你的帮助！"

宗绍阳走后，他心里已经非常明确了，黑猫警长把他当成了副市长，他兄弟的老婆要他冒充他的兄弟，而且她和那个女医生为他冒充找到了理由："记忆丧失"。应该怎么办，他还得想一想。

宗绍阳回到家里，妻子吴品菊和女儿佩兰已经先于他回来了。吴品菊正在将炒好的菜往餐厅里端，宗佩兰手里拿着一块遥控板坐在大沙发上看电视，她正在选台，电视机一闪一闪的好刺眼。宗绍阳走进客厅，把手里的公文包挂到门背后的衣帽架上，经过女儿面前向卫生间走过去时，宗佩兰的双眼从电视机的屏幕上移过来，注视着他。他洗漱完毕从卫生间出来，走进餐厅时，宗佩兰已经坐在自己的位置上，手里端着饭碗，却又不吃，双眼又盯住宗绍阳的脸。

宗绍阳端起饭碗往嘴里扒了一口，问："丫头，你老看着我干什么？"

宗佩兰朝父亲笑笑："你脸上写着字？"

吴品菊从厨房里端出最后一碗菜，放到桌子上，坐下来，端起女儿已经为她盛好的一碗饭，朝女儿看了一眼，说："佩兰，你怎么老是没大没小的和老爸开玩笑。总像是年画上的孩子永远长不大！"

宗佩兰一本正经地说："妈，我不开玩笑，老爸的脸上确实写着字。"

宗绍阳笑起来说："你说我的脸上写着什么字？"

"心事重重，四个字。"

"心事有一点儿，但并不重重。"宗绍阳说。

吴品菊也看了一眼丈夫，说："佩兰说得有点道理，阴沉着一个脸，像是心事重重的样子。"

宗佩兰说："妈，这回你该为我平反了吧，我现在已经不是小孩子啦。"

"没有出嫁的闺女总是孩子。"吴品菊说，又问丈夫，"说说看，又遇到什么麻烦事了？"

还没有等宗绍阳开口，宗佩兰就抢着说："千辛万苦得来的录像带，突然不翼而飞了……"

吴品菊吃了一惊："有这么回事？"

"不是录像带不见了，而是录像带被消磁了。"宗绍阳纠正说。

"这还不是一样。"宗佩兰说。

吴品菊又问："这是怎么回事？"

"要知道是怎么回事，就不是这么回事了。"宗绍阳低头吃着饭。他心里也正纳闷着，妻子在广播电视系统工作，在这方面应该比他有更多的知识，于是问道，"你不妨帮我们分析分析，这中间哪个环节上出了问题。"

"嘻，老爸倒挺会利用天时地利人和的，在家里开案情分析会了。"宗佩兰笑起来。

宗绍阳朝女儿笑笑："你是学刑侦的，也可以帮我们分析分析。"

"那就请你把案情细细道来。"宗佩兰调皮地说。

"好好的录像带怎么说消磁就消磁了，要消掉录像需要一定的磁场，这盘录像带有没有碰到过磁性很强的物体？"吴品菊毕竟是在广播电视系统工作的，有关录像带方面的知识要比丈夫懂得多一点儿。她问道。

"妈，录像带消磁其实很简单，有一块鸡蛋大小的吸铁石就行了。"宗佩兰紧蹙秀眉，一脸思索的样子，她问道，"爸，都有些什么人接触过这盘录像带？"

"李敬右，还有交警支队的技术员。"

"有没有带出过交警支队的技术室？"

"我的大侦探，这些问题我们早都考虑到了！"

"再想想，还有谁接触过这盘录像带？"宗佩兰见父亲蹙起了眉头，又补充说，"爸，你要知道消掉录像上的图像，用这么点大小的吸铁石就够了。"

她将食指和拇指组成一个圆圈，在父亲面前晃了晃，说："如果有人真想搞破坏，这么大的吸铁石哪里不好放，包里、衣袋里，捏在手里都行。"

"佩兰说得有点儿道理。绍阳，你再想想看，还有谁接触过这盘磁带？"吴品菊毕竟为这盘录像带动过脑筋，再加上她也感到安祖裕的车祸太蹊跷，所以，她也是一副不弄个水落石出决不甘心的神态。

宗绍阳凝神细想，伸向盘子的筷子停在半空中，扒进嘴里的饭，也含在口里不动了。他想，如果女儿的话确有道理的话，那么又是谁要有意消掉这盘磁带上的图像呢？母女俩停住了筷子，全神贯注地看着他的脸，等着他说话。

宗绍阳摇摇头，自言自语地说："不可能，不可能……"

"什么不可能？"母女俩异口同声地问。

"吕福安？难道说……"

"爸，万事皆有可能！"宗佩兰说，"现在提倡用第六感觉想问题和第三只眼睛看问题。"

"你说话总得有点儿根据。"吴品菊与女儿抬起杠来。

宗佩兰摇摇头："证据已经有了，就是动机不明！"

女儿说得对，如果确实是吕福安消掉了图像，那么他的动机是什么呢？那就是他与这场车祸有牵连。如果这样的话，那很可能就是一场权力斗争，他不敢再想下去。这场家庭案情分析会，也只能到此为止了。"这件事只能说到这里为止，我已经做了部署，不管怎么样，那两个逃逸的司机是一定要找到的。"他怕女儿年轻，会把握不住自己，特别关照她："佩兰，我同意你的观点，凡事都要多问个为什么，但这件事对外还不能声张，免得打草惊蛇。你很聪明，需要你的时候，爸爸会同你商量的。"

"是！"宗佩兰做了一个鬼脸，举起右手，向父亲行了个不伦不类的礼，"女儿时刻听从党的召唤。"

吴品菊爱怜地骂了一句："小鬼！"

一家人又开始低头吃饭。三个人吃了一会儿饭，也各自想了一会儿心事，宗佩兰无事找事地把谈话内容转移到了另一个话题上，引发了一场小小的家庭争论。

"妈，爸今天还遇到了一件非常非常惊险的事。"

"还非常非常呢，什么事？"吴品菊警觉起来。

"爸今天还差一点儿遇刺，遇刺呢，"她本来想说，"差一点儿遇刺身亡"，又想这样说出来，对母亲刺激太大，话到嘴边又刹住了。

吴品菊脸色严肃起来，问丈夫："这可是真的？"

宗绍阳凶巴巴地瞪了女儿一眼："别乱嚼舌头！"然后又对妻子说，"没那么严重，只是有惊无险。"

"妈，我泄露机密，爸不高兴了。"女儿向母亲告状。

"说说看，究竟是什么事？"任何一个妻子对自己丈夫的安危都是很敏感的，吴品菊穷追不舍地问道。

"上午我领着安老太太去排头村找黄三省的家，回来路上被两辆大卡车前后夹击，有一场险遇，我巧妙地躲避了，两辆大卡车倒是撞在了一起。"宗绍阳尽量把遇险的过程说得轻描淡写的，以免引起妻子不必要的担忧。

"夹击？什么意思？"文化程度很高的妻子，还是从丈夫滴水不漏的话中找出了破绽。

"夹击，就是一辆迎面驶过来，一辆从后面追上来，想与爸爸的车子首尾相撞。爸爸车技好才躲过一劫！"爱多嘴多舌的宗佩兰自以为是地向母亲解释道。

"这很危险啊！"吴品菊惊叫起来，"他们为什么要夹击你，绍阳？"

"他们为什么要夹击我？"说实在的，他现在也不明白，但他知道那两辆大卡车是排头村黄阿虎所属公司的，是不是黄阿虎指使，是不是与黄三省案子有关，现在都很难下定论。他回答说，"这我不知道，但那两辆大卡车是黄阿虎所属单位的。"

"会不会是黄阿虎指使的？"吴品菊问。

"动机不明啊。"宗佩兰说。

吴品菊眉头紧蹙，一脸凝重："我整天为你们父女俩提心吊胆的。"

宗绍阳说："你没有必要替我们提心吊胆啊。"

"你刚才说有惊无险，这还不够我提心吊胆吗？"吴品菊顾虑重重地说，"绍阳，你在公安系统干了这么些年，得罪的人一定不少。"

"妈，你这话说得不合适，"女儿与母亲唱起了对台戏，"干公安的，哪能不得罪人，但得罪的是坏人！"

宗绍阳笑起来："嘿，当母亲的还不如女儿懂道理呢。"

"我与你爸说话，你少插嘴！"吴品菊瞪了女儿一眼，继续说，"就是因为你得罪的是坏人，坏人才会下毒手，你要调查黄三省的案子，这个黄阿虎心狠手辣，我是知道的，想想心里慌兮兮的。"吴品菊和颜悦色地对丈夫说，"我说，你们父女俩在一块儿干公安工作不合适，而且这也不符合国家的有关政策。"

宗绍阳点点头，一本正经地说："你的意见很对，我明天就向组织打报告要求内退。"

宗佩兰放下饭碗急忙举起右手，说："我反对！"

"佩兰说得对，你内退不合适。我说绍阳，你反正已经船到码头车到站了，也就算了，"吴品菊继续和颜悦色地说，"能不能想个办法给佩兰动一动岗位，如果你觉得把佩兰调到外单位，对领导一下子开不了口，就先在你们公安系统内部调整一下，别老是让她在外面疯疯癫癫地到处跑……这个话我已经对你说过好几回了，这回你怎么也得考虑考虑。"她最后一句话，说得有点像是在下最后通牒。

"妈，你这话说得不合适。我哪里疯疯癫癫啦？"宗佩兰向母亲抗议道。

"当刑警的哪有不往外面跑的？"宗绍阳见妻子说得一本正经，也就一本正经地回答她。

吴品菊说："你别让她在刑侦队工作了，哪怕到基层派出所当个户籍警也行。"

"佩兰是警察学院受过专业训练的，到基层派出所当户籍警合适吗？"宗绍阳反问道。

吴品菊见丈夫不答应，脸色就很难看了，口气也生硬起来："现在改行的人多得很，我没有要求把佩兰调到公安系统以外的单位，也是照顾到你的面子了。"

"妈，我喜欢外面跑的工作，要不，当记者也行。"宗佩兰笑嘻嘻地对母亲说。

宗绍阳笑起来说："你要是能让佩兰去当记者，我也同意。"

"我要是真的让她去当记者，你就同意啦？"吴品菊严肃地问丈夫。

"同意，没有意见！"宗绍阳对与女儿相视一笑，爽朗地说道。

吴品菊吃好了饭，宗绍阳和女儿也吃好了，大家一起站起来收拾碗筷。宗佩兰三下五除二地擦干净桌子，对母亲说，今天电视里有好节目，洗碗的任务，你们父母分担吧，就坐到客厅的大沙发去看电视了。客厅里的电视机与厨房里水槽的位置正好相对，宗佩兰在调台，把整个房间里的光线弄得忽闪忽闪的。

夫妻俩把吃剩的饭菜和要洗的碗筷往厨房里端，吴品菊又一次恳切地对丈夫说："绍阳，算是我求你的，这回你真的好好考虑一下佩兰的工作。"吴品菊说话时和颜悦色的，毕竟是做思想政治工作的，她见刚才的说话方式没有奏效，立即换了一种形式。

宗绍阳把碗筷放进水槽里，拧开自来水龙头，自来水顿时哗哗地从管子里流出来，他见水槽里自来水放得差不多了，就关掉龙头，又往水槽里滴了几滴洗洁精，一边擦涮碗筷，一边对妻子说："品菊，佩兰的工作，我不是没有考虑过，当时佩兰进警察学院时，我对领导有过承诺，佩兰毕业后得在公安系统工作……"

"佩兰从学校毕业已经好几个年头了，你的承诺已经兑现了。"

"佩兰毕竟是学习刑侦的，受过专业训练……"

"我刚才已经说过了，现在改行的人很多，佩兰的专业在政府其他部门照样有用。"

"说来可笑，我们这么一家副省级公安局的刑侦支队，像佩兰这样大学毕业的专业技术人员，竟少得可怜。"

"这么说，你刚才同意佩兰调到新闻系统，是开玩笑？"

"是的，品菊，对不起，我现在确实答应不下来。"

"好好，"吴品菊生气了，"我又白说啦！"

宗绍阳洗好碗筷，擦干，放进碗柜里，扭过头来看妻子时，妻子已经不见了。宗绍阳擦干双手走进客厅，妻子已紧挨着女儿坐在沙发上看电视了。宗绍阳讨好地调侃说："品菊，你和佩兰坐在一起还显得很年轻呢。"

吴品菊撅着嘴，瞪了宗绍阳一眼，又搂住女儿，在她的面颊上亲了一口，算是对他这种溜须拍马方式的一种回报。

这时电视屏幕上的亮光一闪，宗佩兰突然大喊起来："爸，车祸！"

宗绍阳把目光移到电视屏幕上。果然，电视里出现了一连串车祸的镜头，连安祖裕的车祸镜头也赫然在目。

吴品菊好像忘记了生气，立即说："赵得超把录像同时复制了两盘，一盘给了你们，一盘他自己留下做了素材带！"

宗绍阳一个箭步跑到沙发顶头的茶几旁，拿起放在上面的电话话筒，对妻子说："你有赵得超的手机号码吗？"

实际上宗绍阳拿电话时，吴品菊已经找到了放在茶几下面的《广播电视系统职工通讯录》，很快翻到了赵得超的手机号码。她从宗绍阳手中接过话筒开始拨号，手机马上就打通了。赵得超告诉她，安副市长车祸的录像，他作为素材也翻录了一盘，刚才播的片子是全市一个月来的交通状况综述，正好用了一点儿。宗绍阳从妻子手中接过电话，要赵得超不要消掉磁带，市公安局要借一下，他马上派人来取。赵得超他同意了，说他在广播电视中心的大楼前等。宗绍阳正要给李敬右打电话，宗佩兰已经穿好衣服和鞋子，站在父亲的面前，一只手将了将剪得短短的头发，一只手则伸到父亲面前，手掌向上，向他勾动着五只玉指。

宗绍阳不解地看着女儿："什么事？"

"把你的车钥匙给我，本姑娘给你去跑一趟吧。"

宗绍阳放下电话，把车钥匙交给她："赵得超你认识？"

"新闻界的编辑记者，本姑娘没有不认识的。"宗佩兰从父亲手中接过钥匙，很自信地说，又问："在哪里交货？"

"广播电视中心大楼前。"

宗佩兰打开门就出去了。

"路上小心，"吴品菊扶着门框叮嘱着，随后又追了一句，"快去快回。"

吴品菊关好门走进客厅，宗绍阳脸上的阴霾已经没有了，"峰回路转，柳暗花明。"他兴奋地说。

宗佩兰想着能为父亲办点儿事，心里很高兴，开着父亲的桑塔纳2000，很快就到了广播电视大楼前。绕过大楼前草木茂盛的巨大花坛，快驶近大楼的台阶时，宗佩兰发现花坛背后有一辆黑色的奥迪轿车，正在向马路边倒过来，因大楼前灯光较暗，轿车又不鸣笛，宗佩兰猝不及防，车尾差点与她的车头相撞，气得她真想把那个驾驶员从车里拉出来揍他一顿。她抬头看见赵得超正站在大楼前的石阶上，向她挥手打招呼，她按着喇叭算是回应他。但等她把车子开到石阶下，发现他却转过身走进了大楼，才知他是在与那辆奥迪轿车的司机打招呼。宗佩兰停住车，三步并作两步向大楼内追去。

"赵主任……"她边跑边喊。

"你好。"赵得超立即站住了，很客气地说道。

"我爸让我来取录像带。"

赵得超满腹狐疑地看着她，问："什么录像带？"

"就是安副市长车祸的录像带。"

"我只翻录了一盘，你们还要？"

"我父亲说就是你翻录的那一盘录像带，让我带回去。"

赵得超惊讶了："刚才那位警察不是拿走了吗？"

"警察，哪位警察？"这回轮到宗佩兰吃惊了。父亲只让她一个人来取，怎么还会有第二个警察呢？

"就是开奥迪轿车来的那一位。"

于是宗佩兰立即给父亲打电话，父亲说，他没有再派第二个人来取录像带。与父亲打好电话，宗佩兰不及细问，与赵得超打了声招呼，就钻进了轿车，发动车子立即向那辆奥迪轿车追去，幸亏刚才她看清了那辆奥迪车的去向，她一定要把那辆车追下来，看清是谁拿走了录像带。这盘录像带太重要了，父亲因为录像带被消磁而双眉紧锁，心事重重，父亲是位对工作很负责任的人，要是得不到这盘录像带，这几天父亲是不会有好日子过了，做女儿的，该帮他的时候一定要帮一把。要销毁录像带的人，一定与安副市长的车祸有牵连，把这个人找出来，安副市长的车祸一案也就真相大白了。她的车技很好，在大学里读书时，每次比赛她都名列前茅。她驶上通往市区的那条大道，追了几分钟，就看见了那辆黑色的奥迪轿车。这期间宗绍阳给她打来过一个电话，问她在什么地方，是否知道录像带是谁拿走了。她说赵得超说是公安局的人，他不认识，现在她正在追赶，快追上了。宗绍阳要她路上小心，他通知李敬右来配合她。她说好的。宗绍阳就把电话挂了。

广播电视中心在郊区的开发区，灯火通明的高大建筑物相对较少，马路两旁的路灯就显得暗一些。冬天的夜晚，行人和车辆都很少，连出租车也不多。宗佩兰的车开得飞快，两车之间的距离越来越近了。这时，黑色的奥迪车大概知道有人追赶，加快了速度。宗佩兰的车与奥迪的距离时近时远，无论宗佩兰怎么加速，也缩短不了与奥迪轿车的距离。她想看清奥迪车的车牌，但马路两边的灯光忽明忽暗，车牌模模糊糊的一片。宗佩兰只得打电话给父亲要求帮助。父亲说他已打电话给李敬右，李敬右会与她联系的。刚与父亲通好话，李敬右的电话就打来了，问她方位，问奥迪轿车的车牌号码。她回答了方位，只说出了奥迪车的特征，车牌回答不出。奥迪轿车拐了一个弯，宗佩兰紧随其后也拐了个弯。这是条小路，路灯更加暗淡了，宗佩兰只得放慢了车速。奥迪轿车又拐了一个弯，驶到了明亮得像白昼一样的通衢大道安康大道上，宗佩兰立即紧跟着驶上安康大道。

李敬右不断地与宗佩兰联系，宗佩兰也不断地向他报告奥迪车的方位。李敬右说，他已经在奥迪车可能通过的路口布置了岗哨，奥迪轿车插翅难飞。

这时前面的奥迪轿车突然加速，顿时像是腾空飞起。宗佩兰猛踩油门火速追赶。奥迪车一个鱼跃突然驶上人行道，又一个鱼跃驶过人行道，落到了前面的马路上。宗佩兰不知道奥迪车来这一下是什么意思，只是握着方向盘继续往前行驶，但等她发现前面是条沟壑，再将方向盘往旁边打时，已经来不及了。只听得轰的一声巨响，宗佩兰的轿车一头栽入马路中间正在挖掘的安放排污管道的沟壑中了。

宗佩兰眼前一片昏暗。

宗佩兰出车祸的消息，是李敬右打电话告诉宗绍阳的。宗绍阳把这个消息告诉吴品菊时，吴品菊还未等丈夫把话说完就昏厥过去了，宗绍阳眼明手捷将她拦腰抱住，按了一会儿人中，她才长长地透了一口气，苏醒过来。宗绍阳想把她抱到卧室里去，吴品菊却要马上赶到医院去。两人坐进一辆出租车，来到医院的急诊大楼，刚跨上大楼前的石阶，吴品菊一眼就看见了李敬右的警车和一辆乳白色的救护车，身体又一次瘫软下来，走不动了。宗绍阳只得蹲下身把她抱起来，继续往前走，直到医院急诊大厅门口。女儿车祸的消息对她的打击实在是太大了，但没走几步，吴品菊却从宗绍阳的怀里挣脱出来，强打着精神说自己能走。说话的口气既悲伤又惊恐，又明显地带着赌气和责备。宗绍阳知道妻子此时对他一肚子的怨气，现在也不便解释，只是搀扶着她走进了急诊大厅。

急诊大厅里空荡荡的，大概是为了节约电费，医院里无论是走廊上，还是大厅里，都用了小功率的节能灯，灯光显得很暗淡。宗绍阳不知道女儿此时在什么地方，就一只手搀扶着妻子，腾出一只手去摸衣袋里的手机，想给李敬右打电话询问。但一摸口袋，里面空空如也，才知道出来时太匆忙，忘记带手机了。宗绍阳只好搀扶着妻子直接向急诊室走去，急诊室门口倒是有些头破血流裹着纱布的伤员，还有的躺在担架上，看模样都像是建筑工地的民工。急诊室里面，一位穿白大褂的中年女医生坐在写字台前，被许多民工模样的人包围着，低着头正在写着什么。人群中没有女儿，也没有李敬右。宗绍阳挤进人群问女医生，有没有一个叫宗佩兰的伤员送来？女医生反问道："是不是上官云霞送来的？"宗绍阳吃了一惊，心想惊动了上官云霞，这伤势一定轻不了。就回答说："是。"女医生回答得很干脆："有。"宗绍阳又问，伤势怎么样？女医生回答："已送到 X 光室拍片去了，要等检查以后才能确定。"说毕，就去接待别的伤员，再也没有理睬他的意思了。宗绍阳只好搀扶着妻子从人群中挤出来，妻子像是患了大病似的，开始高一声低一声地呻吟起来。这时他也害怕起来，如果女儿有个三长两短，妻子也绝对活不成，如果这样，这盘录像带的代价也太大了。这完全出乎他的意料，他对录像带感兴趣，有人对这盘录像带同样感兴趣，说明他过去的种种猜测完全是对的，包括女儿的说法也是有道理的。女儿虽然经验不足，但文化程度高，职业敏感度强。

在去 X 光室的路上，吴品菊突然说："你放开我，我有句话对你说。"

宗绍阳只好遵嘱，把妻子搀扶到走廊旁边的椅子上坐下来。

"我担心了一辈子的事终于发生了……"

"现在还不知道佩兰的伤势呢。"

"上官云霞都来了，一定轻不了……"

宗绍阳又去搀扶她："前面就是 X 光室，你马上就能见到女儿了。"

吴品菊站起来，被宗绍阳搀扶着摇摇晃晃地走着。

"我受不了啦，我还是死了算了……"

宗绍阳认为妻子有点过分，也有点受不了，口气强硬起来："你也太过分啦！"

"我只有一个女儿，她是我的心头肉啊！"

"我也只有一个女儿，也是我的心头肉！"

这时 X 光室接待处到了，宗绍阳搀扶着妻子将头伸到窗口，里面坐着一位头发雪白的老年男子。宗绍阳问道："老师傅，有个叫宗佩兰的姑娘是不是在这里拍片？"

窗口内，白发老人翻了翻手里的单子，说："有一个。"

"她在几号房间？"宗绍阳又问。

"刚刚在这里拍好片子，由诸葛教授和上官云霞陪同去了 B 超室。"

这时，他感到问题有点严重了，连市医院外科主任，最好的外科专家诸葛瑞德都惊动了，女儿的伤势一定轻不了，他心里也是一阵惊慌。他不动声色地搀扶着妻子，一步步地向 B 超室走去，吴品菊却站着不动了，她涕泪满面，神情极度悲伤。

"你要是早听了我的话，今天的事就不会发生了。"她说。

"你别老是往坏处想，医生不是说还要等检查结果嘛。"宗绍阳劝说着妻子，自己心里也像压着块石头，沉甸甸的，一股悲凉的情绪猛烈地向他袭来。

"你别哄我了，我已年近半百，什么事情没有经历过？什么打击没有受过？上官云霞都解决不了问题，把诸葛教授请出来了，那还会有好事吗？"吴品菊说得有气无力，而且声音逐渐地低下去。

宗绍阳搀扶着妻子步履艰难地走到 B 超室门口，正想推门进去，门却开了，一位穿着白大褂的中年男医生从里面走出来。宗绍阳忙上前问道："有个叫宗佩兰的姑娘，是不是在里面做 B 超？"

医生站住了，惊奇的目光在他的脸上盯了好半天才说："已经走啦。"

宗绍阳又问："她到哪里去啦？"

"许院长陪她们去 CT 室了，"那中年男子又上上下下地打量着宗绍阳和吴品菊，问道："她是你们什么人？"

吴品菊见医生问她，立即鼓足了精神回答说："我们是她的父母。"

中年男子莫名其妙地摇了摇头，从他们的身边走过去了。CT 室和 B 超室只隔着几个门，医院长长的走廊里，除了刚才那位摇晃着脑袋从他们身边离去的男医生外，再无其他人了。

走廊里安静得让人窒息，让人害怕。这令人窒息的安静似乎是个危险的信号，许伟达的出现，又使这个危险信号增加了几分危险的色彩。宗绍阳的心里很沉重，很紧张，眼前，面临凶险的人毕竟是他的骨肉至亲。但他沉重，他紧张，又只能深深地隐藏在心里。仅仅几步路的距离，他搀扶着极度悲哀的妻子，仿佛在跨越一个漫长的世纪之路。好不容易走到了 CT 室门口，吴品菊突然站着不动了。

"品菊，CT 室到了。"

宗绍阳搀扶着妻子想继续往前走，但妻子却一摆手臂将他推开了。

"宗绍阳，我对你说！"

吴品菊判若两人，刚才那种悲哀、低迷的神态不见了，柳眉下晶莹透亮的双眼，闪烁着让人望而生畏的烈焰，涂抹着淡淡口红的嘴唇剧烈地抖动着。宗绍阳与她朝夕相处二十余载，从来没有见过她这种神态。他紧张，但并不害怕，就是这点紧张也很快被他的意志战胜了。临危不惧，临阵不乱，这是他从事公安工作几十年来练就的基本功，他马上镇静下来，头脑异常的清醒。

"品菊，有话慢慢说……"他又伸出手去，想搀扶住妻子正在剧烈颤抖的身躯。但吴品菊又摆动手臂把他推开了。

"宗绍阳，你把枪准备好，要是佩兰有个万一，你就一枪毙了我！"

"品菊，你不要这样想，我不会这样做的！"

"如果我们母女俩死了，你就是刽子手，这个悲剧是你一手造成的，天饶不了你，地饶不了你，我做了鬼也饶不了你！"

由于情绪很激动，吴品菊秀气的脸容变得龇牙咧嘴，凶相毕露了，吴品菊这样一说，宗绍阳心里就有想法了，你好坏也是一位新闻单位的领导干部，高级知识分子，怎么能这样考虑问题呢？他心里这样想，但还是抑制着自己的情绪，不让它流露出来，仍然和颜悦色地说："品菊，你不该这样说话，即使佩兰有个万一，也是为了她心爱的事业，为了社会的稳定……"

吴品菊一听宗绍阳的话，就像汽油桶里投进了火星，顿时怒火中烧，大声吼叫起来："你以为你是什么人啊，这山阴城里比你职务高的干部有的是，他们为什么不让自己的子女去为了事业、为了社会去万一、去献身……"

因为天气寒冷，办公室的房门差不多都紧闭着，走廊里静悄悄的，也没有什么人走动。吴品菊喊得很响，原来关闭着的房门打开了，值班医生们陆陆续续地从房间里走出来。此时吴品菊正处于极端亢奋的情绪中，根本顾不了有人围观，也根本顾不了她的喊叫会造成什么影响，反正她什么也不顾了。

宗绍阳对妻子的话也是忍无可忍了，于是他说："品菊，你不该说这种话，你该想想自己的身份，党的基层干部，高级知识分子……"语调虽然很平稳，但语气却很严厉。

这时人越围越多。但吴品菊此时已是火冒万丈，更加大声地喊叫起来："知识分子怎么啦？领导干部又怎么啦？"她突然捂住脸蹲到地上哭起来，"你说得都不错，我是知识分子，我是领导干部，可是我首先是个母亲，我首先是个女人啊……"

吴品菊这么一哭，宗绍阳手足无措，晕头转向了。神情恍惚中，他看见一位穿着银灰西式套装的青年女子，蹲到妻子身旁，伸出一只手臂轻轻地拍着妻子剧烈抖动着的双肩。宗绍阳认出那是李敬右的女友上官云霞，宗绍阳又看见许伟达走近他，一只男子汉少有的小巧的手搭到了他的肩膀上。他又看见诸葛瑞德正和他面对面地站着，意味深长地微笑着。他再定睛一看，女儿宗佩兰正一脸疑惑地站在他的面前，紧挨她站着的是李敬右。

宗佩兰问："爸，这是怎么回事？"

宗绍阳反问："佩兰，你？"

李敬右说："宗局，我给你打了不知多少个电话，就是没有人接。"

宗绍阳说："手机忘在家里了。"

这时，吴品菊已被上官云霞搀扶着从地上站了起来，她一见宗佩兰立即扑过去，把她搂在怀里，高兴得大喊："我的宝贝，你没事吧？"

许伟达笑起来说："可怜天下父母心。女儿没一点儿事，你们急成这个样子，要是真有点事儿呢？"

上官云霞说:"你没听见宗夫人说,她就不活了吗?"

宗绍阳问:"小李,没什么事,你怎么说出了车祸?"

李敬右说:"我把她从车里拉出来的时候,那样子很吓人啊!双目紧闭,不吭一声,我也急坏了,给你们打了电话,也给云霞打了电话。到了医院急诊室,佩兰睁开了眼睛,说她没事了要回家……"

诸葛瑞德说:"到了医院怎么能轻易让她回家里呢,还不把她的五脏六腑查个遍吗……"

吴品菊这时破涕为笑,用手帕擦着眼泪说:"上官来我还不怕,后来听说诸葛教授来了,再听说许院长也来了,那时候我还真的不如死了的好……要是当时眼前有口井,我真的会一头扎下去……"她想把女儿拉到身旁,"佩兰,妈看看伤着没有?"

宗佩兰也像她甩掉丈夫的手臂一样,把她的手臂甩掉了。宗佩兰口气很生硬地说:"妈,我没事!"

宗绍阳向许伟达和诸葛瑞德抱拳作揖,说:"非常对不起,惊动大院长大教授!"

许伟达说:"宗先生,你别感谢啦,我们做了一回熊的服务的蠢事。"

吴品菊说:"佩兰没有事做什么CT、B超,把我吓得差点和他爸拼命!"

上官云霞说:"全身检查一遍,我们大家都放心。"

围观的人见没有什么事情了,也就陆续回到了自己的办公室。走廊上只留下了宗绍阳一家人和许伟达、李敬右、诸葛瑞德、上官云霞等几个人。

宗绍阳见身旁的人已经不多,就问:"那辆奥迪轿车拦下来没有?"

李敬右说:"奥迪是拦下了一辆,但那辆奥迪是吕局长的。"

宗绍阳问:"是吕局长派人拿走了带子?"

李敬右说:"不敢肯定。"

"为什么?"

"开车的是吕局长的司机,他说他没有拿录像带……"

宗绍阳长长地叹了口气说:"煮熟的鸭子又飞了!"

宗佩兰突然口气很生硬地说:"妈,我对你说句话!"

说着她率先离开了人群,吴品菊见女儿语气不对,就跟着走了过去。众人以为母女俩有什么悄悄话，一种好奇心理驱使着每个人，不是竖起了耳朵，就是转过身，双眼紧盯着母女俩，直到她们在距离众人不远的楼梯口停下来。夜很静，母女俩的话一句不漏地传了过来。

"妈，我的事你以后少管！"女儿的态度有点横，她很严厉地说。

"你的事我怎么能不管！"母亲的声音明显地低八度，并有点战战兢兢。

"我已经是成年人，按国家法律我已有独立的人权！"

"这我知道。"稍停，吴品菊又怯生生地问道，"你再说得具体一点儿，什么事我不该管？"

"我的工作，干刑警是我的理想，与爸爸无关！还有……"

"还有什么？"

"以后不许你为我的事对爸爸耍态度，爸爸已经够烦的了！"

李敬右笑着说："宗局，刚才一定没有少受夫人的窝囊气吧，女儿给你报复呢！"

众人捧腹大笑，上官云霞笑得最响亮，最动听。

第七章

"安祖裕"回家

　　这一天上午，黄阿虎接到孟巾帼的电话，让他到她的办公室里去一趟，黄阿虎立即驱车来到县政府大院。孟巾帼一般是不让黄阿虎去她办公室的，这次一定是有什么重大的紧急情况。走进孟巾帼的办公室，白芸坐在孟巾帼对面，手里拿着一支笔，认真地在笔记本上做着记录。孟巾帼则背靠在宽大的老板椅上，两眼平视，一脸的庄严，一字一句地对白芸说着话。黄阿虎想起孟巾帼穿着湿透了的白汗衫和大脚短裤的情形，心里不免一阵唏嘘。从孟巾帼的片言只语中，黄阿虎听出这是明年县党代会工作报告的写作提纲。黄阿虎不禁一喜，安祖裕送进医院，她县委书记一职到手了。白芸见他进去就合拢笔记本，向他点了点头，走出了办公室，随手关好了门。

　　黄阿虎在白芸离开的椅子上坐下来。

　　"昨天晚上山阴电视台的《交通综述》栏目，你看了没有？"还未等黄阿虎坐定，孟巾帼劈头就问。

　　"看啦。"昨天晚上他看完《山阴新闻》，也就接下来看了《交通综述》。他轻描淡写地说："里面好像有一个安祖裕车祸的镜头。"

　　听了他的话，孟巾帼脸就沉了下来，一脸的不高兴。

　　"好像有一个镜头？说得倒轻松。"孟巾帼一声冷笑，然后口气严厉地说，"要不是我们动作快，差一点儿闯大祸啦！"

　　"怎么回事？"黄阿虎被她说得莫名其妙，不禁问道。

　　"一位路过的留学生用微型摄像机拍下了车祸的全过程，电视台为宗绍阳他们翻录了全部录像，准备在电视台播出，寻找那个运煤车司机和撞击轿车的挖掘机……"孟巾帼说得很从容，仿佛是在叙述一个故事，"那录像很具体很清晰，连那个运煤车司机脸上一颗黑痣，挖掘机驾驶室一个被撞击过的痕迹，都被拍得一清二楚。要是这部录像播出来，运煤司机和挖掘机，也就无处藏身了……"

"有这种事情？"黄阿虎一颗心立即悬了起来，而且怦怦地跳得厉害，还未等孟巾帼把话说完，就迫不及待问道，"没有见到那录像在电视台播出来啊？"

孟巾帼轻蔑地看了一眼黄阿虎，说："要是播出来，我们还能这样安安稳稳地坐在这里吗？"

黄阿虎感觉到问题已经解决了，一颗悬着的心也就放了下来："把我吓得够呛！"

"事情还没完呢，"孟巾帼又冷冰冰地看了一眼黄阿虎，继续说，"电视台的新闻中心主任赵得超给宗绍阳翻录像时，作为新闻素材也翻了一盒。你在电视里看到的安祖裕车祸的镜头，就是从赵得超作为素材的那盒录像带里剪下来的。"

黄阿虎完全可以想象录像带在电视台播出可能产生的后果，但对孟巾帼这种阴阳怪气的语调，开始反感起来。这场车祸他是为她制造的，是为她才铤而走险的，一旦事情败露他黄阿虎难逃罪责，你孟巾帼也绝对脱不了干系。

"幸亏还好，我们又抢在宗绍阳前头，把赵得超这盒素材带拿到手了。"孟巾帼嘘了一口气，如释重负地说。

黄阿虎心里一惊，为孟巾帼办事的人还不只是他黄阿虎，还有比他更厉害的人物，这个人很不简单，不仅阻止了电视台的播出，还能赶在宗绍阳前面把录像带从电视台新闻中心主任手里夺过来。他脱口问道："赵得超的录像带，你是怎么拿到手的？"

"我要是全靠你，这件事早砸锅啦，"孟巾帼说，"我早说过你这个人办事漏洞太多。"

孟巾帼虽然没有直接回答黄阿虎的问题，但她已经从侧面承认还有一个官高位重的人在帮助她。孟巾帼不愿意回答，黄阿虎也就不便再问。

"我这样急急忙忙的让你进城来，有几件事得敲敲实。"

"我也有一些事要对你说！"

"那个运煤车司机，你究竟怎么处理的？"

"我让他回贵州老家了，只要录像不播出来，谁也找不到他。"

"这话怎么说？"

"这个人是我从东湖县叫来的，蒲东县没有一个人认识他，只是这个人的绰号叫'一撮毛'，东湖县外来民工中有不少人认识他，要是录像一放，难免有人会说出他的下落……"

"能不能做了他？"

"什么意思？"黄阿虎心里一惊。他明白"做"是什么意思，但他明知故问。

"不留后患！"孟巾帼坚决地说。

这个人想权力是想疯了，杀了一个不够，还要再杀第二个。制造安祖裕车祸时，虽然有孟巾帼配合，可他也是颇花了一番脑筋的。再杀一个风险太大，即使能手到擒来地做这件事，他也决不能轻易答应。他想起那晚宾馆里她的表现，再看看眼前她这副盛气凌人的样子，他摇摇头："人家在贵州，你让我怎么'做'？"

"我不是让你马上去'做'，而是我们现在就要有这个思想准备。"她停顿了一下，继续说，"那两辆挖掘机呢？"

"挖掘机你就放心好了，我处理好了。"那辆有撞击痕迹的挖掘机，他卖给了邻县的一家建筑公司，公安局再有本事也休想找到。

"螳螂捕蝉，黄雀在后。"孟巾帼文绉绉地说了一句成语，其实这句成语，她也是从一位领导那里听来的。那位领导对她说，意想不到的事也是会发生的。"螳螂捕蝉，黄雀在后"那位领导说，"现在是亡羊补牢啊！"所以，她来做这个亡羊补牢的工作，对黄阿虎说，"录像带的事，基本已经平息了，再想想还有什么要补的漏洞，该补的赶快补一下。"

"再就是黄三省的事，"黄阿虎马上把话题转到他要对她说的事上，"黄三省确实是安祖裕的双胞胎兄弟。"

孟巾帼绿豆似的小眼睛立即瞪得老大，问："你有什么证据？"

"安祖裕的老娘去找过黄三省的家。"

"什么时候？"

"昨天上午，还是宗绍阳领去的。我还差一点儿把宗绍阳给做了……"

孟巾帼一阵惊诧，思想马上开了小差，憋在心里的一句话不假思索地脱口而出："要真是这样，领导的猜测是有根据的……"

"哪位领导？猜测什么？"

孟巾帼自知失言，连忙改口说："我是说，你要真能把宗绍阳'做'了是一件好事。"她心里确实这样想，要是真能把宗绍阳解决了，无论是对安祖裕的车祸，还是对黄三省之死，会省去她许多心思，但现在不仅省不了心思，还多出了另外一个问题。黄三省是安祖裕的双胞胎兄弟，许伟达为什么要把他们放在一起做手术呢？一个伤在脑部，一个是伤在腹部，风马牛不相及啊！她心里这样想，话说出来却成了另一个样子，给黄阿虎增加了一种压力，"黄三省是安祖裕的兄弟，这对你不是件好事啊！"

黄阿虎摇摇头说，"安祖裕要活过来，也难。"

"安祖裕的伤势在一天天好转。"孟巾帼又皱起了眉头，责备说，"你没有把事情做利索，后患无穷。"

"他脑部受这么重的伤，即使救活了也是一个废人。"

"现在说什么都晚了，"孟巾帼不以为然地摇摇头，带着指示的口气说，"我现在最担心的是那个运煤车司机，你一定要把他控制好了。另外，再想想还有什么漏洞，赶快补一下，别再节外生枝了！"

黄阿虎对孟巾帼这种居高临下的神气，实在有点受不了，但又无可奈何，毕竟还要通过她办很多事情。他点着头说："我盯着那个贵州人，一有情况马上向你报告。还有，"他看了一眼孟巾帼阴沉的脸，问道，"范芝毅不是说，要把黄三省的死说成医疗事故吗，这件事办得怎么样啦？"黄阿虎毕竟没有熊心豹子胆，黄三省死了，他不能不分点心思对付。

"他们写了一封举报信，市卫生局正在着手调查。"

"这件事你看能成吗？"黄阿虎面露忧虑。

"你现在担忧还有什么用？当初就不该殴打黄三省，"孟巾帼的脸色又难看了，她埋怨说，"你看现在造成了多大的麻烦！"

"我与黄三省势不两立，这样的事迟早要发生的。"

"黄秀秀在市里告状，你赶快把她找回来！"孟巾帼像突然想到似的，"她找宗绍阳我还好对付，她要是找魏怀松或其他领导，就难对付了！"

"我这就去办。"

"这回把事情做得利索点。"

黄阿虎站起来告辞："我知道。"

黄阿虎离开孟巾帼的办公室后，立即带着他最贴心的走狗黄阿牛和黄阿狗，到山阴市区去寻找黄秀秀和陈湘莲。

市卫生局任命汪培琼为市医院副院长，分管行政后勤。汪培琼很得意，她得意的理由主要有两条，一是那笔进口治疗仪的烂账，暂时没有了后顾之忧（她仍然兼任财务科长职务），二是她身后还有强大的靠山。她真是忘乎所以，目空一切了，更不把许伟达等人放在眼里。市卫生局把黄三省死于市医院医疗事故的匿名举报信批转到了市医院，信件右上方，赫然写着市卫生局长的批示："请汪培琼同志查处！"她拿到这个批示，认为手里有了尚方宝剑，就可以想怎么查就怎么查。当然，有些步骤是她和范芝毅早已设计好的。

这一天上午，汪培琼手提包里装着那份举报信去找许伟达。办公室里没有人，她估计许伟达一定是去了重症监护室，就转身向重症监护室走去。刚到门口，遇到了一件她意想不到的事。

欧阳殿生几乎是被上官云霞搂抱着从重症监护室内走出来，她双眼哭得红红的，手里拿着一块手帕，不停地擦拭着泪水。

汪培琼虽然傲气，见了市长夫人还是毕恭毕敬的。她在欧阳殿生的面前站住了，小心翼翼地问："安夫人，什么事让你这样伤心？"

欧阳殿生也在她的面前站住了，眼眶里噙着晶莹的泪水，抽泣着说："我家老安不认识我了……"

江培琼心里一惊，脱口问道："这是怎么回事？"

"记忆丧失。"上官云霞回答说。

"记忆丧失是什么意思？"这个名字她没有听说过。

"哎呀，你连记忆丧失都不知道，这几年你在医院算是白待了。"平时汪培琼喜欢不懂装懂，又自以为是，上官云霞对她很反感，所以抓住机会损了她一句。上官云霞见汪培琼目瞪口呆的，又补充说，"记忆丧失，就是把过去的事全忘记了。"本来汪培琼也想反击一下，但一想安祖裕把过去的事全忘记了，这不等于说，安祖裕把他们进口放射治疗仪的事也忘记了吗？心里一高兴，就顾不了反击，立即走到走廊拐弯处不易被人碰到的地方，拿出手机给范芝毅打电话。电话马上就打通了，果然范芝毅也高兴得要跳起来，一阵欢呼之后，范芝毅吩咐她亲自去看一看，他马上就来。挂掉手机，汪培琼高兴得腾云驾雾似的，再次向重症监护室走去。

汪培琼刚才看到的情景，其实是欧阳殿生第二次来看望黄三省，这回欧阳殿生吸取上一回的教训，不敢动手动脚了，只是坐在黄三省床头的那把椅子上，默默地流着眼泪。上官云霞坐在黄三省床沿上，陪着她悲伤着。开始时，黄三省只是紧闭双眼静静地躺着，也不理会她们，后来欧阳殿生的抽泣声越来越响，黄三省就心烦起来，突然睁开眼睛对上官云霞说："我要回家！"欧阳殿生听黄三省说要回家，马上说："你伤愈了就跟我回家！"黄三省坚决地说："我要回排头村的家。"见一时说服不了黄三省，上官云霞陪着欧阳殿生从重症监护室里走出来，见了汪培琼，欧阳殿生有意夸张地抽泣起来，"记忆丧失"也是欧阳殿生有意要汪培琼传递的一个信息，现在她的目的达到了。

重症监护室里只有顾迪安和护士小茅，顾迪安一见她立即笑嘻嘻地迎上来："汪副院长，是不是又给我们送奖金来啦？"

上次她到重症监护室里来，虽然顾迪安不在，但她与许伟达他们吵架的事马上传遍了全院。她知道顾迪安城府很深，要说难对付，在许伟达、诸葛瑞德和上官云霞这些人当中，就数他了。汪培琼笑嘻嘻地对他说："大教授，我这回来是另有任务。"她走到他面前，拉开手提包取出那份举报信，递给顾迪安说："你先看看这个。"她的目光在房间里巡视着，又问道，"许院长呢？"

顾迪安接过举报信，从西装口袋里摸出一副金边的老花眼镜，仔细看起来。看毕他又把举报信还给了她，然后笑嘻嘻地看着汪培琼涂满脂粉的脸，说："要是雷锋同志活着，我们也该问问他，他做了这么多好事，是不是也心怀叵测，图谋不轨呢？"

因为他说得很风趣，站在旁边的护士小茅忍不住笑了起来。

顾迪安却一本正经地说："小茅，你笑什么，如果做好事有罪的话，雷锋同志不是罪恶滔天了吗？"

汪培琼没有笑，她知道顾迪安是在讽刺她，所以她反驳说："你怎么把我们医院的事扯到雷锋身上去了呢？"

顾迪安又笑着说："汪副院长不喜欢扯得这么远，那么我们就扯近的……"

汪培琼想起范芝毅交代的任务，就打断顾迪安的话，说："我想看望安副市长，你陪我进去好吗？上次我单独进去了，引来一场麻烦。"

"汪副院长要看望病人，哪有不让的道理，请吧！"顾迪安做了一个请的手势，自己却率先走进了玻璃房。黄三省脸上的氧气罩已经被拿掉了，头上包着一层薄薄的白纱布，双目紧闭，呼吸均匀，很安静地躺在床上。这张脸她确实是经常在电视里看到的，坚毅、刚强而又威严。看着这张令人望而生畏的脸，她真后悔当初太慌张，没有移开氧气罩让他窒息，让他永远醒不过来。此时，她的心里像藏着一只小兔，"突突"地跳个不停，想说句什么话试探一下，但一时又想不出合适的话来。这样呆呆地站了几秒钟，她不知道怎么来的一股冲动，伸出自己娇嫩的纤手，握住了黄三省的手，充满激情地说："安副市长，你还好吧！"黄三省却一甩手，将她的手推开了。等汪培琼回过神来，发现黄三省双目圆睁地看着她。

"我不是副市长，你认错人啦！"黄三省口气生硬地说。

汪培琼只得把她的纤手缩回来，尴尬地站着。紧靠黄三省床头的顾迪安看着汪培琼，说："他要休息了，我们出去吧！"说毕，侧过身用手臂推开还在发愣的汪培琼，向玻璃房外走去。汪培琼虽然已经从上官云霞嘴里得知安祖裕已经丧失了记忆，但当这个事实被证实时，她先是惊诧得呆掉了，然后又兴奋得呆掉了，她感觉像是在做梦。顾迪安推开她从她身旁走过去，她才感觉这不是梦，是现实。汪培琼走出玻璃房，心里踏实了，悬在她和范芝毅头上的巨石坠落了，但她和范芝毅却毫发无损。

走出玻璃房，上官云霞、许伟达和诸葛瑞德都来了。汪培琼又把那封举报信从手提包里取出来，递给许伟达。许伟达看也不看，恼怒地把举报信递给了诸葛瑞德。诸葛瑞德看完举报信，递给上官云霞，上官云霞看完，又还给了她。大家心照不宣地都一声不吭。

许伟达在房间里转了几个圈子，一脸恼怒而又烦躁的样子，然后一声不响地向门口走去，汪培琼把他叫住了。

"许院长，你总不能一声不吭吧。"她一脸的严肃地说，"你得有个意见啊！"

许伟达在门口站住了，回过身来，目光炯炯地看着汪培琼，没好气地反问道："你说该怎么处理？"

"我现在是在问你。"汪培琼也不示弱，也用严厉的目光盯着他没有几根头发的脑门，严肃地说。

几位专家见汪培琼这副盛气凌人的样子，心里都很反感。

诸葛瑞德说："汪副院长，这举报信上批着让你查处，你就查处吧。"

上官云霞说："汪副院长，你就认真地查一查，还我们一个公道。"

顾迪安说："汪副院长刚才说不要扯远了，我们现在不扯远的，就扯近的吧。举报信上说，许院长为黄三省付了全部医药费，是别有用心。你应该知道，市公安局副局长宗绍阳也为黄三省付了医药费，也是别有用心，要查得将他一起查，别让他漏网了。"

汪培琼被顾迪安阴阳怪气的语调惹恼了，她理由很充分地喊着说："宗绍阳和黄三省是亲戚！"

她这样一说，惹得上官云霞哈哈大笑。

汪培琼被她笑得莫名其妙："你笑什么？"

上官云霞说："宗局长和黄三省是十八辈子也打不着的亲戚！"

诸葛瑞德说："吴总编那天为黄三省来付款，你不是嘲笑她说这世界上哪有这种好人，吴总编给你逼急了就说自己是黄三省的亲戚。别认为人都自私，以小人之心度君子之腹！"

这分明是指着和尚骂贼秃，骂她是小人，骂她自私。汪培琼哪里受得了这种窝囊气，现在又有尚方宝剑在手，还怕谁。她怒不可遏地喊道："我小人，我自私！我宣布，现在医院所有的工作，都要为这项调查工作让路，把你们手里所有有关黄三省的资料都交给我！"

许伟达大怒："胡扯！"

汪培琼还说想什么，但许伟达自顾自地走了，气得她直甩自己的手提包，快步走出重症监护室。她又走到大楼安全门的入口处，看看四周没有人，拿出手机给范芝毅打电话。她证实安祖裕已经记忆丧失，然后又把刚才和顾迪安他们的争论说了一遍。范芝毅听说安祖裕确实已记忆丧失，高兴得像个孩子似的，差不多在欢呼雀跃了。听到她与顾迪安的争论，他又哈哈大笑，说她是傻瓜蛋，你想搞调查，还用得着去征求他们的意见吗？你要的证明材料他们会给你签字吗？太幼稚了。而且我们并不是真的要证明黄三省死于医疗事故，主要是把水搅混。把水搅混，懂吗？汪培琼摇摇头说，我不懂。范芝毅说，你像模像样地找几个人谈谈话，然后写一份报告，说些模棱两可的话，盖上公章，送到市卫生局不就行了。虽然这份报告不会对许伟达有多大的影响，但把他的思想搞乱了，我们的目的也就达到了。

汪培琼想，范芝毅毕竟在官场上混了这么多年，真是老奸巨猾。要早知道这样，刚才的口水仗是多打了。

黄三省对自己目前的处境有着很多疑问，虽然这些疑问他自以为是、自圆其说地有过一些答案，但毕竟没有从别人嘴里得到证实，心里就不怎么踏实，他想找个医生问个明白。这天上午，上官云霞刚刚走进玻璃房，准备为黄三省量血压、测体温，平躺在床上的黄三省突然腰板笔直地坐了起来，出其不意地说："我就是黄三省，我没有死……"

上官云霞拍拍他的肩膀，和颜悦色地说："你先躺下。"仿佛她早知道他会提出问题似的。

黄三省很顺从地躺下了，继续说："我是黄三省……"

上官云霞帮黄三省垫好枕头，掖好被子。

"我不是安副市长……"黄三省完全躺好后，又重复说。

上官云霞见他躺下了，就将一支体温表塞进他的嘴里，然后掀起一角毯子，捏住黄三省的一只手臂，将血压计的绑带绑在他的手臂上，测量他的血压。血压和体温一切正常。

"为什么他们把我当作安副市长？"体温表从嘴里取出后说话方便了，黄三省又问道，"我刚进医院时差不多已经死了，现在怎么又活了呢？"

上官云霞非常兴奋，黄三省身体康复了，意识恢复了，他们的手术基本成功了，可以说举世闻名、彪炳史册的科学创举也许由此诞生了。但是欧阳殿生委托她说服他替代安祖裕，她又该怎么和他说呢？她一时拿不定主意。上官云霞一边收拾着血压计，一边思索着。

黄三省见她没有作声，又问："还有那个女的，把我当成了她的丈夫。"

上官云霞终于拿定主意该怎么回答黄三省了。她说："我知道你是黄三省，你从乡下被送到医院时，有一个人因车祸也被送到了我们医院，你被我们救活了，而那个人因伤势过重去世了……"

"你们是怎么把我救活的呢？"

"我们对你们两个人进行了头颅移植，头颅移植就是把你的头安装到了他的身体上。"上官云霞怕他听不懂解释道，"如果不这样做，你们两个人都得死。"

上官云霞的回答与他的想象是吻合的，医生把换头叫做头颅移植。黄三省又问道，"你们怎么没有救活那个人呢？"

"你伤在腹部，那个人的伤在头部，这些伤都是致命的，我们把两个没有受伤的部位安装到了一起，使你活了下来。"

"所以他们把我误认为是那个人啦？"

"是的，那个去世的人和你长得一模一样。"

"那个人是·位副市长，是不是？"

"是的，是本市的一位副市长，叫安祖裕。"

"安祖裕？这个名字很耳熟。"

"他生前经常在电视里抛头露脸，全市百姓都认识他。"

"他同我有什么关系？"

"他是你的孪生兄弟。"

医生的话又一次证实了他的猜测，副市长安祖裕是他的双胞胎兄弟，"和你一起进来看望我的那个女人，是不是我兄弟的媳妇？她叫什么名字？"黄三省又问。

"是的，她叫欧阳殿生。"上官云霞回答得很干脆。

黄三省说：“她知不知道，我是她丈夫的兄弟？”

"知道。"上官云霞又很肯定地回答道。

"她是不是想让我去冒充我的兄弟？"

"这不叫冒充，叫冒充就难听了，"上字云霞微笑着说，"应该叫替代更合适。"

"这事我不干！"黄三省见上官云霞呆呆地站着，惊讶地看着他，以为她没有明白他的意思，又说，"我怎么可以冒充自己的兄弟，冒充一个副市长呢？"尽管上官云霞把冒充称为替代，但他坚持认为这是冒充。

上官云霞见黄三省很固执，一时不知说什么好。她想，要想说服这个带"犊头"脾气的农民黄三省，不是三言两语所能解决的，该怎么说服他还得好好想一想。上官云霞双手捧着血压计，搜肠刮肚地想着说服他的理由，她思索着向玻璃房外走去。

黄三省非常思念妻女，坚定地说：“医生，我想回家！”

"让欧阳殿生自己来说服他吧。"上官云霞没有回答他，只是这样想。

第二天上午十点钟左右，黄三省被送到了安祖裕家里。

头一天上午，黄三省向上官云霞提出了回家的要求，他以为会遭到医生们的反对，没有想到医生们很快就同意了。他归心似箭，一心想回家，他要尽快与与妻女团聚，他要尽快知道她们的情况。但让他大吃一惊的是他们同意他回家，不是同意他回排头村那个他自己的家，而是让他回到副市长安祖裕的家里去。他跟上官云霞说过要回家的话以后不久，上官云霞又来了，她的身后紧跟着那个漂亮的年轻女子，上官云霞已经告诉他，她叫欧阳殿生，是安祖裕的妻子。黄三省记得这个女人已经第三次来看望他了，尽管他们已经认识，但上官云霞还是介绍说：“这是欧阳殿生。”

她走到床前，和他面对面地坐着，伸出双手，亲昵地握住了他的一只手。黄三省感觉到一阵心跳。她的手软绵绵，热乎乎的。他想把自己的手从她的手心中抽出来，但她紧握不放。上官云霞紧挨她站着，笑盈盈地看他。她们已经商量好了对策，欧阳殿生不再哭泣了。

"按照血缘关系，你应该是我孩子的伯父。"欧阳殿生细声细气，和颜悦色地说。

黄三省点头表示赞同："医生已经和我说过了。"

"大哥，"欧阳殿生亲切地喊了一声，"你要回家可以，但你只能回到我的家里去！"

黄三省说："我要回我排头村的家里去，你的家我以后自然要去的。"

黄三省很固执，但欧阳殿生更固执。"你现在就得到我家里去，而且以你兄弟的身份到我家里去。"欧阳殿生不容置疑地说。

黄三省的手心沁出了汗水，他感到不自在，坚持把手从欧阳殿生的手里抽了出来。他固执地说："冒充我兄弟，于情于理都说不通。"

欧阳殿生又想哭了，她用求助的目光看了一眼上官云霞。

上官云霞会意地点点头，坐到床沿上，那双漂亮的眼睛看着黄三省，说："这不是冒充而是替代，"接着问道，"听说你是为五十元茅坑搬迁费，被你们村支书打成这个样子的？"

"是啊！"

"你们村支书为什么敢这样打你？"

"他有权有势啊！"

"是的，他有权有势，"上官云霞语调非常沉痛地说，"他有权有势，可以让你死于非命，也可以让你的妻女无处藏身；他有权有势，还可以颠倒黑白，说你死于我们医院的医疗事故。"说到后来，上官云霞美丽红润的脸庞都变了颜色，她义愤填膺了，"他有权有势，可以胡作非为！"

上官云霞的话，使黄三省想起了宗绍阳那番刻骨铭心的话。黄阿虎有权有势，连黑猫警长都奈何他不得。"他这样胡作非为，他有靠山啊！"

"黄阿虎有靠山，但并不是没有人可以治他！"欧阳殿生说。

"还有谁能治他呢？"黄三省问。他知道，黄阿虎是靠着孟巾帼狐假虎威的，他想不出谁有这个能力对付得了孟巾帼。

"你兄弟安祖裕！"欧阳殿生说。她又想哭起来，她太伤心了。

"可他已经死了。"黄三省一阵悲哀。他想起来，那天黑猫警长来祝愿他赶快康复，还口口声声地要他帮帮他。"黄阿虎很可恶，孟巾帼很可恶，可是我帮不了他啊！"黄三省心里这样呼喊着。

"他是死了，"欧阳殿生忍住要掉下来的泪水说，"但你可以替代他！"

"这怎么行？"

"摆在你面前的实际上只有这一条路，"欧阳殿生擦拭着眼睛，很凄凉地说，"我实话对你说，你已经无家可回了。"

"为什么？"黄三省吃了一惊。

眼泪又一次从欧阳殿生的眼眶里涌出来。她悲愤异常地说："大哥，我告诉你，大姐湘莲疯了，她和侄女秀秀正在市里告状……"欧阳殿生又一次亲亲热热地称黄三省为大哥，她把自己置身于黄三省的家族成员中，称黄秀秀为侄女，又按黄三省家乡的习俗，称陈湘莲为大姐。她说得情深意切，一脸的悲愤，一脸的真情，接着她又轻轻地啜泣起来。黄三省被她的情绪感动了，与她在感情上亲近了许多。

黄三省悲愤极了，他捏紧拳头在床沿上猛击了一下，说："公道何在？！"

上官云霞说："公道自在人心。黄先生，你要回自己的家也可以，不过你要考虑清楚，你这样势单力薄回到排头村，黄阿虎有权有势，你说会有什么结果？如果你是一名副市长呢？一切就另当别论了！"

欧阳殿生擦干眼泪，亲切地说："大哥，你不为自己着想，也得为大姐和秀秀着想，况且祖裕的遗体已被当作你的遗体火化了，市委、市政府领导都认为你就是祖裕，你回到我家里，是顺理成章的事……"

上官云霞说得义愤填膺，又入情入理；欧阳殿生则说得情深意切，又娓娓动听。黄三省坚守的防线动摇了，他与她们的关系迅速拉近了。他想，她们说得对，他要真的作为黄三省回到排头村，黄阿虎这个人面兽心的家伙是绝对不会放过他的。到时候他活不成不说，还要连累医院这些医生，这是他于心不忍的。还有，他要报仇雪恨凭什么？还得依靠政府。就是为了报仇，他也得把这个副市长僭越了！黄三省被说服了。"为了报仇，一切是为了报仇！"他这样想。不过，他还有一个顾虑。他说，"我没有做过领导，那是要露出破绽的。"这不是他的自谦之词，他除了当过几年会计，剩下的只是一家之长了。

欧阳殿生说："我会帮助你的。"

上官云霞问："你一定读过书吧？"

黄三省说："我读过《论语》。"

上官云霞说："这不就得了啦，读得懂半本《论语》的就是相才。"

黄三省心里想，这位女医生还真了不得，她还知道北宋赵普半本《论语》治天下的典故，他开始暗暗佩服这位女医生，她不仅长得漂亮，还有不同寻常的学问呢。

"我能不能见一见湘莲和秀秀？"黄三省问。

"现在还不行。"欧阳殿生摇摇头说。

……

黄三省做梦一般进入了安祖裕府上，前面警车开道，后面还有两辆黑色的高级轿车护驾。他头上戴着用绒线织成的帽子，乘坐在市医院一辆白色的救护车里，欧阳殿生和他坐在同一辆车里，这顶帽子就是她随身带来的，并亲手给他戴到头上。范芝毅为他办的出院手续，上官云霞和护士小茅作为特别护理员也同车跟来了。

车队转过几个弯，就出现了一条笔直的马路，马路的顶端是一座像牌坊似的门楼。前面开道的警车，在快到门楼跟前时，长长地鸣叫了一声，紧闭着的大门便徐徐地打开了。此时，展现在黄三省眼前的，又别有一番洞天。桦树、杨树、水杉、柏树、香樟树，还有其他说不出名目的树木，高大挺拔，一丛丛，一片片，车队仿佛进入了人迹罕至的原始森林。车队往里深入，黄三省才发现，这里并非原始森林，而是一片住宅区，一幢又一幢的形态各异的小洋楼，淹没在绿树丛中。车队在平整的水泥地上沙沙地行驶着，在茂密的丛林中穿行，又拐了几个弯，车队在一幢屋顶尖尖的小洋楼前停了下来。

跨下救护车，搀扶着他的欧阳殿生马上对他说："老安，到家了。"

眼前的这幢小洋楼，黄三省似曾相识，但一时又记不起来在哪里看到过，想了半天，终于在他看到过的少得可怜的几部外国电影中找到了根据。在排头村，村长黄阿虎的房子算得上是一流的，但和这幢小洋楼比起来，那是小巫见大巫了。小洋楼那高高的台阶是花岗岩铺成的，宽阔平整，大门是用生铁铸造的，上面雕有精美的图案，显得庄重而高贵，铁门里面又是两扇古铜色的榉木大门。黄三省想起自己在排头村那几间一有风吹草动就摇摇欲坠的平房，这之间的差距实在是太大了。他妻子做梦也想把那几间平房翻造成楼房，盼望了多少年，总是不能如愿。

黄三省刚走了几步，站在台阶上的几个人，三步并作两步地走了下来。

走在前面的一位身材高大的中年男子紧紧握住他的手。

范芝毅介绍说："市委副书记李剑峰同志。"

李剑峰亲切地问候道："安副市长，你好，你好。"

黄三省也轻轻地握了握他的手："李副书记，你好。"

大门口还零星地站着几个人，他们见黄三省走过来，自然地站成一排，主动伸出手来和黄三省握手。黄三省轻轻地握了握他们的手，嘴里说着"你好!"黄三省这些动作，得益于平时对时事政治的关注，在电视新闻里，领导同志和下属握手时都是这样的：轻轻地一捏，轻轻地一握，稍稍地一顿，然后马上放开。必要时还伸出左手，在对方的手臂上轻轻地拍一拍，给人一种亲近和亲切的感觉。范芝毅一个一个地向他介绍着对方的姓名、职务，他很亲切地把他们的名字重复一遍，使人仿佛感觉他这位"记忆丧失"的副市长，正在竭力地唤醒失去的记忆。记忆丧失，真是一个绝妙的好主意。

安祖裕出院的事，是欧阳殿生打电话告诉范芝毅的。放下电话，范芝毅立即来到李剑峰办公室。安祖裕出院必须向李剑峰请示，并得到他的同意，这是市委的分工，也是组织原则。当然范芝毅这样迫不及待地向李剑峰汇报，还有另外一层意思。在对待安祖裕生死问题上，也许他们有殊途同归的目的：他为了保住自己的地位，而他却为了获取更高的地位。他估计，对安祖裕的出院，李剑峰可能会找些冠冕堂皇的理由加以阻止，果然李剑峰听了他的汇报以后，脸色显得异常严峻，在很长一段时间里，只顾抽烟，不吭一声。

"不同意安副市长出院，可以随便找个理由。"范芝毅以为对方的心思被他猜中了，献计献策地说道。

"不，"李剑峰沉默了一会儿，出乎意料地说，"你明天把他从医院里接出来，我在他家里迎接他。"

范芝毅没有想到李剑峰会这样痛快地同意安副市长出院，他不知道李剑峰是怎么想的，于是投石问路地说："昨天市委研究过了，下一届市党代会的筹备工作要尽快地运作起来，筹备小组组长由魏怀松担任，安副市长要是身体状况允许由他担任第一副组长，你为第二副组长。安副市长负责开幕式和闭幕式两个报告的起草工作。如果安副市长的身体不行，则由你任第一副组长，负责两个报告的起草工作……"

"这个我知道，"李剑峰不耐烦地打断了范芝毅的话，说，"既然医院同意安副市长出院了，那就得让他出院，否则别人以为我别有用心……"李剑峰脸色放松了，显得很平静。

范芝毅心里明白了，这是欲盖弥彰。

黄三省从救护车里走出来时东张西望的神情，使范芝毅证实了医生们的意见，安副市长确实记忆丧失了，这让他有了一种短暂的安全感。黄三省逐个地和来迎接他的人握着手，但副市长握手的手势和脸部神情，却使他疑窦丛生。安祖裕和人握手时总是面带微笑，那是很自然的一种微笑，而眼前这位副市长的微笑，却显得这样僵硬，缺少一种真实感。他握手的姿势，像领导干部的气派，但又是那样的夸张，那样的不自然。踏上小洋楼的台阶时，黄三省突然驻足用手指挖着自己的鼻孔，又仰脸看着冬天里很深沉的天空，"阿啾阿啾"连续打了三个喷嚏，这又使范芝毅吃了一惊，安祖裕没有挖鼻孔的陋习。

黄三省不知道这幢小洋楼有多大，有多少间房间，他只是糊里糊涂地被簇拥进了一间宽敞明亮的大房间里。房间里尽是沙发和茶几，茶几上放着水果，墙上挂的尽是一些名贵的字画。早有服务员模样的人等候在那儿，欧阳殿生指挥着服务员给客人们递水果倒茶水。

刚刚坐定，黄三省想，眼前和他面对面坐着的，不都是一些市政府的要员吗？市委副书记李剑峰不就是管辖一方的封疆大吏吗？要告状，要报仇，找他不就行啦，他要办个黄阿虎，岂不是像杀只鸡那么容易。他实在是太仇恨黄阿虎了，实在是急于报仇了，脑子一热，就急着说："黄三省是给黄阿虎打死的，赶快把黄阿虎抓起来！"

黄三省这么一说，所有在场的人一下子都目瞪口呆了。

上官云霞被黄三省吓得心都要从胸腔里跳出来了，欧阳殿生则杏目圆睁，也不知如何是好。一不留神，黄三省的身份就要暴露了。

在众人感到十分惊讶时，李剑峰却显得格外的冷静，问道："安副市长，这个情况你是怎么知道的？"

"我……"黄三省没有想到李剑峰会反问，该怎么回答，他根本没有想过，一时语塞。

见过世面的欧阳殿生马上就镇静了下来，朝李剑峰笑了笑，平心静气地说："老安总爱管闲事，黄三省被黄阿虎打死的事，是在医院里听说的，当时他就很气愤，我让他等伤愈了再去处理，他还是憋不住对你李副书记说出来。"大概是为了增加真实性，还扭着头对坐在旁边的上官云霞说道，"上官，你说是不是？"

上官云霞见欧阳殿生问她，连忙点头说："是这么回事。"

李剑峰对欧阳殿生伶牙俐齿的回答，报以淡淡的一笑："安副市长过去认识黄三省吗？"

黄三省正要回答，欧阳殿生抢在他的前面："老安怎么会认识黄三省呢？哦，他在蒲东县挂职锻炼过，说不定认识，但即使认识他也记不得了。"她又对黄三省问道，"老安，你说是吗？"

该说的话都给欧阳殿生说去了，而且说得不慌不忙，从容不迫。黄三省感觉到市长夫人确实厉害，要是陈湘莲早就乱套了。他点着头说道："是的，是的，就拜托李副书记了。"说毕，他紧抱双拳向李剑峰做了一个揖。

人群中发出了一阵笑声。

欧阳殿生向黄三省看了一眼，又朝李剑峰笑笑说："记忆丧失让老安像换了个人似的，对李书记都这么客气了。"

李剑峰也朝欧阳殿生笑了笑，说："安副市长，你这就放心吧，如果调查属实，一定从重、从严、从速处理。"

"谢谢，谢谢啦。"黄三省感激地说。

李剑峰和随从们坐了一会儿，说了一些勉励的话，也就告辞了。客人们一走，黄三省对上官云霞说："我累了，想歇一会儿。"

欧阳殿生走上来搀扶他，说："那就上楼休息吧。"

黄三省说："我要到书房睡。"他想，这样的大户人家，书房总是有的。

欧阳殿生急了："书房？书房里没有床啊。"

"没有床搭一张。"黄三省说。

第八章

黄阿虎落入法网

安祖裕出院的事，宗绍阳很快就知道了，本来他也想去医院把他接到家里，但刚要离开办公室，李敬右打来电话，告诉他寻找运煤车司机的事有了新的进展，宗绍阳只好在办公室里等他。不一会儿，李敬右就来了。李敬右说他根据电视录像和他的记忆，请绘画专家画了幅运煤车司机的头像，拿到各县交警大队请交警们辨认，很快就有了反应。东湖县的交警说，此人是东湖县灵鹅运输公司的驾驶员，叫蒋振生，人称"一撮毛"，还从电脑里检索出了他的相关资料。他立即赶到东湖县灵鹅运输公司，把蒋振生的身材脸型，向灵鹅运输公司办公室的人描述了一番，他们证实此人是贵州省凯里人，在两个月前辞职了。问到什么地方去了，回答说不知道。李敬右感到失望，正要起身离开，有个人说为那个贵州人办过驾驶证，有他的身份证复印件，只要按照身份证上的家庭地址，问问他家里就知道了。李敬右拿到身份证复印件，马上给贵州凯里警方挂了电话，请他们帮助，估计两天以后就会有消息。宗绍阳心里一阵高兴，案子算是有了一点儿突破。他又问寻找挖掘机的情况怎么样，李敬右说，石沉大海，杳无信息。宗绍阳告诉李敬右，安副市长出院了，可能会对他们破案有帮助。李敬右笑笑说，宗局，你消息也太闭塞了，安副市长记忆丧失，让他怎么帮助我们？宗绍阳说，安副市长大难不死，记忆丧失是小事一桩，而且记忆丧失是可以通过调理恢复的。李敬右说，宗局，你懂的事情还真不少呢。宗绍阳说，学无止境，特别是我们搞公安的，什么事情都得懂一点儿，不求做专家，做一个杂家也够了。宗绍阳说是这么说，但失落感还是有的，原来他热切地希望安副市长身体康复以后，对他侦破车祸案和调查黄三省的案子会有一些帮助，但现在看来这个希望要落空了。

李敬右走后，宗绍阳给李剑峰打了电话。他要单独向他做一次汇报，他已经证实黄三省是安副市长的双胞胎兄弟，调查黄三省的案子，受到孟巾帼的干扰，希望得到他的帮助。电话接通了，正是李剑峰本人，李剑峰说，他刚刚从安副市长家里回来，屁股还未沾着凳子，接下来市纪委还有个会，他要汇报情况得抓紧点儿。

走进李剑峰办公室，李剑峰亲切地让他在沙发上坐了下来。李剑峰尊重下级，在机关里是出了名的。等宗绍阳坐定以后，李剑峰便在他对面的沙发上坐下来，手里照常拿着一支笔和一个笔记本，看那样子是随时准备把汇报的情况记录下来。

"安副市长这回真是够呛，记忆丧失，像换了个人似的，刚进门就闹了不少笑话。"坐定以后，李剑峰开口说道，但还未等宗绍阳反应过来，他马上切入这次汇报的主题，笑容可掬地问道，"是不是安副市长的车祸又有重大发现了？"

"是的，"宗绍阳肯定地答道，"那个逃逸的运煤车司机有下落了！"

"哦，在什么地方？"

"这个人是贵州凯里人，叫蒋振生，原来在东湖县灵鹅运输公司当司机，前几个月辞职，不知去向，我们已经请贵州凯里警方帮助查找了。如果确认蒋振生就是运煤车司机，我准备马上派李敬右去贵州。"

"好，"李剑峰对宗绍阳出色的工作和果断的决定表示欣赏，"那么，那两辆工程车呢？"

"目前还不知下落。"

"你们要抓紧侦察，非把这个案子破了不可。"

"李副书记放心，我们一定努力，"宗绍阳语气铿锵地回答，他把话锋一转，继续说，"李副书记，我今天除了要向你汇报这些情况外，还要向你汇报一些其他情况。"

"说吧。"李剑峰目光很亲切地注视着宗绍阳的脸。

"李副书记，你知道安副市长有个双胞胎兄弟吧？"

"知道，安副市长逢会必讲，他的前程是他家两条性命换来的，其中一条就是他这个双胞胎兄弟……"

"他的这个双胞胎兄弟，我找到了。"

"哦，他在哪里？"李剑峰很关切地问道。

"他是蒲东县琥珀乡排头村农民黄三省。"

"那你赶快让他们兄弟相会。"李剑峰吩咐道。

"他给黄阿虎打死了！"

李剑峰面颊上的肌肉，微微地抖动了一下，一脸的吃惊："怎么会有这样的事情？"他沉思着，又补充了一句，"这件事安副市长知道不知道？"

宗绍阳摇摇头："鉴于安副市长的健康状况，我还没有告诉他。"

李剑峰轻轻地"哦"了一声，点头表示满意。

"黄三省致死案，我上次向你汇报过。你要求我认真做好调查工作，把材料搞扎实。我们进行了调查，却遇到了阻力。"

"是的，我要求你把材料搞扎实，黄阿虎毕竟不是一般的老百姓。"李剑峰脸色严肃起来，"我们稍有一点儿疏忽，人大就会来干涉，到时候我们就很被动了。"

"是的，李副书记说得不错。"宗绍阳非常赞成他的话，"但是现在我们根本无法进行调查，孟巾帼不仅阻挠正常的调查，而且指使人搞伪证。"

"有这种事？"李剑峰明显表示不信，"要是这样，她就不是共产党的干部！"

宗绍阳见他不信，只好举例说明。他说："黄三省从乡卫生院送到市医院时已经奄奄一息，但孟巾帼要县公安局的同志让乡卫生院一位姓寿的医生做证，说黄三省被送到乡卫生院时毫发无损，是黄三省为了威胁黄阿虎，非要让乡卫生院把他送到市医院……那位姓寿的医生为了拒绝做伪证，竟然剪断了自己的手指，以示抗议！还有……"宗绍阳看到李剑峰的脸一阵红一阵青的，不由自主地停止了说话。

"还有什么？"李剑峰确实很生气，他见宗绍阳停止了说话，目光炯炯地看着他，鼓励他继续说下去："说！"

宗绍阳得到鼓励，继续一字一句地说下去："县公安局长严关根同志，因为不同意孟巾帼的做法，靠边了！"

李剑峰将手里的笔记本猛地摔到茶几上，勃然大怒："癫婆娘死老公，无法无天啦！你去向吕福安传达我的意见，让他找孟巾帼谈一次，叫孟巾帼停止这种违法乱纪的行为！对黄阿虎这种人决不能姑息养好，证据确凿，严惩不贷！"说到后来，李剑峰简直是在吼叫了。他从放在茶几上的一盒中华牌香烟里抽出一支香烟，点燃吸着。因为生气，夹着香烟的手指颤抖得非常厉害。他深深地吸了一口烟，又马上吐出来，烟雾立即升腾起来，遮住了他半个脸。

宗绍阳等李剑峰平静下来以后，继续说："我还有一个想法向李副书记汇报……"他双眼平视着李剑峰的脸，有意把话停顿下来，等待着他表态还有没有兴趣再听他的汇报。

李剑峰余火未消，不断地向烟缸里弹着没有什么烟灰的烟头，淡淡地说："你说吧。"

"我对吕福安同志在安副市长车祸案中有些举动不怎么理解……"他搜肠刮肚地寻找词汇，尽可能把话说得委婉一点儿，因为这些话实在太重要了。他说得小心翼翼。

李剑峰的手指停在半空，目不转睛地注视着宗绍阳，一脸的惊诧："哦……"点头示意宗绍阳说下去，"说得具体点儿，哪些方面？"

宗绍阳说："我的感觉主要有两点，一是吕福安同志在勘察车祸现场时，不该这样粗枝大叶，除了李敬右做的笔录，他没有做什么笔录，实际上当时在现场有许多目击者……"

李剑峰点点头，鼓励他说下去。

宗绍阳继续说："二是我们从留学生的摄像机里翻录下来的那盘录像带，消磁消得也很蹊跷，录像带被消磁前只有吕福安同志接触过……"

这时，李剑峰的心情好像完全平静了下来，他一只手夹着香烟，一只手拿着笔，听得很认真，很专注，还不时地低下头，仔细地在笔记本上做着记录。这就是领导水平，刚才如此激烈的情绪，说控制就控制住了。还未等宗绍阳把话说完，他就问道："你是不是怀疑，吕福安与安副市长的车祸有关？"

"我只是感到费解。"

"怀疑就是怀疑，有什么好费解的！"李剑峰笑着说，"我非常赞赏你的这种认真、细致、果断的工作作风，我也非常欣赏你这种高度的警惕性和高度的政治敏感性……"

受到领导表扬，宗绍阳感到有点不自在，他认真地倾听着李剑峰对他刚才这番话的意见。

李剑峰国字形的脸盘又泛起了红光，显得神采奕奕。他又深深地吸了一口香烟，慢慢地将烟吐出来，闪闪发亮的眼睛凝视着烟雾在空气中慢慢地散去。他刚才暴跳如雷的状态已经完全消退，取而代之的是一种身居高位的领导深思熟虑、老练持重的神态。"吕福安同志在工作上可能有失误。"李剑峰神韵十足的目光，紧盯着宗绍阳的脸，慢条斯理地说，"对安副市长车祸现场的勘察是粗了一点儿。但我仔细想想，他还不至于别有用心。"他停顿了一下，继续说下去，"如果说你对吕福安的第一点意见有一定道理的话，那么第二点意见就过于牵强附会，而有失偏颇了……"

宗绍阳突然感到，在还没有掌握足够证据的情况下，向领导汇报对自己顶头上司的看法，实在过于草率了。这样不仅达不到目的，而且很有可能祸及自身。

李剑峰站起来伸出一只手，做出一个与宗绍阳握手的姿势，宗绍阳马上伸过手去握住了他的手。

李剑峰把宗绍阳送到办公室门口，站住了，又伸出右手，再一次握住宗绍阳的手，同时他举起左手，用手指点了点自己的太阳穴，笑着说："警惕性高，政治敏感性强，这都是优点，但要加上科学两字。"

宗绍阳告别李剑峰，走到走廊上，他弄不清李剑峰最后那句话是什么意思，是表扬？还是批评？

这一天，黄秀秀从市公安局刑侦支队做完笔录回来，大街上已是万家灯火。黄秀秀独自一人在人行道上快步走着，天很冷，寒气直往她的脖子里灌，单薄的衣衫使她不停打着寒战。上午她是和母亲一起到刑侦支队的，吃过午饭后，因为母亲老是打瞌睡，黄秀秀就让她先回旅馆去了，此时已是晚饭时间，要是在排头村，早吃过饭钻进被窝睡觉了，母亲一定饿了，她得赶快回到旅馆去给母亲买饭。她这样想着，不由得加快了脚步。突然，她被人用一只袋子蒙住了脑袋，想大声叫喊，又被捂住了嘴。她使尽了全身力气，想挣脱出来，但被捉住了双腿和双臂，根本无法动弹。不知过了多少时间，她被抬到了一个地方。她觉得屁股凉飕飕的，一定是被放在水泥地上了。接着她的两只手腕被绳子扎住吊起来，绳子的另一头像是吊在窗口上，一丝亮光从套在她头上的袋子外面透进来。绑架她的人点起了一支蜡烛，蜡光摇曳着，那几个人动手脱她的衣服，先扯掉了她的裤子。她感到一阵冷，下身裸露了出来。这时她听见有人惊呼："果然是只'白虎'！"这声音似曾相识，但一时又分辨不出来。接着他们又解开了她上衣的扣子，整个胸部暴露无遗。她遇到流氓了。

这时，她听见有人说："你不是说要奖励我们吗，就用她奖励吧。"

拿她作奖励，这是什么意思？看来她遇到的不是流氓。说话的人尽管拿腔拿调，但声音不管怎么掩盖，她还是觉得似曾相识。她听出来，说话的不是别人，正是排头村的黄阿狗和黄阿牛。还有一个人，是黄阿虎。黄秀秀真是气愤得想打翻整个世界，但她的双手被吊住了，嘴被棉花塞住，双腿又分别被两个男人摁着。那两个男人的手也不安稳，一只手摁着她的大腿，另一只手却揉捏她的乳房。一人一只，捏得她生痛。她想喊，喊不出；她想动，动不得，只得由他们摆布。

黄阿牛说："我早听村里人说过她是只'白虎'，当时我不知道'白虎'是个什么东西。有一年夏天，她在房间里洗澡……"

黄阿牛，你这个流氓，这种事你还有脸说得出口！那是黄秀秀出嫁前一个夏天的傍晚，她正在房间里洗澡，听到窗台外面有动静，估计有人偷看。村子里那些男人看见她，眼睛总是色迷迷地盯着她。她迅速穿好衣服，把一盆洗澡水泼到了窗户外面。那个人逃跑了，她趴在窗口一看，原来是黄阿牛。

黄阿牛说："我被她用洗澡水从头淋到脚，所以我一世没出息。"

黄阿狗说："我见过她的屁股，和别的女人没有什么不同啊。"

出嫁后的一年春天，她回娘家来，刚走到村口小便实在憋不住了，挑了一个有草棚的茅坑，看看四周没有人，才放心地解了裤带。没有想到这个黄阿狗，就躲在茅坑后面偷看她。她系好裤子走出茅坑，黄阿狗就站在茅坑棚后面朝她嘻嘻地傻笑，还厚颜无耻地说看到了她的屁股，她应当同他睡觉。她在他脸上啐了一口，就走了，以后这件事她就忘记了。按当地的传说，男人如果看了"白虎"女人的下身，就得和她上床睡觉，这叫"脱霉气"，否则就有一世的霉气。

"怪不得你也没有出息，原来你看过她的屁股！"

黄阿虎带着他的两个走卒，根据孟巾帼提供的地址，找到黄秀秀和她母亲住的旅馆，就像特务盯梢一样，跟踪到了市刑侦支队，一直坐在市刑侦大楼对面的茶馆里，等着黄秀秀。这期间，他们想好了几套绑架黄秀秀的方案，其中的一个方案就是他们刚才的那个行动。黄阿虎他们跟踪黄秀秀时，就发现这里有一座尚未竣工的大楼，把黄秀秀的衣服脱光让她在这里冻一夜，第二天保证是僵尸一具。这个主意是黄阿虎出的，他认为这是处置黄秀秀的最佳方案。把黄秀秀绑好后，他走到另外一个房间给孟巾帼打了一个电话，告诉她黄秀秀已被他们绑在一座未竣工的大楼内，问要不要斩草除根？孟巾帼想了想说，留她一条小命，给110报警告她卖淫，让市公安局把她捉进去，再通过范芝毅把她弄到蒲东来。打好电话，黄阿虎回到原来的地方，黄阿狗和黄阿牛向他提出了额外的要求。黄阿虎想，反正黄秀秀要被当作卖淫女捉进去，他乐得做个顺水人情，调动调动这两个走卒的积极性，也就同意了。

"这回我们得脱一脱晦气了。"

黄阿牛和黄阿狗在交头接耳地议论。黄阿虎没有出声，他是很阴险狠毒的，他只做不说。他得到过许多女人，也想过得到黄秀秀，但黄三省看管得实在太严，又早早地把她嫁了人，使他始终没有下手的机会。现在确实是个机会，但他想了想还是忍住了。他突然说："你们两个上吧。"

黄阿狗和黄阿牛却为谁先上，发生了争执。

"都别争了，这样的事传出去让人笑话，你们抓阄吧。"黄阿虎摸出了一个硬币，息事宁人地说，"要哪一面？"

黄阿牛抢先说道："我要阴面。"

"那我就是阳面了。"黄阿狗说。

一块冷冰冰的东西掉到黄秀秀的肚皮上，他们在她的肚皮上抓阄了。

"是阴面，该我先上。"黄阿牛显得很兴奋。

两个人一完事，黄阿虎变着声音命令道："剥光她的衣服，走！"

黄秀秀一只手臂的绳子被解开了，一只衣服的袖子被脱出来，然后手臂又被绳子吊住。接着用同样的方法，被脱出了另一只袖子，这样黄秀秀的衣服全部被剥光，一丝不挂。虽然全身裸露，但由于气愤，她浑身已经麻木，一时也不觉得寒冷。这帮人离开她的时候，用刀砍断了吊在她一只手上的绳子，卷走了她的所有衣服。一阵急促的脚步声，他们飞快地逃走了。黄秀秀迅速掀掉套在头上的袋子，又挖出塞在嘴里的东西。

一支蜡烛还放在她的身边，闪烁着昏黄的光。

她迅速解开吊在另一只手臂上的绳子，站起来，拿起地上的蜡烛，她以为他们把她的衣服丢在旁边了。这间房间很大，足有三四百个平方，像是一个正在建设中的商场，但她拿着蜡烛照遍了房间的角角落落，根本没有发现她的衣服，这才知道她的衣服给黄阿虎他们拿走了。黄阿虎真是毒透了，坏透了，她现在一丝不挂，一无所有，该怎么办啊？

寒冷袭击她的全身。深冬的夜晚确实很冷，一定是摄氏零下了。她赤足踏在水泥地上，寒气进入她的骨髓，她的上下牙开始打起战来，接着全身像筛糠似的打起寒战。她手里拿着的半截蜡烛，由于打战，烛光摇晃得很厉害。这样冻一夜恐怕到明天天还未亮，早就成了僵尸。她不能死，绝对不能死，父亲的血海深仇还没有报，母亲与她分手以后找不到她会有意外的，她还有一个儿子必须抚养成人……她拿着蜡烛开始寻找有没有可以御寒的物品。房间很大，窗户又多，还没有装上玻璃。寒风从没有遮挡的窗户吹进来，吹得她寒噤连连，四肢几乎僵直。又一阵风吹进来，她全身战栗了一下，手中的蜡烛突然掉到地上，很快就熄灭了，房间里陷入一片黑暗，她将双臂紧紧抱在胸前，想用自身的体温温暖自己，但这并没有发生多大的效应。刚才在寻找衣服时，她发现房间角落里有一大堆废弃的水泥袋，也许这些东西能帮助她御寒，只要能坚持到天亮，办法一定会有的。僵直的四肢使她步履维艰，她凭着感觉开始寻找那堆水泥袋。这当中碰到了一些零碎的木板，碰伤了她的肌肤，但她还是找到了那堆水泥袋。水泥袋很多，也叠得很高，她钻了进去……

黄阿虎很兴奋，没有想到孟巾帼竟然会想出这样一个狠毒的计谋，把黄秀秀当作卖淫女送进派出所，判她个三年五年，黄三省的事也就此了结了。即使不判她的刑，她也身败名裂，从此抬不起头来。一箭双雕，一石二鸟，真是世上最毒妇人心啊。黄阿虎立刻让黄阿牛给110打了一个电话，报告了黄秀秀所在大楼的方位，谎称有人在卖淫。打好电话，黄阿虎连连称赞孟巾帼棋高一着，怪不得她能做县长。黄阿牛和黄阿狗也说，这着棋实在太高了。黄阿虎拍了一下黄阿狗的肩膀得意地说："走，去喝一杯！"

　　他不知道，他自以为得意，却犯了一个非常低级而又致命的错误。

　　黄秀秀在一间坚固而又狭窄的屋子里被关了一夜。

　　昨天夜里，她被两个女民警裹着毛毯抬出来的时候，她是赤身裸体的，后来不知道是谁给她拿来了内裤内衣、棉衣棉裤，再后来又有人给她塞进来一条被子。有了这些御寒物品，在这寒冷的冬夜，她才没有被冻死。虽然那些警察对她的态度很生硬，但她从内心深处还是感激他们的。她没有被冻死在那座无遮无掩的大楼里，而且能够盖着被子美美地睡上一觉。大约上午八点钟的时候，两个女民警打开了房间。黄秀秀见有人进来，立刻掀开被子从床上跳了下来。两个女民警，一个是宗佩兰，一个是朱莉莉。她们一走进来，先上上下下地把她打量了一番，黄秀秀感觉这目光很异样，而且不怀好意。

　　"我被人强奸了！"黄秀秀避开她们咄咄逼人的目光，先发制人地说。

　　"我们接到举报，你在那座大楼里卖淫。"朱莉莉说。

　　"我没有卖淫，我被人强奸了……"黄秀秀申辩说。

　　"你从哪里来，叫什么名字？"宗佩兰打开记录本准备笔录。

　　"我从蒲东县来，到市区是来告状的，我爹被村长黄阿虎打死了！"

　　"你不要编故事，你不说真话，我们有办法让你说真话。"朱莉莉说。

　　"说，到现在为止一共卖过几次淫？"宗佩兰喝问道。

　　昨天夜里，她龟缩在满是尘土的水泥袋堆里，浑身上下冻得瑟瑟发抖时，突然从楼梯上传来一阵急促的脚步声。起初她以为是黄阿虎他们返回来了，把头缩进水泥袋堆里，连大气都不敢出。后来刺眼的手电光，把尚未竣工的大厅照得亮堂堂的，一群警察从天而降，警察中有男的，也有女的。她听见他们说，一定是有人谎报军情，这儿哪里有卖淫的？她一看是警察，不顾一切地从水泥袋堆中站起来，大声喊救命。当时一定是把他们给惊呆了，数不清的手电光打到她的身上。那时候她的样子一定很难看，一丝不挂，身上沾满了许多尘土，人不像人，鬼不像鬼。她也不知道是哪位好心的警察，将自己身上的大衣脱下来，把她裹住了。再后来有两个女民警抬不像抬，搀扶不像搀扶地将她塞进了汽车里。汽车鸣着警笛一路狂奔，她感觉这些警察一定把她当成坏人了。她在汽车里对夹持着她的两位女警察说，她被坏人强奸了，要他们把那几个坏人捉拿归案。警察们根本没有理睬她，汽车像是开进了派出所，他们七手八脚把她推进一间黑咕隆咚的小屋里。在锁门的时候，她听见有人说："先关起来，到明天再说。"

"我没有卖淫，我是来告状的，不相信，可以去问黑猫警长！"

两个女民警同时哈哈地放声大笑起来，朱莉莉笑得几乎直不起腰来，她说："你故事都编不好，怎么敢来卖淫，敢来欺骗我们警察！"

"我不骗你们，昨天我还见过他，我们老百姓都叫他黑猫警长。"

宗佩兰也笑得很厉害："你的故事越编越离奇了！"

朱莉莉问黄秀秀："黑猫警长是谁？你说！"

"市公安局的宗副局长，我有天大的冤枉，我要找他……"黄秀秀说。

宗佩兰又笑起来："宗副局长怎么能见卖淫的女人！"

"我没有卖淫，我要见宗副局长！"

"你有什么证据，能说明你是被人强奸的？"朱莉莉问道。

"我没有卖淫！我没有卖淫！"黄秀秀大声地喊叫起来。

"她不老实，把她铐起来！"朱莉莉对宗佩兰说。

朱莉莉的话音刚落，只听见咔嚓一声，黄秀秀的一只手就被铐在窗户的一根铁杆上。宗佩兰虽然要比黄秀秀矮小半个头，但弹跳力很好，她一跃身，就把黄秀秀的一只手高高地铐过了头顶，使她不得不踮起了脚。

"你说不说？"宗佩兰歪着头，秀目盯着黄秀秀的脸，她问道。

"我同你们说不清楚，我要见宗副局长！"

黄秀秀的心里痛苦极了，她受尽了折磨，受尽了凌辱，刚刚逃出了苦海，不想又跳进了油锅。她心里很清楚，她是绝对不能承认卖淫的。一旦承认卖淫，等着她的将是无尽无穷的灾难。她会被送到排头村，重新落到黄阿虎的手里，受尽黄阿虎的折磨和羞辱，她可能还会被判刑。那个时候，不要说报仇雪恨，恐怕她连自身的性命也很难保全了。在这个时候，只有宗绍阳能救她。所以她大声喊道："我要见宗绍阳，你们给我把宗绍阳叫来！"

黄秀秀这样一喊果然灵光，宗佩兰的态度顿时好多了，吃惊地问道："你这样直呼其名，宗绍阳究竟是你的什么人？"

"你们给我把宗绍阳叫来，他什么都知道啊！"

朱莉莉把宗佩兰拉到一边，在她的耳朵旁边嘀咕了几句，宗佩兰就像旋风一样地跑出去了。

黄秀秀又大声喊起来："你们放我出去！我没有卖淫，我没有卖淫！"

朱莉莉说："你先别嚷嚷，她去打电话，问宗副局长认不认识你。"

宗佩兰离开没多长时间，两辆警车鸣叫着在小屋前停住了。从车里钻出来不少警察，一位瘦高个儿男民警领着一位娃娃脸男民警走进来，他们身后紧跟着两位女民警和三位男民警。黄秀秀认识，跟着瘦高个儿进来的都是琥珀派出所的民警，娃娃脸是所长。

朱莉莉忙着和他们握手打招呼。

黄秀秀见来了这么多琥珀派出所的民警，知道对她绝不是什么好事。他们要把她当作卖淫女遣送回蒲东了。黄秀秀本来就没有什么好脸色，怒目圆睁，眼睛里像要喷射出烈焰来。

瘦高个儿男民警对朱莉莉说："小朱，打开她的手铐！"

朱莉莉说："手铐钥匙宗佩兰拿走了。"

"宗佩兰到哪里去了？"

"她说认识宗副局长，宗佩兰就在附近打手机问她老爸。"朱莉莉说。

黄秀秀吃了一惊，原来那个叫宗佩兰的女民警竟然是宗绍阳的女儿。她的心里产生了一线希望，只要她给宗绍阳打通电话，就不怕宗绍阳不承认她。她急切地等待着宗佩兰迅速归来，帮她摆脱困境。

这时，一位个子高高的很漂亮的女民警喜出望外地喊起来："小宗回来了。"

宗佩兰是小跑着回到小屋的，她板着个黑脸，一脸严肃。一走进来，瘦高个儿的男民警就对她说："小宗，快打开黄秀秀的手铐，他们还急着回蒲东交差呢！"

宗佩兰没有搭理他，径直走到黄秀秀面前，问道："你是黄秀秀？"

"我是黄秀秀，这还能有假吗？你快把我放下来，我没有卖淫！"黄秀秀说。她的一只手被高高地吊在窗户的铁杆上，两只脚的脚尖踮起，高大健壮的身体几乎是被悬挂在半空中，她实在忍受不住了。

宗佩兰没有把她放下来，却继续问道："你父亲叫什么名字？"

"父亲黄三省，给黄阿虎打死了！"

娃娃脸所长说："小宗，你把她的手铐打开，让我们把她带走！"

宗佩兰摇摇头说："不，你们不能把她带走。"

"为什么？"几乎所有的人都惊奇地问道。

宗佩兰说："如果她真的是黄秀秀，我爸爸要亲自来讯问她。"

娃娃脸所长急起来："孟县长要求我们立即把她带回蒲东去！"

宗佩兰斩钉截铁地说："不行！"

瘦高个儿男民警劝说道："小宗，你把这个卖淫女交给蒲东的同志，如果你父亲感到为难，孟县长会摆平的。"

宗佩兰说："我爸爸说，她不是卖淫女，她有天大的冤枉！"

娃娃脸所长向两位女民警撇了撇嘴，两位女民警会意，想将宗佩兰夹持在中间，宗佩兰却很机警，一个箭步就跳开了。

瘦高个男民警说："小宗，你把人交给他们吧！"

宗佩兰说："等我爸爸来了再说！"

这时，黄秀秀听见在小屋的外面有几声长长的汽车喇叭声，她扭头望去，只见院子里又开进了好几辆警车，车顶上的红色警灯一闪一闪的。警车刚刚停住，从警车里第一个出来的就是宗绍阳。黄秀秀像是见到了救星，不顾一切地大声叫喊起来："黑猫警长救我！黑猫警长救我！"没等她再喊第三声，宗绍阳已经跨进了小屋。

宗绍阳目光炯炯地盯着娃娃脸所长，问道："这是怎么回事？"

娃娃脸所长说："这个女人在市区卖淫，我们要带回去审问！"

黄秀秀大喊："我没有卖淫，我冤枉啊！"

黄秀秀这样一喊，宗绍阳立即将目光投向了她，他见黄秀秀的一只手被高高地铐在窗户铁杆上，不由得怒从心起，大喝一声："把她放下来！"

宗佩兰立即从衣袋里掏出钥匙，很麻利地将黄秀秀的手铐打开了。手铐一打开，黄秀秀的另一只手，立即本能地按住被手铐铐过的那只手。她急切希望见到的宗绍阳，已经威风凛凛地站在她的面前了，她激动得什么话也说不出来，蹲到地上号啕大哭。

娃娃脸所长大喝道："站起来！"

宗绍阳说："佩兰，抱住黄秀秀，别让任何人伤害她。"

宗佩兰立即蹲下身紧紧抱住了黄秀秀，朱莉莉也站到黄秀秀身旁，把她和琥珀派出所的警员们分隔开来，使他们无法接近她。

娃娃脸所长不敢再轻举妄动了，但他软中带硬地说道："宗副局长，卖淫女黄秀秀是我们蒲东人，根据孟县长的指示，我们要将她带回去处理。"

"你们说她卖淫证据何在？"宗绍阳问道。

"市区的警察得到举报，在现场将她抓获的。"娃娃脸所长说。

"她即使真的是卖淫女，案件是在市区发生的，应由市区的公安机关调查处理。"宗绍阳说。

"我没有卖淫，我没有卖淫啊！"黄秀秀被宗佩兰紧紧地搂抱着，大声地哭喊着，这哭声让人辛酸万分。

娃娃脸所长又说："孟县长再三叮嘱我们，要尽快把黄秀秀带回蒲东。宗副局长，你这样做使我们很为难！"

宗绍阳一听这话脸色骤变，严厉地说："我们是人民警察，我们要对法律负责，要对事实负责，要对自己的职责负责。你们孟副县长不能把手伸得太长，公安系统有自己的规矩！你们回去向孟副县长交差去吧，如果你们孟副县长要追究责任的话，就让她来追究我好了，你们可以走了！"

这时娃娃脸所长的手机响了，他打开手机，只"喂"了一声，脸色就变了，连说："没，没有啊！"

大概手机那头发火，话说得一定得很难听，娃娃脸所长脸色僵硬，身体站得笔直，手机贴着耳朵一动也不敢动。等手机那头把怒气发泄完了，声音停顿下来，娃娃脸所长急忙说："孟县长，你听我说，你听我说啊……"娃娃脸所长把手机交给宗绍阳，一脸左右为难的神色说："宗局长，孟县长的电话，我和她说不清楚，你对她说吧！"

宗绍阳接过手机，先"喂"地喊了声。接着面露笑容，中气十足地说道："孟副县长，你好啊，我是宗绍阳。"

对方不知说了什么话，宗绍阳立即斩钉截铁地回答说："黄秀秀不是卖淫女，她有天大的冤枉，我不能让你把她带走！"

大概孟巾帼的口气很强硬，宗绍阳的口气也强硬起来，他严肃地说："孟巾帼同志，你这样插手我们公安系统的事务，是不合适的！"

手机里传来一个女人尖厉的叫喊声，但听不清楚她在说什么？

宗绍阳的声音顿时也高了起来，大声说道："你可以去市委、市政府告我，但你强令蒲东县公安局同志为黄阿虎做伪证的事，我已经向李副书记做了汇报，我没有那么多时间与你打口水仗，李副书记已指示吕福安同志找你谈一次……"宗绍阳说完最后一句话，也不管孟巾帼还有没有话说，就把手机挂了。

宗绍阳对娃娃脸所长很严肃地说："你们回去吧，天塌下来我顶着。"

娃娃脸所长没有再说什么，带着琥珀派出所的民警走了。他们一走，宗绍阳就很严肃地对瘦高个男民警说："这个女人不是犯罪嫌疑人，而是一个非常重要的人证，我把她交给你们，你们一定要保护好她，不能有半点儿懈怠！还有……"宗绍阳对宗佩兰和朱莉莉说，"保护她的任务就交给你们，你们要与她寸步不离，保护她的人身安全！如果她身上有什么物证，你们就把它搜集好，保管好，然后你们陪她去洗个澡，让她饱饱地吃一顿。她要是有个三长两短，我就拿你们是问！"

黄秀秀哭着说："我被他们强奸了……"

宗佩兰和朱莉莉将身体站得笔直，举手向宗绍阳敬了一个标准的军礼，中气十足地喊道："是！"

黄秀秀从地上站起来说："我得赶快回旅馆找我娘。"

宗绍阳对黄秀秀说："因昨天夜里你没有回旅馆，你娘半夜三更找到了刑侦支队，现在刑侦支队的办公室里。她好好的，没有事的。"

宗绍阳回到办公室立即命令部下，通过电信公司查询那个打给110举报黄秀秀卖淫的手机号码，经过核查确认，这个手机号码是黄阿牛的。根据受害者的指控和从受害人身上提取的精液，宗绍阳决定对黄阿虎和黄阿牛、黄阿狗三人进行刑事拘留。宗绍阳驱车来到安祖裕家里，他要见一下伤愈后的安副市长，把黄三省的情况向他做个汇报。他估计，处理黄三省的案子会有阻力，如果能得到安副市长的支持，他的力量就大了，安副市长一定会坚定地站在他的一边，这一点儿宗绍阳坚信不疑。他把车子一直开到安祖裕别墅的石阶下面，车门一开，就跳上别墅高高的石阶。他刚刚推开那两扇沉重的栗壳色榉木大门，还未跨进门槛，欧阳殿生已经笑容可掬地站在客厅门口恭候他了。

宗绍阳是安家的常客，他向欧阳殿生点了点头，打了招呼，就直奔书房。平时如果安祖裕在家里，一般情况下都是坐在书房的沙发上看书、看报、看文件，处理在办公室里来不及处理的公务。安祖裕的别墅大门，对他向来是畅通无阻的，这回却有了例外。

欧阳殿生拦着不让进去：“老安正在休息，有事我替你转告。”

“我有非常重要的事情，要向安副市长当面汇报。”

“再重要的事也不行，老安重伤初愈需要休息。”平时善解人意的欧阳殿生，一下子变得不通人情起来，怕宗绍阳硬闯，她干脆伸开双臂拦住了他的去路。“而且老安记忆丧失，一时还无法处理工作。”她又补充了一句。

“安副市长记忆丧失，不会连党性、人性都丧失了，我要向他汇报的这件事，只要根据他的党性、人性，表个态就行了！”宗绍阳苦口婆心地恳求着。他被她拦住，又不能硬闯，又不能使性子，她毕竟是市长夫人，他只得好言恳求，“你放我过去，你不知道这件事有多重要，求求你帮帮忙！”他就差给欧阳殿生磕头作揖了。他本来还想说，黄三省就是安副市长失散的双胞胎兄弟，但既然安副市长已经记忆丧失，恐怕说了也没用，再说抓捕黄阿虎的事，比安副市长找到兄弟要重要得多，也就没有把这件事告诉欧阳殿生。

欧阳殿生不让宗绍阳见黄三省，当然有她的想法。她怕黄三省再说漏了嘴，被宗绍阳看出破绽。宗绍阳是什么人？是安祖裕的至交，再加上他是搞刑侦工作的，别人看不出的问题他能明察秋毫，其他人可以见黄三省，唯独他不能见，尤其是在目前黄三省的情绪还没有稳定、环境还没有适应的情况下，所以不管宗绍阳好说歹说，她就是寸步不让。

"你对我说是一样的，你说吧！"

"哎呀，我的安夫人，这件事情跟你说是不管用的。"威风八面的男子汉，在这位弱不禁风的女子面前，竟然显得无可奈何，他也有点忍受不住了。他必须出其不意地对黄阿虎实施拘捕，黄阿虎通天通地，时间拖得越久，越容易节外生枝，变生肘腋。心里一急，他的声音不由自主地高起来："我必须立即得到他的明确表态，我必须明确得到他的支持，我必须迅速把黄阿虎抓捕归案！"

宗绍阳这样一说，欧阳殿生感到他小觑了她，也惹得她性起，不由得提高了声音说："你说出来我听听，我倒还真的不相信，我有哪一件事办不成？你说！"

宗绍阳急起来，声音也就放大了："黄阿虎，你认识黄阿虎吧？"他见欧阳殿生不动声色，继续说，"不认识！好，我来告诉你，黄阿虎打死了黄三省，还强奸了他的女儿黄秀秀，我要将他立即捉拿归案，可是阻力很大！阻力很大啊……"他还要再继续说下去，但突然停住了。一个非常熟悉的高大魁伟的身躯已经站在他的旁边，那双他非常熟悉的、目光犀利的又圆又大的眼睛正怔怔地盯着他。方方正正的脸膛虽然比过去黑了一点儿，但还是那样威严，那样的虎虎有生气。他不由得失声喊道："安副市长！"

"你，你，你再说一遍！"安副市长好像很激动，双唇剧烈地颤抖，以至于很快波及到全身，他的全身像是受到寒流侵袭一样颤抖起来。黄三省是听到"黄阿虎"三个字从书房里走出来的。见是在医院里坐在他床头，向他剖腹掏心倾诉衷肠的这位公安局长，一种很复杂的情感马上形成一种冲动，再听到宗绍阳说"阻力很大"的话，这股冲动马上成为愤慨，愤慨使他忘记了僭越的身份。

欧阳殿生立即扶住他，并介绍说："副局长宗绍阳……"

安副市长将手臂缩回来，挣脱欧阳殿生的搀扶，"我知道。"他说道，"黑猫警长，你说黄阿虎怎么啦？黄秀秀又怎么啦？说！"

宗绍阳说:"黄阿虎打死黄三省,又强奸他的女儿黄秀秀。我想将他立即捉拿归案,我要得到你的支持!"

　　安副市长突然暴发性地大喊道:"黄阿虎罪大恶极,罪该万死!快抓,快抓!"喊到后来几近吼叫了,"黄阿虎天地难容啊!"

　　宗绍阳被黄三省这个突如其来的喊叫惊呆了,他竟不知所措地站着。

　　这时,头脑最清醒的还是欧阳殿生,她对黄三省可能出现的漏洞百出的举止是有心理准备的。她对呆立在一旁的宗绍阳平静地解释道:"黄阿虎打死黄三省的事,老安在医院里就听说了,那时他就很气愤。回到家里后,又同李剑峰说过,但李剑峰迟迟不行动,所以他更加气愤了!"

　　"快去!"黄三省虽然还很激动,但语气已经明显地缓和了。欧阳殿生巧妙的解说使黄三省的冲动很快平息下来,他意识到,这位在他面前站得笔直的公安局长,是把他当作副市长来向他请示工作的,是把他当作副市长来接受他指导的。他说抓捕黄阿虎遇到了很大的阻力,希望得到他的帮助,他的支持。这个阻力不就是孟巾帼吗?能够降服孟巾帼的人,不就是他的兄弟安祖裕吗?他黄三省僭越他兄弟的地位,不就是为了这个目的吗?他意识到自己必须把悲痛和愤恨迅速转换成一种气度和权威,一种重权在握、身居高位的人所具有的气度和权威。这是他在古典小说和电视剧里看来的,他见宗绍阳似乎还有话说,果断地阻止了他:"快去,先把黄阿虎抓了再说!"为了加强语气,他还用手做了一个刀劈的动作。

　　宗绍阳得到明确的指示,习惯成自然地双脚并了一下,说声"是",转身快步如风地走了。

　　这天上午,黄阿虎带着黄阿狗和黄阿牛,早早来到琥珀乡最豪华的醉仙楼,要了一间豪华的包厢,点了一桌丰盛的酒席,等候娃娃脸所长将黄秀秀从市区带回来,为他们洗尘接风。但到了下午一点钟,还没有见娃娃脸所长把人带回来。这时,突然"砰"的一声,房门被重重地推开,陈湘莲披头散发,满脸油污,怒气冲冲地冲进来,她的身后紧跟着黄秀秀,还有两位黄阿虎不认识的女警察:宗佩兰和朱莉莉。陈湘莲一见黄阿虎,一个箭步扑上前来,想揪住黄阿虎胸前那条殷红色的领带,但被宗佩兰和朱莉莉拉住了。

黄阿虎弄不清是怎么回事，还在惊愕之中，又从门外涌进来许多男子，有的穿着警服，有的穿着便服，把一间不大的房间挤得水泄不通。开始他以为是琥珀派出所的民警把黄秀秀带来了，心里一阵高兴，但仔细一看又不像。黄秀秀没有一点儿被拘押的样子，而且人群中也没有一个琥珀派出所的民警。倒是那些警察一声不吭地走到他的跟前，将他包围起来。他再仔细一看，还发现好几名头戴钢盔，身穿防弹背心的武警战士，他感觉到背脊像是有股寒风袭来，冷飕飕的。

陈湘莲还想冲上来抓他的领带，被黄秀秀拦住了。黄阿虎很生气，他威严地喊道："阿狗，阿牛，将那个疯女人赶出去！"

黄阿狗和黄阿牛没有反应。黄阿虎扭头向他们坐着的地方看去，他的两个忠实走卒耷拉着脑袋站立着，就像是被押上被告席受审的犯罪分子，更使他惊慌的是，他看到了戴在他们手腕上闪着寒光的手铐。一种兔死狐悲、唇亡齿寒的感觉很快向他袭来。他感到有点不妙，想溜之大吉，但被警察们阻止了。

"你们敢限制我的人身自由？"黄阿虎火了，他用肘关节撞开一位警察的手臂，怒气冲冲地说，"走开，让我过去！"

那个警察的手臂虽然被撞开了，马上又走上来一位警察将他拦住。这位警察身材高大得像座铁塔，黄阿虎抬头细看，吃了一惊，这不是蒲东县公安局局长严关根吗？他连忙伸出一只手去，十分亲热地说："严局长，你怎么来了，请坐，快请坐……"

严关根没有理睬他的殷勤，也没有伸出手来，脸上毫无表情，口气强硬地说："市公安局宗绍阳同志有事找你，请稍候。"

黄阿虎显得很尴尬，只好将一只老鼠爪子似的小手缩回来。他还是试着想走出去："有事请到我办公室里谈吧。"

严关根脸色严肃起来，口气也更强硬了："黄阿虎，你不能离开这里！"

陈湘莲站在黄阿虎距离不远的地方，咬牙切齿地怒视着他，还不断挥舞着拳头想冲过来打他，但被黄秀秀和两位女警察拉住了。

黄阿虎暴怒了，大声地吼叫起来："你们这样做是违法的，我要到市委、市政府控告你们！"

这时，挤得水泄不通的人群突然让开了一条路。宗绍阳一身便服，步履矫健地走过来，严关根也将身体侧过来让出路，让宗绍阳走近黄阿虎，与黄阿虎面对面地站到一起。黄阿虎见到宗绍阳，立即将头别了过去，避开了与宗绍阳的正面对视，但刚才的怒容像电影定格镜头一样定格在他的脸上。

宗绍阳从安祖裕的家里出来，回到市局立即下达了拘留黄阿虎和黄阿牛、黄阿狗的命令，并把这一决定通知了蒲东县委书记陈仁义。为防止不测，要求他请当地武警部队协助，同时又通知了蒲东县公安局立即控制疑犯，而且指明由局长严关根带队前往。市刑侦支队派出宗佩兰和朱莉莉，护送黄秀秀母女俩回到蒲东排头村，对黄三省一案继续调查取证。黄秀秀和陈湘莲也就坐着宗佩兰她们的车子一起来了。

"你有什么事找我？"黄阿虎看也不看宗绍阳一眼，冷冷地说。

宗绍阳盯着黄阿虎，严肃地说："黄阿虎，你想告我们什么时候都可以，但是你涉嫌打人致死，强奸妇女两项罪名，必须对你实施刑事拘留！"

黄阿虎冷冷一笑："拘留我，谁批准的？"

宗绍阳也冷冷一笑，还以颜色："人证物证俱在，还用得到谁批准吗？"

"我知道你对我有成见，你早就想置我于死地，但你不想想我是谁，我们已经较量过，最终失败的是谁？"黄阿虎从鼻子里哼出两声冷笑，一脸的傲慢。

"黄阿虎你错了，不是我对你有成见，也不是我要置你于死地，而是你自己跟法律过不去，跟自己过不去，你要置自己于死地……"宗绍阳感到一阵心痛，那女知青被害后的惨状又浮现在他的眼前；那受屈男知青声声不息的呼喊又响彻在他的耳畔。他掷地有声地说："你是谁？你自己明白，我也明白。不错，我与你较量过，我受过挫！每当我想到那个被害的女知青，那个受屈的男知青，我就寝食难安，夜不能寐，这使我整整愧疚了二十多年，现在该是算总账的时候了！"他很威严地向旁边的警察喊道，"带走！"

宗绍阳的话音刚落，只见亮光一闪，"咔嚓"一声，一副亮晶晶的手铐铐到了黄阿虎的手腕上。又有两个身材魁梧的男警察同时上前，一左一右将黄阿虎挟持在中间。

黄阿虎的脸上并没有露出一丝惊慌，相反倒显得沉着冷静，他那张像被刀削过的，皮肉紧贴着骨头的猴脸，凶相毕露。他把刚才始终别转着的脸转过来，与宗绍阳面对面地，很凶狠地说："你不要以为这件事就这样完了，人生是一场赌博，谁输谁赢是不一定的！"

　　黄阿虎完全是被两位警察强行拖着走向门口的。

　　宗绍阳看到黄阿狗和黄阿牛时突然双目一亮，这两个人，不就是在琥珀乡公路上夹击他的大卡车司机吗？

第九章
市委常委会

范芝毅来到安祖裕家里时，已是傍晚时分。

范芝毅这次进入安祖裕别墅的一个特别使命，是和孟巾帼一起来鉴别安祖裕的真伪，还有一件令他心跳的事情是孟巾帼来了，白芸肯定也会来，因为白芸是秘书又是驾驶员。这时，上官云霞已经回去了，被派来护理黄三省的护士小茅坐在大厅的豪华沙发上看电视，见范芝毅走进来，立即站起来。范芝毅从她口里得知，白芸确实和孟巾帼一起来了，她们坐在会客室里，而安老太太和黄三省在书房里密谈。范芝毅旋风般地穿过大厅，快步走进会客室。

白芸今日没有穿套裙，穿了一套白色的西装，淡妆素裹，更显得秀美怡人。她和孟巾帼坐在三人沙发上，两颗脑袋碰在一起，不知在说什么，见范芝毅进来都把目光投向了他。范芝毅在孟巾帼身旁坐了下来，孟巾帼将嘴贴到他的耳边，悄声说，"黄三省的医疗事故处理好啦？"

范芝毅脸对着她，眼神却瞟向白芸，牛唇不对马嘴地说："上来的目的，明白了吧！"

孟巾帼点点头说："他们在书房里说话，我们坐在旁边也不方便啊。"

孟巾帼说的是真话，她和白芸把安老太太送到安祖裕别墅，欧阳殿生根本不给她们与安祖裕见面的机会，只好坐在会客室等着。其实对安祖裕的命运，她比范芝毅要关注得多，因为这不仅关系到她的前程，同时也关系到另一个人的前程。昨天晚上，她接到范芝毅让她把安老太太送来看望安祖裕的电话后，马上又接到了另一个人的电话，这个人对她和黄阿虎没有把事情做得利索，提出了严厉批评，同时说出了他对眼前的安祖裕的种种怀疑，要她仔细观察一番，究竟安祖裕是不是真的记忆丧失了。

"我问你，医院的医疗事故处理得怎么样啦？"孟巾帼见范芝毅心不在焉，又追了一句。她问医疗事故的处理情况，实际上就是在问他给黄阿虎的伪证做好了没有。虽然她对黄阿虎极为不满，但又不能不帮黄阿虎，黄阿虎现在落在宗绍阳手里，要是不尽快帮助他摆脱困境，让宗绍阳进一步控制局势，他们就会祸及自身。当时，她把黄阿虎被宗绍阳拘留的事告诉那个人，那个人就大发雷霆，大骂黄阿虎是恶棍、是流氓，指责她不该让这种人办这种事，直骂得她痛哭流涕，懊悔万分。但话说回来，这样的事不找黄阿虎又能找谁呢？孟巾帼心急如焚，但偏偏范芝毅答非所问，言不由衷。

"今天总不急于回去吧？"范芝毅一双老鼠眼盯着白芸秀丽的脸，像是问白芸，也像是问孟巾帼。

白芸被他盯得怪不好意思的，把头扭向了一边说："这要由孟县长安排。"

"我刚才问你的话，你还没有回答我呢。"孟巾帼用手指将范芝毅的头拨过来，让他的脸对着她，低声说："我托你的事，你可得放在心上。"

范芝毅的脸虽然对着孟巾帼，眼睛却斜看着白芸："今天总得让我请你吃顿饭了吧？"

和安老太太一起来的，还有安祖裕前妻生的儿子安定国。这孩子已经二十多岁，像他父亲一样长得高高大大的。安祖裕从蒲东调到山阴，这孩子仍然和奶奶住在蒲东，高中毕业后大学没有考上，就被当地政府安排在一家企业里工作。那天，宗绍阳去找安老太太，他正在上班，所以没有见到。这次听说父亲车祸受伤，也就跟着奶奶来了。

儿子出了车祸，而且伤得很重，这都是孟巾帼在路上告诉安老太太的。

老人走进书房时，黄三省坐在靠窗的沙发上看书。他见欧阳殿生搀扶进一位老态龙钟的耄耋老人，心里明白了八九分，他已经从宗绍阳口里知道自己生母还健在，而且去过他的家，知道他"死"了。他从沙发上站起来，迅速跨上去站到老人面前，紧紧地握住老人瘦骨嶙峋的双手，至诚至真，亲亲热热地喊道："娘……"

这声"娘"，欧阳殿生被喊得目瞪口呆。她知道眼前的老人就是黄三省的亲娘，她以为黄三省未经点破，就心有灵犀一点通了。她不知道宗绍阳已在不知不觉中真情告白了。

"祖裕……我的儿啊！"老人也亲热地回应了一声，眼泪马上就下来了，"我的儿，你为什么这样不小心啊？"

欧阳殿生扶着老人坐到沙发上，自己也紧挨着她坐了下来，又让继子在她的旁边坐下来。等安定国坐定后，她的一只手握住老人的手，另一只手则轻轻地拍着老人的手背，亲切地说："妈，你放心，祖裕没事的，只是记忆丧失了，"转过头来对继子说，"定国，记忆丧失知道吗？"

安定国点点头说："就是把过去的事全忘记了！"

欧阳殿生安慰了几句老人也就离开了。

黄三省凝视着老人的脸。五十多年前，母亲带着他们兄弟，在一个伸手不见五指的夜里，从一个有石板路、有黄包车，还有摇着拨浪鼓的小贩的城市里逃出来。他清楚地记得，母亲抱不动他们兄弟两人，就背上背着一个，手里牵着一个，一路奔逃。母子三人在一户农家过了一夜，第二天，母亲和他的兄弟就不见了。他哭啊喊啊，要自己的母亲，可从此以后，再也没有见到过自己的母亲。他记得母亲左边脖子下面紧靠锁骨的上方，有一粒芝麻般大小的黑痣，当母亲把他抱在怀里的时候，他最喜欢用自己稚嫩的手指抠挖母亲这粒黑痣。现在，黄三省又看到了这粒黑痣，不过黑痣已经湮没在皮肤的褶皱里了。

"我的儿啊……"老人眼睛里充满了泪水。

黄三省跪下来，涕泪交加，失声喊道："娘，我以为这辈子永远见不到你了啊。"

安祖裕的儿子安定国也跪下来，喊道："爹……"

黄三省一哭，老人更加悲伤了。她想起了自己的身世，又想起了儿子的身世，她紧紧地抱着黄三省，哭泣着："儿啊，你为什么老是让为娘担惊受怕啊？"

黄三省心里发怵，在这以前，他和他的妻儿们在离山阴市区很远的那个排头村，生活得好好的。他没有让母亲担心受怕过啊！他吃惊地说："娘，你没有必要为我担忧，在这以前，我和我的家人一直生活得很好……"

"很好？好什么呀！"老人生气了，"你不知道，我从嫁到你们安家的那一天起，总是提心吊胆，担心哪一天厄运会降落到我们头上，你爹说不定哪一天会出事，因为你爹是国民党监狱的一名看守，监狱关过日伪军的汉奸特务，也关着共产党的干部。那时时局乱得很，老是打仗。开始是中国人与日本人打，后来是中国人自己打，共产党和国民党打。你四岁那年，我担心的事情终于发生了……"

老人的诉说，引起了黄三省的兴趣："娘，发生了什么事？"

老人叹口气，正要继续说下去，孙子却阻止说："奶奶，老掉牙的故事，你不要说了好不好？爸爸劫后余生，应该讲一些让人高兴的事。"

黄三省感到扫兴："定国，你让奶奶讲吧！"

追忆往事是痛苦的，老人混浊的眼珠噙着泪水，伤心地说道："定国说得对，这个故事我已经讲了几十年，你总是记不住！过去，你爹在国民党监狱里当狱警，我担心会出事，后来你当了共产党的大官，我也担心会出事。今天上午，县政府的同志说你出了车祸，我想我担心一辈子的事终于发生了。"老人又哭泣起来。

黄三省把老人说的这些没有头绪的话，一点点地连接起来，细细一想，他父亲是新中国成立前省城国民党监狱的一名狱警，为了营救一名共产党的大干部，被国民党枪杀了。那么，他怎么会被母亲遗忘在农民家中，安祖裕是怎么成为共产党大干部的呢？

"娘，你别哭了，我不是好好的吗？"他把老人扶到沙发上坐下。

老人掏出手帕擦了擦眼角说："你做了这样大的官，我就怕你做不好人，你要是做不好人，你爹和你兄弟算是白死了啊！"

安定国说："奶奶，我一懂事，你就说这句话，快别说了好不好。"

"定国，奶奶要说……"

用了两个人的代价，换来了安祖裕的前途，这是什么意思？黄三省想。

老人见黄三省老是显示出一副木讷的、莫名其妙的神色，心里不免浮起一团疑云，她把黄三省拉到自己的身边，说："我听县政府的同志说你伤得很重，脑袋被砸烂了，脑浆也流出来了，几乎丢了性命……"

黄三省摘掉翻毛狐皮帽子，他把头伸过去，一直伸到了老人的鼻子底下。老人想看，就让老人看；老人想摸，就让老人摸。他说："娘，我是伤得很重，差一点儿死掉，医生医术高明，让我起死回生了……"

老人抱着黄三省的脑袋，仔细地察看着，前额、后脑勺、两鬓、天灵盖，都不放过。细心的老人产生了种种疑问，安祖裕天灵盖上原本有三个头旋，眼前这个儿子却没有这个特征，她双手捧着黄三省的脸，细细端详着。她记起这个孩子蹒跚学步时，有一次从河埠头高高的石阶上掉下来，把鼻子跌破了，流了很多血。后来她发现孩子的鼻梁有些歪了，左边鼻孔稍稍向右边倾斜。这个细微的伤痕，一般人是觉察不出来的，只有做母亲的才知道。时至今日，这个伤痕仍然还在。

"你家门口，是不是有一株很高很粗的苦楝树？"老人突然问道。

"有啊，苦楝树在台风中被拦腰折断，后来就枯死了。小时候，我常常爬到树上去玩，捡起地上的苦楝子当作弹子，和小伙伴们打仗……"黄三省清楚地记得少年时的一些情景。

由悲欢离合引起的激情，又一次袭击了这位可怜的老人，她几乎要昏厥过去。她又一次证实了眼前的中年人就是她在五十多年前丢失的儿子，这户农家唯一给她留下的记忆就是那株枝叶茂盛的苦楝树，那孩子一定是伴随着苦楝树长大的。

"那株苦楝树很高很大……"老人说。

"原来生着苦楝树的地方，现在浇了水泥，成了晒谷场……"

"我找了几十年，原来这株苦楝树早就没有了。"她一脸的痛苦，几十年的苦苦寻找，只不过是一场竹篮打水。老人抱着黄三省痛哭起来，她现在完全搞不清这是怎么回事，失散多年的孩子，突然出现在她的面前，那个做大官的孩子却突然不见了。她什么也没有问，什么也没有说，只是痛彻心扉地哭着。

老人这么一哭，使黄三省陷入了尴尬的境地，他想一定是自己说错了话，才使老人这样伤心痛苦。他猛然想起，自己不该承认家门口曾经有过一株高大茂密的苦楝树，他在毫无戒备的情况下，露出了破绽，暴露了自己僭越的身份。老人的哭声惊动了书房外面的人，范芝毅、孟巾帼、白芸走进书房时，欧阳殿生和护士小茅也飞快地走了进来。

孟巾帼一走进来，黄三省一眼就看见了那张他最熟悉不过的，生着蒜头鼻的苹果脸。这张曾经长满雀斑的黝黑的脸,虽然由于地位的演变变得白皙,变得妩媚动人,但她即使烧成了灰,黄三省也能一眼认出来,她就是当年在排头村插队的知青孟巾帼。看到了孟巾帼,他仿佛看到了黄阿虎,看到了自己真实的影子,黄三省的心跳顿时加快了,全身像过电似的颤抖起来,他仇恨,仇恨得难以自持……

"老安,你怎么啦?"欧阳殿生扶住黄三省的双肩问道。

"安副市长,什么事?"

"安副市长,你哪里不舒服?"

"安副市长……"

进来的每一个人,都目标一致地奔向黄三省,虽然此时正在号哭的是老人,但他们几乎没有感觉到她的存在。而且这些人询问的语气,一个比一个显得真诚和急切。但"犟头"黄三省根本不领这个情,他把对孟巾帼和黄阿虎的满腔仇恨,集中到了一个字上:"滚!"他的喷着怒火的双眼紧紧盯着孟巾帼的脸,这目光像一束火辣辣的光柱。

欧阳殿生吃了一惊,她不明白黄三省为什么会对孟巾帼这样满腔仇恨。此时孟巾帼全身颤抖,脸色由红变白,又由白变红,眼眶里滚动着泪珠。欧阳殿生迅速地翻阅着记忆的辞典,她想起来孟巾帼曾在排头村插队多年,她认识安祖裕,也认识黄三省。孟巾帼与黄阿虎关系非同寻常,造成黄三省这场灭顶之灾的罪魁祸首正是黄阿虎。黄三省把满腔仇恨都倾泻到了孟巾帼的身上,一个"滚"字涵盖了一切。面对这种尴尬的局面,欧阳殿生手足无措,不知如何是好。

黄三省的一个"滚"字,把孟巾帼吓得魂飞魄散,惊恐万状。孟巾帼知道安祖裕压根儿就不喜欢她这样的干部,对她有时简直是一种鄙视和厌恶的神态。但厌恶也好,鄙视也好,还不至于有这种刻骨仇恨的敌视。现在她从这个"滚"字里面,从他那双喷射着烈火的怒目中,领略到了仇敌相见的那种滋味。她吓懵了,脸色陡变,痴痴呆呆地站着,一句话也说不出来。

黄三省冲着孟巾帼的一声怒吼,也让范芝毅大吃一惊。他知道安祖裕对孟巾帼心存芥蒂,对她几近蔑视唾弃。但是芥蒂也好,蔑视也好,总不是一种仇恨,即使真有不共戴天之仇,安祖裕从政多年,身处高位,凭他的城府和修养也会不动声色，但现在他看到了这种刻骨的仇恨。蓦地，一个念头闪过他的脑海，记忆丧失只能是对以往记忆的一种否定，安祖裕的记忆丧失殆尽，何来对孟巾帼的刻骨仇恨和满腔怒火呢？眼前的安祖裕记忆根本没有失聪，失聪的是另一个人的另一种记忆。范芝毅站在孟巾帼和黄三省之间，目光在两人脸上扫来扫去。他要静观其变，也许真的有好戏看了。

欧阳殿生很快就明白了，家破人亡的仇恨，已经使黄三省失去理智。孟巾帼是他们当中唯一既认识安祖裕，又认识黄三省的人，眼前能辨别安祖裕和黄三省的也只有她一人。决不能让事态再发展下去，她迅速地想着对策。记忆丧失，这不是掩饰这个尴尬局面的最好办法吗？她一只手拉着孟巾帼，另一只手拉着白芸，把她们拉到黄三省跟前，很亲热地说道："老安，这是巾帼，这是小白，别人你可以不认识，但她们你是不能不认识的啊。"紧张的气氛立即缓和了许多，欧阳殿生又说，"我们先出去，让他们母子好好地聚一聚……"

范芝毅回到市委，立即把他在安祖裕家的所见所闻报告了李剑峰。他感到遗憾的是孟巾帼心情不好，和白芸连夜回蒲东去了，没能和她们共进晚餐，让他白激动了一回。

大约上午十点钟，市委书记魏怀松和副书记李剑峰来了。

别墅门口停满了轿车、警车，还有那辆像只大箱子似的子弹头面包车。在所有的车子当中警车是最先到的，然后是面包车，再是一辆接一辆的轿车。警车开过来没有鸣警笛，连喇叭也没有响一下。要是在乡下，要是黄三省家门前开来一辆警车，警笛声恐怕要响彻云霄了。

安老太太和她的孙子安定国，一早就被市政府的人接走了。

魏怀松和李剑峰要来，是范芝毅上午八点后告诉黄三省的。那时他正在安祖裕书房里找一本《论语》，但没有找到。《论语》是他孩提时代就读过的，有些章节还背得滚瓜烂熟，他听私塾先生讲过北宋赵普半部《论语》治天下的故事。据说赵普读书不多，但他三度入相，帮助赵匡胤"陈桥兵变"，黄袍加身，建立赵宋王朝，以后又帮助赵匡胤实行军事体制调整，杯酒释兵权。赵普靠《论语》修身齐家治国平天下，直到风烛残年这部书都不离左右。他想再读读这本书。

虽然是隆冬季节，但天气很好，风和日丽，和煦的阳光照耀着别墅门口一马平川的水泥地。微风吹过来，一阵窸窸窣窣的声音随之传来，那是残存在树枝上的枯枝败叶被风一吹，落到地上的声音。黄三省和欧阳殿生站在别墅高高的台阶上，看着各式豪华汽车一辆接一辆地从被丛林遮掩着的道路上七弯八拐地开进来。

和魏怀松一起来的，还有人大常委会主任、政协主席和一位副市长，他们在旁边的沙发上落了座，其余的人则围着他们站在一旁。这些人当中，黄三省只认识李剑峰，市委书记在电视上见过几次，似曾相识。他感到自己是在做梦，怎么突然之间和这些大人物平起平坐了。一阵心酸涌上他的心头，他们都是镇守一方的封疆大吏，他们说一句话，黄阿虎就是有千百个脑袋也即刻落地了。

一阵寒暄过后，魏怀松简单地向他通报了市委、市政府近期的工作。他话中的许多名词，黄三省是听不懂的，比如，"三讲"教育，国企改造，加入WTO，下岗职工再就业，等等，好在他"记忆丧失"，聚精会神地洗耳恭听，一言不发，只是频频点头。魏怀松也不以为然，着重介绍了下届党代会的筹备工作。他说："主要是两个报告的起草工作，老安，如果你的记忆能迅速得到恢复，市委决定这项工作仍然由你来负责……"欧阳殿生快言快语地表态说，请市委领导放心，由她积极配合，老安的记忆不出一星期，一定会得到恢复，他一定把这两个报告起草好。李剑峰的嘴角浮起一丝笑意。魏怀松告诉他，蒲东县委领导班子近日准备批下去了，现在再听听他的意见。黄三省想知道这个领导班子的人员中有没有孟巾帼，还没有等他开口说话，李剑峰像是一眼看穿了他心思似的说道："市委经过反复讨论，决定孟巾帼为下届蒲东县委书记候选人。"

听到孟巾帼的名字，黄三省马上就感到一阵恶心。但他没有在这么大的干部面前说过话，他想默认但他做不到，他心躁气急地对魏怀松说："这种人怎么可以做领导，这种人怎么可以做领导？"

他这么一说，在座的人脸色马上就严肃起来。李剑峰朝他笑笑，态度很和蔼地说："老安，市委常委已经做了决定，你就别再坚持了好不好？"

黄三省满腔仇恨地说："孟巾帼和黄阿虎是一伙的，这种人做领导只能祸国殃民……"

　　魏怀松知道为孟巾帼的职务，安祖裕与李剑峰意见分歧很大，于是他说道："关于孟巾帼的任职问题，既然老安有不同意见，我们就暂时不要发文件。"他见李剑峰的脸色阴沉下来，一脸的不高兴，就补充说，"我们今天来探望老安，本来就是来向他征求意见的，既然老安有想法，我们不能不加以考虑。"

　　这是黄三省没有想到的，他的意见会得到市委书记魏怀松如此重视，他与李剑峰的第一个回合就这样轻而易举地取得了胜利，可见他的兄弟是何等样的人物了。李剑峰的脸上露出了不悦，但他显得很冷静，突然向黄三省发问道："老安，有一件事我想问你一下，我听说拘留黄阿虎是你同意的，是不是？"

　　黄三省说："黄阿虎这种人不要说拘留，就是枪毙他一百回也不为过！"

　　李剑峰说："安副市长，你真是记忆丧失得厉害，你怎么连起码的常识也忘记了，黄阿虎是市人大代表，不是说想抓就可以抓的！"

　　黄三省愤怒地想，你是什么人，怎么老是为黄阿虎说话？他盯了一眼李剑峰，没好气地说："黄阿虎是人大代表？谁选的？是不是你选的？反正老百姓没有选过！"

　　李剑峰一脸惊愕。不过他正方形的脸上很快露出了得意的笑容，他看着魏怀松的脸，认为魏怀松会对黄三省这种极不得体的话提出批评，他希望看到这个局面。在座的其他人也是一脸的惊愕，一脸的疑问，他们不相信安祖裕担任领导职务多年，怎么会说出这种缺乏常识的话。但一阵惊愕之后，大家的脸色马上就平静下来，安副市长记忆丧失这是谁都知道的。大家谁也没发出一点儿声音，只是把目光都投向魏怀松，静候着他表态。但魏怀松并没有立即表态，更没有像李剑峰希望的那样对安祖裕提出批评，他只是一脸严肃地沉思着，不看任何人一眼。倒是欧阳殿生马上就说话了，打破了这种沉闷的气氛。

　　她说："老安，你重伤初愈，不好发火的！"她见黄三省一脸怒气，立即伸出一只手拍拍他的肩膀，让他安静下来。接着又把脸转向魏怀松，微笑着说："老安是在医院里听说黄阿虎打死了黄三省的事，所以很气愤。宗绍阳来请示他，他立即就同意了。"

"我请求市委专门对黄阿虎的事讨论一次，我有些情况要向市委汇报。"李剑峰见魏怀松没有发表任何态度，感到失望。

黄三省沉着脸，向魏怀松问道："这个会我能不能参加？"

欧阳殿生说："老安，你也是市委常委，这个会你当然可以参加，只是你身体不行，就免了吧。"

黄三省固执地说："既然我可以参加，我就一定要参加。"

魏怀松说："既然老安一定要参加这个会议，我们就尊重老安的意见。另外，许伟达院长也向我反映了他们医院的一些情况，我们也要讨论一下。老安，什么时候召开这个会议，等市委办公室安排好以后再通知你，"魏怀松亲切地看着黄三省，又很和蔼地问道，"老安，你说好吗？"

黄三省感觉魏怀松比李剑峰强多了，也就很客气地点点头说："好的。"

探视快结束时，魏怀松说："省委章启明同志多次打电话来问候老安的健康状况，我们据实向他做了汇报。"

欧阳殿生说："这是我失职。老安出院，我忘了向省委领导汇报。"

黄三省与李剑峰发生争执的事，宗绍阳很快就知道了，他也知道了市委常委要专门召开会议对黄阿虎的问题进行讨论。虽然传话的人告诉他，安副市长与李剑峰争执时，有的话说得很不得体，有点颠三倒四，但宗绍阳认为安副市长重伤初愈，记忆丧失，但他本质没有变，作风没有变，他嫉恶如仇，敢做敢为，又敢于承担职责，办事雷厉风行。为了能够在市委常委会议上得到魏怀松书记的支持，正式逮捕黄阿虎，宗绍阳指示市刑侦支队加紧对黄阿虎的取证工作。但从宗佩兰到排头村调查取证，和对黄阿牛、黄阿狗审讯的情况来看，并不顺利。首先是宗佩兰和朱莉莉去调查乡卫生院的寿医生，寿医生不是缄口不言，就是躲着不见。她们找到黄三省的远房侄子黄小毛夫妇，他们倒是提供了一些情况，但第二天他们家一窝刚刚出生的小猪，都不明不白的死了，她们再去找其他村民，那些村民就像躲避债主似的远远地走开了，调查取证工作陷入了困境。审讯黄阿牛和黄阿狗，情况同样不妙，他们什么也不说，一见审讯人员就大喊冤枉，审讯根本无法进行。宗绍阳感到欣慰的事也是有的。李敬右他们对蒋振生的调查，取得了重大进展，贵州凯里方面来电称，他们找到了那个绰号叫"一撮毛"的蒋振生，并且已将他控制起来。另一个意外的收获是，李敬右检查过黄阿牛和黄阿狗的驾驶证，又找到他们驾驶的那两辆大卡车，惊奇地发现，其中一辆竟然是那辆运煤车。宗绍阳和李敬右迅速赶到这辆卡车所属的琥珀热电厂，经仔细察看发现，这辆大卡车的车牌有明显的被拆卸过的痕迹。凭直觉，宗绍阳感觉到，黄阿虎很可能与安副市长的车祸有关。如果由此及彼推理，黄阿虎的身后很可能还有孟巾帼。黄阿虎在羁押室里乱吼乱叫，口口声声说要去控告市公安局。宗绍阳当机立断，立即让李敬右去贵州凯里把蒋振生押回山阴。两人商量好联络方法和行动路线后，李敬右就开始做准备了。

这天下午，宗绍阳接到局长吕福安的电话，要他马上去市委常委会议室，向市委领导汇报黄阿虎一案的情况。在驱车赶往市委时，宗绍阳心里不由得感到一阵紧张和惶惑。向市委领导汇报黄阿虎的案子，怎么汇报法？能不能说服市委决定正式逮捕黄阿虎，他心中无数。实事求是地说，现在掌握的能够对黄阿虎定罪量刑的材料还不多。从遗留在大楼水泥地上的精液和残留在黄秀秀体内的精液化验结果来看，那些精液是黄阿狗和黄阿牛的，并无黄阿虎的。是不是黄阿虎没有参与强奸？黄秀秀一口咬定黄阿虎参与了，但光凭黄秀秀的指控是远远不够的。

当宗绍阳走进市委常委会议室时，西装革履，精神饱满的市委常委们已经坐在了豪华的真皮沙发里，有的手里夹着一支香烟，正悠闲自得地吞云吐雾，有的则捧着茶杯细细地品着茶水，有的则在低声私语。吕福安是市委常委，当然也在其中。安副市长也来了，他的一边坐着魏怀松，一边坐着欧阳殿生。看上去安副市长情绪比较激动，脸色红涨，嘴唇还有点颤抖，欧阳殿生握着他的手，紧挨着他坐着，像是控制着他的情绪。看到安副市长也在场，宗绍阳心里稍微踏实了一点儿，不管怎么说，安副市长是很坚定地站在他一边的。在他对面的单人沙发上，宗绍阳发现了许伟达。许伟达见他进去，微笑着向他点了点头，算是打了招呼。他在许伟达旁边的沙发上坐了下来。

会议由魏怀松主持，他注视着宗绍阳在沙发上坐了下来，又目光炯炯地扫视了一眼在座的人，手里拿着一支铅笔，轻轻地敲着茶几，说："许伟达院长给我写了一封信，反映了他们医院的一些情况，我现在把常委们请来，也请大家听一听许先生反映的问题，我们应该怎么看待？怎么处理？大家讨论一下。另外，宗绍阳同志拘留了黄阿虎，对拘留黄阿虎一事我们常委中出现了分歧，我也想请宗绍阳同志把拘留黄阿虎的理由向常委们汇报一下，听听大家的意见。下面我们先请许院长把自己的想法说一下，好吗？"他把目光投向了许伟达，征询地问道。

许伟达点点头说："好的。"

"那好，许院长请讲！"魏怀松说，

许伟达把黄三省送入市医院时的伤势和抢救经过简明扼要地叙述了一下。他说，黄三省送到医院时，肝脏、脾脏破裂，腹腔大出血，心律很弱，已经处于临终状态。如果要救活他，只有换肝换脾，但当时医院根本无法实施这个手术，因为没有现成的肝脏和脾脏。许伟达说到这里，李剑峰打断他的话问道："既然黄三省已经无法抢救，你们还要把黄三省和安副市长同时推进脑外科手术室做了手术，这是为什么？"宗绍阳心里一惊，李剑峰不仅对情况很了解，而且也在关注黄三省和安副市长一起做手术的问题。许伟达回答说，把两个病人放在同一个手术室，一起做手术，这是医生根据患者的需要做出的决定，其他医院也有这样的先例，没有什么可大惊小怪的。许伟达这样回答，李剑峰并不满意。他摇了摇头，继续问道："是什么手术需要把黄三省和安副市长放在一起进行？你要知道，老安同志是我们市委常委，市政府的常务副市长，而黄三省是一个普通农民。"说到这里，李剑峰抬起眼看了一眼黄三省和欧阳殿生。黄三省双目睁得很大，一脸的惊讶，欧阳殿生只是紧紧握住黄三省的手，面无表情，本来白皙的脸，此时在窗外阳光的映射下，显得更加白皙了。李剑峰提出的这个问题，许伟达好像很反感，他皱起了眉头，说："副市长也好，农民也好，在我们医生的眼里都是病人，绝对不能厚此薄彼，至于做了什么手术，我们已经依据法律向患者家属做了通报，并得到了她们的同意。"吕福安突然说："你能不能把手术的内容详细地说一下？"许伟达很坚决地说："不能！"吕福安态度也很强硬地说："如果我们公安机关一定要知道这个情况呢？"宗绍阳的心被提起来，他不知道许伟达会不会明确地回答这个问题。因为这个问题他也一直想弄清楚，他让李敬右去问过上官云霞，却碰了一个钉子。刹那间，他恍然大悟，原来在对待安副市长和黄三省的手术问题上，吕福安和李剑峰目标异乎寻常的一致。李剑峰要了解黄三省和安副市长手术的秘密，吕福安同样想知道这个秘密。他为自己向李剑峰汇报对吕福安的想法而后悔不迭。他从吕福安强硬的口气中感觉到，他们要了解手术经过的愿望是多么的强烈。他们为什么要这样做？现在尚不得而知。宗绍阳又看了一眼坐在上首主席位置上的魏怀松和他身边的李剑峰的脸色。魏怀松双唇紧闭，双眉倒竖，一脸的严肃。李剑峰却显得很沉着，冷静地看着许伟达，像是很耐心地等着他说出秘密。许伟达脸色沉下来，两条墨黑的大刀眉也立了起来，他很不客气地说："不是什么问题你公安机关想知道就可以知道的，你来问我，我有权不回答你！你可以去问患者家属，家属可以回答你，也可以不回答你。这些法律条文，你应该比我懂。"许伟达向欧阳殿生点了点头说，"安夫人也在这里，你们可以问她，我刚才说的是不是事实？"欧阳殿生向他点了点头，然后又把脸转向魏怀松，和颜悦色地说："许院长说的都是事实，当时老安处于深度的昏迷中，专家们向我征求意见，我说无论专家们采取什么措施，我都同意。"说到这里她的脸色也不好看了。接着说，"如果公安机关要审问我，我要问一句，凭的是什么法律？我现在还要问一句吕福安局长，许院长抢救我家老安，犯了什么罪，要这样气势汹汹的对待？魏书记，你表个态吧。"魏怀松脸色也严肃起来，他举起一只手做了个挥之一去的动作。

　　许伟达和欧阳殿生这番话，加上魏怀松这个动作，使吕福安的脸色青一阵白一阵，十分尴尬。李剑峰的脸色也不好看，拉长着个脸，低着个头，黑白分明的眸子瞪得老大，固定地看着一个地方。宗绍阳感到有点失望，许伟达虽然没有明确说出安副市长和黄三省的手术有秘密，但他拒绝回答吕福安的问题，这是此地无银三百两的不打自招。许伟达的回答，吕福安当然也不满意，他正想开口说些什么，魏怀松不耐烦地挥了挥手说："这个问题就不要再问了，我们现在又不是搞司法调查，即使是司法调查，属于患者的隐私，医院和患者也有权拒绝回答嘛！"他又向许伟达点了点头，说道，"许院长，你继续说。"许伟达朝黄三省看了一眼，继续说："我刚才已经说过，黄三省的伤势我们是无法抢救的，如果我们能将他抢救回来，这将是一个科学奇迹。但奇怪的是，有人竟然冒充黄三省家属控告我们，说黄三省死于我们医院的医疗事故。"魏怀松问："这是怎么回事？"宗绍阳感到，他应该帮助许伟达说几句话。他说："许院长说得不错，所谓黄三省家属的控告信，完全是伪造的。我问过黄三省的家属，她们根本没有写过什么控告信。"宗绍阳这么一说，黄三省终于按捺不住，大声喊道："岂有此理！"要不是欧阳殿生握着他的双手，他的拳头一定重重地击在茶几上了。

黄三省一发怒，李剑峰阴沉着的脸立即露出了一丝笑容，他向许伟达问道："你们医院内部的举报信又是怎么回事？而且你们医院也有调查报告给市卫生局，证实黄三省死于你们的医疗事故。"许伟达生气地说："所谓的医院调查报告是汪培琼搞的。她没有什么证据，就胡编乱造地说黄三省死于我们医院的医疗事故。"说到这里许伟达补充了一个内容，他说，汪培琼是医院财务科长，因为工作态度恶劣，他想撤销她科长职务，但不可思议的是她不但没有被撤销职务，市卫生局反而任命她为医院副院长。这时会议室里议论声鹊起。许伟达不管别人怎么议论，继续说，汪培琼说黄三省死于医院的医疗事故，有一个证据就是他许伟达为黄三省付清了全部医药费，如果这样，宗绍阳副局长也为黄三省付清了全部医药费，这又怎么说呢？

会议室里安静下来，参加会议的人脸色严峻起来。黄三省的表情更是明显，气得嘴唇不停地颤抖着，欧阳殿生一张小嘴对着他的耳朵说了些什么，他的怒气才没有爆发出来。

魏怀松把目光投向了宗绍阳，严肃地问道："老宗，是怎么回事？"宗绍阳据实把情况汇报了一下。末了说，他为黄三省付医药费，许先生也为黄三省付了医药费，许先生就用他的钱成立了一个救助基金会，专门救助类似像黄三省那样困难、又急于救治的病人。这回轮到魏怀松发怒了，他拍着沙发的扶手，大声说："这样的善举为什么还要被人诬陷，真是岂有此理！"

"我想请你们把事实调查清楚，还我清白！"许伟达最后说，"我现在很惶惑，也很痛苦，我从国外回来，一心想为祖国的现代化建设贡献绵薄的力量，现在竟然出现这种混淆黑白、颠倒是非的事，医院里议论纷纷，说什么的都有，弄得工作很难开展……我是一名科学工作者，工作是我的第一生命，可我现在却深陷无休无止的是非之中，这对我来说很痛苦，很痛苦……"屋子里很静，静得能听见沉重的喘息声。

许伟达谈完了以后，魏怀松就让宗绍阳接着汇报。

宗绍阳把黄阿虎将黄三省打成重伤致死的经过和强暴黄秀秀的罪行，条理分明地做了汇报，还把孟巾帼如何指使蒲东县公安局的同志搞伪证，企图为黄阿虎开脱罪责的情况也毫不客气地做了汇报，最后为了加强他汇报的可信性和震撼力，特地叙述了琥珀乡卫生院寿医生断指取义的事。本来他还想把黄三省是安副市长失散多年的兄弟的事也汇报出来，但话到嘴边还是忍住了。一是因为他感觉到眼前的安副市长情绪越来越激动，一旦说出黄三省是他的孪生兄弟，他在心理上可能会承受不住，说话也会过于偏激，对处理黄阿虎的案子不利；二是如果吕福安和李剑峰是在维护黄阿虎的话，他们会说他说话有失公正，有偏向，他的话也会在市委常委中降低可信度，增加处理黄阿虎案子的难度。开始黄三省还静静地听着，虽然神色很气愤，嘴唇不停地抖动着，但情绪还是被控制着的，当宗绍阳说到琥珀乡卫生院寿医生为拒绝在伪造的证明材料上签字，剪断手指的事时，黄三省已经难以自持，怒火中烧地喊道："黄阿虎真是罪大恶极啊！"魏怀松也忍无可忍了，又拍着沙发上的扶手，气愤地说："无法无天了！"

宗绍阳见魏怀松和黄三省大怒，心想他的汇报已取得成效，逮捕黄阿虎应该不成问题。他正静静地等着市委领导做出决定时，一直不动声色静听着汇报的李剑峰却说话了。他向魏怀松和黄三省点了点头说："两位领导先别生气，我们也别搞先入为主。我相信，宗绍阳同志的汇报是完全真实的，不会带个人的感情色彩。"黄三省大概觉察李剑峰的话说得阴阳怪气的，急着说："宗局长说的情况都是对的，这我知道。"李剑峰向黄三省微微一笑，说："安副市长，你先别急，我没有说宗绍阳同志的话是错的，但我有几个问题要问一下，可以吗？"他把目光投向魏怀松，征求他的意见。魏怀松点点头说："你说吧。"在李剑峰向魏怀松征求意见时，宗绍阳从他严肃的语气中已经估计到这不是一个好兆头，很可能有一场恶战，但他并不惧怕。一是他感觉到有安副市长支持，虽然安副市长说话的意思还令人费解，但他毕竟是安副市长；二是他感觉有充分的证据，即使李剑峰刁难，他也能应对自如。

但宗绍阳想错了，在李剑峰强大的攻势面前，他溃不成军，一败涂地。

"宗绍阳"，李剑峰对他直呼其名，"我问你，你凭什么拘留黄阿虎？"宗绍阳回答说："他强暴蒲东县农民黄秀秀。"李剑峰又问："证据何在？"李剑峰向魏怀松看了一眼，自问自答地说，"除了黄秀秀的指控，并无其他证据，是不是？"宗绍阳说："虽然我们没有找到黄阿虎的精液，但黄阿虎指使黄阿牛、黄阿狗强奸黄秀秀事实是存在的。""黄阿牛、黄阿狗指控黄阿虎了吗？"宗绍阳摇摇头："还没有，但我们会让黄阿牛、黄阿狗揭发的。""我不要听这种云里雾里的话，我要确凿的证据。"李剑峰沉下脸来严厉地说。接着又问："宗绍阳，你说黄三省是黄阿虎打死的，究竟有多少证据？"宗绍阳说："有市医院的证明，有受害者家属的控诉信，还有黄三省所在的排头村村民的证明……"宗绍阳一边说，一边将他所说的证明材料，一份份从公文包里取出来放到茶几上。李剑峰仔细地听着宗绍阳的话，同时也从自己的公文包里取出一份份的材料，放在茶几上。整个会议室里静悄悄的。李剑峰等宗绍阳把话说完了，又不慌不忙、慢条斯理地说："我相信你所提供的材料都是真实的，但我手里有相反的一些材料。"他从容不迫地从茶几上拿起一份材料说，这是蒲东县公安局的一份调查报告，报告里附有排头村村民叙述黄三省破坏村政规划、与护村队员发生争执、后又发生殴斗过程的联名信，有琥珀乡卫生院医生对黄三省的伤势证明，还有市医院证明黄三省死于该院医疗事故的证明材料。重要的还有黄三省女儿黄秀秀写给市卫生局，控告市医院医生玩忽职守、草菅人命的控告信。这些材料以确凿的证据、详实的内容，说明黄三省与排头村护村队员发生争执，后又发生扭打是事实，但黄三省动手在先，尔后黄三省为威胁排头村村委，装死强迫乡卫生院将其送到市医院，最后死于市医院的医疗事故……

还没有等李剑峰把话说完，黄三省从沙发上站了起来，不管欧阳殿生怎么按着他坐下都按不下去。因为没法将黄三省按坐下来，欧阳殿生也只好跟着站起来。黄三省浑身颤抖，面庞红涨，抬起手臂指着李剑峰，大声吼道："你，你……是不是人，怎么满嘴喷粪……"李剑峰朝黄三省看了一眼，很有涵养地说："安副市长，这里不是田间地头，我们也不是山村野夫，请你说话注意形象……"黄三省双目喷着怒火，针锋相对地说："是啊，田间地头尽是小老百姓，山村野夫都是粗鲁之人，但他们知道什么是善什么是恶，他们不会像你这样满嘴胡说！"

李剑峰被黄三省骂得也沉不住气了，把手里的材料往茶几上一掷，对魏怀松说："我们这是在开常委会，还是街谈巷议，泼妇骂街？"欧阳殿生一只细嫩的纤手轻轻地拍着黄三省的肩膀，另一只纤手则握住黄三省那只指着李剑峰的手，让他把这只抬着的手放下来，喃喃细语地说："老安，你是市委常委、副市长，你有什么意见尽管说，用不着生气……"

魏怀松大概看到黄三省确实很生气，也从自己位置上站起来，走到黄三省跟前，伸出一只手拍拍他剧烈起伏的肩膀，和颜悦色地说："老安坐下来，有话好好说。"魏怀松这么一说，黄三省就气呼呼地坐下了，欧阳殿生也坐下来，轻轻地摩挲着黄三省的脊背，让他将怒气平息下来。

魏怀松见黄三省坐了下来，也回到自己的座位上坐了下来。他朝李剑峰点点头："你继续说吧。"李剑峰的神态也马上平静下来，他说："我对蒲东县公安局的调查报告也有怀疑，但人家是以司法机关的名义向我做的报告，我不能不把这些信息传达出来，如果市公安局能拿出推翻这份报告的过硬材料，说明这些证据都是伪证，我就相信市公安局，对伪证制造者严肃查处，绳之以法！"他把脸转过来朝着黄三省意味深长地看了一眼，问道："安副市长，你说对吗？"黄三省正在生气，也不抬眼看他。欧阳殿生反应挺快，她点点头说："李书记说得没错。"李剑峰没有理睬她的表态，又把脸转过来对着宗绍阳，阴沉着脸，严肃地问道："宗绍阳，你现在能不能拿出一份调查报告给我？"宗绍阳说："我们会尽快拿出这份报告的。"李剑峰的脸色更难看了，语气中明显带着几分怒气："你拘留黄阿虎这么多天了，怎么连一份调查报告还拿不出来，你们都干了些什么？"宗绍阳虽然对李剑峰这种严厉的语气很有意见，但他还是不乏敬重地说："我们在调查中遇到了一些困难，但我们一定会在法定的时间内把报告拿出来，否则我们就放人！"李剑峰火气更大了，他几乎是在训斥了："你宗绍阳是干什么的？怎么连一点儿法制观念都没有！"

会议室里安静下来，连个别常委交头接耳的"嘁嘁"声音也没有了，都用很吃惊的目光看着李剑峰。黄三省拉长了国字形的脸，那瞪得圆圆的双眼，目不斜视地盯着李剑峰那张满面怒气的脸，剑拔弩张，一触即发，像是随时要与李剑峰决斗似的。欧阳殿生的神色很紧张，将双臂紧紧地挽着他的一只手臂，像是怕黄三省突然站起来，冲过去与李剑峰大打出手。魏怀松却显得很平静，他似乎早已料到会有这么一场冲突，只是目光严峻地在黄三省和李剑峰脸上扫来扫去，静候着事态的发展。遭到李剑峰训斥的宗绍阳的脸色同样很难看，刚毅的脸上一阵青，一阵红，又一阵白。他的厚实的嘴唇闭得紧紧的，面颊上的肌肉微微颤抖，一股强烈的怒火在他的心中涌动，但他克制着，努力使这股怒气平息下来。

"黄阿虎是什么人？不是你想抓就可以抓，想放就可以放的。我知道你对黄阿虎有成见，作为一名党的干部、一名政府官员，怎么可以用感情代替政策，知法犯法呢，宗绍阳的错误是不可容忍的！"现在李剑峰已经不是在说话，而是在怒吼了。但宗绍阳注意到，李剑峰在怒吼时，黄三省的脸部神态也在发生急剧的变化，紧盯着李剑峰脸的双眼充满了血丝，变得血红，像燃烧着一股烈焰。李剑峰的怒气突然平息下来，平心静气地对魏怀松说："我建议立即释放黄阿虎，宗绍阳必须深刻检查，并向他赔礼道歉……"宗绍阳只觉得眼前人影一晃，又听见一声雷霆般的怒吼，黄三省像一座铁塔似的站在李剑峰的面前了，当他一个虎跃冲到黄三省面前时，黄三省刚健有力的手，已经紧紧地抓住了李剑峰脖子上的领带，把李剑峰从沙发上揪了起来，吼道："你不是一个好东西！你和黄阿虎是一路的货色！"李剑峰被勒得脸色红涨，呼吸艰难，只是"你、你、你"地说着。会议室里一片哗然，坐在沙发上的人都站了起来，有的站着观看，有的跑过来劝架。欧阳殿生和许伟达反应最快，几乎是与宗绍阳同时，在黄三省揪住李剑峰领带的一刹那，以迅雷不及掩耳之势站到黄三省和李剑峰之间。欧阳殿生扳着黄三省揪着李剑峰领带的手，让他放开，许伟达却什么也没说，只是一个劲地按摩着黄三省的胸脯，让他把怒气平息下来。宗绍阳插到黄三省和李剑峰之间，脸对着黄三省，此时他显得特别的平静，但眼眶却渗出了热泪，他对黄三省说："安副市长你没有必要为我发这么大的火，我个人受点冤枉没有什么，只要能让黄阿虎落入法网，为屈死的黄三省报仇雪恨，也就尽了我的一份责任……"这时魏怀松也走到黄三省跟前，拍着他的肩膀说："老安，你怎么变得这样容易冲动啦，有话慢慢说嘛。"黄三省见是魏怀松，立刻松开了揪着领带的手。

李剑峰一屁股坐到沙发上，双手慌乱地解着被黄三省揪紧了的领带，一脸紫色，大口大口地喘着粗气。

黄三省展开双臂，一只手拍着宗绍阳的肩膀，另一只手拍着许伟达的肩膀，眼眶里噙着泪水对魏怀松说："魏书记，这样打着灯笼都找不到的好干部，好医生，怎么能处理他们，怎么能让他们受委屈，都是为了我，为了我啊。要杀要剐冲着我来吧……"魏怀松微笑着说："老安别说笑话了，谁好谁坏，我心明似镜。老安，你坐下来，我们继续开会，好吗？"宗绍阳见黄三省已经平静下来，便说："安副市长你坐下来，我心里也有点想法向市委领导汇报，你详细听一下我的汇报，好吗？"黄三省擦掉挂在眼角的泪水，连连说："好，好，我听我听……"宗绍阳和欧阳殿生搀扶着黄三省，坐到了原来的位置上。

宗绍阳搀扶着黄三省走向沙发时，转过脸来向许伟达点头打招呼，看到许伟达的眼睛也红红的，眼眶里噙着泪水，鼻翼微微地翕动着，许伟达大概也是被黄三省刚才的那番冲动感动了。宗绍阳让黄三省在沙发上坐下来以后，也回到了自己的位置上。

此时，李剑峰的气已经缓过来了，他重新打好领带，从放在茶几上的香烟盒里抽出一支香烟，衔在嘴里。他的双手剧烈地颤抖着，打火机打了好几下，才勉强把香烟点着，嘴里自言自语地说着："太野蛮了，太野蛮了……"魏怀松也回到了自己的座位上，原来站着的人也都坐了下来，会议室里又恢复了平静。

经过刚才这场冲突，宗绍阳心里反而平静下来，头脑也显得特别清晰，他字斟句酌地说："我们在调查黄阿虎的案子中，虽然遇到了一些困难，但我抓得不紧不实，在工作方法上确实存在许多问题，为此，我愿意接受市委、市政府的一切处理……"黄三省全神贯注地听着宗绍阳的发言，当宗绍阳说到"愿意接受市委、市政府的一切处理"时，黄三省的脸色又变得怒气冲冲的，又像要站起来的样子，幸亏欧阳殿生把他拉住了。会议室里很安静，大家专心致志地听着宗绍阳的发言。

宗绍阳继续说道："考虑到黄阿虎的特殊身份，我恳求由市委、市政府领导亲自挂帅，由公安、纪委、政法等几家单位联合组成调查组，对黄阿虎一案进行全面调查，也包括对所谓的黄三省医疗事故一案……"宗绍阳话音刚落，吕福安就急着说："在对待黄阿虎的问题上，我们市公安局是有错误的，作为局长我负有重要责任，我同意李书记的意见，立即释放黄阿虎同志，并向他赔礼道歉……"这时，宗绍阳看到黄三省一脸怒气地看着吕福安，怒不可遏地向吕福安责问道："你是谁？你怎么和李剑峰一个鼻孔出气……"大概欧阳殿生告诉他吕福安是公安局长，黄三省满面怒容地吼道："这种人好坏不分，良莠不辨，不配当公安局长！"尽管黄三省眼睛盯着吕福安说话，而且神情凶狠，语气严厉，但吕福安安之若素，根本不予理睬。他继续振振有词，面不改色地说道："我也同意宗绍阳副局长的意见，由市委、市政府领导挂帅，由市委、市政府几个部门联合组成调查组，对黄阿虎一案进行调查……"说到这里，他把目光扫向了魏怀松，见魏怀松微微地点了点头，吕福安接着说："我建议李副书记亲自领导这项调查。"这时，久未说话的李剑峰突然开口说道："我建议由老安亲自挂帅，组成调查组。"语气显得豁达大度，好像刚才安祖裕根本没有与他发生过任何不快。欧阳殿生急着说："老安重伤初愈，不宜太劳累。"吕福安说："既然安副市长不宜挂帅，就由李副书记挂帅吧，李副书记是分管政法和纪委工作的，也是他的职责范畴……"宗绍阳心里一惊，欧阳殿生这话说得实在太不妥当了，这个调查组的领导权怎么能落在别人手里呢？黄三省语气强硬地说："谁说我不宜挂帅啦？这件事就让我挂帅，一定要让我挂帅！"他向魏怀松投去一瞥恳求的目光，"魏书记，你行个方便吧。"李剑峰脸色又阴沉下来，对魏怀松说："既然安夫人说老安不宜挂帅，还是换一个人吧。"听了李剑峰的话，黄三省的眼珠子又要从眼眶里弹出来了，毫不客气地对李剑峰说道："你这个人怎么出尔反尔的，刚才让我挂帅，现在怎么又不让我挂帅啦！"

李剑峰刚要辩白，魏怀松却向许伟达问道："老安能不能挂帅，许院长说了算。许院长，你说依老安现在的身体状态，他能主持这项调查工作吗？"许伟达大概正在想别的问题，反正当他听到魏怀松的问话时，他吃了一惊，急忙回答说："能，能啊！"魏怀松将手中的铅笔在茶几上敲了几下，会议室里所有人的目光一起投向了他，等待着他的下文。这好像是个惯例，魏怀松要做决定时，就要用铅笔敲一下茶几。

果然，魏怀松抬头看着众人，说："既然许院长说可以，这项调查工作就由老安来挂帅吧。"他用征询的目光看着黄三省:"老安,你说呢?"黄三省脸上的怒气一扫而光,取而代之的是一种异常兴奋的神色:"我,我去……"欧阳殿生显得很冷静,她问:"让哪些部门派人参加呢?"魏怀松说:"这由老安去定吧。"黄三省脸上闪烁着光芒,指着宗绍阳很坚决地说:"你算一个,其余的人由你去定!"那神态像是一位人民公社的生产队小队长给他的社员派工。宗绍阳刚才悬着的一颗心稍稍地放了下来,毕竟调查的主动权掌握到了安副市长手里,安副市长又把调兵遣将的权力交给了他,这样下一步的事情就好做多了。宗绍阳的一颗心放下来了,另一颗心却又提了起来。眼前的安副市长显得粗犷而过于坦,那个深沉稳健、处事泰然的安副市长已经荡然无存了。怎么会成这个样子呢?记忆丧失不至于改变一切啊。

黄三省高兴了,李剑峰却不高兴了,方形的脸庞变成了长长的马头形,带着一种讥讽的口吻问魏怀松:"黄阿虎怎么办?这个市人大代表总不能这样无缘无故地被关在牢房里吧?"魏怀松不假思索地一挥手说:"放人,立即放人!"李剑峰又莫测高深地说:"如果我们对政府官员知法犯法不加惩罚的话,那么将后患无穷……"魏怀松很冷静地看了一眼李剑峰,把严肃的目光投到宗绍阳的脸上:"这样吧,宗绍阳同志,你亲自到看守所把黄阿虎放出来,并当面向他道歉!"

第十章

向黄阿虎道歉

　　许伟达参加完市委常委会，回到了自己的办公室。这是他回到祖国大陆任职后，第一次参加党的最高级别的会议。按理说，他作为党外人士和科学家，是无权、也无须参加这种会议的，这是因为他给市委书记魏怀松写了封信，要求他对汪培琼的调查报告进行甄别纠正。但他对这次会议并不感到满意，虽然会议决定组织调查组对黄三省的死因进行调查，但李剑峰的表现却使他感到非常失望。级别这样高的干部怎么可以是非不分，偏听偏信，对他心目中非常优秀的宗绍阳要这样恶劣的态度，他感觉到他的立场有问题。

　　他为自己沏了一杯龙井茶。一片片碧绿的茶叶漂浮在水面上，然后又缓缓地向杯子底层沉下去，原来无色透明的开水，渐渐地显现出碧绿的色泽。一股略带焦味的芳香，随着冉冉升起的热气散发开来，沁人肺腑。许伟达坐到宽阔的皮椅子里，顺手拿起写字台上一把鲤鱼形的牛角梳子，一边梳着稀疏的头发，一边专心致志地思索着眼前该着手处理的事务。这是他多年来养成的习惯：思考问题，梳理头发。所以他的写字台上总是放着一把梳子，文具盒里还有一根象牙骨针，专门用来挑剔梳子凹槽里的污垢。人体头颅移植已经成功，鉴于眼前的情况，还不宜对外宣布，但这项具有划时代意义的奇迹，实际上已经诞生了。前几天他已经对顾迪安、诸葛瑞德和上官云霞说过，要他们每人依据自己的职责、经验写出论文，适时拿到国外权威性的医学杂志上发表。他自己的论文已经写好，已经储存在家中的电脑里。他们的论文不知写得怎么样了？他得打电话问一问。放在写字台上的电脑显示器和主机上的显示灯，忽闪忽闪地亮着。下午他离开办公室去市委参加会议时，没有切断电脑的电源。一部乳白色的外线电话和一部红色的内部电话就放在电脑旁边。他拿起红色的话筒，正要拨打，却响起了敲门声，他只得放下话筒，喊道:"进来!"门一开，许伟达紧锁的眉头立即舒展开来，他微笑着打招呼，"我正要打电话找你们，你们倒来啦。"

顾迪安、诸葛瑞德和上官云霞一进来，各自拿来一把椅子，围着许伟达巨大的写字台坐了下来。

"心有灵犀一点通。"顾迪安笑眯眯地看着许伟达说，接着又问道:"平反昭雪啦?"

许伟达摇摇头说:"没有，市政府要组成调查组进行调查。"

"我知道事情没有那么简单，汪培琼既然敢这样做，必然有她可以做的力量。"诸葛瑞德说，"身正不怕影斜。"

许伟达问:"你们三个人一起来找我有什么事?"

顾迪安说:"你不是正要找我们吗?你先说说找我们什么事?"

许伟达说:"我请你们写的论文写好了吗?"

诸葛瑞德说:"写好啦，我和顾教授是用中文写的，要请上官翻译成英文，还得一点儿时间。"

许伟达说:"这没有关系。用电子邮件发到美国去，让韩绍华翻译。"

"怎么好意思劳驾许夫人呢。"顾迪安说。

"我们得争取时间，尽快把论文登出来。全世界不知道有多少科学家在研究这个问题，要是别的科学家抢在我们前面把论文发表出来，马后炮可不再是科学创举了!"许伟达说。

"我们第一个成功实施了这种手术，又第一个发表科学论文，是不是可以去申请诺贝尔医学奖?"诸葛瑞德问。

"有可能。"许伟达说。

"许院长找我们就是这件事?"顾迪安问道。

"这件事还不够重要吗?"许伟达反问道，"你们找我有什么事?"

上官云霞说:"我收到一封韩绍华教授从美国发来的电子邮件。"

"绍华说什么啦?"许伟达急切地问道。

韩绍华是许伟达的妻子，是和他一起从中国大陆到美国哈佛医学院留学，后来又一同被留在哈佛医学院的同学，许伟达应聘从美国回到中国大陆，她仍然留在美国。妻子给上官云霞发电子邮件，他感到莫名其妙。

"她邀请我们三人去美国哈佛大学做访问学者。"上官云霞说。

"我们都是些无名之辈，与许夫人素不相识，她怎么会邀请我们去世界名牌大学讲学呢？我感觉像是从天上掉馅饼。"顾迪安风趣地说。

"噢，是这么回事，"许伟达解释说，"我把人体头颅移植的事和她在电话里说了几句，她当即就问你们三位的电子信箱，我知道顾教授和诸葛教授还没有配备电脑，就把上官云霞的电子信箱告诉了她。她说这样优秀的科学家，应该让他们到哈佛去讲学，进行国际交流，提高别人，也提高他们自己。可能哈佛医学院院长泰勒先生同意了……"

"韩教授一定也有电子邮件给你。"上官云霞说着站起来，绕过写字台，走到电脑跟前移动鼠标，显示器上立即显示出色彩斑斓的图案。她把鼠标还给许伟达说："请打开你的邮箱。"

果然有韩绍华给许伟达的电子邮件。韩绍华说，泰勒先生无条件地邀请顾迪安等三人到哈佛医学院做访问学者，邀请信已由特快专递寄出，同时寄来十万美元做为他们三人的旅费，每人年薪暂定为十万美元。对于人体头颅移植的论文，泰勒先生颇为惊讶，称赞这项手术的成功具有划时代的意义，中国科学家已远远地超越了全世界的科学家。在电子邮件的末尾，是泰勒先生的亲笔签名。看完电子邮件，顾迪安和诸葛瑞德喜形于色，表示接受邀请，立即动身前往美国。

上官云霞却问道："你们都走了家属怎么办？"

"你问我们的家属怎么办，不如说李敬右怎么办？这么好的郎君，让他一个人在国内真是不放心。"顾迪安意味深长地看了上官云霞一眼，向诸葛瑞德问道，"你说是不是？"

诸葛瑞德瞪他一眼，幽默地一笑："上官云霞的事，要你操什么心？"

顾迪安这番话说得上官云霞两颊绯红，不好意思地说："就你顾教授心眼多，我是随便问问的，你就说了这么多的话。"

"要走你们走，我得把事情搞清楚了再说！"许伟达说。

当宗绍阳的桑塔纳 2000 型警车驶到坐落在市郊的看守所时，看守所门口宽敞的停车场上，已经整整齐齐地排列着好几辆锃亮簇新的高级轿车，在冬日柔和的阳光照耀下，熠熠生辉。他知道，那辆挂着公安牌照的奥迪是吕福安的，那辆挂着蒲东县牌照的桑塔纳 2000 型轿车是孟巾帼的，还有一辆同样挂着蒲东县牌照的乳白色的本田，他不认识，估计是黄阿虎的。下午的市委常委会刚结束，还不到半个钟头，吕福安的轿车就赶到了市看守所，这还好理解，但要让孟巾帼和黄阿虎的轿车从蒲东赶到市郊，这就难以置信了，这中间有近百公里的路程。莫非常委会上发生的事早在孟巾帼意料之中？这是一种示威，也是一种羞辱。他像是被人狠狠地抽打了两记耳光，感觉到一种耻辱。虽然李剑峰对他言辞激烈的批评，并没有被魏怀松接受，但魏怀松要他亲自向黄阿虎赔礼道歉，亲自将他释放，本身就是一种无言的批评。作为一名党的政法干部、政府官员，这种批评已经是十分严厉的了。市委领导对他的批评再严厉都能忍受，使他无法忍受的是安副市长也受到了牵连。李剑峰那番言辞激烈的表白，在很大程度上是冲着安副市长来的。黄阿虎将要被放虎归山，这对宗绍阳的意志又是一次严肃的挑战。关在笼子里的老虎和散放在深山野林里的老虎是不一样的。虽然说市委、市政府要组织调查组，对黄阿虎的劣迹继续进行调查，但从眼前的形势来看，结果如何难以预料。

　　宗绍阳从警车里走出来，看守所所长早站在大铁门前恭候了。

　　"吕局长早来啦？"他问道。

　　"吕局长和蒲东的同志早来了。"所长回答说。

　　"他们已经把黄阿虎接出来啦？"

　　"他们倒是想让黄阿虎出来在办公室等你来道歉，但黄阿虎非要你亲自把他从羁押室迎出来，亲自为他打开手铐，当面向他道歉。摆什么谱！"看守所所长愤愤不平地说，他又叹了口气，"这种人现在放出去了，迟早又要被捉进来！李副书记为这种人撑什么腰？"

　　"不是李副书记为黄阿虎撑腰，是我们证据不足。"

　　进入第二道铁门后，宗绍阳一眼就看见吕福安和孟巾帼肩膀挨着肩膀地站在一间办公室门口说话，白芸和另一位司机模样的小伙子远远站在一边。见宗绍阳走近，吕福安和孟巾帼便迎了上来，宗绍阳和孟巾帼为黄秀秀的事发生过激烈的争执，此时孟巾帼像什么事也没有发生过一样，一见宗绍阳，老远就伸出手，迈着大步，满面春风地迎上来。

孟巾帼热情有加地说道："老宗啊，你来啦！"

宗绍阳轻轻地握了握她的手，以问代答："你也来啦？"

吕福安见宗绍阳走近，也伸出他又厚实又白皙的大手，礼节性地和宗绍阳握了握："黄阿虎还在羁押室里……"说着他率先向前走去。刚才来迎接宗绍阳的那位所长手里拿着一串钥匙，走在前面带路。

孟巾帼好像特别兴奋，一边走一边和他说着话："我本来想把黄阿虎悄悄地带走就行了，也用不到让你亲自为他打开手铐，向他赔礼道歉了，可是黄阿虎不干，这个面子非要留给你不可！"

宗绍阳心里明白孟巾帼这是在挖苦他，也就淡淡一笑，反唇相讥："让我亲自为黄阿虎打开手铐，让我亲自向黄阿虎赔礼道歉，这是市委的决定。黄阿虎是名优秀共产党员，当然得不折不扣地执行市委的决定，他要不给我这个面子我还不让呢。"

这时，羁押室门口到了，看守所所长打开羁押室，吕福安率先走了进去，宗绍阳和孟巾帼也紧跟着走了进去。黄阿虎穿着一套崭新的淡黄色西装，脚上皮鞋擦得锃亮，本来就没有几根胡须的猴脸刮得干干净净的。这一切都告诉宗绍阳，孟巾帼和吕福安早来了，他们已经为黄阿虎办好了出监的手续。让他亲自来给黄阿虎打开手铐，当着他们的面向黄阿虎道歉，这是在向他示威，也是在羞辱他。黄阿虎坐在椅子上，架着二郎腿正在抽烟，一脸的悠闲自得。见吕福安走进去，刚要站起来，又看见紧跟在他身后的宗绍阳，便将身体转了过去，背对着宗绍阳他们，又仰起头，一副趾高气扬的神情。千万不能让小人得势，小人得势就是这个样子，这是宗绍阳此时最深刻的体会。

吕福安走到黄阿虎跟前，一脸的愧疚，但显得郑重其事地说："黄阿虎同志，我代表市公安局向你表示歉意，我们拘留你是错误的……"

黄阿虎转过脸来，阴阳怪气地说："吕局长，用不到你向我道歉，谁拘留我的，谁向我道歉，谁给我戴上手铐的，就让谁给我打开手铐。"说着举了举两只短小的手臂，在他们眼前晃了晃，明显地带有一种挑衅和示威，"我说过的，人生是场赌博，谁输谁赢是不一定的！"

羁押室里的光线不怎么明亮，但黄阿虎手腕上手铐折射出来的寒光还是挺扎眼的。面对眼前这个早该落入法网的恶棍的挑衅，宗绍阳承认在与黄阿虎较量的这个回合中，他输了。面对奇耻大辱，他不能不低下倔强而高贵的头颅。宗绍阳向身旁的看守所所长伸出一只手臂，摊开手掌，看守所所长会意，将手铐钥匙放到了他的手心里。他捏住钥匙，走近黄阿虎，正要伸手给黄阿虎打开手铐，孟巾帼举手阻止了他，说道："且慢，我有话说。"

宗绍阳拿着钥匙的手停在那里，他弄不清孟巾帼是什么意思，大概是戴手铐的滋味挺好，她想让他多戴一会儿，就揶揄地说："是不是还要举行一个开铐仪式？"

"宗绍阳同志，"孟巾帼很庄严，底气十足地说，"你有没有感觉到，从黄阿虎同志这件事上，应该吸取什么教训？"

宗绍阳也用很庄严的目光盯着她涂着厚厚的脂粉、生满雀斑的脸庞，说："你说吧，我应该吸取什么教训？"

"这几年我们蒲东借着改革开放的强劲东风，发展了，富裕了，靠的是什么？"孟巾帼像给成千上万的听众做报告似的，嗓音提得很高，情绪激动，她的尖厉而中气十足的声音，把只有七八个平方米的羁押室震得嗡嗡作响，"一靠政策，二靠人才……靠人才，就是靠黄阿虎这样敢于创新、敢于进取的优秀乡镇企业家，对党忠心耿耿的优秀共产党员……"她停顿一下吸了口气，继续声情并茂地说，"他们不但为我们蒲东县创造了巨大的物质财富，更重要的还为我们蒲东县创造了巨大的精神财富，我们共和国的大厦靠谁支撑？靠他们！我们社会的政治稳定，经济繁荣，又靠的是谁？还是靠他们……"她涂着淡淡口红的嘴唇激烈地蠕动着，"诚然，这些同志身上会有缺点，甚至也可能犯错误，但用辩证唯物主义的观点看问题，哪一个人没有缺点？哪个人不会犯错误？连圣人也说，人非圣贤，谁能没有缺点呢？黄阿虎他们的缺点和错误，与他们对国家、对社会所做出的贡献相比较，那是一个指头和十指头的问题，是原则和非原则问题，所以……"说到这里，她有意把语调拉得长长的，圆圆的小脸上神情严肃，她加重了语气，"所以，如何对待他们的缺点，甚至是他们在工作中可能出现的错误，是保护，还是打击；是帮助，还是挑剔，这里有个立场问题，态度问题……"

孟巾帼口若悬河滔滔不绝地说着。宗绍阳似乎听得很认真，每一句话，每一个字都不放过。吕福安也听得很认真，但他不时地皱一下眉头，把眼神瞟向别处，显示出不屑一顾的神色。而那位看守所所长却是一脸的不耐烦，还不停地在这间小小的羁押室里走来走去，他的身影晃得人头昏脑涨，给人一种老大不敬的感觉。至于黄阿虎更像是坐在针毡上，已经坐卧不安了。

"宗绍阳同志，这样对待黄阿虎同志，明显是个严重的错误啊，"孟巾帼的脸上露出了愤慨的神情，"幸亏市委领导明察秋毫，及时发现了问题，否则后果不堪设想。所以，我希望……"孟巾帼加强了语气，对她的长篇大论开始进行精彩的结尾，"希望宗绍阳同志认真学习市委领导的指示精神，举一反三，吸取教训，不要再犯这种亲者痛仇者快的错误。"

羁押室里出现短暂的沉默。

吕福安见孟巾帼的小嘴停止了蠕动，就朝宗绍阳抬了一下下巴颏，说："老宗，给黄阿虎同志打开手铐吧。"

黄阿虎早已等得不耐烦了，或者说是忍受不了了。他挪动着屁股，把刚才侧着的身体转过来，将脸对着宗绍阳，戴着手铐的双手抬起来。宗绍阳向孟巾帼和吕福安看了一眼，和颜悦色地说："我是不是也该说几句，表个态啊？"未等他们回答，宗绍阳就说下去了，"伸张正义，铲除腐恶，保护人民，打击犯罪嫌疑人，是我终生的追求，我将矢志不移，勇往直前，甚至为此献出我的生命，也在所不惜。但是……"宗绍阳提高了嗓音，虎虎生威的双眼盯着孟巾帼的脸，迫使她把目光移到别处。"但是，我与你的价值观不同，衡量善和恶，好和坏的标准不同。所以，我们对应该保护谁，应该打击谁的目标也就不同，孟巾帼副县长，"他严肃又不失亲切地在她的职务前面加上了她的尊姓大名。孟巾帼轻轻地点点头，以示回应。宗绍阳继续有板有眼地说道，"你刚才对我有许多的教导，我一定切记心头。小时候我看过小人书《西游记》，也听祖母讲过狼外婆的故事，由此明白了一个道理，在美丽外壳掩饰下的罪恶，要比丑陋外壳包裹下的罪恶更加罪恶得多，这是一条颠扑不破的真理。"孟巾帼想开口说话，他果断地打断了她，"我也有几句话送给你，不要以为为社会、为群众做了那么一星半点儿事情，就可以胡作非为，横行霸道！不要以为有了这么些荣誉称号，就以为有了美丽的外壳，就可以逃脱法律的追究！"

孟巾帼突然脸色变得雪白，厉声说道："你这是什么意思？"

"这还不明白吗？"宗绍阳淡淡一笑，"好，我告诉你，这叫做法网恢恢，疏而不漏。"

黄阿虎从椅子上站起来，戴着手铐的双手晃动着，说："宗绍阳，你同我斗了这么多年，难道不都是以你的失败而告终吗，你还不认输吗？"

宗绍阳说："是的，我与你斗了几十年，我也承认我失败过。我常常扪心自问，在我们共产党领导的朗朗乾坤下，面对一个恶贯满盈的歹徒，我竟然束手无策，让他逍遥法外，继续祸害群众。我惭愧，内疚，我对不起党，对不起群众，更对不起那些屈死的孤魂冤鬼……现在，我明白了，在错综复杂、盘根错节的犯罪背景中，不是敌人太强大，而是我们太软弱，不是敌人太狡猾，而是我们太无能……吕局长，等一等，"宗绍阳见吕福安示意要他停止说话，举起他没有拿钥匙的左手做了一个停止的动作，继续说，"黄阿虎说，人生是场赌博，谁输谁赢是不一定的。我现在要告诉你，我说人生是场竞技比赛，不到生命的尽头，我绝不言败！"

孟巾帼说："宗绍阳你一意孤行，顽固不化，是不是想拒不执行市委的决定？！"

宗绍阳说："市委让我打开黄阿虎的手铐，向他赔礼道歉，这个决定我还是要执行的。"

吕福安说："老宗，那就执行市委的决定吧！"

宗绍阳走到黄阿虎跟前，虽然他很不情愿说这句话，但他还是说了。"黄阿虎，对不起，我向你道歉！"随即打开了黄阿虎的手铐。

黄阿虎恨恨地一甩手，声色俱厉地说："我不会放过你的！"

宗绍阳回答说："我一定奉陪到底，决不含糊！"

孟巾帼终于有机会把宗绍阳教训一顿，也终于有机会把自己心里要说的话一字不漏地表达出来，她的心里充满了一种志得意满的快意。虽然她已年过四十，已经不再是富于幻想的年龄，也不再是那个稍许有一点儿成就就不知天高地厚的年龄，但她此时的心情确实有点"春风得意马蹄疾，一日看尽长安花"的感觉了。因为毕竟在这场关系到她的前途与命运的较量中，她占了上风，把这个刚愎自用、不可一世的宗绍阳教训得无地自容。

轿车从阡陌交错的市郊驶入繁华的山阴市区。白芸的车技不错，开得又稳当又快速，她不停地按着喇叭，超越一辆接一辆车辆，喇叭轻轻的鸣叫声像百灵鸟的歌喉那样悦耳动听。已是薄暮时分，也是下班的高峰，人流如潮，车流如织，华灯初上，造型各异又新颖别致的路灯、摩天大楼上的霓虹灯都亮了起来，和马路上各式汽车耀眼的灯光交相辉映，在孟巾帼眼前显示出无限辉煌的魅力。

孟巾帼坐在轿车的后排位置上，舒适地将头靠在皮椅子上，闭目假寐，踌躇满志地想着心事。白芸专心致志地握着方向盘，一脸的认真劲儿，她实在是太漂亮了，难怪范芝毅会如此垂涎。轿车驶出繁华的山阴市区时，孟巾帼突然懊恼和愤懑起来，她想到了黄阿虎，那张形似枯槁的脸，又在她的眼前晃动起来。黄阿虎虽然被放出来了，但黄阿牛和黄阿狗还被关押在看守所里，他们强暴黄秀秀已是铁证如山，判刑已成为事实。她当时也昏了头，怎么会有这么个败笔，让他们强奸她，向110报警，为什么不杀人灭口呢？现在弄成这个局面，真是应了宗绍阳的那句话，不是敌人太狡猾，而是我们太无能！黄阿牛和黄阿狗是什么人？个个都是恶贯满盈的地痞流氓，虽然他们不知道黄阿虎身后还有个她，但那也是唇亡齿寒啊。还有，市委、市政府的调查组由安祖裕和宗绍阳负责，也不是好兆头。黄阿虎毕竟罪恶昭彰，在排头村，甚至琥珀乡、蒲东县，哪个人不对他咬牙切齿……

轿车驶上了去蒲东县的104国道。四周已是一片漆黑，只有远处有些零星的灯光，在这一片漆黑而宁静的大地上忽明忽暗地闪烁着。这时候，孟巾帼多么需要与另一个人商量一下，下一步该怎么办，但那个人不主动给她打电话，她是不敢轻易打电话的，因为对方曾为黄阿虎的事，对她大发雷霆，斥责她不该与黄阿虎同流合污，对他信任有加。他甚至预言，黄阿虎将敲响他与她的丧钟。那时她很沮丧，他的话句句言之有理，击中要害，但仔细想一想，她能不与黄阿虎同流合污吗？她是踩着他的肩膀才走到今天这个位置的啊，她能对黄阿虎不信任有加吗？这种生死攸关、风险很大的事情，她能信任谁？又有谁敢去做？现在说什么也已晚了，最现实的想法就是如何把眼前的局面应付过去。她的手机响了，屏幕上显示的是她熟悉的电话号码。

"喂，"她喜出望外，但又小心翼翼地喊了一声。

"巾帼吗？"那个她非常熟悉的，充满阳刚之气的声音问道。

"我是我是……"孟巾帼忙不迭地应着。

"你现在什么地方？"

"我正在回蒲东的路上。"

"说话方便吗？"

"你说吧，什么事？"她太想知道对方给她打电话的原因了，也顾不得白芸的第三只耳朵了。

"你今天是怎么回事？"对方的口气突然严厉起来。

"我，我没有怎么回事啊？"她晕头转向了，她感觉没有什么事啊。

"你怎么可以对宗绍阳说那种话！"此时对方已经不再是刚才那种严厉的语气了，而是怒发冲冠了，"你不要以为黄阿虎出去了就稳操胜券，万事大吉，就可以得意忘形，忘乎所以了……愚不可及！"他紧接着说了句非常重要的话，"你知不知道你的任命搁浅啦？！"

"我……"孟巾帼幡然醒悟，市委对她的任命由于安祖裕的反对，暂时不发了。她后悔不迭，不该神气活现地教训宗绍阳。她想说几句忏悔的话，但对方根本不容她说话，咆哮起来："黄阿虎是个什么人？是个劣迹斑斑的恶棍……市政府去调查，他的罪状还不是要用麻袋装回来吗？"

手机中的声音惊天动地，恐怕连白芸也听得一清二楚了。她赶紧用手捂住了手机的听筒，又将身体尽可能地往后靠，与白芸之间的距离尽可能远一些。

"你明目张胆地为黄阿虎做伪证，已经够愚蠢的了，你现在还要张牙舞爪地为虎作伥，这不是明摆着告诉宗绍阳，你与黄阿虎是一丘之貉吗？"

那时，她以为安祖裕死了，她的县委书记一职已是两只手指捉田螺——笃定了，没有想到安祖裕会从棺材里爬出来，死而复生。后悔加痛苦，她眼泪就汩汩地下来了，声音很轻很弱，像小狗在哼哼："我该怎么办啊？"

"你有没有想到，黄阿虎的两个走狗还被关在看守所里？"

"我想黄阿虎出去了，他们也就是判个刑……"

"利令智昏！"对方又吼了一声，"我告诉你，现在又出现了一个新情况，你要赶快与黄阿虎研究一下……"

"什么新情况？"孟巾帼的心又被提起来，她估计这个新情况一定不会是什么好事，否则对方态度不会这么恶劣。

"蒋振生被发现了，"对方很果断而坚决地说，"要采取断然措施！"

这确实不是什么好事。打完电话，孟巾帼像是刚刚生下一个四肢残疾的孩子，又绝望，又不知所措。她浑身无力地靠在座位上，心里像团乱麻。轿车进入蒲东县城时，她才想起来给黄阿虎打电话。她刚按好黄阿虎的手机号码，突然又记起来，这几天黄阿虎被关在看守所里，他哪来的手机。她只好暂时放弃打手机的念头。

宗绍阳驱车来到安祖裕家里，已是掌灯时分。

欧阳殿生仿佛知道他要来似的，站在别墅门口的花岗岩石阶上恭候他。他刚跨上石阶，欧阳殿生一步上前，抓住了他的一只袖子，轻声说道："刚睡下，别惊动他。"便拉着他的衣袖，悄然无声地走进紧靠房子北面的远离书房的小会客室。

走进小会客室，欧阳殿生转身关好房门，做了一个请坐的手势。见宗绍阳在沙发上坐了下来，便倒了一杯茶水，放到宗绍阳面前的茶几上，她自己也在紧靠宗绍阳旁边的沙发上坐下来。

"他现在的脾气变得很坏，"欧阳殿生抑制着嗓音，轻声细语地说。她的声音本来就很轻柔，现在轻得几乎让人听不清了，仿佛这屋子里有第三只耳朵，"回到家里一直在发脾气……"

宗绍阳确实感到安副市长的脾气变得令人不可思议，急躁，沉不住气，而且语言粗俗又文不对题。今天的常委会上，安副市长的表现使他加深了这个印象。许伟达他们为什么要让安副市长和黄三省一起做手术呢？现在问题已经很清楚了，这里是有秘密的，但又是个什么秘密呢？李剑峰、吕福安想搞清楚，他宗绍阳也同样想搞清楚。安副市长不治身亡，黄三省起死回生，是偷梁换柱？他摇摇头，自我否定了，不可能。像许伟达这样品德高尚的科学家，不可能做出这种事。陈湘莲说，她老公的头安装到了另一个人身上，是换术头？他又摇头否定了。要真是这样，那可是一个划时代的科学创举。

但不可能，中国的医学技术还达不到这个水准，医生说是记忆丧失，也不对，记忆丧失不可能忘记一切啊！他今天到安副市长家里来，除了要与安副市长商量调查组的成员名单外，就是要与他面对面交谈，这样也许真能了解个所以然呢。

但他又一次被欧阳殿生挡了道，这回她吸取了上次的教训，把他领到远离书房的小客厅里，她不但话说得很轻，甚至连呼吸都想停止似的，怕惊动书房里的黄三省。宗绍阳感到很内疚，如果他能把调查工作搞得再实一点儿，问题考虑得再细一点儿，安副市长也许不会与李剑峰发生争吵。于是他一脸愧色地说："我的工作失误让安副市长生气了。"

欧阳殿生显得很大度，轻声说："快别这么说，老安本来就对黄阿虎很气愤，对孟巾帼有看法，李副书记又护着他们，这场争吵迟早要发生的。市委决定成立调查组，他自告奋勇要求亲自抓这项工作，李副书记反对，他还不同意呢。会议结束后，他就吩咐我，让你赶快把参加调查组的成员名单拿出来……"欧阳殿生早有思想准备似的压低了声音，轻轻地说，"要是有可能，后天就出发。他就是这个脾气，什么事情到了他手里就像救火似的。"

这是安副市长的作风，干工作雷厉风行又扎扎实实。"我正是为这件事来的。"宗绍阳受了她感染，也把声音压得低低地说。

"你先列个名单，他吩咐过的，这事我们两个商量着就定了，"欧阳殿生说，"我也算一个。"

宗绍阳点点头表示同意。魏书记表过态，安副市长在记忆恢复前，她协助安副市长工作，调查组里有她，这是理所当然的事。

"你看还有谁？"欧阳殿生从茶几下面拿出几张纸和一支笔，做好记录的准备，一双秀目看着他。

宗绍阳也不推辞，说出了几个单位名称。他说，具体人员让这些单位自己去定，定得太具体不好。这个意见欧阳殿生也同意，并详细地做了记录。明天上午，由她给这些单位打电话通知抽调出来的同志，明天下午就到市公安局宗绍阳办公室集中，由宗绍阳交代这次调查的目的。因为宗佩兰和朱莉莉已在排头村调查黄三省的案子，宗绍阳提议她们正式作为调查组人员。欧阳殿生表示同意。但在决定该不该让范芝毅参加调查组时，两个人发生了一点争执。宗绍阳认为应该让范芝毅参加，尽管此人作风不正，行为不端，但他毕竟是安副市长的秘书，没有正当理由不让他参加，又会流言四起，他本人也会有意见。欧阳殿生认为市医院的所谓医疗事故就是他一手导演的，让他参加调查组，市医院的职工会有意见，如果他再搞个阴谋诡计谁受得了？宗绍阳说，调查组的主动权掌握在我们手里，不怕他搞阴谋诡计，让范芝毅去调查市医院的所谓医疗事故，让他自己去打自己的耳光。经过反复说服，欧阳殿生勉强同意，但要求派一个非常得力的调查组长抑制他。两个人商量好问题，宗绍阳看了看手表说，这会儿安副市长也该醒了，到家里不跟安副市长打个招呼，说不过去，要求到书房去坐一会儿。正在欧阳殿生两难之际，宗绍阳的手机响了。手机是李敬右打来，说有十万火急的事要向他汇报。欧阳殿生巴不得宗绍阳赶快走，说你还是快去找李敬右吧，探望安副市长有的是机会。宗绍阳只好拎起公文包，驱车直奔交警支队。

　　宗绍阳走进市交警支队的办公楼时，警卫室的门卫已捧着饭碗在吃晚饭了。楼道上阒无一人，静悄悄的，支队长办公室门虚掩着，宗绍阳轻轻一推，门就开了，但差一点儿被屋里呛人的烟雾熏得倒退出来。屋子里没有开灯，黑咕隆咚的。宗绍阳从窗外射进来的路灯灯光里，影影绰绰地看见靠着墙壁有一团黑影，那黑影前面有一颗火星，一闪一闪的。宗绍阳随手打开门口墙壁上的电灯开关。日光灯亮起来，办公室里云遮雾罩的，李敬右蜷缩在一张破旧得几近报废的帆布沙发上。李敬右是不抽烟的，而且对烟味特别敏感。平时市局里开会，哪一位老烟枪坐到他的旁边，他准保与人调换位置。今天这是怎么啦？宗绍阳走过去，茶几上的那只烟灰缸里，烟灰和烟蒂已经从里面"溢"出来，弄得茶几上也是烟蒂和烟灰。他一定遇到什么事了。

　　"小李，这是怎么回事，不抽烟的人抽什么烟？"

　　"宗副局长，我心里憋得慌。"见宗绍阳走进来，李敬右随手将烟蒂在烟灰缸里撮灭了。他站起来，瓮声瓮气地说，说着又猛烈地咳嗽起来。

　　宗绍阳走近他，一只手拉着他的一只胳膊，亲切地说："坐下来。"李敬右很听话地又在沙发上坐了下来。宗绍阳也紧挨着他的身体坐了下来，一只手轻轻地拍着他的背脊，和颜悦色地说："心里憋得慌，说出来就不慌了，为什么要跟自己的身体过不去呢？"

宗绍阳为他捶了一会儿背，他的呼吸就平稳了。

原来刚才临下班时，李敬右接到吕福安的电话让他去一趟。吕福安告诉他，市雪花电器公司总经理一家四口被杀，市委领导要求市局近期内破案，市局临时决定调李敬右任市刑侦支队支队长，并且立即移交工作到刑侦支队报到。

"你不是让我马上去贵州吗，怎么突然变卦了呢？"李敬右问道。

宗绍阳吃了一惊，反问道："谁对你说，我同意你调到刑侦支队啦？"

"这种事未经你同意能行吗？"李敬右说。

"你要是不说，我还真被蒙在鼓里呢。"宗绍阳这才知道他被李敬右误会了，叹了口气说，"小李，这里有名堂。"

这回轮到李敬右吃惊了："你不知道？"

"我不知道。"

"这就奇怪了，"李敬右生气地说，"吕局长怎么能这样干！"

"小李，事情像秃子头上的跳蚤，明摆着的。我要是知道你被调到刑侦支队去，我会同意吗？"宗绍阳说。

"听说在今天下午的常委会上，安副市长差点和李副书记打起来，为什么事安副市长这么激动？"

"为我，也是为黄阿虎。"

"你被李副书记训斥了一顿？"

"我的工作没有做好，惹安副市长生气了……"

"宗局，你别老是检讨自己，下午常委会上你被训斥的事，社会上已经传得纷纷扬扬，大家都为你抱不平，"李敬右突然站起来，走近写字台，拉开抽屉，"宗局，我发现一桩非常奇怪的事情，"他从抽屉里取出一张照片，走到沙发跟前坐下来，把照片放到茶几上，指着照片说，"你看看，这张照片有什么问题？"

宗绍阳拿过照片仔细观察起来，这是一张在交警支队技术室摄制的工作照，几个交警围着吕福安站在电视编辑设备旁边，李敬右也在其中。吕福安一只手捧着一只鼓鼓的公文包放在膝盖上，另一只手拿着一盘录像带放在公文包上，一副谈笑风生、和颜悦色的样子。照片很清晰，宗绍阳凝视半天也没看出个名堂。

李敬右问："有没有发现问题？"

宗绍阳摇摇头："没有。"

李敬右说："我们那卷磁带，就是吕福安消的磁。"

宗绍阳恍然大悟，不由倒吸了一口凉气。只要有一小块吸铁石，就可以把图像全部消除掉，这是妻子吴品菊、女儿宗佩兰和他讲了多次的物理知识。现在可以断定，吕福安的公文包里放着吸铁石，他利用职权和工作之便，完成了别人难以完成的工作，做得神不知鬼不觉。宗绍阳很快就联想到，安副市长的车祸为什么策划得这么周密，计算得又是这么精确，如果有他的参与，那就不足为怪了。他联想到黄阿牛和黄阿狗在琥珀乡公路上夹击他的那两辆大卡车是黄阿虎所属单位的这件事情，他判断，吕福安可能就是车祸的策划者，孟巾帼和黄阿虎则是具体实施者，为的是让孟巾帼顺利出任蒲东县委书记一职。他们这样绞尽脑汁地掩盖黄阿虎的罪行，也就不足为怪了。

李敬右见他眉头紧锁，急切地问道："你不信？"

宗绍阳点点头说："案件已经明朗化，斗争会很尖锐。"

李敬右说："我还怀疑赵得超手里的那盘录像带，也是吕福安派人赶在宗佩兰前面取走的。只是处于吕福安的特殊地位，我们没能及时追查。"

"我们要找蒋振生，吕福安也要找他，先下手为强，刻不容缓！"

李敬右急起来："我们该怎么办？"

"你立即去贵州，最迟明天上午就出发！"

"我已经被调到刑侦支队，怎么去贵州？"

"吕局长没有和我商量，我也不知道你被调动的事，你向我请年休假，我来批。"宗绍阳坚定地说，"你立即写一份报告，现在就写！"

李敬右走到写字台跟前，拿出笔和纸立即写了要求请年休假的报告，递给宗绍阳。宗绍阳从自己的公文包拿出笔，签了字。"我明天上午把报告交给办公室，今天晚上要是来得及就出发。"

"好。"

"和上官云霞打个招呼，除此之外跟谁都不要说了。"

"是，交警支队的工作怎么办？"

"我会处理的。有问题推到我头上。你要尽快与贵州警方取得联系，请求帮助。"宗绍阳又打开公文包取出一叠钞票放到茶几上，"带上这个！"

　　李敬右把钞票拿在手里，点头答应。

　　宗绍阳站起来，伸出一只手："祝你胜利归来！"

　　李敬右也跟着站起来，握了握他的手，然后双腿并拢站得笔直，举手敬礼，精神抖擞地喊道："是！"

　　李敬右回住处途中给上官云霞打了个电话，要她十分钟以后，在医院旁边的老神仙火锅城等他。回到住处，他又以最快速度准备好了必备的物品，穿着便装，戴上眼镜和旅行帽，背着一只旅行背包，在住宅楼门前要了一辆出租车，来到老神仙火锅城。走进火锅城，上官云霞已经点好了菜，坐在火车车厢式的座位上等他。上官云霞见他这副打扮，吃了一惊："你这是干什么？"李敬右二话没说，一把抓住她的手腕拉起她就往外走。上官云霞身体向后仰着，不让李敬右拉走："我在市郊看中了一套房子，想和你明天去看一下。"李敬右坚持把她向门口拉着："房子的事再说吧，我现在有要紧的事和你商量。"到了门口，叫住一辆出租车，拉着上官云霞钻进里面，对司机说："去机场。"出租车很快就开走了。上官云霞虽然被拉进了出租车，但她挣扎着说："我是不是被绑架了？你不告诉我去干什么，我就不和你走，也不让你走！"李敬右对她说："少安勿躁，到了机场我再告诉你。"到了机场，上官云霞在门口站住了，说："你现在该告诉我了。"李敬右眼睛盯着候机大厅天花板横梁上的电子显示屏说："我有一个紧急任务要出一趟远差，宗局只允许我和你打声招呼，其他一概保密。"又把脸转过来，看着上官云霞美丽的脸庞，继续说，"能不能让我先买了飞机票，再与你详谈？"上官云霞听说是紧急任务，又听说宗绍阳有吩咐也就同意了，跟着李敬右走进大厅。正好还有最后一趟去贵阳的飞机，离飞机起飞还有将近一个小时。李敬右买好飞机票，办好一切手续，找了个僻静处，和上官云霞肩膀挨着肩膀地在椅子上坐下来，把旅行包放到地上。

　　上官云霞双眼紧盯着李敬右刚毅的脸，等着他告诉她想知道的事。

　　"我得立即去贵州找到那个运煤车司机，把他带回来。这里可能有场恶仗。"

"恶仗，什么恶仗？"上官云霞是医务人员，对生命特别关注，听到恶仗两字，马上就联想到生命，立即严肃地问道。

"你先别紧张，"李敬右见上官云霞花容失色，就微笑着说，"我说的恶仗，就是说这个案子很棘手。"

"敬右，"上官云霞亲切地喊了一声，脸色忧郁地说，"我明白你的意思了。我们有过约法两章，你不便告诉我的问题，我也不会强迫你回答我。但有一点儿我要告诉你，我是个医务人员，对生命我是很重视的，生命高于一切。"

"云霞，你对生命这个词太敏感了，"李敬右同样亲切地叫了一声，笑起来说，"你对我的话有误解，但我对生命的看法，与你的观点有所不同。"

"你说吧，有什么不同。"

"生命固然重要，如果能为正义献身，生命更显得有意义。"李敬右眼睛盯着前面墙壁上一幅描绘黄果树瀑布的巨幅油画，那气势磅礴，一泻千里的瀑布，让他的心中涌动起一股激情。他兴致勃勃地说，"有一首诗说'生命诚可贵，爱情价更高，若为自由故，两者皆可抛'……"

"这是匈牙利诗人裴多菲的著名诗句。"李敬右朗诵完诗句，上官云霞马上就说出了诗作者的国籍和他的名字。但李敬右没有发现他在朗诵诗词时，上官云霞脸部的细微变化。她细嫩的白里透红的笑模笑样的脸容，像是光芒四射的太阳突然被一片乌云遮住了，一下子阴沉起来，她涂着淡淡口红的嘴唇紧闭着，有着长长睫毛的双眼眨得很厉害。沉默了片刻，她继续说道："敬右，我不希望你记住这首诗，要记住这首诗的时代过去了，生命高于一切，如果随随便便地放弃生命，那就是自杀，而自杀是一种懦弱的表现，是非常可耻的！"

"我不同意你的观点。"李敬右看也没有看上官云霞一眼，急于辩驳说。

"这不是我的观点，这是法国著名社会学者埃米尔·迪尔凯姆的观点。"

"不管是谁的观点，我都不同意，"李敬右没有注意到上官云霞脸部表情的变化，继续慷慨陈词，"董存瑞舍身炸碉堡，黄继光扑向敌人的枪眼，邱少云在烈火中永生……你说，他们的死是一种什么意义的死？"

"这也是自杀。"

"这怎么能说是自杀呢？"

"这是另一种意义上的自杀。"

"我们公安人员在追捕犯罪嫌疑人时可能面临凶险，我们能畏缩不前吗？"

上官云霞突然一把抓住李敬右的手，一对挂着晶莹泪珠的秀目凝视着他的脸，抽噎起来："敬右，你的说法也许是对的，但我不许你这样想。你刚才说有一场恶仗，我估计有一场生与死的较量，现在被我猜对了，"她紧紧地握着他的手，把他的手握得生疼，他也不知道她哪来这么大的手劲，她忍住了抽噎，语气平静下来，"敬右，我是从事救治生命工作的人，为了拯救一个生命，我们可以通宵达旦，不辞辛劳地工作。为了让人类健健康康地生活，攻克医学上的每一个难题，我们的医学工作者，我们科学家们一代又一代地做着不懈的努力……"

李敬右紧紧握着上官云霞的手，凝视着她美丽的脸，笑起来："云霞，我从来没有看到过你掉眼泪，今天怎么掉眼泪啦？"他把目光从上官云霞的脸上移开，重新看着前面墙壁上的那幅油画，深深地吸了口气，"我非常敬仰你们白衣天使的使命，但我们铲除腐恶，消灭罪孽，也正是为了保卫人民群众的生命财产，也是为了让人民群众健康幸福地生活……从这一点儿上来说，我们工作的意义是相同的……"

上官云霞脸色苍白，泪水挂满两颊，沉默不语。

李敬右转过脸来吃惊地说："你怎么还在流泪？"他将一只手从她的手心中抽出来，展开双臂把她紧紧地搂在怀里，亲热地说，"好啦好啦，我们不说这些啦！"

上官云霞把脸依偎在他宽阔的胸脯里，说："敬右，我好替你担忧。"

李敬右拍拍她肩膀，笑着说："别替我担忧。"

这时，电子显示屏上出现了要求乘客做登机准备的提示，旅客们纷纷向登机入口处走去。李敬右拎起地上的旅行包站起来，上官云霞也跟着站起来，两人肩膀挨着肩膀地向入口处走去，一时默默无语。走到入口处，李敬右站住了，因为送客只能送到这里为止。

上官云霞盯着李敬右的脸，说："美国哈佛大学医学院邀请我去做访问学者，你说去还是不去？"

"去，为什么不去！"李敬右爽快地答道。

“你怎么办？”

“随妻出访，去做你的助手啊！”

上官云霞突然扑到李敬右的肩上，轻轻哭泣起来。

李敬右被她哭得莫名其妙，一只手轻轻地摩挲着上官云霞美丽的肩胛，安抚地说：“我不是同意和你一起去嘛！”

上官云霞只是哭泣，排在李敬右身后的旅客等得不耐烦了，喊起来：“你们要谈恋爱请站到一旁，别妨碍别人好不好！”

李敬右说：“我该登机了。出国的事，我回来后我们再好好商量，好吗？”

上官云霞离开了李敬右的肩膀，含着泪珠的双眼凝视着他的脸，仿佛此时此刻站在她面前的不是她熟识的爱人。她脸色凝重语气深沉地说：“敬右，记住我的话，消灭敌人，保护自己，才是真正的英雄！”

李敬右点点头，语气轻柔但铿锵地说：“云霞，我记住你的话，消灭敌人，保护自己，才是真正的英雄。”

第十一章

取 证

　　这一天傍晚时分，正在排头村调查取证的宗佩兰接到父亲打来的电话，告诉她黄阿虎已经被无罪释放，要她们注意他的动静，一有动静马上盯梢。宗佩兰立即把父亲的指示向朱莉莉和黄秀秀做了传达，这几天黄秀秀和她们形影不离，连吃住都在一起。这时他们正在排头村一家小饭店里吃饭，黄秀秀气得从饭桌上拿起一只碗掷到地上，饭碗立即摔得粉碎，大脚板在地上一跺，大骂："这个狗娘养的，不得好死！"

　　吃完晚饭，村子里已漆黑一片，农村的夜晚不仅黑而且寒冷，白天和夜里气温反差特别大，从广袤的农田里升腾起来的雾霭，使深冬的黑夜变得更加深沉。宗佩兰穿了件橘黄色的风衣，戴着一只捂住整个脸庞，只露出眼睛和眉毛的大口罩。朱莉莉则穿着一件羽绒衣，一条红色的大围巾，把整个脑袋包裹得严严实实的。黄秀秀的衣衫要单薄得多，上身穿着件春秋两用衫，下身穿着一条涤纶长裤，没有戴口罩，也没有围围巾。三个人钻进停在小饭店附近的轿车时，宗佩兰为开车方便摘掉了口罩，脱掉了风衣，朱莉莉则取下脖子上的大围巾。她们把口罩，风衣围巾交给黄秀秀放到轿车的后座上。

　　宗佩兰驾着轿车一边往黄阿虎住宅附近驶去，一边和她俩商量落实宗绍阳指示的具体方案。她们的初步方案是，朱莉莉手持夜视镜在离黄阿虎家不远处盯梢，宗佩兰坐在轿车里等动静，一旦需要立即发动轿车跟踪。这样安排黄秀秀不同意，因为她无事可做，她对黄阿虎的仇恨到了极点，恨不得一口咬死他。黄秀秀说，朱莉莉拿着个望远镜目标太大，容易被人发现，离黄阿虎家门口不远，有株上百年树龄的香樟树，树围好几米，树高二十多米，虽然是在隆冬，但仍枝叶茂盛，爬到树上去监视黄阿虎保证发现不了，而且看得清楚。宗佩兰说，你别开玩笑了，这么高这么大的树，你怎么爬得上去？黄秀秀说，她是爬树能手，小时候她常常爬这株树，一般的男孩子还爬不过她呢。宗佩兰说，要是一夜没有情况，你在树上要待一夜呢，你吃得消吗？黄秀秀说，我穿着单衣薄裳被黄阿虎关了一整天，撞破墙壁，跳到河里逃出来，那河水冰冷刺骨，你敢不敢跳？宗佩兰和朱莉莉不约而同把脖子往衣领里缩了缩，摇摇头说，不敢！黄秀秀说，这种苦我都受得了，还有什么苦受不了。再说现在是我抓黄阿虎，不是黄阿虎抓我，心里兴奋。宗佩兰见她态度坚决，求战心切，也就同意了。不过她们稍微做了些改进。黄秀秀爬上树枝躲藏在树枝中监视黄阿虎家的动静，随身带一支手电筒，有情况用手电发信号。朱莉莉躲藏在离黄秀秀较远的地方，用夜视镜盯着黄秀秀，如果黄秀秀的手电亮了，朱莉莉马上用手势告诉不远处坐在车里的宗佩兰，宗佩兰立即发动车子。这样有一个好处，宗佩兰可以把轿车停得离黄阿虎家更远一点儿的地方，不易被人发现。黄秀秀说，她还有一个要求。宗佩兰说，你烦不烦！黄秀秀说，她与黄阿虎斗，死都不怕，更不怕烦。宗佩兰知道这个女人与黄阿虎的深仇大恨，要将黄阿虎绳之以法，是吃了秤砣铁了心。黄秀秀说，追捕黄阿虎一定要带上她，她对付像黄阿虎这样的三四个男人，一点儿问题也没有。宗佩兰想，多一个人多一份力量，就点头同意了。

不一会儿，计划实施了。黄秀秀拿着一支手电筒，爬上距离黄阿虎家门口不到十米的一株香樟树上，宗佩兰把轿车停在距离香樟树一百多米的地方，朱莉莉则拿着夜视镜躲藏在离黄秀秀五十来米的墙角处，等待目标的出现。大约过了半个钟头，一辆轿车从远处村口驶过来，直奔黄阿虎家门口。黄阿虎的老婆孩子听见汽车声响都从屋子里奔出来，乱哄哄的，不一会儿，簇拥着黄阿虎走进屋里。

黄秀秀的手电筒亮了几下，说明黄阿虎已经到家了。从宗佩兰这个角度，其实也能看清黄阿虎的身影，就是看得不怎么真切。宗佩兰亮了一下小灯，告诉她明白了，又马上给父亲打了手机，告诉他黄阿虎回家了，请示下一步怎么办。宗绍阳说盯住他，他要是出去，马上跟踪他，并要她随时向他报告情况。大约过了半个钟头，不少人从黄阿虎家走了出来，七嘴八舌的不知在说什么。一个人拉开车门钻进轿车，一声沉重的车门声响，发动机随即响起来。这时黄秀秀的手电筒接连亮了好几下，宗佩兰用小灯亮了一下，告诉她已经明白了。朱莉莉钻进车子，车子就往前开过去了。离香樟树还有五十米的地方，黄秀秀已经亮着手电筒在等她们了，朱莉莉把车门一开，黄秀秀就钻了进来。

黄阿虎的本田轿车驶出村子向县城方向驶去。宗佩兰又给父亲打电话汇报情况，宗绍阳吩咐她，一定要盯住黄阿虎，注意安全，不要把他跟丢了。朱莉莉拿着夜视镜盯着黄阿虎的轿车，这个夜视镜是朱莉莉的父亲到俄国访问时，从莫斯科的军用物品商店里买来的。这次到排头村搞调查就随身带来了，还同时带来一只微型摄像机。宗佩兰的轿车和黄阿虎的轿车保持着一定距离，让对方无法发现。

轿车很快就驶入了县城。县城的马路很宽敞，车辆也多，宗佩兰就将轿车开得和黄阿虎轿车的距离近了一点儿。转过几个弯，黄阿虎的轿车驶入蒲东宾馆，宗佩兰的轿车就尾随着驶了进去。对宗佩兰她们的跟踪，黄阿虎根本没有发现，黄阿虎的轿车驶到宾馆大门的台阶上，车门一开，黄阿虎钻出轿车直奔大厅。黄阿虎的轿车一离开台阶，宗佩兰的轿车马上就填补了上去。朱莉莉身手敏捷地从轿车里钻出来，一个冲刺跑进大厅。黄秀秀也跟着要钻出车子，宗佩兰喊住了她："黄阿虎认识你！"黄秀秀明白了，只好老老实实地留在轿车里。台阶上不能久停，宗佩兰干脆将轿车驶到黄阿虎轿车的旁边，关掉车灯，熄了火。她让黄秀秀留在车内，自己也钻出了车子。

宗佩兰刚刚跨上宾馆的台阶，朱莉莉就急冲冲地从大厅内走出来。

朱莉莉一见宗佩兰，就把她拉进大厅，跑到大厅转角的沙发跟前，一屁股坐下来，小声地说道："走进了 208 房间……"她刚要再说下去，一个脖子上围了大红大紫的大围巾，戴着一只大口罩，穿着一件橘黄色风衣的女人，不慌不忙地在她们的旁边坐下来，目不转睛地看着他们。朱莉莉目瞪口呆地盯着她，缄口不言了。

宗佩兰吃惊地问道："你怎么穿着我的衣服？"

那女人摘下大口罩，原来是黄秀秀。

黄秀秀说："黄阿虎的轿车司机认识我，我拿你们的衣服化妆了一下。"

宗佩兰和朱莉莉忍不住笑起来。

宗佩兰在她肩膀上轻轻地打了一拳，说："你还真行！"

朱莉莉接着说："孟巾帼也在里面。"

黄秀秀愤怒得牙齿咬得吱吱直响："他们一定在搞不正当男女关系，冲进去，当场把他们捉住。"

宗佩兰说："不行，我们要了解情况，"她拿出手机说，"给我爸打个电话请示一下，该怎么办？"

朱莉莉说："要抓他们搞关系的证据很容易，用微型摄像机把他们的行为摄下来，不就行了。"

黄秀秀很兴奋，跃跃欲试地说："这个办法好，我来摄。"

朱莉莉问："你怎么摄？"

黄秀秀说："在他们的楼上开一间房间，用绳子把身体绑住从上面窗台上挂下来，趴在他们的窗台不就行了。"她一边说，一边做着手势。

朱莉莉击掌叫好："这个办法好。"

宗佩兰电话打好了。她说："我爸说，把他们的话录下来。我们要证据。"

朱莉莉问："怎么录？"

宗佩兰说："我有微型录音机。"

朱莉莉又问："能录下音当然好，可是你怎么把录音机放进去呢？"

宗佩兰想了想说："我有办法了。"

三个人商量好行动方案，行动就开始了。她们租下308房间。黄秀秀去摄像，朱莉莉坐在大厅里守住门口，宗佩兰进入208房间去录音。

朱莉莉没有搞错，在208房间里的就是孟巾帼和黄阿虎。孟巾帼回蒲东的途中，被人在电话里训斥了以后，要刚到家的黄阿虎立即赶到宾馆商量对策。黄阿虎刚到家马上又出来，就是这个原因。黄阿虎走进套房，随手关好房门。哭丧着个脸，正坐在沙发上发呆的孟巾帼，立即站起来迎上去。房间里只亮着瓦数很小的台灯，淡淡的灯光，使房间显得幽静而神秘。

"阿虎，情况不好了……"

刚走近孟巾帼，黄阿虎突然扑上去将她紧紧地搂在怀里，将她压倒在床铺上，一张猴脸紧紧贴住了孟巾帼的脸。

孟巾帼吓了一跳，拼命地挣扎着说："阿虎，你听我说……"黄阿虎没有想到她会反抗，反而惹得他性起，此时他根本不想听她说什么，一心想尽快征服她。他将身体紧紧地压着她，一只手搂着她的身体，腾出另一只手伸到她的腹部，去解她腰间的皮带。但此时孟巾帼根本无心与他寻欢作乐，她竭力反抗着，将脸从黄阿虎的挤压中挣脱出来，大骂："你这个畜生，你已死到临头了……"

黄阿虎说："用不到几分钟，就完了……"

此时响起了敲门声，孟巾帼趁机大声喊道："进来！"

黄阿虎只好从孟巾帼的身上爬下来，孟巾帼立即站起来，整理着衣服，捋着头发，恶狠狠地瞪着黄阿虎。黄阿虎只好坐到靠窗口的沙发上，从衣袋里摸出一支香烟点着吸起来。敲门声继续着，因为门是锁着的。孟巾帼从容不迫地打开房间里所有的电灯，强烈的电灯光和穿衣镜的反光，立即驱散了幽静和神秘，使房间里充满了光明，显得富丽堂皇。做好这些事情，她将衣衫整理端正了，领导干部那种庄重、沉着的气概，又回到了她的身上。她站在门前气宇轩昂地喊了一声："谁啊？"

"服务员送开水啊！"

孟巾帼打开房间，服务员打扮的宗佩兰走进来。她戴了一副眼镜，和一顶绒线编织的圆顶帽，帽檐一直拉到了眉毛跟前，口红涂得浓浓的。她手里拿着一把热水瓶，向站在过道的孟巾帼微笑着点了点头，说："对不起，打扰一下。"她径直走到黄阿虎坐的沙发跟前，将热水瓶放到茶几上，弯腰整理了一下茶几上的杂物，然后直起腰，将厚厚的窗帘向中间拉了拉，又把窗户移开一条缝隙，笑着对黄阿虎说："房间里空气不好，开点窗户透点新鲜空气。"说完就走了出去。此时,孟巾帼没有注意到，在悬挂着厚厚窗幔的窗台上，出现了一个人影，那是黄秀秀。她手里拿着只微型摄像机，镜头正对着孟巾帼。

宗佩兰一走，黄阿虎口里衔着香烟，站起来向孟巾帼走去。孟巾帼倒退着说："你别胡来啊……蒋振生被宗绍阳盯上了……"

黄阿虎走到孟巾帼面前，嬉皮笑脸地说："你别怕，我现在没兴趣了。"

"我真恨不得阉了你！你说，这该怎么办啊？"这时她刚才那种庄重、沉着的领导干部风度，已荡然无存。她焦急得像只热锅上的蚂蚁。

黄阿虎回到沙发上坐下来，沉着冷静地说："坐下来，慢慢说。"

孟巾帼走到沙发跟前坐下："能不能把那人除了？"

"我可以派人去干，但你也得让人配合啊。"

"你要谁来配合？"孟巾帼生气地说，"谁还能配合你！"

"没人配合，这件事我没法干。"

孟巾帼沉默了一会儿说："好，事情到了生死关头，我不妨对你明说，只有那个同志上去了，你我才能太平无事，怎么配合你，我来想办法，但具体的事还得你去做，这回得把事情做得利索一点儿！"

黄阿虎正要说什么，这时窗户外面突然有人大喊："有小偷，快抓小偷！"立即整个院子里抓小偷的喊声响成了一片。黄阿虎和孟巾帼也不约而同地从沙发上站起来，黄阿虎转过身，撩起厚厚的窗幔，拉开窗户，向窗外探出身去。这一看使他大吃一惊，一个人影正纵身从二楼跳到地上，从身影判断那是黄秀秀。黄秀秀跳到地上，立即被几个男子汉围住了，黄秀秀和他们打起来。

这时，关着的房门被打开了，宗佩兰冲进来。

孟巾帼盯着快步向她跑近的宗佩兰的脸，如梦初醒地惊叫道："你……"

黄阿虎听见孟巾帼的惊叫，立即回过身来，这时宗佩兰已经跑到茶几跟前，伸手正要取茶几上的东西，却被黄阿虎捉住了手。孟巾帼大惊失色，又是一声尖叫："录音机。"在茶几上一块写着禁止吸烟字样的纸牌后面，放着一只扑克牌大小的盒子，孟巾帼在县广播站工作过，当然认识此是何物。瞬息间，她伸手将微型录音机抓到了手里。宗佩兰被黄阿虎捉住了手臂，奋力挣脱出来，扑上去与孟巾帼抢夺录音机。黄阿虎扑上来拦腰抱住了宗佩兰，想把她摔到床上，但宗佩兰是经过训练的公安人员，黄阿虎难以将她摔倒。黄阿虎虽然形似猴子，但他毕竟是男人，宗佩兰也难以完全摆脱他，只能一边挣扎，一边伸手与孟巾帼抢夺录音机。孟巾帼是内行人，知道刚才她和黄阿虎的对话已经被录了下来，损坏磁带是非常重要的。她一边躲避着宗佩兰的抢夺，一边设法打开录音机取出磁带，但宗佩兰的抢夺，妨碍了她这么做。一场抢夺录音带的战斗异常激烈地进行着，宗佩兰感到靠她自己的力量，取胜的可能性不大，她听见了黄秀秀和别人的扭打声，就大喊："秀秀快来帮我！"这时孟巾帼打开了录音机的磁带盒，正设法取出录音带，但录音带只有一寸大小，磁带卡在录音机里很难取出，宗佩兰的攻击，阻止了她取出录音带的动作。这时黄秀秀冲了进来，一进门马上反转身把门锁住了。她的身后像是跟着好几个人，把门敲得震天动地的。

宗佩兰见到黄秀秀像是见到了救星，大喊："快夺孟巾帼手里的磁带！"

黄秀秀冲到黄阿虎跟前，这时她满腔怒火在胸，恨不得将黄阿虎生吞活剥。她一伸手就抓住了黄阿虎脖子上的领带，用力一拉，黄阿虎一个跟跄，脑袋立即撞到墙壁上。黄阿虎扶住墙壁，还未站稳身体，黄秀秀的拳头就跟上来了，一拳击在他的脑门上。就这一下，黄阿虎就轰然倒地，他想爬起来，但怎么也爬不起来。黄秀秀在袭击黄阿虎时，孟巾帼已经从录音机里取出了磁带，正要塞进嘴里。说时迟那时快，宗佩兰扑上去，但还是晚了一步，孟巾帼已经把录音带塞进了她的小嘴。宗佩兰扑上去，想把磁带从她的嘴里挖出来。这时门被打开了，冲进来三个宾馆保安。宗佩兰急忙回头对黄秀秀说，把磁带从她的嘴里挖出来！黄秀秀一只手捏住了孟巾帼的喉咙，另一手扳开孟巾帼拿着磁带的手。孟巾帼的脸色涨得通红，连气也喘不出来了，她一松嘴，宗佩兰立即就把磁带从她的嘴里挖了出来，但磁带已被损坏了。她将磁带塞进衣袋里。黄秀秀捏着孟巾帼的喉咙，声泪俱下，大喊："你这个恶鬼，还我父亲！还我父亲啊！"

宾馆保安冲到了黄秀秀和宗佩兰跟前。宗佩兰发现，他们有的手拿着木棍子，有的手里拿着电警棍，有个人手里还拿着手铐。宗佩兰大喊："我们是警察！"但那几个人根本不予理睬，举起木棍和电警棍朝着她们就打。宗佩兰知道来者不善，拿起床上的被子作武器，与他们对抗。这时孟巾帼也被黄秀秀打倒，躺在地上不动弹了。黄秀秀回过身来对付那几个男人，她知道电警棍的厉害，端起沙发旁的茶几擎在手里。茶几上的东西哗地倒到地上。黄秀秀举着茶儿，虎视眈眈地看着那三个男人。他们也将眼睛睁得大大的，与她对峙着。宗佩兰喊道："秀秀，快冲出去！"黄秀秀说："你快逃，别管我！"那三个人大概也知道黄秀秀的厉害，一时不敢走近她。黄秀秀面无惧色，一脸的英雄气概，高举着茶几，步步紧迫，他们就步步后退。宗佩兰趁机从茶几旁跳到房间的中间。这时，黄秀秀突然发威，挥舞着手里的茶几冲过去，与那三个男人混战起来。宗佩兰来帮她，她却大喊："佩兰，磁带里有重要的事情,你快逃!"她挥舞着茶几,不顾一切地向前冲去,为宗佩兰扫清道路。这时,孟巾帼清醒过来,指着宗佩兰大喊:"抓住她,小偷!"因为黄秀秀来势凶猛,那三个人便一起来对付她。他们露出了空档,宗佩兰趁机跳到门口,正要夺路逃到门外,靠门口的那个男子转身过来,向宗佩兰扑过去。黄秀秀见自己的手臂无法阻止那人扑向宗佩兰,就干脆将茶几掷了过去,将那人击倒。宗佩兰逃到门外。黄秀秀因失去了手中的武器,靠近她的那个人立即挥舞着木棍,大打出手。孟巾帼又大喊:"追,快追啊!"另一个人转身向外面追去,黄秀秀扑上去要想揪住那个人,却突然被绊了一跤,跌倒地上。原来,刚才萎缩在墙根的黄阿虎,此时像个垂死的人突然还魂了,伸手捉住了她的一只脚。黄秀秀倒地时,也没有忘记伸手抱住阻挠宗佩兰向外逃出去的那个人的一条腿。宗佩兰抓住机会逃出房间,马上就逃得无影无踪了。那个手持电警棍的人,举起电警棍在黄秀秀的头部狠狠地击了一下,黄秀秀只感觉到一阵头晕目眩,立即四肢无力躺倒地上。黄阿虎一只手松着脖子上的领带,抬起他的一只小脚,对着黄秀秀的臀部就是狠狠一脚。

"这女人出手好重,差点没有把我打死。"黄阿虎对着黄秀秀怒吼道。

孟巾帼吼道:"快追,把她们夺去的磁带夺回来!"

一个人立即转身向外面追去,被黄秀秀拉倒在地的那个人也爬起来,拔腿就往门外追去。

孟巾帼走到黄秀秀跟前,对留在房间里的那个人说:"把她铐起来!"

那个人立即拿出手铐将黄秀秀铐住了。

当黄阿虎和另一位保安架着浑身软绵绵的黄秀秀走到宾馆大门口时,另外两个追赶宗佩兰的保安垂头丧气地站在石阶上,见孟巾帼走出来,便说:"孟县长,磁带没有夺下来,我们赶到,她们已经驾车逃跑了。"

孟巾帼脸色白得像张纸,要不是两位保安将她扶住,她一定瘫倒在地上了。

那两个保安追下楼来时,朱莉莉已经将轿车停到宾馆大门口的石阶上,宗佩兰钻进车子,轿车马上就开走了。驶上大街,朱莉莉才发现黄秀秀没有逃出来,她的摄像机也不见了。

"秀秀怎么办?"朱莉莉问。

"我让我爸去解救她。"宗佩兰说着，摸出手机给宗绍阳打电话，简要地把这次录音经过说了一下，要他赶快去解救黄秀秀。

朱莉莉知道那盘磁带事关重大，必须立即获取磁带里的内容，也就不再作声，把着方向盘，猛踩油门，轿车像一支离弦的箭，飞一样地在马路上行驶着。轿车驶到宗佩兰家的住宅楼下，还未等朱莉莉将车停稳，她已打开车门钻了出去。等朱莉莉停好车，追上去时，宗佩兰已经跑进了屋子里。门没有关，朱莉莉一推门就进去了。宗绍阳和吴品菊围着宗佩兰站在客厅里，宗佩兰从衣袋取出那卷磁带，交给母亲。宗绍阳见朱莉莉进去，立即握住了她的手，亲切地说："莉莉，辛苦了，快请坐！"放开朱莉莉的手，他也走到沙发前坐了下来。宗佩兰握着朱莉莉的手，也在父亲身旁坐下来。

磁带外壳已破碎，磁带从壳子里面散落出来。吴品菊不解地问："怎么会弄成这个样子？"

宗佩兰说："孟巾帼放进嘴里咬碎的。要不是黄秀秀，还夺不到手呢！"

吴品菊摇摇头说："恐怕是报废了。"

宗佩兰急起来，央求地说："妈，求求你，秀秀说有非常重要的情况，你想想办法把它修复。妈，我求你了！"

吴品菊说："我拿到台里让我们技术员试试看。"

宗佩兰抱住双拳向吴品菊作揖道："拜托，拜托啦！"

宗绍阳问道："佩兰，这是怎么回事？"

宗佩兰说："我去取录音机时给黄阿虎发现了，孟巾帼夺过录音机取出磁带就放进了嘴里，黄秀秀从楼下赶上来，从孟巾帼嘴里夺下了磁带，可是给孟巾帼咬成了这个样子。"

"黄秀秀好勇敢啊！"宗佩兰赞叹了一句，又说，"爸，你再打个电话问问，黄秀秀救出来了没有？"

"黄秀秀趴在窗台上摄像被人发现，就从二楼跳下来，被三个男人围住，她竟毫无惧色与他们对打，后来又听见佩兰的喊声，就冲上来帮助佩兰，现在秀秀被捉住了。"朱莉莉叹口气说，"我的摄像机也完啦。"

宗绍阳打好电话，对宗佩兰和朱莉莉说："严关根说，黄秀秀现在还没有找到，他们还在寻找。估计不会有什么危险，你们放心好了。市政府已组成调查组要对黄三省一案进行调查，你们也是调查组成员，你们把排头村调查来的材料整理一下，马上返回排头村，我和安副市长随后就来！"

第二天下午，被抽调参加黄三省调查组的成员要在宗绍阳办公室集中。还没有到上班的时间，宗绍阳就来到了办公室，列好调查提纲，又把要说的话在脑子里过了一遍。这时宗绍阳的手机响了，是李敬右打来的，告诉他已安全到达贵州省凯里市，与当地警方接上了头。蒋振生居住的山寨在离凯里市区有一百多公里，现在他正在赶往那个山寨，预计晚上就可以到达。宗绍阳一阵兴奋，嘱咐他注意安全，有情况马上向他报告。刚打好电话，吕福安却走了进来，宗绍阳离开座位伸出一只手迎过去，两个人虽然心照不宣，但表面上却热情有加。

宗绍阳一脸微笑，盯着吕福安气色很好又生着很多脂肪的脸说："吕局长也想在下午碰头会上说几句？"

吕福安摇摇头说："不，我有一件事问你。"

"什么事？"

"你知不知道李敬右到哪里去了？"

"知道，"宗绍阳说，"他度年休假去了。"

吕福安又问："这件事我怎么不知道，他什么时候走的？"

"什么时候走的我不知道，但假条我是昨天下午下班前批的，上午一上班我就把假条交给办公室了，"宗绍阳反问道，"办公室没有告诉你？"

吕福安阴沉着脸说："我已调他去刑侦支队，怪不得他没有去报到。"

宗绍阳的脸也阴沉了："他调工作的事，我怎么不知道？"

吕福安突然严肃起来，口气很强硬："老宗，我感觉你好像事事处处与我对着干！"

宗绍阳露出吃惊的神色："这话从何说起，我什么地方同你对着干啦？"

吕福安站起来怒不可遏，疾言厉色地说："我要他今天上午移交工作去刑侦支队报到，你却偏偏放了他年休假！"

宗绍阳站起来，脸对着吕福安，也是一脸严肃："我现在还是副局长，领导班子分工我主管交警支队和刑侦支队的工作，一个支队长的工作调动，我怎么会被蒙在鼓里……"

"为什么早不休假,晚不休假,偏偏在这个时候休假!这是什么道理?"

"这还用得着讲道理吗?休年休假是每个国家工作人员的基本权利,你说我们有什么权力剥夺他!"

吕福安吼道:"你给我马上把他叫回来!"

"这种出尔反尔的事我是不做的,"宗绍阳冷冷地说,"要叫你去叫,要处分你就来处分我!"

吕福安还想说什么,上班的时间到了,来参加碰头会的人陆陆续续地来了,吕福安只好板着脸走出了宗绍阳的办公室。

一辆子弹头面包车载着黄三省,在山阴市区通往蒲东县的 104 国道线上疾驶。调查组从公检法、纪委、卫生局等单位抽调了不少干部,分成了两个小组:一组以市县公安局和市法院为主,去蒲东县;另一组由市检察院和市卫生局为主,去市医院。黄三省亲自带队去蒲东,去市医院的一组指定了一位副检察长带队,范芝毅也被分在这个组里。昨天下午,宗绍阳已经通知蒲东县政府,安副市长要亲自调查黄三省一案,请他们做好准备,并指定严关根配合调查。宗绍阳的警车在前面开道。宗佩兰和朱莉莉已在昨日下午返回排头村,黄秀秀在当天晚上就被严关根找到了。欧阳殿生也跟着来了,同来的还有护士小茅和大学毕业刚参加工作的秘书吴晓刚。

欧阳殿生为什么要和黄三省一起来蒲东,原因很简单,黄三省虽然答应僭越了安祖裕的身份,这些天来他们相处也比较融洽,但他念念不忘他的妻女,到蒲东调查,难免要同他的妻女见面,如果被她们认出来,或者黄三省头脑发热,感情冲动,那么后果就不堪设想。临出发时,她曾向宗绍阳暗示过,黄三省重伤初愈还不能过于劳累,到蒲东听听汇报也就行了。宗绍阳说,他会安排的,安夫人放心好了。子弹头面包车驶向蒲东县时,黄三省一脸的兴奋,当车子开进蒲东饭店时,他又是一脸的惊讶。严关根已等候在饭店的大厅前。一下车,黄三省就问宗绍阳:"这里不是排头村啊?"宗绍阳回答说:"这里是蒲东饭店,要先同蒲东县领导接个头。"人们走进一间富丽堂皇的会议室,黄三省说:"我想立即到排头村去!"

欧阳殿生急忙说："去乡下太辛苦了，叫几个目击者来询问一下就行了。"

黄三省固执地说："不，还是我去吧！"他率先向外面走去。

欧阳殿生挡住他的去路，求救地看着宗绍阳。

宗绍阳说："安副市长，你先坐下来，安夫人说得不错，我们要调查问题，把他们请上来也是一样的。"

黄三省皱了皱眉头，在沙发上坐下来，无奈地说："你们把陈湘莲、黄秀秀、黄小毛，还有乡卫生院的那个寿医生给我叫上来。"

宗绍阳对严关根说："严局长，你去通知宗佩兰，让她们把安副市长提到的几个村民请来见我们。"

严关根站起来点点头，到走廊上打电话去了。

欧阳殿生焦虑万分。让黄三省的妻女来见他，这与他去见他的妻女，结果是一样的。她把宗绍阳拉到离黄三省稍远的地方，心躁气急地说："黄三省是我家老安的孪生兄弟……"她又抛出了不能见黄三省妻女的另一个理由，她估计宗绍阳一定会问为什么，但没有想到还没有等她把话说完，宗绍阳就举手阻止她说："这我知道。"他又走到黄三省身边。欧阳殿生奇怪了，他知道，他都知道些什么呢？也跟着他回到了黄三省跟前。

宗绍阳将嘴贴近黄三省的耳朵，轻轻地说道："安副市长，有一件事，我本来早应该向你汇报的，因为还有些问题没有搞清楚，所以没有汇报，现在这些问题都搞清楚了。"

"什么事？"黄三省问。

"我曾经听你说过，你有一个孪生兄弟在新中国成立前夕失散了。"

"有这么回事。"

"你的这个孪生兄弟，现在我们找到了。"

"真的？"黄三省明知故问。

"黄三省就是你的孪生兄弟。"

黄三省显得很平静，只是轻轻地"哦"了一声。

"你不能直接与他们见面。"

宗绍阳说出了他掌握的秘密，又提出了要求。这个要求与欧阳殿生的想法不谋而合。

"不见他们，我怎么能听到他们的申诉？"黄三省皱起眉头，坚决地摇摇头，"不直接与他们见面，怎么同他们说话？隔着墙壁和他们说话，或者中间隔块竹帘，老百姓会怎么看？共产党的干部也同国民党一样，害怕与群众见面，这不行！"

黄三省把道理说得振振有词。对他这番宏论，欧阳殿生颇为欣赏，有点像领导干部的口气，但她又担心黄三省这样固执，会迫使宗绍阳让步。

欧阳殿生的担心是多余的。只听见宗绍阳坚决地说："你与黄三省相貌一样，对调查不利！"

欧阳殿生的一颗心放了下来。她说："宗副局长的话有道理，你就听他的安排吧！"她抓住黄三省一只手，轻轻地捏了捏，又向他使了个眼色。意思是说，你不要固执，免得露出马脚。

黄三省像是明白了，茫然地问道："你们说我该怎么办？"

"我来安排，"欧阳殿生似乎早有准备，她胸有成竹地说道。

"那好！"黄三省只好服从。

黄三省头上戴着顶深蓝色的宽边礼帽，鼻梁上架着一副深褐色的蛤蟆式太阳镜，嘴唇上粘贴上一条乌黑的棣形一字短须，这是欧阳殿生给他化的妆。欧阳殿生是演员，化妆是她的拿手好戏。他到卫生间照了一下镜子，自己也感到一阵好笑，这副模样不要说他的妻女认不出来，就是他自己也认不得自己了。欧阳殿生这个办法想得也真绝。

因为要直接与群众见面，公安部门对饭店加强了警卫。黄三省住处的走廊上都是穿着制服的警察，会议室里也尽是人，这些人绝大多数是由警察化妆的，有的扮成服务员，有的扮成市政府的工作人员。这时的黄三省反而显得泰然自若，平静地坐在沙发上，静候着他妻女的到来。

不一会儿，走廊上出现了一阵骚动，接着传来陈湘莲很张扬的声音，和她的沉重的呼吸声。

"青天大老爷在哪里？青天大老爷在哪里？"

陈湘莲披头散发，一件玄色卡奇布圆领罩衫上扣搭着下扣，虽然刚刚洗过，但衣襟和背脊上全是东一块西一块的泥土。她目光散乱，神情游离，嘴角上还沾着唾沫星子。原来圆圆的苹果脸，像是被一只巨型的手捏了一把，颧骨突出，两腮凹陷，脸上的肌肉松松垮垮地耷拉下来。她一看见宗绍阳马上双腿一屈跪了下来："青天大老爷，你要为我伸冤啊……"

黄秀秀也整个儿地变了。原来健壮而丰满的脸庞，现在已经显得憔悴而瘦削，一对黑白分明的眸子，浑浊而布满了血丝。眼眶周围影影绰绰可以看到一圈黑色的影子，不到三十岁的年轻女子，足可以看成是四十多岁的中年妇女。黄秀秀虽然搀扶着母亲，但实际是被母亲牵引着，跌跌撞撞地走过来的。就这么几天时间，母女俩面黄肌瘦，没有了一点人样。昔日妻子那张憨厚可亲、秀目善眉的脸容和女儿俊俏质朴、英姿勃发的神态，似乎已经成了年代久远的记忆，离他而去了。

黄三省脸上肌肉抽搐，脸色变得很难看。欧阳殿生和那个很漂亮的女医生没有欺骗她，他的妻子又疯了，他的女儿已深陷家破人亡的困境。

陈湘莲母女俩飞快地跑进来，接着进来的是宗佩兰和朱莉莉。黄秀秀被孟巾帼他们抓走后，很快就被严关根解救出来，并且将她保护起来。第二天，宗佩兰和朱莉莉从山阴市区赶回排头村，严关根把黄秀秀交给了她们。

"黄阿虎罪大恶极啊！"黄三省突然大喊一声。因为陈湘莲的突然冲进来，房间顿时大乱，所以，谁也没有觉察黄三省这声痛彻肺腑、充满仇恨的喊声。他想站起来，被站在他身旁的欧阳殿生摁住了。

宗绍阳搀扶住陈湘莲一只胳膊，指着坐在沙发上的黄三省说："这位是安副市长。"

陈湘莲见黄三省是更大的干部，就转身一个前冲，扑到黄三省面前，她的额头差一点儿触及到了黄三省的脚尖。

宗绍阳曾经想让陈湘莲母女与安副市长相认，现在为什么却帮着欧阳殿生将安副市长乔装打扮，避免让陈湘莲母女与他相认呢？这是因为他想到了市委常委会议上，李剑峰与安副市长发生的那场矛盾冲突。如果把安祖裕和黄三省的血缘关系掺杂在里面，被陈湘莲母女纠缠住不放，李剑峰和吕福安他们会说安副市长徇私枉法，以此为黄阿虎开脱罪责，所以现在点破他们之间的关系是不明智的。

低头拉着母亲的黄秀秀听到安副市长三个字，立即抬起她挂满泪水的脸，惊讶地喊了一声："安副市长！"她听宗绍阳说过，安副市长和她父亲长得一模一样，但眼前情景却使她失望，她父亲不是这个样子啊！

此时的黄三省心里真是异乎寻常地痛苦，他终于见到了朝思暮想的妻女。他倏地从沙发上站起来，想扑过去抱住他的妻女痛痛快快地哭一场。他想对她们说，别哭了，他还好好地活着，黄阿虎一定会受到惩罚的……但是他不能够。他看见了欧阳殿生的目光，那目光闪烁着晶莹的泪水，似怨似艾，如诉如泣。那目光仿佛说，黄三省，你要报仇，还得靠副市长的身份和地位。你要是再往前跨出一步，别人看穿了你僭越的身份，不仅你的大仇不能得报，我也跟着你完了。也许欧阳殿生是对的，他不能不听。他的双脚像是生了根一样，双眼呆呆地凝视着他的妻女。他明显地感觉到自己颈项上的喉结，失控无序地上下移动着，鼻子发酸，眼泪在眼眶里涌动。他克制着，绝对不能让眼泪流下来。《忍经》上说："能忍辱者，必能立天下之事。"这样一想，他的意志控制了情感。突然，他感到鼻孔里痒痒的，他忍不住用手指抠了一下，又抬头对着窗外淡蓝色的天空看了一眼，接着便是三个山崩地裂似的喷嚏。

经过化妆的黄三省，陈湘莲和黄秀秀确实是认不出来了。但这个打喷嚏的系列动作，又使她们疑窦顿生，惊讶不已。陈湘莲一惊，医生对她说过，她丈夫的脑袋安装到了另一个人身上，莫非安装了她丈夫脑袋的人，就是眼前这个人？她认出了搀扶她的这个似花如玉、雍容华贵的女人，就是那个在医院里见过的女人，虽然她大脑里像磷火一样闪过上面那些念头，但她此时情绪激动，又神志恍惚，这个念头稍纵即逝。陈湘莲扑过去，两腿一软又跪下了。黄秀秀惊奇了，这个打喷嚏的动作，多么像她的父亲，只有她父亲才会这样打喷嚏……宗绍阳对她说过，安副市长像她父亲，但不会只是打喷嚏的动作相像吧？她记得母亲说过，医生把她父亲的头颅移植到了另一个人身上。她不信，她现在仍然不信，这是母亲神志不清胡言乱语，能够移植头颅的技术至今还没有被科学家所掌握……但有一点，她却感觉到了，副市长一脸的辛酸，一脸的痛苦，母亲扑近，他迅速地站了起来，也要扑过来，但又出人意料地站住了。他的一举一动多么像她的父亲……"爹爹，你要是爹爹多好啊！"在瞬息间，她这样想……陈湘莲只是哭，开始跪在地上，后来她干脆一屁股着地坐了，声泪俱下，号啕大哭，再后来陈湘莲口吐白沫，突然躺到地上，昏厥了过去。黄秀秀弯腰抱住母亲，捏住她的人中，很凄惨地喊着："娘啊娘，你醒一醒，爹爹啊，你死得好冤啊！"黄秀秀椎心泣血的喊声像汹涌澎湃的巨浪，不仅猛烈地撞击着黄三省感情的堤岸，也震撼着每一个人的心。

豪华套房里马上乱作了一团，众人不知如何是好。

陈湘莲意外的昏厥使黄三省内心的防线崩溃了，他不顾宗绍阳和欧阳殿生的阻挡，一步跨上前，俯身弯腰想去扶起倒在地板上的陈湘莲。这时蹲在陈湘莲身旁捏着她人中的黄秀秀仰起头，眼泪汪汪地看着他的脸，喊着："爹爹，我的爹爹，你死得好惨啊！"黄三省看着女儿的脸，眼泪终于从他的面颊上流下来，他正要伸手去扶陈湘莲，一只手还没有伸出来，却被一只粗壮有力的手挡住了。黄三省抬头向阻挡他的人看去，原来是宗绍阳。宗绍阳炯炯有神的目光正注视着他，他从目光里看到了一种暗示，一种与他的想法完全相反的暗示。接着蒲东县公安局长严关根立即插到他与陈湘莲中间，又有几个警察走近了他，把他围起来请他回避。他又是一阵酸楚，感受到了从未有过的痛苦。

搀扶着陈湘莲的欧阳殿生几乎被陈湘莲拉得跌倒在地上，她打了一个趔趄站住了。这时她头脑特别的清醒，黄三省的三个喷嚏露出了破绽，她不能让事态再继续发展下去了。欧阳殿生弯腰抱住陈湘莲，用手不停地揉摸她的胸脯，使她感觉稍微好一点儿，同时把陈湘莲和黄三省的视线阻隔开来。她见黄三省被宗绍阳他们保卫着离开了，已经难以接近陈湘莲母女，就指挥黄秀秀、宗佩兰、朱莉莉把陈湘莲抬到卧室内的大床上。由于欧阳殿生指挥若定，混乱的局面马上就被控制了。

黄三省被人簇拥着离开了自己的妻女。他说不出自己是什么心情，是焦虑、悲愤还是仇恨和伤心。他想说，你们别拦我，这个女人就是我的妻子，但被宗绍阳和众多的警察围住，已不能接近妻女。经过一阵紧急救治，陈湘莲苏醒了过来，又开始大喊大叫。宗绍阳对他说，陈湘莲不会有生命危险的。黄三省也只好让她去喊了，也许喊一喊对她还真有好处呢，他知道陈湘莲又疯了。

这时严关根的对讲机出其不意地响了起来。严关根和对方通好话，转过脸来对宗绍阳说，排头村众多村民赶来了，怎么办? 宗绍阳从严关根手中接过对讲机，问有多少人？对讲机回答说，有上百人。宗绍阳又问，村民中有些什么人？对讲机又回答说，除了黄小毛夫妇外，还有乡卫生院的那位寿医生等。

宗绍阳问黄三省："怎么办？"

黄三省回答得很干脆："请他们上来！"

宗绍阳愣了一下："上百号人这房间太小了。"

黄三省回答得又很干脆："那我下去！"

"这样不安全。"宗绍阳说。

"他们恨黄阿虎，不恨我！"黄三省很有自信地说。

黄三省被众警察簇拥着，踩着猩红色的地毯，从饭店宽阔的楼梯上走下来。来到大厅，黄三省一眼就看见了排头村村民们，一张张他熟悉得不能再熟悉的脸庞重叠着，交叉着，被警察们阻拦在饭店大门前。他看见了黄小毛，黄小毛老婆，抱着大狼狗依偎在她身旁的外孙连生。他看见寿医生那张干瘦的脸，脸上充满悲愤。他想起寿医生"断指取义"的故事，只觉得两耳一阵轰鸣，一股使他无法抑制的情感流遍全身。他猛一用力，冲开阻挡和簇拥着他的众多警察，一个箭步跑上前去，扑倒在寿医生面前，声泪俱下，大声疾呼："壮烈啊！壮烈啊！"

在场的人都惊呆了。

第十二章

安副市长到哪里去了

黄阿虎又一次被拘留，并由检察院批准正式逮捕，关进山阴市郊的看守所。

调查组推翻了汪培琼的调查报告，建议市卫生局撤销她副院长、财务科长职务。汪培琼很快就被撤销了职务。

黄三省在蒲东住了两天，过了一夜。村民们对黄阿虎的血泪控诉，使他一直处于极度亢奋之中，几次要暴露身份都被欧阳殿生掩盖过去了。尽管如此，和陈湘莲、黄秀秀及村民们面对面的接触，黄三省的举手投足，秉性习气，始终是萦绕在宗绍阳心中悬而未决的疑问，并且像一只正在充气中的气球不断地膨胀扩大。"这个人不像是安副市长。"他在心里说道，"那么，安副市长又到哪里去了呢？"过去出现过的假设又重新出现在他的脑子里："偷梁换柱？""换头？"他又摇摇头，自我否定了。

从蒲东回到山阴市区，已经接近下班时间。宗绍阳走进办公室，刚刚把公文包放到写字台上，他的手机响了起来。电话是李敬右打来的，告诉他蒋振生已被找到，他们正在贵州警方的护送下由凯里赶往贵阳机场，估计当天晚上七点钟就可以到达山阴。宗绍阳对他的工作很满意，小伙子精明强干，只用了五天时间，就在千里之外的茫茫人海中找到了蒋振生。李敬石说，蒋振生已供认是黄阿虎让他开着运煤车在马路上行驶，然后突然刹车，他没想到会发生车祸。第二天从别人嘴里得知那晚撞的是一位副市长，他才知道闯了大祸。黄阿虎给他两万元钱让他远走高飞，他就回到了贵州老家。宗绍阳对李敬右说，他要到山阴机场去接他，又吩咐他不要忘记给上官云霞打电话，报个平安。李敬右说，宗局，这你放心吧，我不给她打电话，她会安心吗？宗绍阳心想，我真是咸（闲）吃萝卜淡操心，这种事还用得着我吩咐吗？

挂掉手机，宗绍阳感到事关重大，他想将自己对安祖裕车祸案的怀疑向市委书记魏怀松汇报一次。如果能得到他的支持，工作就好开展得多了。这时案头上红色电话机响了起来，这是市里专门为政府要员设立的内部电话，这样的电话，他办公室里有一部，家里还有一部。他有时候希望这部电话响起来，有时候害怕这部电话的铃声。这些高层次干部的心理就是这样，对于来自更高层次的指示或信息，既想又怕。宗绍阳拿起话筒。

"喂，是宗副局长吗？"

"是，是我……"

是安祖裕的电话，他的电话对眼下的宗绍阳来说，还真的有点害怕，不知道这位安副市长又有什么别出心裁的动作。

安副市长说："我想会一会黄阿虎！"

"什么？"宗绍阳吃了一惊，问道。

"我要会一会黄阿虎。"安副市长又重复了一句。

"什么时候？"

"就现在。"

副市长要亲自去看守所，审讯一名犯了滔天大罪的犯罪嫌疑人，而且立即就要去，竟然不顾蒲东之行的鞍马劳顿，还真的有点不可思议。但他又想安副市长已经知道自己就是被殴打致死的黄三省的孪生兄弟，对黄阿虎产生深仇大恨也是人之常情。市委、市政府指定安副市长调查黄三省案件，没有理由不让他亲自审讯黄阿虎。

"好，我这就安排。"

宗绍阳比黄三省早几分钟到达看守所。不一会儿，黄三省乘坐的面包车驶进看守所大门，先从车里跳出来的是两名警卫员，接着是护士小茅，欧阳殿生和黄三省是最后从车子里出来的。黄三省穿着深蓝色的粗呢大衣，这种大衣在 20 世纪 70 年代曾非常流行，虽然因年深月久，不少地方绒毛已经脱落，胳膊肘和前襟有点泛白，显得陈旧，但因做工考究，样子也不错，安祖裕一直保存至今，在公共场合还偶尔穿一下。黄三省头上戴着一顶古铜色的宽边礼帽，鼻梁上架着一副墨色蛤蟆镜。这番打扮像个干部，更像个港商，有点不伦不类。

这样打扮，黄三省是经过深思熟虑的。他记得自己也有一件蓝色粗呢大衣，有一顶古铜色的宽边礼帽，20世纪80年代初的一个冬天，他和黄阿虎为联营办企业的事去和上海人谈判，黄阿虎觉得他太土，要他买这件在当时颇有点洋气的粗呢大衣，还让他买了这顶宽边礼帽，钱还是向当时的大队部赊的。在安祖裕的衣柜里，他找到了这件和他那件粗呢大衣差不多的大衣，又让欧阳殿生专门到鞋帽商店买来帽子。他现在穿这件大衣，戴这顶礼帽，目的是很明显的，就是要唤醒黄阿虎沉睡的记忆。

看守所所长请示在哪里审讯黄阿虎。

黄三省想也没有想就说："还能在哪里呢？当然是在牢房。"

"这……"看守所所长有点为难。

欧阳殿生见看守所所长面有难色，就说："还是在审讯室吧。"

黄三省摇摇头，态度很坚决："到牢里！"

宗绍阳见黄三省态度坚决，也就对看守所所长说："那就到羁押室吧。"

宗绍阳同意黄三省去羁押室，大家也就不再说什么了。所长在前面领路，众人拥簇着黄三省走到一扇铁门面前，所长用钥匙打开铁门说："黄阿虎就在这里。"黄三省站在门口，从大衣口袋里取出一只白色大口罩，戴到脸上，因戴着有色眼镜，他的整个脸容几乎全都被遮住了。接着又把大衣脱下来折好搭在手臂上，摘下礼帽藏在身后，说："我要一个人同他谈……"欧阳殿生想从他手里接过大衣和帽子，但被拒绝了。她拽住黄三省的胳膊说："你怎么好单独进羁押室呢？"

宗绍阳心里很纳闷，安副市长怎么尽做出这种令人费解的事？在蒲东，他抱着寿医生大喊"壮烈"，在这里，他竟然这副穿戴要单独审问黄阿虎，这是什么意思？要黄阿虎误认为他是黄三省，也不需要这样穿戴啊。有人陪同黄三省进入羁押室，和黄三省单独进入羁押室其实是一样的，因为羁押室里安装着电视探头，黄三省的举止言行，都会非常真实地被记录下来。在安全上也不会有什么大问题，因为黄阿虎已经被作为重犯戴上了脚镣手铐。但根据公安系统的规矩，审问在押嫌疑犯必须有两个以上的工作人员在场。安副市长要单独审问黄阿虎，这又是什么意思？

黄三省跃跃欲试地想一个人走进羁押室，被欧阳殿生捉住了胳膊肘，她说："宗副局长和你一起进去！"

"好，"黄三省被欧阳殿生阻挡，只好答应，"宗副局长跟我进去！"

黄三省戴着墨镜和大口罩，手臂上挽着粗呢大衣，礼帽拿在手里反手藏在身后，走进羁押室。宗绍阳紧随其后，其余的人留在外面。

关在羁押室里的这个男子，确实是黄阿虎，但黄三省几乎认不出他来了。黄阿虎戴着黑乎乎的手铐脚镣，乌黑浓密的头发像发疯似的一根根竖了起来，胡须稀稀拉拉的也已很长，面黄肌瘦，精神萎靡。他盘腿靠墙坐在床上，戴着铁链的手放在双膝上，双目呆滞地盯着天花板，见有人进来，立即将目光移过来，身体随即离开墙壁，向前移动，手上脚上的铁器发出刺耳的声音。他把身体移到床沿，两只手支撑着床板，双脚从床沿上挂下来，呆呆地看着进来的宗绍阳和黄三省。不可一世的黄阿虎变成这个样子，待在这里面滋味一定不好受。羁押室里只有一张床铺，一只坐便器，没有凳子，也没有椅子，宗绍阳和黄三省只好站着。黄三省心里燃烧着怒火，真想冲上去给黄阿虎兜心一拳，打得他七窍流血，倒地而亡。但是他忍住了，黄阿虎迟早要被处以极刑，他要玩弄他一下，像猫玩老鼠那样玩弄他一下，然后让他慢慢死去……

宗绍阳喝道："黄阿虎，现在安副市长来审问你，你要据实回答！"宗绍阳威严的目光投到黄阿虎脸上，黄阿虎畏缩了，回避了。几天以前，也是在这里，黄阿虎曾经不可一世，得意忘形地与他奢谈关于"赌博"的宏论，让他感到可笑，小人得意往往忘乎所以，这场赌博尚未结束，他已经输得赤身裸体，穷徒四壁了。现在他最深的感触就是与这种小人斗，坚持到底就是胜利。

"我问你，"黄三省问道，"你究竟贪污了多少公款？"

"我没有！"黄阿虎回答，声音显得有气无力。

"三百万，足足三百万，村里的会计一笔笔地给你记在那里，你想抵赖，休想！"

宗绍阳疑惑地看着黄三省，他问得文不对题。

黄阿虎一脸惊诧，呆呆地看着黄三省。

"你是谁？"黄阿虎问道。

"我还要问你，黄三省同你究竟有什么深仇大恨，你要将他斩尽杀绝？说起来，黄三省还是你的远房堂祖，虽然黄三省是领养的，但那也是堂祖啊。你凭借手中一点小小的权力，一手遮天，胡作非为，把个明亮亮的世界扰得混混沌沌，天昏地暗！把个有条有理的天下朝纲，糊弄得黑白颠倒，正邪难辨！你恶如豺狼，毒如蛇蝎，就是将你凌迟处死、五马分尸也不为过……"

"你是谁？你到底是谁？"黄阿虎又一次问道。

宗绍阳不由自主地看了一眼安副市长戴着墨镜和大口罩的脸，与黄阿虎产生了同样的疑惑："你，究竟是谁？"

黄三省和宗绍阳离开看守所不到十分钟，一盘完整记录黄三省审讯黄阿虎的录像带，迅速被送到市公安局长吕福安手里。吕福安带着录像带，马不停蹄地赶到了市委副书记李剑峰家里。

李剑峰从吕福安手里接过录像带，塞进录像机里，两个人坐在沙发上，目不转睛地盯着前面超大型彩色电视机的屏幕。屏幕上出现了短暂的雪花点，不一会儿，出现了声音和图像俱佳的画面。摄像机的位置放得极佳，角度也选得很好，把羁押室里所有人物的一举一动，细致入微的脸部表情，都摄录了下来，声音也是再清晰不过的，连黄阿虎梦呓般的低低的喑喑声也一丝不漏。录像没有经过任何技术处理，所以完全真实，真实得让人无法不信。

电视屏幕上的黄三省，鼻梁上架着墨色的蛤蟆镜，戴着一顶近乎遮住整个脸庞的大口罩，要不是他们事先得到通报，要不是宗绍阳叫他安副市长，李剑峰和吕福安还真的认不出来他就是安祖裕。

"你是谁？你到底是谁？"黄阿虎喊着，那声音却像是临死前的小狗发出来的悲鸣，可怜兮兮的。宗绍阳看着黄三省也是一脸疑惑，大概是羁押室里比较冷，黄三省将搭在手臂上的粗呢大衣抖开来，穿到身上，宗绍阳帮了他一把，把大衣衣襟拉了拉直。这件深蓝色的粗呢大衣，李剑峰多次见安祖裕穿过，并不感到奇怪。接下来黄三省再说话时，只是取下了墨镜，摘下了口罩，把手里那顶古铜色礼帽戴到头上，羁押室里出现了片刻安宁。黄三省面对黄阿虎静静地站了一会儿，然后不再言语一声，转身走了。对这一系列的动作，李剑峰也感到无法理解，穿上大衣、戴上礼帽是因为寒冷，那么摘掉口罩，又是为了什么？羁押室的铁门重重地关上了。黄阿虎颓然坐到床上，双目呆滞地盯着羁押室的天花板，仿佛要把天花板看穿似的。一切又归于宁静，宁静得让人心里发怵。

李剑峰从沙发上站起来，走过去想把录像带退出来，这时意想不到的事发生了。黄阿虎突然从床上跳起来，拖着沉重的脚镣手铐，奔到羁押室的门前，脚镣和手铐互相撞击着，发出"咣当咣当"的声音。黄阿虎跑到门前，举起戴着手铐的双拳用力猛击，大喊："黄三省！黄三省！"整个房间像发生了地震似的，猛烈地摇晃起来。黄阿虎的吼叫声和铁器的撞击声，震得人耳膜嗡嗡作响。这时摄像机关闭了，电视屏幕上出现了雪花点。

李剑峰退出磁带，关掉录像机和电视机，回到沙发上坐下来，从放在茶几上的中华牌香烟盒子里抽出两支香烟，一支递给吕福安，另一支衔到自己嘴上，吕福安打着打火机帮他点燃香烟，烟雾马上升腾起来。

"下一步怎么办？"吕福安吸了一口烟，又马上吐出来。他问道。

"黄阿虎像是疯了，如果是疯了，马上送精神病院去！"李剑峰深深地吸了一口香烟，但没有像吕福安那样立即将烟吐出来，而是向上撅起起嘴巴，慢悠悠地将烟一点一点地吐出来。烟雾在空中形成了一个又一个圆圈，圆圈在空中破碎了，变成了烟雾，烟雾扩散开来遮住了他的脸，李剑峰接着说，"如果他在途中逃跑，立即击毙！"

吕福安点点头表示赞成。

"现在完全可以断定这个人就是黄三省。"

"那么安祖裕到哪里去了呢？"

"你是公安局长，你可以设法让许伟达说出真相。"李剑峰深思了一会儿，又说，"让范芝毅给黄秀秀打个电话，让黄秀秀到安祖裕家里找她父亲！"

"这着棋好，黄三省的身份被揭露出来，省委就得认真想一想，山阴市下届的市委书记该是谁了！"吕福安说，他脸上气色本来就很好，白里透红，神情饱满，现在更是红光四溢，神采奕奕了。

回到办公室，宗绍阳给魏怀松办公室打了个电话，要求汇报情况。魏怀松的秘书对他说："魏书记正有事找你，你立即到他的办公室来！"宗绍阳搁下电话，立即驱车来到魏怀松的办公室。

他刚刚落座，魏怀松就笑着说："和吕福安同志闹矛盾啦？"

宗绍阳心里一愣，此人也真会恶人先告状。他不能哑巴吃黄连，有苦说不出。于是他不动声色地说："他态度不好，我也沉不住气，这我检讨，但他调动交警支队长的工作，也该同我打声招呼啊。"

魏怀松说："这件事我已经调查清楚了，责任不在你这里。我已批评过吕福安同志，工作上的事要互相多商量，不能随心所欲，独断专行，想怎么干就怎么干！"接着微笑着说，"这件事就说到这里。说吧，你找我有什么事？"

于是，宗绍阳把在脑子里盘桓了很久的两个问题，即对安副市长车祸可能是一场谋杀、吕福安可能参与其间的怀疑，和眼前的"安副市长"非安副市长的想法，条理分明地做了汇报。听了第一个问题，魏怀松沉默许久，然后说："从车祸的精心策划、磁带的消磁、李敬右被突然调离等几个方面看，吕福安可以被作为怀疑的重点，你可以继续追查，遇到问题直接向我汇报。"听了第二个问题，魏怀松摇摇头，笑着说："我感觉像是天方夜谭，偷天换日基本可以否定。安夫人多次说过老安大腿上的黑痣还在。双胞胎兄弟的相貌可以完全相像，但不可能一毛一痣都一样。换头术……"魏怀松又一次轻轻地摇头说，"更不可能了。要真是把黄三省的头安装到安祖裕同志身上，而且成功了，这等于我们中国人放了一颗大大的卫星，又一次创造了世界奇迹！我希望我们真的创造了这个奇迹，但我劝你把调查工作做得细一点儿，再细一点儿，不要再犯上次抓捕黄阿虎时的错误。如果是这样，那批评你的不再是李剑峰同志，而是我魏怀松了……"

宗绍阳回到家里，吴品菊和宗佩兰已经坐在餐桌前吃饭了。吴品菊说她晚上还要到单位开会，所以来不及等他一起吃。宗绍阳抬起手腕看了看表，已是傍晚六点钟，晚上七点他还要到机场接李敬右。宗绍阳端起饭碗狼吞虎咽地扒着饭，心里冷不丁冒出一个问题，说："你们母女俩都是有学问的人，我有一个问题想请教一下，行不行？"

"你什么时候也学得油腔滑舌的，戴高帽假谦虚，来这一套！"吴品菊瞪了他一眼说，"又遇到什么事了，来召开家庭饭桌会议。"

"爸，你又遇到什么难题了？"宗佩兰豪气冲天地说，"快说，女儿我一定路见不平拔刀相助！"

"你别向我吹胡子瞪眼的，这事你也不一定知道。我问女儿，"宗绍阳以牙还牙地瞪了妻子一眼，向女儿笑笑说，"佩兰，我问你，现在世界上能不能进行换头术？"

"只听说过换肝、换心的，"宗佩兰摇摇头说，"没听说过换头的。"

"换头的事我还真的听说过，"吴品菊朝宗绍阳嫣然一笑，挺得意地说，"这事还得问我！"

"吴总编，快说，"宗绍阳急于想知道答案，很诚心地叫了一声妻子的职务，"换头术发明啦？"

"我对你说吧，"吴品菊挺神气地说，"最难的科学技术，最终都是要被人类攻克的……"

"你是说这门技术人类已经掌握了？"宗绍阳问。

吴品菊继续卖关子似的说道："要实施这个手术，有几个基本条件必须达到，实施头颅移植的两个对象的 DNA 检测结果必须一致，并在同一个时间内濒临死亡……"

宗绍阳忍不住说道："这些条件都具备了！"

吴品菊说："有个叫怀特的美国医生对猴子的头颅进行过几次异体移植，但都失败了，时间最长的也只活了八天。怀特把这种'换头术'称为'脑移植'，英文叫'draintransplant'。"

宗绍阳问道："对人有没有做过这种手术？"

吴品菊说："还没有。"

宗绍阳大失所望："还只是动物实验！"

吴品菊对丈夫的反应感到不满，生气地说，"怎么，你看不起科学实验？人类的科学成果都是从实验室开始的。"随即兴致勃勃地说，"我说怀特的实验是卓有成效的，那两只猴子毕竟活了八天……"

"行了行了，妈，现在我们不听科学讲座，"宗佩兰打断母亲的话，单刀直入地问道，"爸，你是不是怀疑许院长为安副市长和黄三省做了换头术？"

　　宗绍阳点点头，坦诚地说：" 有这个想法。"

　　"你别再自讨没趣了，"吴品菊停住了正在扒饭的筷子，神色恐慌地盯着丈夫的脸说，"好事不出门，丑事传千里。你被李剑峰骂得狗血喷头的事，闹得全山阴城里家喻户晓、妇孺皆知啦。你现在竟然怀疑到了安副市长的头上，要是再给魏书记批一顿，我看你快成过街老鼠，要人人喊打了……"

　　宗佩兰以为母亲言过其实，不满地看了她一眼说："妈，你别捕风捉影的，只听一面之词，就把话说得危言耸听的。我亲耳听见不少人竖着大拇指直夸父亲，说他才像个顶天立地的男子汉，一身的正气！"她又看着父亲用探询的语气问道，"爸，你有什么理由这么想？"

　　宗绍阳看着女儿一本正经的神情，笑着说，"你妈刚才说的换头术的基本条件，安副市长和黄三省都符合。安老太太曾亲口对我说，眼前的安副市长头部根本没有受什么伤，陈湘莲也对我说过，医生把她丈夫的头装到了另一个人身上，虽然她犯有癫痫病，但许院长他们为黄三省和安副市长做手术时，她的头脑是清醒的。另外，这次安副市长审讯黄阿虎时，黄阿虎就叫他黄三省……"

　　宗佩兰说："爸，我替你补充一点儿，那天，黄秀秀见安副市长连打三个喷嚏，就对我说那是她父亲，只有她父亲才这样打喷嚏！"

　　吴品菊叫起来："你们父女俩一唱一和，胆子够大的！"

　　宗绍阳笑着说："你别杞人忧天，我已把我的想法向魏书记做了汇报。"

　　"魏书记怎么说？"吴品菊问。

　　"他要我深入调查，别再犯类似抓捕黄阿虎的错误。"

　　"魏书记说得不错。"吴品菊说。

　　"他还说，要是许院长他们真的成功实施了这个手术，那将是一个划时代的科学奇迹，我们中国人又一次扬眉吐气地站到了科学的巅峰上，"宗绍阳不无骄傲地说，"我们山阴市将举世瞩目！"

　　宗佩兰轻松自如地说："要了解这个情况，去问问上官云霞和许院长不就行啦！"

吴品菊如释重负地嘘了口气,对丈夫说:"你与许院长关系这么好,你不会去问他!"

宗绍阳摇摇头:"要是他肯说,吕福安在常委会上这样严辞责问,他会不说吗?李敬右问上官云霞时,她也早就说了,还要我像瞎子摸象似的瞎猜到现在?"

"我去问!"宗佩兰信心十足地说。

宗绍阳笑起来:"上官云霞连对李敬右都守口如瓶,她凭什么告诉你?"

"打开他们的计算机,不是什么都知道啦!"

吴品菊又吓了一跳:"谁有这个本事?"

宗佩兰把头一仰:"本姑娘可以试一试。"

吃完晚饭,吴品菊去单位,宗绍阳去机场,宗佩兰则去找上官云霞。

下午快下班时,上官云霞接到李敬右的电话,告诉她晚上七点左右的飞机到山阴,自鸣得意地说他已经实践了对她的承诺,到机场来迎接真正的英雄吧!上官云霞喜出望外,一口答应晚上七时整一定在机场恭候班师归来的大英雄。下班后,上官云霞满面春风地回到住处。吃完晚饭,嘴里哼着小曲洗了澡,六点多一点儿,许伟达打电话告诉她,泰勒的邀请信收到了,要她赶快去他家里取邀请信。上官云霞很高兴,心想到许院长家用不了十分钟,拿了邀请信直接到机场,她答应许伟达马上就来。放下电话,准备更衣出门,门铃却响了。

按门铃的是汪培琼。门开,上官云霞才发现她的身后还有个范芝毅。汪培琼作为医院的工作人员,来过几次上官云霞的住处,但范芝毅却是稀客,上官云霞心里一惊,不由自主地开了门。两个人悄然无声地走进来,一副神秘兮兮的样子。对他们的来访,上官云霞心里老大不乐意,但出于礼貌,仍然侧身把他们让进了屋。上官云霞关好门转过身来,他们已经在客厅的沙发上不请自坐了。

两个人到上官云霞住处来,是经过精心策划的。那天,市卫生局撤销汪培琼副院长、财务科长的职务后,汪培琼心急如焚,寻死觅活,把范芝毅叫到了自己的住处。范芝毅走进汪培琼的房间,见她衣服穿得端端正正地躺在床上，见他进去，一撩腿马上从床上跨了下来，开始一件件脱衣服，不一会儿，就脱得只剩下胸前的乳罩和胯下的三角裤衩了，由于冷，她又掀起被角钻进被窝里。

"这是怎么回事？"范芝毅不明其意，问道。

"你不是说，上床你会有灵感吗？"她急切地说，"我现在要你想办法，我到底该怎么办？"

范芝毅说过这样的话，但那是为了骗得她的芳心才说的，他一时无语。

"我被撤职了，我什么也没有了，那笔进口治疗仪的账又该怎么办？"汪培琼哭泣起来，"你说我该怎么办啊？"

"黄三省和安祖裕的抢救工作，上官云霞都参加了，"范芝毅答非所问地说，"她一定知道全部内情……"

"这个内情跟我们有什么关系？"她哭得既伤心又焦急，"你还是多想想我们自己的事吧！"

范芝毅被她哭得心烦意乱，就很不耐烦地说："这个内情李剑峰想知道，如果这个安祖裕是假的，那么下届山阴市委书记是李剑峰无疑。"他停顿了一下继续说，"所以李剑峰要想知道这个内情也是在情理之中。"

李剑峰告诉范芝毅，安祖裕确实是被黄三省冒名了，黄三省自我暴露了。那么安祖裕又到什么地方去了呢？李剑峰要他千方百计找到突破口，尽快把情况了解清楚，给省委写报告，把许伟达造假的事给揭穿了，对他范芝毅肯定也是有好处的。范芝毅听李剑峰这么一说，想来想去，要想知道安祖裕和黄三省手术的内情，只有从上官云霞身上着手，只有上官云霞是个薄弱环节。

"……我不怕安祖裕是假的，就怕许伟达来查账！"

"我有个两全其美的办法了。"

"什么办法？"

"让上官云霞说出内情，把许伟达赶出市医院。"范芝毅对自己这个主意颇感得意，他的脸上泛起了红光。

"这谈何容易！"汪培琼不信。

"你能不能搞到许伟达的头发丝或者血液？"

"血液难度大，头发丝容易些。"

"你赶快去搞来！"

"……"

于是他们做了一些准备，就来找上官云霞了。

上官云霞弯腰从茶几上拿出两只茶杯，正要往茶杯里放茶叶，范芝毅阻止了她："别客气，我们坐一会儿就走。"

上官云霞刚洗过澡，脸上红扑扑的，丰容盛鬋，娉婷袅娜。虽然是在冬季，室外寒意料峭，但室内因为开着空调，房间里暖洋洋的。她上身穿着一件粉红色的羊毛衫，下身穿着一条银灰色的西裤，因衣服比较单薄，也比较紧身，把她修长身材的曲线凹凸分明地勾勒出来。平时高高地挽在头上的发髻，现在放了下来，乌黑的头发款款地散落下来，她一低下头，散开的秀发遮住了她半边脸容。范芝毅说不要泡茶，她也不再勉强。她一仰头，双手一捏一捋，从茶几上取过一根牛皮筋，很随便地将长长的黑发扎成一个马尾巴。范芝毅坐在沙发上，看着上官云霞的一举一动，有点呆了。上官云霞纤纤的玉指和由于袖子稍短袒露出来的两只莲藕般的手臂，在他眼前晃动着，形成一道玉色的弧光。范芝毅是一个好色之徒，有位性研究学者说，对于好色者来说，女人某一个细微的、令人心动的举动，都可能撩拨起他强烈的性冲动。范芝毅现在的心态正是这样。

范芝毅说："根据我们观察，眼前这个安祖裕是黄三省冒名的，那个真的安祖裕到什么地方去了？"

汪培琼问道："是换了头，还是调了包？"

上官云霞哈哈地放声笑起来："真是吃饱了没事干，胡说八道。如果是换了头，而且成功了，说明我们中国人创造了世界医学奇迹，即使这样恐怕也用不着你们来追问，我们会征得家属和本人的同意，在适当的时候公布于世。调包？欧阳殿生怎么说的，安副市长的老母亲怎么说的……"她收敛起笑容，轻蔑地说，"真可笑！"

范芝毅沉下脸斥责说："你严肃点，老老实实把情况说清楚！"

上官云霞生气地说："你不信我的话，可以去调查嘛。"

他阴阳怪气地说："你不说有人会说。"

上官云霞站起来高声说道："既然有人会说，你们就别到我这里来这一套！"

由于生气，上官云霞的脸色红涨，呼吸也急促起来，被紧身羊毛衫包裹着的小腹，随着呼吸有节奏地收缩着。范芝毅是个情场老手，体内的荷尔蒙很快就通过血液渗透到他全身各个部位。范芝毅突然扑上去，冷不防将上官云霞推倒在沙发上，还没有等她反抗，她的身体就被范芝毅翻转过来，双手也被反剪了。这样上官云霞脸庞朝着沙发的靠背，嘴紧紧地贴到了沙发上，想喊喊不出声来，想挣脱又挣脱不了。

汪培琼被范芝毅这个出其不意的举动吓了一跳，尖叫起来："呀……"

范芝毅对她说："你别叫，快帮帮我。"

汪培琼浑身颤抖着，战战兢兢地用双手按住剧烈反抗着的上官云霞的身体。"你，你，你怎么能这样……"她吓得魂不附体，对范芝毅说。

"现在已经成了这个样子，你再怕也没有用。"范芝毅说着从西装口袋里摸出早已准备好的胶布，撕下一块，贴住上官云霞的嘴巴，又用塑料绳绑住了她的手和脚。接着把她的身体翻过来，抱起她的上身，汪培琼只好也来帮一把，抬起她的下身，把她抬进了卧室，放到床上。上官云霞被横放在床上，对着范芝毅怒目圆睁，她想大声叫喊，但嘴巴被胶布贴得严严实实的，根本喊不出来。她用尽全身力气用脚乱踢乱蹬，用屁股猛烈地撞击着床铺。她想挣脱绑在手上脚上的绳子，但这一切都是徒劳的。范芝毅爬上床，又开双腿坐到了她的大腿上，双手按住了她的身体，把她的手和脚捆绑到床架上。这样上官云霞一点也不能动弹了。

范芝毅用膝盖顶住上官云霞的小腹，问道："安祖裕到哪里去了？"又凶神恶煞地说，"不说真话只有死路一条！"

上官云霞意识到自己遇到了生与死的考验。对死，她无所畏惧；对生，她充满了希望。她的爱人等着她去机场接他，美国哈佛大学也等着她去做访问学者，她的生命闪耀着多么绚丽的光彩。

范芝毅厉声问道："说不说？"

上官云霞点了点头。

范芝毅又问："你真肯说出真相啦？"

上官云霞又点点头。

范芝毅撕掉了贴在上官云霞嘴里的胶布。

胶布一撕开，上官云霞有了喘息的机会，她大声喊道："救命！"

上官云霞想通过呼喊，阻止范芝毅和汪培琼的邪恶行为，但是她失败了，范芝毅立即又将胶布贴到她的嘴上，使她根本无法通过自己的声音，将思想表达出来，与敌人抗争。

这时响起了电话铃声。电话铃响了一会儿，就不响了。上官云霞知道，这可能是她的爱人在呼唤她，也可能是许伟达他们在呼唤她……她与她爱人有过一场关于生命的争论，她还记得那么的真切，那么的清晰……现在她的爱人实践了他的诺言，风风光光地回来了，她是多么为他自豪。因为有了生命，才使生活更加美好；因为有了生命，才使未来充满魅力，为了拯救生命，她和她的同事们夜以继日地工作着，奋斗着……但范芝毅接下来的行为使上官云霞完全明白了，她面临凶险，死亡正在向她挑战。世界上的事就是这样不公平，当一个人热爱生命、渴望生命时，她却受到死亡的威胁；当一个人希望生命与真理并存时，却遇到了两难的境地，她热爱生命，但她更热爱真理……范芝毅解开她腰间的皮带，撩起她的羊毛衫套到她的头上，遮住她的脸。范芝毅将羊毛衫翻起来时，她看到他的手上戴着肉色的橡胶手套。一切都是有备而来的，这时候，上官云霞感到自己已经凶多吉少了。撩起了羊毛衫，上官云霞的乳罩马上就被撕掉了，两个乳房裸露了出来。接下来，她的裤子被剥到了膝盖处，他们还想往下剥，但脚腕处缚着绳子。范芝毅不得不从上官云霞的身上爬下来，解开她脚腕上的绳子。这时，她抓住机会，将两腿一缩，猛地将双脚向外用力踢去，虽然双眼被羊毛衫遮住了，但她凭直觉认定了一个目标，这一脚正好踢在范芝毅的脸上。范芝毅被她踢得撞在墙壁上，身体和墙壁撞击发出了沉重的声音。上官云霞想第二次屈腿再踢的时候，两条大腿被牢牢地摁住了。她又挣扎了一会儿，渐渐感到体力不支，全身开始乏力，接着内裤也被范芝毅剥了下来。

范芝毅突然惊叫起来："啊，是个处女！是个处女！"

这是上官云霞一生中的奇耻大辱。她挣扎起来，但一切都是徒劳的。范芝毅脱光了身上的衣服，他没有忘记戴上避孕套，干瘦的躯体赤条条地，向上官云霞洁白的身体上压去。卧室内没有开空调，很冷，他忍不住接连打了两个喷嚏，唾沫星子和鼻涕喷到了上官云霞的身上。他实在是太想一展雄风了，便三下五除二地用戴着胶皮手套的手，在上官云霞身上抹了几把，算是把喷在她身上的鼻涕和唾沫星子抹掉了。

生命将永远离她而去，但她并不遗憾，生命失去了，真理却永存。

晚上七点多钟，宗佩兰来找上官云霞。她想好了，只要随便找个理由，能打开上官云霞的电脑让她看上一眼，许院长他们是不是对黄三省实施了"换头术"就真相大白了。刚走到公寓楼附近，发现楼梯口停着好几辆警车，接着响起了救护车的警笛声。宗佩兰飞快地跑上四楼，上官云霞的房间里已挤满了人，父亲和李敬右也来了，还有许伟达、顾迪安和诸葛瑞德。

这时她看到的情景不仅触目惊心，而且令人悲痛万分。上官云霞仰脸朝上，全身赤裸地躺在床上。她的双手双脚叉得很开，分别绑在床头和床尾的床架上，整个身体形成了一个"大"字。电灯光照在她的身上，应该是红润而有光泽的肌肤，此时已苍白得失去了血色，失去光泽的眸子，像是要从眼眶里弹出来似的。李敬右抱住上官云霞的肩膀，拼命地摇晃着，歇斯底里地大喊："云霞！云霞……"上官云霞胸前有一块透明胶布，这一块胶布刚才是贴在上官云霞嘴上的，刚刚被李敬右撕下来。

宗绍阳显得很冷静，他把李敬右从上官云霞的身旁拉开了。许伟达拿出刀子先割断了缚在上官云霞手上的绳子，接着他又发现上官云霞的脖子上，也缚着一根细细的绳子，许伟达又迅速割断了。他将手掌在上官云霞的鼻子前放了一会儿，已经鼻息全无。他又翻开她的眼帘，瞳孔已经散开，没有了瞳仁。这时，诸葛瑞德也割断了缚在上官云霞脚上的绳子。专家们把上官云霞扭曲的躯体在床上放平，似乎要让她安然熟睡。专家们在搬动她的躯体时，宗佩兰清楚地看见，上官云霞屁股底下的床毯上有一片鲜红的血迹。这说明凶手对她实施了强奸。

许伟达说："我们晚来了一步，她已经去世半个多钟头了。"

宗佩兰完全明白了，上官云霞遇害了。她想到自己的目的，也顾不得李敬右极度的悲伤，问道："她的书房在哪里？"

李敬右看了一眼宗佩兰，哽咽着说："书房就在隔壁，小宗，你要好好的勘察，一定要把凶手找到啊！"

宗佩兰用手擦掉眼泪说："李队，你放心。我一定用心勘察！"说毕，她转身走出卧室，走进隔壁的房间。因为客厅里所有的电灯已经被打开，虽然书房里没有开灯，但从客厅里折射进来的光线，把不大的书房照得亮堂堂的。宗佩兰转身关好房门，迅速奔到靠墙放着的一台计算机跟前。还好，显示器上面纹丝未动地覆盖着一块白布，没有被人动过的痕迹。接通电源，打开计算机，显示器的屏幕立刻出现了色彩斑斓的画面。宗佩兰打开"我的文档"，又出现了密密麻麻的英文文件名。宗佩兰在大学读书时，英文考到六级，所以上官云霞计算机里的英文论文，除了专用术语外，她还是看得懂的。她灵巧地按动着键盘，在显示屏上搜索着。终于，她看到了一篇"对人体头颅移植后病人的护理"的论文，她如获至宝，从衣袋里摸出一张磁盘，塞进主机，复制粘贴。然后继续在"文档"内寻找，又看到"护理日记"的文件名，她迅速地打开来，找到近期的日记，全部复制下来。当她再也找不到与头颅移植有关的文件后，关掉计算机，切断电源。然后又用白布照原样将计算机覆盖好，退出书房，锁好房门。

当宗佩兰回到客厅，屋子里全是医生和警察。凡是用得上的医疗器械都从医院里搬来了，小小的客厅成了临时诊所，抢救工作这时已经结束。卧室内，只有少数几个警察还在进行着最后的勘察。李敬右被宗绍阳搂抱着坐在沙发上，哭得泪痕满面，悲痛欲绝，宗绍阳眼睛也是红红的。宗佩兰知道父亲不轻易掉泪，可见此刻他心里是多么的痛苦。许伟达、顾迪安和诸葛瑞德的脸上都挂着泪水，一脸的悲愤。

宗佩兰从许伟达与父亲断断续续的交谈中得知，上官云霞准备先从许伟达家里取了邀请信，然后到机场去接李敬右。因为许伟达给上官云霞打电话时，还只有六点多一点，但许伟达在家里久等不见她到来，李敬右乘坐的飞机准时到了山阴机场，也未见她去接。李敬右把蒋振生交给局里的其他同志，正要赶往上官云霞住处，却接到了顾迪安的电话，询问上官云霞的下落。李敬右和宗绍阳赶到上官云霞的住处，许伟达他们早已等在门口，还不断地给上官云霞打着手机，手机的铃声在房间里响个不停。破门而入，才发现上官云霞已经死去多时。

李敬右哭着说："她多么地热爱生命，珍惜生命，可是她却惨遭毒手……"

这时，有位侦察员向宗绍阳汇报说，在上官云霞身上发现一根鼻毛和一些痰迹。宗绍阳下令，立即进行 DNA 化验。后来又有一位侦察员报告说在床头发现了一绺头发。宗绍阳同样命令，立即进行 DNA 化验。

这时宗绍阳的手机响了，是吕福安打来的，宗绍阳瞠目结舌：黄阿虎在送往市精神病院途中逃跑。

第十三章

谁是凶手

这天夜里，宗绍阳回到家里已经十点多了，吴品菊也刚刚从单位值班回来。他推门进屋，她头上戴着浴帽，穿着睡袍正在卫生间里清洗浴缸，大概刚刚洗好澡。宗绍阳走进房间，将皮鞋换成拖鞋，吴品菊摘掉头上浴帽，从卫生间里走出来。

"黄阿虎追到了吗？"吴品菊问。

宗绍阳摇摇头说："没有。"

他知道，黄阿虎逃跑一定是女儿宗佩兰告诉她的。宗佩兰在他离开上官云霞的卧室，去追捕黄阿虎时就回来了。

"怎么把黄阿虎送到精神病院去了？"吴品菊善于思考，问道。

"吕福安说安副市长审问后，他就疯了。脑袋一个劲地往墙上撞，大喊大叫，医生说他得了狂想症，精神崩溃，不送精神病医院治疗，马上会死的。"宗绍阳叙述说，"吕福安下令，用救护车将他送到精神病院，车到精神病院附近的秦皇山山脚时，突然从山腰里飞速驶来一辆大卡车，救护车躲避不及，翻到路旁的排水沟里，押送人员和司机当场昏迷，黄阿虎敲破车窗逃跑。等押送人员醒来，黄阿虎已经逃进秦皇山的茫茫林海中。"

秦皇山地处赣浙闽三省交界，延绵上百公里，方圆数百平方公里，古木参天，荆棘丛生，山高谷深，野兽出没，黄阿虎逃进秦皇山，就等于逃进了原始森林。

"难道没有给黄阿虎戴手铐，让他这样轻而易举地逃走了？"

"我也很纳闷，为什么不给黄阿虎戴上手铐，"宗绍阳思忖着说，"吕福安说是黄阿虎犯了暴力性神经病，怕他伤害自己更怕他伤害别人，派了两名身强力壮的警察将他夹持在救护车内。他这个回答难以令人信服，还有让人百思不解的是，竟让黄阿虎顺手牵羊抢走了一名警察的一支五四式手枪，一只手机和数千元钱，黄阿虎有了这三样东西，增加了追捕他的难度，也增大了对社会的危害性……"

"你是不是又怀疑黄阿虎逃跑是经过精心策划的？"

"有这个想法，还难以确定。"

这时，宗佩兰从自己的房间里走出来，大惊小怪地喊道："爸，你回来啦？"

宗绍阳答应着说："回来啦！"

宗佩兰说："爸，我发现了一个重大的秘密！"

"什么秘密？"宗绍阳问。

"一个石破天惊的秘密！"

宗佩兰说着转身走进自己的房间，宗绍阳跟了进去，吴品菊也紧随其后。宗佩兰在计算机面前坐下来，显示器上显示着密密麻麻的英文字母，她用鼠标的箭头指着文章的标题，说："许院长他们为安副市长和黄三省实施了换头术。这是上官云霞的论文，题目是《对人体头颅移植后病人的护理》。"她又在另一个文件名下点击了一下，显示器上出现了另一篇文章的英文字母。宗佩兰继续说，"这是上官云霞的《护理日记》，详细记录了这个手术的全过程……"

宗绍阳和吴品菊面面相觑，一时无语。

沉默一会儿，吴品菊充满激情地说："为了掌握这门科学技术，全世界不知有多少科学家在默默无闻地工作着，奋斗着，又不知有多少科学家为此付出了毕生的精力，但仍两手空空，一无所获，现在这门科学技术被我们中国人掌握了……"她使劲地眨着双眼，泪水还是禁不住涌了出来，她对丈夫说："说真的，我从事新闻工作多年，这还是第一次、第一个获得这样具有划时代意义的、爆炸性的新闻，"她掏出手帕擦掉挂在眼角的泪水，"我太激动了，太激动了……"

宗绍阳心潮起伏，悲痛万分，几乎是哭泣着说："可是上官云霞却死了……"

宗佩兰说："爸，你别难过，上官云霞死了，还有许院长、顾教授、诸葛教授……妈，你马上回单位发篇报道！向全世界宣布，我们中国人又一次创造了奇迹……"

宗绍阳说："报道还不能发，我明天去向魏书记汇报以后再说。佩兰，你把上官云霞的文章原文打印出来！"

宗佩兰答应一声，打开打印机，开始打印文章。

吴品菊说："绍阳，魏书记是什么态度，你要立即告诉我，这样的爆炸性新闻不要让《山阴日报》抢走了。"

第二天上午一上班，宗绍阳就来到魏怀松办公室，把上官云霞的日记和论文的英文打印稿亲手交给了他，将日记和论文的内容做了简明扼要的汇报。听完汇报，魏怀松立即和省委副书记章启明通了电话，把宗绍阳的汇报内容向他简要地做了介绍。章启明听后大为震惊，然后问道，科学家们对安氏兄弟实施头颅移植有否得到双方家属的授权。回答是肯定的。章启明连说了几个好。他说，这是一件大事，一件非常非常大的大事，我们中国人又一次创造了让全世界为之震惊的科学奇迹。他要立即向省委、省政府主要领导汇报，随后他又谈了几点意见：一、一定要认真做好许伟达等科学家的安全保卫工作。对上官云霞的遇害，他表示沉痛哀悼。二、一定要将杀害安祖裕和上官云霞的元凶尽快缉拿归案，绳之以法。三、要像对待安祖裕那样善待黄三省，要像尊重安祖裕那样尊重黄三省。他特别强调，不论黄三省是什么身份，革命烈士后代的身份不变。四、在省委、省政府还没有明确意见前，不宜对外宣传，注意保密。

宗绍阳从魏怀松办公室里出来，且喜且悲，心里沉甸甸的。奇迹产生了，但两个他敬重的人却遇害了，这个代价太大了，而且这个代价又与他的工作有关。这几年来，山阴市的安全保卫工作是由他负责的啊！虽然安祖裕和上官云霞的遇害责任不全在他，但他也应该反省，也应该检讨。他驱车离开市委大楼，他必须迅速回到办公室，火速落实省委领导的指示，做好对科学家们的安全保卫工作，部署上官云霞一案的侦破工作。在行车途中，他给市局内保处长和城区负责内保工作的副局长打了电话，要求他们立即赶到他的办公室开会。他又给妻子打了电话，这个独家新闻不能抢，如何报道听候指示。抓捕黄阿虎的工作是由局长吕福安负责的，省委领导的指示由魏怀松亲自对他传达了。他刚刚跨上楼梯，就远远看见李敬右腋下夹着个大提包，站在他办公室门前荡来荡去，那情形真像只热锅上的蚂蚁。他走到李敬右跟前，李敬右声音嘶哑地说："宗局，你到哪里去了？手机关机，家里没人，问佩兰，佩兰说你一早就来上班了，办公室又锁着，真把人急死了！"小伙子两只黑白分明的眼球，深深凹陷在眼眶里，眼睑上有明显的泪痕。昨天夜里，他一定一夜没睡，悲伤了一夜，今天又起了个大早。他现在作为刑侦支队长，正在侦破上官云霞的案件。

宗绍阳打开办公室把他让进里面，回答说："我有重要情况，去向魏书记汇报，手机也就挂掉了。"又爱怜地问，"昨天忙了一夜，怎么不好好休息？"

李敬右没有回答他的问话，却着急地说："杀害云霞的凶手找到了！"

"谁？"宗绍阳刚做了个请坐的手势，听到这句话，他也站着不坐了，迫不及待地问道。

"范芝毅。"李敬右说。

宗绍阳眼睛睁得大大的，明显地表示不信："什么根据？"

李敬右从手提包里取出两张纸，递给宗绍阳说："我们不是从云霞身上发现了痰迹和鼻毛，还在床头上发现了一绺头发丝吗？这是化验结果。"

宗绍阳接过化验报告，仔细地看着。

李敬右说："痰迹和鼻毛是范芝毅的，头发是许院长的。凶手是范芝毅。"

宗绍阳把化验报告还给他，问道："为什么说凶手是范芝毅？"

"范芝毅有作案时间，而许院长没有。"李敬右怕宗绍阳还不信，又补充了一句，"许院长一直和顾教授、诸葛教授在家里等云霞，后来我们赶到，他又始终和我们在一起。许院长的头发，是从他办公室里一把梳子上取下来的，明显有梳子上的污垢。"

"你又怎么推断是范芝毅作的案呢？"

"从犯罪现场勘察，作案的有一男一女两人。昨晚云霞遇害前，有人在医院住宅区看见过范芝毅和汪培琼，我们从云霞身上提取的鼻毛和痰迹，进行 DNA 检测，与存放在市医疗保健中心的范芝毅 DNA 数据完全一致。我们完全可以断定，云霞身上的鼻毛和痰迹是范芝毅作案时留下的。我们也断定能从许院长办公室内的梳子里获取头发丝的人，一定是医院内部的人，而那个人我们断定就是汪培琼。"

"如果是这样，那就不是一般的强奸谋害案了。"

"我们必须对范芝毅实施拘留。"

宗绍阳摇摇头说："范芝毅毕竟是市政府的副秘书长，我们得先向吕福安做一次汇报……"

这时市局内保处长和城区一位公安分局的副局长来了，宗绍阳要李敬右坐下来听一下。参加会议的人落座以后，宗绍阳把上官云霞遇害的事简要地说了一下，传达了省、市委领导要求加强对许伟达、顾迪安和诸葛瑞德三位科学家的安全保卫工作的指示，并具体做了分工，落实了人员。会议结束，内保处长和城区局长领命而去。宗绍阳和李敬右则来到了吕福安的办公室。

还没有坐定，吕福安就说："你们来得正好，有一件事我正想和你们商量一下。"他见宗绍阳和李敬右在沙发上坐了下来，又说，"先说说你们的事。"

李敬右把他对宗绍阳说过的话又复述了一遍。

吕福安想了想说："我要和你们商量的事，也就是这件事，"他一脸的微笑，"对上官云霞的案子，我们要换一个思路，要把重点放在抓获陷害范副秘书长的犯罪嫌疑人身上……"

"为什么？"李敬右惊诧地问道。

"你想想，一个市政府的副秘书长，会因奸杀人吗？"吕福安仍然一脸的微笑。

"怎么不能？DNA检测已经说明了问题！"李敬右急起来，脸庞涨得通红。

"这是栽赃陷害。"吕福安的笑容消失了，脸色阴沉下来。

李敬右反驳说："谁有这么大的本事，能弄到范芝毅的鼻毛和唾沫，并把它粘连在上官云霞的肌肤上？"他感到很气愤，一个局长怎么能毫无证据地乱说一气。

"那你说，许伟达的头发是怎么回事？"

"那绺头发是从许院长的梳子上取下来的，这才是栽赃陷害！"

"栽赃陷害？"吕福安一声冷笑说："小李，我知道你对许伟达有好感，但办案子不能靠感情用事，我早听说过，许伟达和上官云霞的关系暧昧，现在两人关系破裂，许伟达可能杀人，假造一个强奸杀人的现场……"

"你是说这是许伟达作的案，并制造了假象？"宗绍阳问道。他只觉得一股热血涌到脑门上，一阵激烈的心跳，他目光严峻地看着吕福安富态的胖脸，严肃地说，"许伟达是没有作案时间的。"

"唉呀，这样高智商的科学家，要想搞点移花接木李代桃僵的鬼把戏，还不容易吗？"吕福安的肥头大耳像拨浪鼓似的摇晃着，不动声色地说："我意思是说，范芝毅可以怀疑的话，许伟达同样值得怀疑！"

这时李敬右从沙发上"呼"地站起来，两只本来凹陷的眼球，几乎要从眼眶里弹出来，他的全身剧烈地颤抖着，满面怒容地说道："你这才是不折不扣的栽赃陷害！"他怒吼道，"云霞床毯上鲜红的血迹，说明了她的清白，法医也已证实云霞的处女膜，就是这次被凶手强暴后破裂的……"他举起手臂指着吕福安的鼻子，怒斥道，"吕福安，云霞死了，你还要往她身上泼污水，玷污她的清白名声，你居心何在？"

宗绍阳见李敬右情绪激动，难以自持，站起来拍着他肩膀让他坐下来。但李敬右站得笔直，坚决不坐，接着说："DNA的检测，到哪里都是铁案！"

面对李敬右的指责，吕福安显得很冷静："小李，我知道我说这些话，你在感情上是承受不了的，我谅解你。为了使这个案子顺利侦破，你得回避一下，我已经通知局政治部接办这个案子，"说到这里，他加强了语气，"你现在就去办理移交手续！"

宗绍阳说："吕局长，我认为你这样做是不妥当的！"

吕福安斩钉截铁地说："不妥当，我也决定了！"

宗绍阳和李敬右从吕福安的办公室走出来，回到自己的办公室。宗绍阳批评说："小李，你不该耍态度，竹竿也有上下节，他毕竟是局长啊！"

李敬右还是满肚子怨气，板着个脸，一屁股坐到沙发上，从衣袋里摸出一支香烟，点燃低头抽起来。宗绍阳坐到他的身旁，和颜悦色地问道："怎么又抽烟啦？"

李敬右用手指弹着烟尘，瓮声瓮气地说："这个时候我没法不抽烟，他怎么说我我都能忍受，我受不了他往云霞身上泼污水……"说着他抽噎起来，"他言下之意是说，云霞与许院长有不明不白的事，那几绺头发是许院长以前留在那里的，他纯粹是闭着眼睛说瞎话，胡说八道！云霞是个有洁癖的人，退一万步说，就是照吕福安的说法，云霞与许院长关系真的暧昧，这几根头发她还能让它留到昨天吗？"

"这叫欲盖弥彰，目的是让范芝毅蒙蔽过关！"

"范芝毅的材料我坚决不交！"

"军令如山，令行禁止。他现在还是局长，不交是不行的！但你可以把材料一式两份，交一份留一份。"

"……"李敬右低头不语，脸上是一万个不愿意。

"要拘留范芝毅，我有办法了！"宗绍阳突然一拍李敬右的肩膀，神情振奋地说，"许院长不是说过，那台进口放射治疗仪有问题吗？我们去查账，从经济上寻找突破口！"他又补充说，"先把汪培琼搞定了！"

李敬右一扫脸上的阴霾，高兴起来："我听云霞说过，许院长一直想查这笔账，我来通知经侦支队。"

"等一等，先让许院长写个举报材料，师出有名，就不怕有人干扰了。"

宗绍阳说着从公文包里取出手机，这时手机却响了起来，是市局内保处长打来的。他报告说顾迪安教授、诸葛瑞德教授已于今日上午八时半，飞往日本东京转道去了美国。局里指定保护的三位教授，已只有许伟达一人，请示怎么办？还能怎么办呢，加强对许伟达的保卫工作，宗绍阳命令道。他突然记起来，美国的哈佛医学院已邀请顾迪安、诸葛瑞德和上官云霞去做访问学者，要是上官云霞不遇害，说不定今天也和他们一起走了，看来有关情况外国人已先于我们了解了。他问李敬右，上官云霞有没有对你说过要出国访问的事。李敬右回答说，他去贵州那天临上飞机时，上官云霞对他说过，但没有说哪天走。宗绍阳说，他们的旅游签证早搞好了，我们却一点儿也不知道。宗绍阳拨通了魏怀松的电话，把顾迪安和诸葛瑞德出国的事做了汇报。魏怀松告诉他，他刚刚接到省安全厅转来的国家安全部的电文，电文说国家卫生部在刚刚出版的美国《科学》杂志上，发现了一篇署名为上官云霞的论文，内容就是关于头颅移植护理工作的。文章结尾的编者按说，上官云霞不幸辞世，发表此文以志悼念。经有关专家鉴定，宗绍阳提供的上官云霞英文打印稿，与《科学》杂志上的文章一字不差，实际上"头颅移植"

这个科研成果，已经向全世界公布了。魏怀松说，参加头颅移植的四位科学家，一个死了，两个走了，还留下一个人要是再走了，这个负面影响将与这个奇迹产生的影响等量齐观，强调一定要做好许院长的保卫工作，不能再出意外，如果发现许院长也要出国，要千方百计说服他留在国内。下一步该怎么办，省政府正在请示国务院，请等候通知。和魏怀松通好电话，宗绍阳又给内保处长打电话传达了魏怀松的指示，再三关照一定要保护好许伟达，发现情况及时报告。

刚刚和保卫处长通好电话，正准备给许伟达打电话，许伟达的电话却打来了。"宗绍阳，你们不要用这种卑鄙无耻的莫须有罪名来栽赃陷害我，要赶走我尽管明说！"许伟达不分青红皂白地就是一顿棒喝。宗绍阳连连说："喂喂，是怎么回事……"但许伟达根本不容他分辩，继续吼道："过去说黄三省死于我们的医疗事故，现在又来怀疑我杀害了上官云霞，你们有什么证据？就凭那几根头发！胡扯……"这时宗绍阳才知道许伟达发火的原因。他沉默不语，让许伟达一泻无余地发泄着。因为许伟达怒气冲天，声音很响，震得他耳膜生疼，他干脆按下免提键，让李敬右也听听。"我老实告诉你，我头上的头发根本掉不下来！你们也不想想，那天我们搬动上官云霞遗体时，床毯上的血迹还是鲜红的，这说明她被害还不到一个钟头，这个情形李敬右不是都看到了吗，这一个钟头前我在哪里？我先和顾教授、诸葛教授在一起，后来又和你们在一起，我有时间作案吗？"他的声音嘶哑了，几乎是在哭诉，"玷污我一个大活人，往我头上泼污水我不怕，我可以为自己辩护，与你们斗争到底！你们玷污一个故人，往一个玉洁冰清的人身上泼污水，我怎么能容忍，怎么能容忍啊……"李敬右对着电话机大喊："许院长，云霞是清白的，你也是清白的啊……"许伟达好像没有听清他的话，继续大喊着："你们还派人盯我的梢，限制我的行动……"宗绍阳说："许院长，我对你说……"但许伟达气愤至极根本不听。他大喊一声："你叫他们滚开！"他把电话撂下了。

电话机里传来"嘟嘟"的忙音，宗绍阳也不知道再按一下电话机的免提键，挂掉电话。电话机一个劲"嘟嘟"地响着。他脸色僵硬，双眼发直，心里发怵，李敬右按了一下免提键，"嘟嘟"的叫声才停止。办公室里一片寂静。

过了一会儿，宗绍阳语气沉重地说："小李，问题很严重呢! 我们在做许院长的保卫工作，有人却在做着与此相反的工作。"他了解许伟达，虽然他性格倔一点儿，脾气也暴一点儿，但他不会无的放矢地对他发脾气，一定是有人绕过他和李敬右，用不正当的手段伤害了许伟达。

李敬右点点头说："是的。"

"小李。"宗绍阳亲切地喊了一声。

"宗局。"李敬右也很亲切地回应了一声。

"你是不是坚信许院长是清白的?"

"宗局，这还用说吗? "李敬右反问道。

"这个案件远比我估计的要复杂得多，是场恶仗，硬仗! "

"宗局，你说吧，我们现在该怎么做?"

宗绍阳握了握李敬右的手说："上官云霞的案子就让老吕去安排人员侦破吧，我们重点来做好许院长的保卫工作。"

"黄阿虎的案子怎么办?"

"我已经安排严关根关注这件事，"宗绍阳说，"已经布下天罗地网，黄阿虎插翅难飞。"接着他给内保处长打了个电话，要求撤回保护许伟达的所有人员，又让李敬右给许伟达打了电话，他们决定调查那台进口放射治疗仪的账目，搜查汪培琼的住处，请他提出申请。许伟达一言不发，听完李敬右的话，就把电话搁下了。做好这些事，宗绍阳从桌子上拿过公文包，对李敬右说："走，我们去找许院长谈谈!"

两个人便驱车直奔医院找许伟达去了。轿车驶到许伟达住宅楼下时，正好是午饭时间，宗绍阳把在医院食堂买的四盒饭菜留给李敬右两盒，自己拎着两盒饭菜，快步向许伟达住处跑去。许伟达家在三楼，宗绍阳找到房门，弯曲食指在门上轻轻地敲起来。

许伟达把房门拉开了一条缝，没好气地说："是朋友，我有几句话对你说，不是朋友，请你别来骚扰我!"

宗绍阳手里拿着两只饭盒，从门缝里挤进去说："我们当然是朋友!"

许伟达手里拿着一双筷子，一脸的冷若冰霜。他见宗绍阳走进来，也没有说声"请"，转身自顾自地走进了餐厅。宗绍阳换了鞋子，跟着他走进餐厅。许伟达又闷声不响地在餐桌前坐了下来，餐桌上放着一碗芹菜炒肉丝，一碗萝卜煎油豆腐，还有一碗炒鸡蛋。桌子上还放着一瓶干红葡萄酒，高脚玻璃杯里盛有小半杯红酒，许伟达端起酒杯，闷着头酌了一口酒。宗绍阳也不急于说话，他把自己带来的饭菜放到桌子上，又从碗柜里取来几只饭碗和一双筷子，打开盛菜的那只盒子，将杂放在盒子里的鸡肉、煎鱼和炒豆芽，一样样分盛到碗里。宗绍阳又从酒柜里拿来一只高脚玻璃杯，倒了小半杯酒，举起酒杯向许伟达做个碰杯的姿势，抿了一口，是标准的自斟自酌。

"老许，你不是说作为朋友有几句话对我说吗？"宗绍阳不再像平时那样称他为院长，而是亲切地喊了他一声"老许"。他非常真挚地说道："我是把你当作朋友，不知你有没有把我当成朋友，如果是，那么你有话就痛痛快快地对我说吧。"

许伟达把酒杯往桌子上重重一放，满面怒气地说："好，我问你，我是不是中国公民？"

"不仅是中国公民，而且是个优秀的中国公民。"

"那么，我的公民权你们应不应该尊重？"

"不仅应该给予尊重，而且对于损害你公民权的人，必须严肃查处！"

"说得比唱的还好听！"许伟达轻蔑地说。

"老许，你别云里雾里说这些不着边际的话，弄得我丈二和尚摸不着头脑。上午你对我说的那番话，我到现在还没有弄清楚是怎么回事，现在你又向我提出这两个法律条文上写得清清楚楚的问题，让我莫名其妙……"宗绍阳见他一脸的怒容，心里痛苦不堪，"老许，说真的，你是我心中的偶像，我顶礼膜拜的英雄，你这样心里不痛快，雷霆震怒，我惶惑，也很愧疚。我怎么会让你这样生气，这样不痛快？说吧，老许，把心里憋着的话痛痛快快地说出来。竹筒倒豆子，一点儿不剩！弄堂赶猪娃，直来直去！如果我有什么对你不周到的地方，我有什么错误，我当即向你负荆请罪。你要打我，我绝不还手；你要骂我，我绝不还口……"

"好，我问你，"许伟达大概是被宗绍阳的诚意感动了，脸上的怒气稍微消退了一点儿，语气也缓和了，"今天上午，你们把我叫到市刑侦支队，说是要向我调查一些问题，可是这哪里是调查啊，是审讯！你们没有这种权力！"说到这里许伟达暴跳如雷地怒吼起来，"没有这个权力，懂吗？"

"没有这个权力！"宗绍阳不由自主地说。此时他明白了许伟达大发雷霆的个中缘由，许伟达被公安局传询，感到受到奇耻大辱，雷霆震怒也是理所当然。

"凭几根头发，就怀疑我杀害上官云霞，这个证据充分吗？"

"不充分。"宗绍阳坚定地说。

"我说这是栽赃陷害！"

"是栽赃陷害。"宗绍阳又非常同情地点了点头，说。

"上官云霞身上有痰迹、有鼻毛，那是谁的？你们为什么不去追查？"许伟达严厉地问道。

"我们正在追查，而且已经有了结果，"宗绍阳问，"他们还对你说了些什么？"

"他们一定要我承认眼前的安副市长不是安祖裕。"许伟达喉咙又响了起来，"是又怎么样，不是又怎么样？我早说过了那是患者的隐私！"

大概是为了平息胸中的怒气，许伟达说话时不停地喝着酒，不一会儿，半小杯酒就喝了个精光，宗绍阳给他斟满，也给自己斟满了。看来许伟达的怒气已经宣泄得差不多了，神色渐渐缓和下来。这时宗绍阳心里豁然开朗，他和李敬右在追查范芝毅，有人却移花接木，嫁祸于人，为真凶开脱罪责。有人又这样迫不及待地要许伟达承认黄三省冒名顶替了安副市长，其目的也已昭然若揭。他必须敞开心扉说明真相，稳定许伟达的情绪，否则后果将不堪设想。

"老许，"宗绍阳又亲切地喊了一声，"我非常感激你把我当成莫逆之交，这样剖腹掏心地说出心里话。老实说，你刚才说的事我确实被蒙在鼓里，一点儿也不知道，你要是不说出来，你把我恨得咬牙切齿，我还以为你是要花样装鬼脸呢，老许啊，俗话说人心换人心，八两换半斤，我也有几句掏心窝的话对你说……"

许伟达很平静地看着宗绍阳，等着他说下去。

"上官云霞身上的鼻毛和痰迹，我们已经查清楚了！"

"是谁的？"

"市政府副秘书长范芝毅。"

"为什么不逮捕他？却要怀疑我！"许伟达又火了，怒不可遏地责问道。

"范芝毅最终是要落入法网的，但目前还不能……"

"为什么？"

"老许，"宗绍阳说，"你不是对我说过，安副市长的车祸很蹊跷，即使受伤也不应该伤在脑部吗？现在这个答案我们找到了！"

"什么答案？"

"是场谋害，一场经过精心策划的谋害。"宗绍阳说，"我们现在已经查清楚，这个谋害的具体实施者就是殴打黄三省致死的黄阿虎，而黄阿虎后面还有一个隐藏得很深的策划者，范芝毅很可能就是这个阴谋策划者手下的一个走卒，一颗棋子。他们为了保护黄阿虎，替黄阿虎开脱罪责，嫁祸于人，通过范芝毅，指使汪培琼杜撰了所谓的黄三省医疗事故案。你要撤销汪培琼财务科长职务，为什么不撤反升呢？靠的就是这个政治背景。"

"这件事调查组已经调查清楚了。"

"按照安副市长当时的伤势，是不可能治愈的，可是现在安副市长居然遇难成祥，死而复生了，"宗绍阳目光炯炯地看着许伟达喝了酒越来越红润的脸，继续说，"这就引起了许多人种种猜测，再加上你们曾经把安副市长和黄三省放在同一间手术室里，同时进行了手术……生还后的安副市长又行为异样，欧阳殿生说安副市长记忆丧失开始我们信以为真，但随着时间的推移，我们的疑惑也越来越多，记忆丧失不可能改变一个人的一切，但眼前的安副市长一切都变了，变得判若两人，变得与农民黄三省如出一辙。安副市长死而复生，使曾经制造车祸的人惊恐万状，现在他们又急于要证明黄三省僭越了安副市长的身份，他们需要政治稻草，无所不用其极，狗急跳墙了……"

宗绍阳说到这里，有意把话停顿下来，目光凝视着许伟达的脸。许伟达听得专心致志，但脸上毫无表情。

"老许，说句心里话，我也有怀疑，我也想通过你的口，得到一个准确的答案。"

"我已经说过了，这是患者的隐私。"

"老许，我尊重你沉默的权利。但上官云霞已经告诉我们，你们成功地实施了一例人体头颅异体移植……在上官云霞遇害那天，我们从她的电脑里读到了她关于脑移植护理工作的论文，又从她的日记里了解到你们头颅移植的全过程。上官云霞的论文，在美国最近出版的《科学》杂志上全文发表了，我们中国人创造了奇迹……"

"我们进行这个手术得到了患者亲属的同意，是完全合法的。"

"我们感到很困惑，我们中国人的事为什么我们中国人不知道，却要先让外国人知道呢？"宗绍阳见许伟达张了张嘴似乎想说什么，做了一个举手阻止的动作，"我知道你是想说，国内的环境不利于你们说出真相……"

许伟达点点头说："是这么个意思。"

"老许，上官云霞的这篇论文，已经由国家安全部电传给了我们省委、省政府领导，省里领导说，这是生命科学的新突破，是一个划时代的奇迹。老许，我为有你这样的朋友感到自豪，我为我们中国有你这样的科学家感到骄傲……"

"既然如此，你们为什么要限制我的行动？"

"老许，你误会了，"宗绍阳了解许伟达发火的另一个原因，这时得到了解释的机会，所以他不失时机地说，"上官云霞遇害使我们极度悲痛，现在又发现顾教授和诸葛教授不辞而别，又使我们大感震惊，省、市委领导命令我们做好对你的保护工作，所以我们为你派了警卫人员……"

"谢谢你们的好意，"许伟达打断宗绍阳的话，心躁气急地说，"我不要你们警卫，你们都给我走开！"他特别强调说，"包括你！"

"我还要对你说，"宗绍阳说，"下午，我们要派人来调查那台进口放射治疗仪的账目，请你配合我们。"

"你们来好了，"许伟达又强调说，"我要求你们尊重我做人的基本权利，我不要你们的警卫，更不能容忍你们限制我的人身自由。"

宗绍阳见他口气十分坚决，只好点头表示同意："好的。"

"你要是能做到这一点儿，"许伟达向宗绍阳伸过一只手来说，"我们还是好朋友。"

宗绍阳伸过手去，紧紧握住他的手："我们永远是肝胆相照的好朋友。"

上官云霞被害后，汪培琼终日惴惴不安，度日如年，一有风吹草动，就会惊慌失措、魂飞魄散。她后悔不该跟着范芝毅到上官云霞住处去，犯下杀人灭口的滔天大罪；她后悔不该与范芝毅去西欧，购买那台放射治疗仪，深陷贪赃枉法的泥潭难以自拔；她后悔不该对范芝毅投怀送抱，一失足成千古恨，成为罪恶帮凶；她后悔……现在，她不但被撤销了副院长的职务，连她苦心经营多年的财务科长也被撤销了。新官上任三把火，新上任的财务科长头把火就是向她索要那些账本。她几次打电话给范芝毅，问他该怎么办？他似乎只会说两个字："稳住！"她一个女人，又没有经过什么大风大浪，怎么稳得住呢？她想去投案自首，自觉接受法律的制裁，但范芝毅还堂而皇之地做着他的副秘书长。她想把账本全部交出去，交出账本，就等于交出自己的命运，她还心有不甘。她仿佛置身于荆棘丛中，不管怎么躲避都会刺得她一身的疼痛。

这天下午一上班，她走进财务科办公室，原来属于她的科长办公室早已易其主。她被任命为副院长以后，医院总务科马上给她安排了一间副院长的大办公室，一撤职总务科马上让她搬出了那间办公室，因为同时被撤销了科长职务，科长室也被新任科长换了钥匙，原来属于她的写字台，搬到了科员们的大办公室，孤零零地放在一个光线很暗的角落里。看到这个情形，就像在严冬腊月被当头浇了一盆冷水，从头顶一下子凉到脚底，冷得全身骨头酸痛。前两天，那位新上任的科长只要一见她的面，就会向她索要账本，三番五次，不厌其烦。今天却有点特别，她走进办公室在椅子上坐下来，那位科长也跟着走了进来，这次却出乎意外地没有向她索要账本，只是冷冷地看了她一眼，板着脸从她身边气宇轩昂地走了过去。

这时，响起警车尖厉的警笛声，警车像是停在医院的行政大楼前了。汪培琼的心马上扑通地跳起来，财务科一名女出纳从外面走进来，走到她跟前，神秘兮兮地问她："听说上官云霞的案子破了，你知道不知道？"汪培琼被问得心慌意乱，搞不清自己是点了头呢，还是摇了摇头。她知道上午医院里来了许多警察，不过马上就开着警车走了。女出纳又说："听说作案的是两个人，一男一女。"汪培琼吓得惊恐万状，犹如惊弓之鸟。她眼睛瞪得很大，那样子一定很吓人，说了句"真的"，人也就跟着从椅子上站起来。女出纳又说："我骗你干什么？那女的还是我们医院内部的呢！"女出纳又说了些什么，汪培琼再没有听清，她只感觉自己鬼使神差地从办公室里走了出来，也没有注意女出纳脸部是什么表情。她走到比较隐蔽的地方，摸出手机，心急如焚地给范芝毅打电话。

"你说怎么办？上官云霞的案子破了……"

"你，你在说什么？"范芝毅被她说得莫名其妙，问道。

"公安局知道作案的是一男一女，他们还知道女的是谁了，"她心烦意乱地哭起来，"我该怎么办啊？"

"快烧掉那些账本！"

"我，我，我不想在这里提心吊胆地过日子啊！"

"我马上给你调个单位，你快去啊！"

汪培琼挂掉手机，转身向住宅楼走去。这时，她看见医院党委副书记身后跟着好几名警察，正快步向财务科走来。汪培琼似乎已经感觉到大事不妙，立即像条蛇一样，慌忙溜走了。

在那几名警察中，有两位就是宗佩兰和朱莉莉，她们是奉命前来配合市经侦支队调查那台放射治疗仪及医院的其他账目的，刚才汪培琼听到的警笛声，就是他们的警车发出来的。她们先去了医院办公室，找到医院负责纪检工作的党委副书记，了解了一些情况，现在直接来找汪培琼本人了。他们来到财务科，那位女出纳说汪培琼刚刚离开办公室，神色慌张，不知道去了哪里。

汪培琼回到住处，立即翻箱倒柜取出那台放射治疗仪的账目和一些基建账目。这些账目早就应该处理掉，保留至今也是为防止调查，推卸责任，因为当时范芝毅是医院院长兼党委书记，没有想到她会在范芝毅的泥潭里越陷越深，还卷入了一场人命案件。她想把账本撕毁，塞到卫生间的排污管道里，但即使撕毁了碎片还在，公安人员捞出来拼凑起来，罪证照样铁证如山。她想在煤气灶上烧毁，烧得干净不留痕迹，又怕烟雾冲出去，别人会以为她的房间里着火了，骚扰左邻右舍。她关好了窗户，又怕烟雾冲进卧室，弄得卧室里烟雾腾腾，也关好了卧室的房门，最后关好厨房房门，打开煤气灶。蔚蓝的火苗扑腾扑腾地窜了上来，她将账页一页页地从账本上撕下来，在火焰上点燃。但这样虽然烧得很快，撕的速度却太慢，她就改变方式，撕下几页一起烧，这样撕的速度快了，烧的速度却慢了。这个厨房才四五个平方米，空间小，没烧几页，烟雾弥漫了整个房间，呛得她猛烈地咳嗽起来。

这时响起了敲门声，她估计一定是党委副书记带着警察来了，这下她慌了，手忙脚乱。本来她把账页撕下来拿在手里烧，现在账页撕下来直接扔到煤气灶上烧，而且接二连三地将账页往煤气灶上扔，前面的账页还没烧净，后面马上又撕下来扔了上去。屋子里烟雾越来越浓，能见度也越来越低，敲门声也越来越响，越来越紧迫。她不断地咳嗽，眼睛已经模糊一片，几乎看不清东西了，只是凭着感觉不停地撕着账本，不停地往煤气灶上扔着账页。账页在煤气灶上越扔越多，把火焰盖灭了。紧急的敲门声，让汪培琼晕头转向，神志不清，她突然瘫倒在地上，昏厥了过去。等她苏醒过来时，已经躺在医院的急救室里。

蒋振生证实是黄阿虎指使他突然刹车，造成了安祖裕的车祸。过后不久，黄阿狗和黄阿牛也交代了制造安祖裕车祸的全部经过。原来驾驶挖掘机的司机不是别人，正是黄阿牛和黄阿狗，他们分别驾驶着两辆挖掘机等候在两个路口，是黄阿牛驾驶的挖掘机击碎了安祖裕轿车的后座，这些消息使孟巾帼心惊肉跳，惶惶不可终日。虽然谁也不知道她是黄阿虎的幕后指使者，但黄阿虎银铛入狱，她就像是坐在火山口上，随时随地都可能死无葬身之地。后来又得知黄阿虎装疯卖傻，在将他送往精神病院途中逃跑，逃进了无边无际、人迹罕至的秦皇山，她的心里稍微宽慰了一点儿。这真是应了一句俗语："是福不是祸，是祸躲不过。"黄阿虎逃进山里，在短时间内是很难将他抓获的，只要召开了市县两级党代会，只要他们如愿以偿，荣登市、县委书记的宝座，黄阿虎是死是活，对他们来说已经不重要。现在最重要的问题是，让黄阿虎安安稳稳地躲藏在深山老林里，不要节外生枝，再一个就是尽快揭露黄三省冒名顶替的身份。

就在宗绍阳和许伟达敞开心扉，促膝谈心的这天下午，孟巾帼忐忑不安地坐在自己的办公室里，两眼盯着文件，脑子里想着别的问题。写字台上的电话机突然响了起来。

"喂，是孟县长吗？"是范芝毅的声音。

"是我，是我！"孟巾帼赶紧回答。

"你知不知道，黄三省是安祖裕失散多年的双胞胎兄弟？"

"知道啊。"

"眼前的安祖裕实际上就是黄三省，许伟达对安氏兄弟实施了换头术。"

"我早就怀疑眼前的安祖裕是冒牌货，但没有想到许伟达会进行换头术。"

"要是当初能进行尸检，真相大白，我们何必担惊受怕地花那么多心血。黄阿虎这个人真混，把尸体烧掉了。好，我们言归正传吧，"范芝毅骂了几句黄阿虎便转换了话题，"你让人去通知黄三省的妻女，让她们到安祖裕家里去认黄三省，让她们把黄三省领回家去……"

这可是一箭双雕的锦囊妙计，孟巾帼心里想，如果眼前的安祖裕承认自己是黄三省，那么他们制造的车祸基本上就是成功了。既然眼前的安祖裕是冒牌货，那么又是谁帮助黄三省僭越了安祖裕的身份，制造这个政治阴谋，冒充党的高级干部呢？这是企图颠覆党和政府，祸国殃民。这样又会牵涉到一些人的政治生命，至少宗绍阳逃脱不了这个干系，除掉了安祖裕，又除掉了宗绍阳。退一万步说，即使眼前安祖裕是真的，让黄三省的妻女去认亲，安祖裕酷似黄三省，陈湘莲头脑不清爽，也会张冠李戴，把安祖裕说成是自己的丈夫，让人真假难辨，把安祖裕扰得鸡犬不宁，声名狼藉，也不能不说是一件好事。她笼罩在心头的愁云顿时一扫而光，爽快地答应道："好，我这就去办！"

她刚想放下话筒，范艺毅却在电话里"喂喂"地喊个不停。

"还有什么事？"她问道。

"唉呀，我的孟县长，我什么时候请你和白芸吃顿饭啊？"

"应该我请你吃饭才是。"孟巾帼口是心非地说，她心里明白，这个家伙一直对白芸不怀好意，那次从安祖裕家里出来，他非要请她们到宾馆吃饭，要是真的跟他去了宾馆，他一定会做出伤风败俗的事来。如果白芸是个轻薄女子，她说不定真会成其美事，她知道控制这种低级下流的男人，最有效的武器就是女色，但他偏偏遇到的是白芸，这女子不仅美貌无比，翩若惊鸿，而且洁身自好，自尊自强，捅下娄子，可不是闹着玩的。现在大难当头，生死攸关，他这小子还念念不忘白芸，可见贪色成性，腐败入髓，已是不可救药了。

范芝毅信以为真，高兴地说："好啊，今天晚上怎么样？"

"再说吧！"孟巾帼又敷衍着说了一句。

"我为你两肋插刀，你却连请客吃餐饭的机会都不给，"范芝毅觉察到孟巾帼在敷衍他，也就快快不乐地撂下了电话。

放下范芝毅的电话，孟巾帼马上给琥珀乡派出所娃娃脸所长打了电话，要他赶快通知黄三省的妻女到安祖裕家认亲。至于认什么亲，孟巾帼没有说，认什么亲让黄秀秀她们自己去定。她认为这件事做得好，而且越快越好，越快对她越有利。大概过了半个小时，琥珀派出所的娃娃脸所长打来电话，大惊小怪地说陈湘莲发疯病了，连黄秀秀也疯了，母女俩竟然异口同声地说安副市长是黄三省，陈湘莲还疯疯癫癫地说医生把黄三省的头装到了一个大干部身上，孟巾帼说不管她们怎么说，你们明天一早，就派辆车把她们送到安副市长家里去。办好这件事，孟巾帼高兴了一阵子。

但是没过多久，接到了一个电话，又使她深陷惊恐之中。

电话是黄阿虎打来的。

这天，宗佩兰回到家里早过了下班时间，她换好鞋子，把腰形手提包挂到门背后的衣帽架上。母亲早已回家，饭菜整整齐齐地放在餐桌上，母亲坐在餐桌前，紧蹙柳眉，凝视着手里的一只微型录音机。这只微型录音机是她从孟巾帼手中夺回来，母亲拿去让台里技术员修理的。

"妈，爸呢？"宗佩兰走进餐厅惊喜地问道，"录音机修好啦？"

吴品菊全神贯注地听着录音，没有注意女儿走进来，听见喊声才回过神来："许院长不见了，你爸正和李敬右满城的找他，晚饭不回来吃了。"

她突然惊诧地说："佩兰，这段录音我听了好几遍终于听明白了，你快来听，安副市长的车祸是黄阿虎制造的，幕后策划者却另有其人。"

宗佩兰在母亲旁边坐下来，吴品菊把磁带快进到头里，按下放送键。录音机响起格格的噪声和沙沙的电流声，但不一会儿，出现了孟巾帼和黄阿虎清晰的说话声。

"你别胡来啊……蒋振生被宗绍阳盯上了……"这是孟巾帼的声音。

"你别怕，我现在早没有兴趣了。"这是黄阿虎的声音。

"我真恨不得阉了你！你说，这该怎么办啊？"

"坐下来，慢慢说。"

"能不能把那人除了？"

"我可以派人去干，但你也得让人配合啊！"

"你要谁来配合？"孟巾帼生气地说，"谁还能配合你！"

"没人配合，这件事我没法干。"黄阿虎说。

沉默了一会儿，孟巾帼说："好，事情到了生死关头，我不妨对你明说，只有那个同志上去了，你我才能太平无事。怎么配合你，我来想办法，但具体的事还得你去做，这回得把事情做得利索一点儿！"

这时，从远处传来了抓小偷的喊声，接着是杂七杂八的声音。

宗佩兰又让母亲重放了几次录音。放完最后一次录音，宗佩兰说，要是这盒录音带早修好就好了，李敬右就不用去贵州了，上官云霞也不一定会遇害。吴品菊说，孟巾帼和黄阿虎的话已经说得明明白白，安副市长的车祸是个政治阴谋。具体实施者是黄阿虎，孟巾帼是策划者，而她的后面另有其人，这个人又是谁呢？黄阿虎没有说，孟巾帼也没有说，母女俩冥思苦想也猜测不出来。宗佩兰拿出手机给朱莉莉打电话，让她开她父亲的自备车马上到她家楼下来接她。打好手机，宗佩兰心急火燎地往嘴里扒了几口饭，放下碗筷走出餐厅。吴品菊顺手把录音机放进衣袋里，也站起来跟出去。

"佩兰，这么晚了还要出去？"

宗佩兰走进自己的卧室，吴品菊也跟进去。看着女儿脱掉警服，穿上鲜艳夺目的休闲装。

"去找孟巾帼。"宗佩兰边说边走出卧室。

"找孟巾帼干什么？"吴品菊尾随着跟出来，她问道。

"让她把幕后策划者说出来。"宗佩兰说着走到了客厅，伸手从衣帽架上取下手提包。

吴品菊将女儿拦住，神色紧张地说："你怎么说服得了她？"

"还有搭档朱莉莉。"

"你们两个小姑娘怎么能行？通知你爸和李敬右，让他们另外派人！"吴品菊说着，站在门口挡住去路。

"爸和李队在寻找许院长，他们的任务也很重要。"宗佩兰被母亲挡住去路，有点不耐烦了，"妈，你走开！你不知道公安局已布下天罗地网，准备击毙黄阿虎，也可能要击毙孟巾帼，要是她也被击毙，那个幕后策划者就揪不出来啦！"

这时，楼下响起了急促的汽车喇叭声。

"妈，我们不能让上官云霞白死了，我们也不能让那些阴谋家阴谋得逞……"宗佩兰见母亲站在门口岿然不动，挡着她的去路，恳求道，"妈，孟巾帼随时会有生命危险，时间紧迫，时不我待，朱莉莉已经在楼下等我了。妈，你让我走，我求你啦！"

吴品菊显出痛苦的神情，哀求地说："佩兰，那些搞阴谋的人要杀害黄阿虎、孟巾帼，也要杀害你爸和你……你不会忘记你们父女被人用汽车追击的事吧？你们也是他们的眼中钉肉中刺。"她一只手拉着女儿的衣服，一只手拎起茶几上的电话机话筒，说，"你给你爸打电话不合适，我来给李敬右打电话，让他派更加老练更加成熟的警察去，你们还嫩，承担不起这么大的风险……佩兰，妈求你啦！"她要痛哭流涕了。

宗佩兰用力甩掉母亲的手臂，火气很大地说："妈，我不是对你说过了，我不是你的私有财产，我的事你少管！"

"佩兰，你别怪妈自私，"吴品菊终于哭泣起来，涕泪满面，哭得很伤心，"你说的道理妈都懂，可是妈实在经受不住这种考验啊……"

宗佩兰见母亲哭泣起来，心想母亲对她爱得实在太深了，态度也就缓和了，柔声细语地说："妈，女儿在大学里每次风险测验都是优秀的，再说女儿不经受大风大浪的考验，怎么能成长起来呢？"

"你一定要去，妈也不拦你，妈跟你一起去！"吴品菊擦掉脸上的泪水，停顿了一下，突然坚决地说。

"妈，这怎么行？"

"做思想政治工作，妈比你们有经验。妈又和孟巾帼年龄相仿，容易与她接近。你们年轻人和她有代沟，话不容易说到一块儿去，再说你还和她干过架，她对你有反感。"吴品菊说着，从衣帽架上取下一件羽绒衣穿到身上，取下一条乳白色的开司米长围巾围到脖子上，又从手提包里取出手机拿在手里，态度坚决地说，"走，妈去跟她谈，你们做妈的保镖！"

　　宗佩兰听母亲的话有点道理，再说她要是不让母亲一起去，母亲是决不肯放她走的，也就点头同意了。母女俩走下楼梯，钻进朱莉莉早已等候在楼道口的轿车。吴品菊拨通了孟巾帼的手机。

　　"你是谁？"孟巾帼问道。

　　"孟副县长，我是吴品菊，见了面你就认识了，"吴品菊亲切地说道，"我有话想和你谈谈，你现在什么地方？"

　　孟巾帼说："我这会儿没有空，明天谈好吗？"

　　吴品菊说："这件事关系到你的生命安全，迫在眉睫，最好是现在谈。"

　　"好，你到甘露镇来，到了那里再与我联系。"

　　朱莉莉的轿车飞快地向市郊的甘露镇驶去。

第十四章

冒名孟巾帼

孟巾帼接到黄阿虎的电话，黄阿虎要她带上十万元现金、矿泉水、食品和他要替换的衣服，让她乔装打扮，立即赶到山阴市郊秦皇山脚下的甘露镇，找个宾馆住下。黄阿虎警告她如果走漏一点儿风声，或者拒绝按照他的要求去做，他马上就打电话给宗绍阳，向他投案自首说出制造车祸的真相，让宗绍阳将他们一网打尽。他已看穿了他们的阴谋诡计，让他逃跑，就是为了保全自身，然后将他杀人灭口。

放下电话，孟巾帼倒吸了一口凉气。这个黄阿虎真是聪明一世，糊涂一时，他从公安人员手中抢去的手机号码都被记录在案，人家使用卫星定位他的手机全天候地处在监控之中，他一打电话，电话内容和他所处的方位，都被公安人员控制了。车臣有个匪首就是用手机打电话，让俄军用卫星定位仪测出了方位，用导弹将他击毙的。虽然山阴市公安局不可能使用导弹，但测定方位后可以派武装人员围剿，所以黄阿虎给她打电话等于是自投罗网。果然，孟巾帼惊魂未定，吕福安就打来了电话，要她按照黄阿虎的要求去做。

孟巾帼准备好了黄阿虎所需要的钱物，塞进一只旅行包里，要了一辆出租车，从蒲东县城来到山阴市郊的甘露镇。甘露镇坐落在秦皇山山麓，气势磅礴、高耸入云的秦皇山脉像一座巨大的屏障，由东至西矗立在镇子的一旁。在镇子南面大约两公里的秦皇山山坳里，有一座气势雄伟的甘露寺。这时已日落西山，夜幕降临，黑黝黝的大山遮住了半个天际，镇内灯光稀疏，道路和房屋显得十分昏暗。孟巾帼提着旅行包走进镇子，她穿了一件厚厚的羽绒长大衣，脖子上围着一条在当地妇女中非常流行的开司米长围巾，怕被别人认出来，还戴了大口罩和一副特大的墨镜。镇子不大，只有纵横交错形成十字的两条马路，路灯暗淡，夜色深沉。孟巾帼戴着墨镜，四周变得黑黢黢一片，她踩着高低不平的路面，像是在走向万丈深渊，心里很恐慌，也很忧虑。黄阿虎罪行败露，他们是一根绳子上的两只蚂蚱，黄阿虎的结果就在眼前，她的结果又会怎么样呢？她忧心忡忡，惶惶不安。孟巾帼估计黄阿虎就隐藏在离镇子不远的大山里，这个人诡计多端，老奸巨猾，他站在高处鸟瞰全镇，镇中景物尽收眼底，如果发现情况异样，随时可以躲进深山里去，所以选择这个地方与她接头是最合适不过的。她提着旅行包，在镇中一家比较干净的旅馆住了下来。办好手续，刚刚走进房间，放下旅行包，手机就响了起来。

手机显示的号码，仍然是刚才那个女的打来的。她打开手机。

"我是吴品菊，可以到你这里来吗？"吴品菊声音柔和地问道。

这个很柔和的声音，孟巾帼似曾耳熟，但一时又想不起来是谁，吴品菊说见面就认识了，看来她们是见过面的。她记起来对方刚才说要和她谈的事，关系到她孟巾帼的生命安全，而且迫在眉睫。反正已经到了这种地步，如果罪行败露，公安部门要想抓她还不是瓮中捉鳖？谈就谈吧。于是她说，你来吧，告诉了她旅馆名称，房间号码。打好电话，孟巾帼摘掉围巾，取下口罩和墨镜，脱下大衣，把这些东西都随手扔在床上，然后在床头上坐下来，将身体靠在床背上，长长地嘘了一口气。她不知道吴品菊会和她谈什么，她心跳得很厉害，思绪也很乱，她现在确实需要和人谈一谈，和一个知情达意的朋友谈一谈，把自己心中的苦恼、烦闷、还有惊恐，一股脑儿地说出来，这样她也许会好受一点儿。她想到自己的身世，从一个小学还没有毕业的知青，一个长相丑陋的女人，一步步爬到副县长的高位，可她还不满足，弄到了现在这个地步。她书读得不多，做了领导以后读过几本书，记得有位伟人说过，贪婪是人类的大敌，她就是栽在"贪婪"这两个字上，人心不足蛇吞象啊！下午，她接到黄阿虎电话以后，就给那个人打了电话，那人要她把情绪稳定下来，忧虑和恐慌会使事情功败垂成。他告诉她，许伟达确实为安祖裕和黄三省施行了换头术，省、市领导都很重视，正在研究对策，如果把这个问题提到政治高度的话，这已经不是一般的医疗事件，而是一个严重的政治事件。既然安祖裕已经死了，山阴市的政治形势不就很明朗了吗？他要求她把黄阿虎处理好，只有把黄阿虎处理好了，我们才能稳操胜券。可是黄阿虎不是傻瓜，他们要处理他，早被他一眼看穿了，他威胁她要去向宗绍阳投案自首，把他们一锅端。宗绍阳说过人生是场竞技，不到终点，决不言放弃。笑到最后的还是宗绍阳啊。

这时候，响起了敲门声。孟巾帼从房门上的猫眼里看到，门口站着一位穿着羽绒服，围着大围巾，同样把自己捂得严严实实的女人。她开了房门。那女人立即钻进来又迅速地关好房门。女人走进房间，摘下围得只露出眼睛的长围巾，一张俊秀的笑模笑样的鹅蛋形脸庞，呈现在孟巾帼眼前。

"你不是吴总编吗？"孟巾帼惊奇地问道。

"是的是的，"吴品菊点着头，忙不迭地应道。

孟巾帼和吴品菊都是处级干部，孟巾帼又是主管科教文卫的副县长，与吴品菊碰在一起开会的机会还是有的，所以见了面是认识的。吴品菊见孟巾帼认出了她，距离感和陌生感顿时消失，她脱掉羽绒服，也和孟巾帼一样，随手扔到床上，伸出一双热乎乎的手，拉着她坐到靠窗口的沙发上。然后反客为主，提起热水瓶往杯子里倒了一点儿水，荡了几下，然后倒掉，放进茶叶，倒上水，放到孟巾帼的面前说："暖暖手。"接着也给自己倒了一杯。孟巾帼目不转睛地盯着她的脸，等待她开口说话。

吴品菊将茶杯捧在手里，但没有喝，用茶杯暖着自己的双手。

"孟副县长，"她亲切地喊了她一声。

"吴总编，"孟巾帼也亲热地回应了一声。

"孟副县长，我是市电台的副总编，但我还有另一个身份，"吴品菊娓娓动听地说，"你知不知道？"

"不知道。"孟巾帼摇摇头说。

"我的另一个身份就是，"吴品菊嫣然一笑，"市公安局副局长宗绍阳的妻子。"

孟巾帼吃了一惊，口气就变得生硬起来："你找我什么事？"

孟巾帼知道宗绍阳有位很能干的妻子，还是本科生，没有想到现在竟然出现在她的眼前，要与她谈生死攸关的问题，她紧张起来。吴品菊镇静自若，因为她是有备而来的，而且文化程度高，见识广，从市区赶到甘露镇的路上，她对如何进行这场刺刀见红的谈话的开场白，做了种种设想。她认为用这个方式开头，有一种敲山震虎的作用，也可为下面的谈话做铺垫。孟巾帼可能会吃惊，甚至与她争吵起来，这都在她的意料之中。她知道，宗绍阳和孟巾帼犹如冰炭不能同炉那样，势不两立。

"孟副县长，你别紧张，"她见她脸上的肌肉抽搐着，眼睛也瞪得很大，神情紧张，就淡淡一笑说，"亮出身份，不是来威胁你的，我是想说，下面我要向你提供的情况是真实可靠的。"

她见孟巾帼脸色平静下来，便从口袋里摸出微型录音机，放到茶几上说，"这只录音机你认识吧？"

孟巾帼的神色又紧张起来，这只录音机她当然认识。那天晚上，她和黄阿虎在蒲东宾馆商量事情，一个女子冒充服务员在茶几上放下了这只录音机。为争夺录音机，还有过一场争斗，她咬破了录音带的塑料盒子，这卷磁带应该已经报废了。

"这是什么意思？"她问道。

"这里有你和黄阿虎的谈话内容，"吴品菊很从容地说，"它泄露了天机，安副市长的车祸是黄阿虎制造的，但你和另外一个人却是策划者……"

"你血口喷人！"孟巾帼倏地从沙发上站起来，脸色涨得通红，眼睛睁得老大，一只手指着门口，大声说，"你是宗绍阳派来威胁我的，你给我出去！"

"孟副县长，你先别急，你坐下来听我说，"吴品菊也从沙发上站起来，按下了她举着的手臂，拉着她重新在沙发上坐下来，不动声色地说，"这件事同宗绍阳一点儿也不沾边，这盒磁带本来已经损坏了，我拿到台里请技术员修复了，我要是想置你于死地，就不来找你了，把这卷磁带交给市委、市政府领导就万事大吉了，我是来帮助你的……"

孟巾帼脸上的血色很快就消退了，肌肉微微抽搐着，脸色也渐渐地苍白起来，她喊着，但声音已经没有刚才那么响亮了："安副市长的车祸不是我策划的，不是我策划的……"

"我们是不是放一下录音……"

孟巾帼又喊道："我不听我不听……"

"听一听吧，听完以后，我再对你说该怎么办。"吴品菊说着按下了录音机的放送键，房间里马上响起了孟巾帼和黄阿虎的对话。

"你别胡来啊……蒋振生被宗绍阳盯上了……"

"你别怕，我现在早没有兴趣了。"

"我真恨不得阄了你！你说，这该怎么办啊？"

"坐下来，慢慢说。"

"能不能把那人除了？"

"我可以派人去干，但你也得让人配合啊！"

"你要谁来配合？谁还能配合你！"

"没人配合，这件事我没法干……"

"好，事情到了生死关头，我不妨对你明说，只有那个同志上去了，你我才能太平无事。怎么配合你，我来想办法，但具体的事还得你去做，这回得把事情做得利索一点儿！"

"……"

吴品菊关掉录音机，默不作声地看着孟巾帼。孟巾帼双手捂着脸，矮小的身体蜷缩在一张并不大的沙发里，刚才那种气势熏天的神态没有了，她的双肩剧烈地颤动着，像是在低低饮泣。吴品菊见播放录音发生了效力，她又语气柔和地问道："那个同志是谁？"

孟巾帼捂着脸说："我不知道，你不要来问我……"

吴品菊想，这样问她是绝对不会说的，必须告诉她目前的处境，对她从心理上发动攻势，她说："你不说也没关系，组织上很快就会搞清楚的。"

孟巾帼沉默不语。

"黄阿虎难道真的是逃出来的吗？不是，"吴品菊自问自答地说，"是他们把他放出来的，还故意让他抢走了一支手枪……为什么？为的是击毙他有个理由。"

孟巾帼认真地听着，脸上现出痛苦的表情。

"他们让你给黄阿虎来送东西，为什么？"

孟巾帼瞪大眼睛看着吴品菊，露出一脸急于想知道下文的神情。

吴品菊说："当你与黄阿虎接触时，他们趁机将你杀害。"

孟巾帼一脸的恐慌，脸色变得像张白纸。

"现在对那个人来说，杀害你比杀害黄阿虎还要来得重要，来得迫切……"吴品菊怕她听不明白，补充道，"黄阿虎受你指使，制造了安副市长的车祸，而你受他的指使，策划了这场车祸……只有你知道，他才是真正的幕后策划者。"

孟巾帼捂住脸呜呜地哭泣起来，这次她哭得很伤心很痛苦，声泪俱下，悲痛欲绝。从她只有声音没有话语的哭泣中，吴品菊深切地感受到自己的话已经产生了强烈震撼，她在忏悔，她在反思，也许她正为下一步该怎么做进行激烈的思想交锋。吴品菊突然对她怜悯起来，也为她惋惜起来，她觉得孟巾帼虽然长得丑陋，文化程度不高，但是她要是在街道企业里做一名普普通通的员工，在寻常人家里做一个平平常常的主妇，也许会生活得快快乐乐。她走到今日这个地步，社会虽然也有一定责任，主要还是她有一颗贪婪的心，强求本来不应该属于她的东西，从而失去了应该属于她的东西。

吴品菊站起来，提起茶几上一把热水瓶，走到卫生间绞了一块热手巾，递到孟巾帼的手上说："孟副县长，我知道你做人不易，心里很苦。但这一切应该让它过去了，开始新的生活……"

孟巾帼从吴品菊手中接过手巾，拿在手里没有擦脸，只是哭泣。

这时，孟巾帼的手机响了。她打开手机，听一会儿，打电话的像是个男子，声音很响，但又听不清楚在说什么。孟巾帼眼睑上挂着泪水，静静地听着，始终不吭一声，手机传来了嘟嘟的忙音，她挂掉手机，从沙发上站起来。吴品菊也跟着站起来。孟巾帼走到床前，拿起随手扔在床上的羽绒长大衣，慢慢地往身上穿着。

吴品菊拉住她的衣服问："你去干什么？"

"我有事情。"孟巾帼穿好衣服，又将围巾围到脖子上，她说。

吴品菊拦住她的去路说："你不能出去，你有危险。"

孟巾帼拎起放在床上的旅行包，想推开吴品菊："你让我出去！"

"刚才的电话是不是黄阿虎打来的，是不是他让你送东西去？"

"送不送是我的事，你走开。"孟巾帼态度很粗暴地喊道。

"孟副县长，我刚才对你说了这么多的话，你是不是不相信？"吴品菊着急起来，伸手去夺孟巾帼手里的旅行包，孟巾帼不给。她说，"我实话对你说吧，这镇子上已经埋伏了许多警察，镇子外面也一定埋伏了许多警察，只要你和黄阿虎一露面，不知道会从什么地方射来冷枪……"

"你要我怎么办，你要我怎么办啊！"孟巾帼痛哭流涕地喊起来。

"孟副县长，"吴品菊阻挡着她，好言相劝，"你主动把问题向市委、市政府说清楚，求得党和政府的宽大处理，这才是最佳的选择……"

"吴总编，我不能，"孟巾帼拎着旅行包，哀求地说，"你让我出去！"

"是不是你还对那个人存有幻想？这个幻想是很危险的。"

"我不知道，我什么都不知道……"孟巾帼手里拎着旅行包，想推开吴品菊。但吴品菊人高体壮的，她推不动。她一脸的痛苦，一脸的无奈，"即使是死，我也得去啊！"

"孟副县长，"吴品菊又亲切地叫道，"我们都是女人，应该从女人的角度想一想，我们有丈夫、子女、父母，你即使不为自己着想，也得为他们想一想，再说你虽然有错误，有罪恶，但是还没有到非死不可的程度……"

大概是与吴品菊相持的时间太久，房间里气温又高，孟巾帼穿着笨重厚实的衣服，热得受不了了，她解开衣服的扣子，又在床沿上坐下来，耷拉着脑袋，哭丧着个脸。

吴品菊紧挨着她也坐了下来，伸出一只手臂搂着她的肩膀说："孟副县长，我实话对你说，那个乔装服务员来安放录音机的姑娘，就是我的女儿宗佩兰，她是市刑侦支队的一名侦察员……"

孟巾帼吃了一惊，但没有作声。

吴品菊继续娓娓动听地说着："她听了录音要马上来找你，要来劝说你说出你身后的那个人，不能让你在罪恶的泥潭里越陷越深，也不能让那个人隐藏下来，继续祸害人民。她说你有危险，她要来保护你，不能让你倒在罪恶的枪口之下，死得糊里糊涂。我心里很受感动，我知道她来保护你，同样面临着危险。我对她说，让妈替你去冒这个风险，因此我来了……孟副县长，"她又亲切地叫了一声，"如果你现在也是替孩子们去冒风险，我同意你去，可是你这个风险冒得不值得！"

孟巾帼又抽噎起来，不停地用手掌擦拭着从眼眶里流出来的泪水。

　　这时，孟巾帼的手机又响了。她看了一下号码，神情很恐慌，她把手机贴在耳边听着，不断地点头说着："好，我马上就来，我马上就来……"关好手机，虽然没有哭泣声，但眼泪却像是断了线似的，从她的眼眶里涌出来滴到地上。她重新扣好衣服，拎着旅行包站起来。

　　吴品菊也跟着站起来。

　　孟巾帼泪流满面，哭泣着说："吴总编，谢谢你这样关心我，我知道你是一片好心，可是我却不能照你的话去做，我必须去把东西交给黄阿虎，你让我过去……"

　　吴品菊双眼发酸，眼泪夺眶而出，哽咽地说："你为什么这样铁石心肠，这样顽固不化……你一定有难言之隐，是不是……"她像下定决心似的继续说，"好！这东西我替你去送……"她伸手去夺孟巾帼手里的旅行包。

　　孟巾帼拎着旅行包躲开了，凄惨地说："你不能去，你会死的啊！"

　　"不会的，公安局好多人都认识我，他们怎么会向我开枪呢？"

　　"黄阿虎手里有枪，他会向你开枪的。"

　　"我们互换一下衣服不就行啦。"

　　孟巾帼的手机又响了。她双眼发直地看了一会儿手机，打开手机贴到耳边听着，凄凉地说，"我这就给他送去……"她挂掉手机，放进口袋里。她拎着旅行包，想从吴品菊的身旁走出去，吴品菊又把她拦住了："黄阿虎又打电话来啦？"

　　"不是。"

　　"是谁给你打的电话？"

　　"你不是都已经知道了，还用得着问吗？"她神情很沮丧，哀求地说，"你还是让我去吧，我求你啦！"

　　"孟巾帼，我老实对你说，"吴品菊突然口气很严肃地说，"他们要置你于死地而后快，你却还对他们存着幻想！"

　　吴品菊一发火，孟巾帼惊呆了，双眼怔怔地看着她。

　　吴品菊又好言相劝："我只要穿着你的衣服，打扮成你的模样，我把东西放到黄阿虎指定的地方，马上离开不就行了。我的女儿和她的一位搭档就在外面，我让她们来保护你，明天天一亮，我们就进城向市委、市政府领导把问题说清楚，即使有罪，你也是被胁迫的啊！"

孟巾帼把旅行包放到床上，慢慢地解开羽绒大衣的扣子，泪如雨下，凄惨万分，边哭边脱衣服边说："我罪孽深重啊……"

吴品菊迅速穿上孟巾帼脱下来的羽绒长大衣，围上她的紫红色围巾，戴好墨镜和口罩，把自己包了个严严实实。此时的吴品菊只是身材显得高大了一点儿，猛一看已经和孟巾帼并无两样了。然后，吴品菊从自己的羽绒衣口袋里掏出手机，交给孟巾帼，又将她的手机拿过来。吴品菊拎起孟巾帼放在床上的旅行包，说："在什么地方和他碰头？"

孟巾帼神情木讷呆滞，似乎此时没有了意识，也没有了思想，一言不发地站在一旁，呆呆地看着吴品菊做着这一切。听见吴品菊问她，才如梦初醒地回答说："出了大门一直往前走，看到一条通往甘露寺的大路，就沿着这条路再往前走，他会往我的手机里打电话，他让你停你就停……"

吴品菊点点头，轻声说："我这就去，你不要离开房间，我让我的女儿来陪你，明天天一亮，我们就进城去……好吗？"

孟巾帼呆呆地站着，双眼默默地看着她，泪水从她面颊上流下来，一滴一滴流到了她的衣襟上，她轻轻地点了点头。

房间里很静，甚至可以听到泪水滴到地板上的声音。

吴品菊拎着旅行包走出门外，就用孟巾帼的手机给宗佩兰打了个电话，让她立即到孟巾帼的房间里来，保护她，也是监护她。打好电话，吴品菊就拎着旅行包，很坚定地向楼梯走去。她知道自己可能会面临风险，但是如果从维护国家政权建设纯洁性的角度来看问题，她所面临的风险又算得了什么？丈夫和女儿曾经对她说过，他们热爱自己的事业，甚至可以为此献出宝贵的生命。是的，国家的长治久安，人民的安定幸福，总是要有人做出牺牲的。从这个角度来说，她现在面临的风险，又算得了什么呢？这时候已是凌晨四点多钟，沉睡中的大地正在慢慢地苏醒过来。四周还是漆黑一团，吴品菊很快就湮没在黑暗之中。

吴品菊刚刚走出旅馆，孟巾帼立即穿上她的衣服，也离开房间尾随而来。宗佩兰在孟巾帼的房间里扑了一个空，转身奔下楼梯，守候在门口轿车里的朱莉莉告诉她，两个女人一前一后从旅馆里走出来，向甘露寺方向去了。宗佩兰拿着朱莉莉的夜视镜，马上就看到了她母亲和另一个女人的身影。

宗佩兰和朱莉莉驾着车跟了上去。

宗绍阳和李敬右在轿车里待了一夜，一直守候在许伟达的住宅楼下面，两个人轮流盯着楼道口，连眼睛也不敢眨一眨，但盯了一夜，始终没有再见到许伟达的影子。昨天中午，宗绍阳和许伟达谈心以后，向魏怀松作了汇报。魏怀松指示说，尊重许先生的意见，经常与他保持联系。下午下班前，他给许伟达办公室里打电话，办公室里没有人，给他家里打电话，家里也没有人，打他的手机，手机又关机。他便给医院办公室打电话询问许伟达的下落，办公室的同志说院长到市卫生局去了。宗绍阳又给卫生局长打了电话，卫生局长说许伟达向他递交了辞职报告，刚刚离开，可能是回家去了。这时，宗绍阳感到问题严重了，他估计许伟达可能要出国，立即打电话给李敬右，要他迅速到机场了解今明后三天离开山阴的人员名单，然后打电话给魏怀松，向他报告了许伟达辞职的事。魏怀松要他一定找到许伟达，如果了解到他要出国，千方百计说服他留下来。魏怀松说，中国大陆科学家对一对孪生兄弟成功实施头颅移植的事，国际上已经传得沸沸扬扬，大多数媒体都说中国人创造了科学奇迹，有的还全文刊载了上官云霞的论文，对她的去世表示哀悼。但也有个别媒体说，中国目前的环境还不适合这些世界级优秀科学家的生活、工作、甚至生存，一名女科学家的遇害，已经雄辩地说明了这一点。他们预测那两名在美国访问的科学家，会不会再返回中国大陆也是一个未知数，至于另一名科学家离开中国大陆，也将在意料之中。魏怀松心情沉重地说，我们中国人刚刚争来了一点面子，但这个面子看来马上又要失去了。和魏怀松通好电话，宗绍阳心里也很沉重，他现在唯一能做的事就是千方百计找到许伟达。如果他确有出国的念头，那就得千方百计地打消他这个念头。不一会儿，李敬右的电话来了，他已从机场方面证实，许伟达购买了明天上午八时去新加坡的机票，也就是说许伟达明日上午要出国了。宗绍阳又把这个情况报告了魏怀松，魏怀松下令公安局火速寻找，一定要把许伟达找到。宗绍阳不停地往许伟达家里和他的手机打电话，家里没人，手机关机，到傍晚六点，许伟达仍然没有回家。公安局立即撒开人马，开始在市区的饭店、宾馆、旅馆和招待所寻找，又到他可能去的亲朋好友处寻找，都一无所获。从昨天下午下班以后，宗绍阳和李敬右都没有回家，一直守候在轿车里，轿车成了他们的临时居所，也成了他们的临时指挥部，各方面的情况都汇集到这里，他们热切地希望得到许伟达的消息，他们也热切地希望许伟达的身影在他们的眼前出现，但结果都是大失所望。

晨曦初露，黑暗渐渐消退，四周的景色渐渐地清晰起来。早起的人们打开屋门从里面走出来，街道上、住宅区也开始喧哗起来。

宗绍阳抬起手腕看了看手表，这时已是凌晨五点，也就是说，再过三个钟头，许伟达乘坐的飞机就要穿云破雾，翱翔在蓝天之间了。当然在许伟达候机时也可以说服他，但那毕竟太晚了。

这时魏怀松又打来了电话，说他基本上也是一个晚上没有睡觉，虽然明明知道家里的电话铃声足够把他从熟睡中惊醒过来，但他还是不放心，怕耽误了宗绍阳告诉他找到许伟达的电话，他也试着给许伟达打过几次手机，但都是关机。他说许伟达的事不仅惊动了省委、省政府，还惊动了国务院。国务院领导给省政府领导打来电话，要求千方百计说服许伟达留下来，也要求他们千方百计说服出国访问的那两名科学家按时回国。他语重心长地说，老宗啊，任务光荣而艰巨啊！市委书记彻夜未眠，找到许伟达的意义是何等的重大，他的责任又是何等的重大。但该如何找到许伟达，他还是无计可施。

天越来越亮，时间越来越紧迫，随着时间的推移，说服许伟达的可能性也就越来越小。这时，宗绍阳的手机响了起来。手机是吕福安打来的，吕福安告诉他，黄阿虎已经在郊区甘露寺附近出现，要他赶快去参与追捕。宗绍阳确实也很想去追捕黄阿虎，毕竟二十多年的恩恩怨怨，最终有了了结，但寻找许伟达非同小可，这关系到民族的尊严和国家的荣誉。

李敬右见宗绍阳双眉紧锁，脸色严峻，一言不发，就问道："宗局，你是不是为去寻找许院长还是去追捕黄阿虎犯难呢？"

"有这么个想法。"宗绍阳说。

"宗局，你去吧，亲手给黄阿虎戴上手铐，将他捉拿归案，这个时刻你等了二十多年，今天终于遂了心愿。这里有我，我拼了命也要说服许院长留下来。他是云霞最尊敬的师长，我会对他说……"说到这里，李敬右声音嘶哑了，"我会对他说，许院长，你给我留一点儿美好的记忆，见到你我就像是见到了云霞……宗局，你相信我……"

宗绍阳心里荡漾着一股激流，诚心以待，金石为开，听了眼前这位铮铮铁汉一番充满深情厚谊的话，许伟达没有不回心转意的理由。他点点头说："也好，这里就交给你，有事及时与我联系，车子我开走了，你再让支队开一辆过来。"

李敬右说："好。"

李敬右刚要钻出车子，宗绍阳的手机又响了。电话是宗佩兰打来的，宗佩兰告诉他，妈妈去说服孟巾帼投案自首，可是现在却乔装成孟巾帼去与黄阿虎接头了，她大概也是想说服黄阿虎投案自首。宗佩兰大呼小叫地喊道："爸，你快来！黄阿虎被发现了，被包围住了，他手里拿着枪，他们准备击毙他，妈妈正在一步一步地走近他。黄阿虎穷凶极恶，可能会向妈开枪，妈也可能被误伤……妈有生命危险啊！"

宗绍阳驱车来到甘露寺时，天色还很早，寺门紧闭着，那些早起希望在菩萨面前点上头炷香的善男信女，已经三三两两地聚集在寺门前。宗绍阳停好轿车钻出车子，抬头向背后的大山望去，一条山间小道绕过寺院后面的围墙，弯弯曲曲地穿插在被高大茂密的树林掩盖着的山岭中，只有少数几段路面裸露在天地之间。蜿蜒曲折的石阶上，已经行走着很多行人，从他们穿戴的服饰辨别，有当地的乡民，也有来寺院进香的香客。宗绍阳在这些人当中没有发现他的妻女，就拨通女儿的手机，询问她们所在位置。宗佩兰告诉他，她们没有走那条山间石阶，而是从没有道路的树林中攀登上了山腰，准备绕到黄阿虎身后，出其不意地击落他手中的枪支，将他擒获。宗佩兰说，孟巾帼掌握着重要的秘密，这个秘密很可能与吕福安有关，吕福安可能要杀人灭口。宗佩兰还告诉他，母亲正站在道路旁一棵大树后面打手机，像是正在和黄阿虎通话。和女儿通好话，宗绍阳拨通了妻子的手机，手机打通了，但从手机里传来的却是孟巾帼的声音。孟巾帼听出是宗绍阳，立即心急火燎地说，她和吴总编互换了衣服和手机，吴总编代替她去给黄阿虎送东西，现在正在和黄阿虎通电话，说服他向政府投案自首。孟巾帼说，她知道吕福安就在她们附近，吕福安可能向她开枪，请他告诉吕福安，他开枪时一定要看清楚，别误伤了吴总编。宗绍阳正要告诉她找个地方隐蔽起来，别向黄阿虎靠拢，但还未等他说话，孟巾帼已经挂上手机。宗绍阳再拨妻子手机时，手机再也打不通了。宗绍阳感觉到女儿说得不错，妻子的处境十分危险，她可能被丧心病狂的黄阿虎枪杀，也可能被自己人误伤。宗绍阳闹不清楚，妻子怎么会代替孟巾帼去给黄阿虎送东西？又怎么会心血来潮，想说服黄阿虎向政府投案自首？这真是与虎谋皮啊。

宗绍阳下意识地摸了摸别在腰间的手枪，手枪好好地插在枪套里。他飞快地登上那条通往秦皇山主峰的石阶，他必须找到一个能俯视妻子动静和观察到警察、武警战士行动的制高点。他要告诉他们，对黄阿虎不到万不得已不要开枪，绝对不能伤害吴品菊和孟巾帼。他必须用智慧迅速制伏黄阿虎，尽可能地保护他的生命安全，因为他掌握着安副市长整个车祸案的全部秘密。他身体敏捷，步履如飞，经年累月的爬楼登高，使他的两腿矫健有力，陡峭的石阶很快就被他一级级地踩在脚下。这时在古树林立、杂草丛生的石阶旁边，出现了一条通往另一个山峰的、未经石砌的小路。从这条小路往上攀登，居高临下，更能真切地看清山腰里发生的一切。

太阳已经升高，火红的阳光透过层层叠叠的树林映射进来，萦绕在树丛中的雾霭逐渐散尽，山间的景色显得十分清晰。当宗绍阳快爬到半山腰时，看到一位穿着厚厚的羽绒长大衣、一条紫红色的长围巾将脑袋围得严严实实的女人的身影。她一只手提着一只大旅行包，一只手握着手机，手机紧贴着耳根，一步一步地很吃力地踩着陡峭的石阶，缓缓地向上攀登着。宗绍阳虽然看不清她的脸，羽绒衣和长围巾也都很陌生，但从熟悉的身影判断，那就是他的妻子吴品菊。吴品菊一边走一边打着手机，因距离较远，宗绍阳听不清她在说些什么。在离吴品菊身后十余米的地方，宗绍阳又发现了另一个女人的身影，这个女人的身影他似曾相识，而那件银灰色的羽绒衣和乳白色的开司米长围巾，他却是熟悉不过的，那是妻子吴品菊的，他断定这个女人就是孟巾帼。孟巾帼往前行走着，还不时躲到石阶旁的大树背后，大概是怕被前面的吴品菊发现。宗绍阳敏锐的目光又很快发现，距离孟巾帼一百米左右的树林里，出现了好几个头戴斗笠，身背背篓，手持砍刀的乡民打扮的男女，虽然他们打扮得很巧妙，但宗绍阳还是从他们熟悉的身影里，发现了蒲东县公安局长严关根，和市县两级公安局的其他警察。他们若隐若现地出现在大树背后，或灌木丛中，低着头缓缓地行走着，仿佛在采集草药、砍伐柴火，但他们又不时地抬起头来，注视前面缓缓行走着的那两个女人。他在这些人当中，又迅速地发现了打扮成老农模样的吕福安，宗佩兰说得不错，吴品菊和孟巾帼完全处在警察们的监控之中。如果吕福安这时想射杀孟巾帼，可以不费吹灰之力。

这时，吴品菊站住了，这里的石阶比较平整，不再像前面那么陡峭。旁边是一块山腰中少有的数十平方米的长条形平地，平地上是数不清的枝叶茂盛的樟树、桦树和水杉树，树干粗壮，两三个男子双臂合抱不过来。茂密的茅草和足有半人多高的灌木丛使树林增添了许多尚未被开发的原始气息。石阶的另一侧则是树木林立、杂草丛生的陡峭的山坡。

宗绍阳匍匐在一株大树背后，拨通了吕福安的手机，告诉他自己所在的方位，对他说，他已经发现了孟巾帼和他的妻子吴品菊。吕福安一听吴品菊也在山上，很恼火地说，她掺和进来干什么，赶快让她离开！宗绍阳想，不能把吴品菊来此的目的告诉他。他只是说，吴品菊来也许有她的道理，不管怎么样，请不要轻易开枪，他有办法生擒黄阿虎。与吕福安通好话，他又拨通了宗佩兰的手机，询问她们的方位。宗佩兰对他说，她和朱莉莉在距离母亲大约五十米的地方。她们发现黄阿虎就蛰伏在那块平地的树丛中，只要他一举枪，她们就可以迅速将他手中的枪击落。宗绍阳完全相信女儿的话，宗佩兰和朱莉莉在大学里是有名的神枪手，在百米内完全可以做到弹无虚发。

这时，吴品菊走进了树林，孟巾帼紧随其后，躲藏到了距离她十余米的一棵巨大的樟树背后。这时，另一棵巨大的樟树背后，突然蹿出一个身影扑向吴品菊。吴品菊猝不及防，被那人的手臂勾住了脖子。吴品菊吓得尖叫一声，脸色雪白，手里提着的旅行包随即掷到地上。宗绍阳也吃了一惊，那个身影虽然头戴斗笠，但他马上认出来此人不是别人，正是黄阿虎。宗绍阳又发现，他的右手握着一支五四式手枪，黑乎乎的枪口正对着吴品菊的太阳穴。黄阿虎似乎经验老到，将吴品菊倒拖着拉进树林中。

在距离黄阿虎数十米的树林和草丛中，一下子出现了数不清的警察和武警战士，他们形成了一个马蹄形的包围圈，手里的武器无不对着黄阿虎和吴品菊所处的方位。吕福安手里也握着一支五四式手枪，隐蔽在一棵巨大的桦树背后，严关根紧挨着他隐藏在另一棵大树背后，他们与黄阿虎的距离也不过五十米左右。黄阿虎将手枪顶着吴品菊太阳穴，背靠着一棵大树，脑袋龟缩在吴品菊的身后，用吴品菊的身体作保护自己的屏障。他大声喊道："吕福安，你让警察都走开，否则我就杀死孟巾帼，你们听到没有！"黄阿虎把吴品菊当作孟巾帼了。此时如果吕福安也把吴品菊当成孟巾帼并想射杀她，是再容易不过的。宗绍阳想告诉黄阿虎，他劫持的人不是孟巾帼，而是他的妻子吴品菊，但又怕适得其反，因为黄阿虎与他有着不共戴天之仇，他会将仇恨发泄到他妻子身上，将她枪杀。他对着黄阿虎大声喊道："黄阿虎，你负隅顽抗是没有用的，放下武器，投案自首才是你的出路！"黄阿虎喊道："宗绍阳，我要你撤走所有的警察，让吕福安离我远远的……"吕福安隐藏在大树背后喊道："黄阿虎你放下武器，我保证你的生命安全！"黄阿虎喊道："我知道你早就想杀了我，你要再不走，我就杀了孟巾帼，反正横直是个死！"他几乎是下命令地喊了一句："你走不走！"但是吕福安不走。他喊道："黄阿虎，你要是真的敢杀了孟巾帼，那就是死路一条！"黄阿虎又喊道："好，我喊一二三，你们再不走，我杀了她。一……二……"

这时，一直隐蔽在大树背后观察动静的孟巾帼，突然举着双手走出来，她站到了黄阿虎面前。因为她长得矮小，整个身体几乎被灌木丛淹没了。孟巾帼从容地说道："黄阿虎，你劫持的这个人不是我，我在这里，你要杀杀我，你把她放了……"

宗绍阳吃了一惊，他没想到此时孟巾帼会显得如此勇敢。黄阿虎也吃了一惊，他没想到闹了半天，眼前的人质竟然是假的。他大概是为了弄清楚眼前劫持的人质究竟是谁，竟将手枪从吴品菊的太阳穴旁移开，伸过脑袋去看吴品菊的脸。这时，只见孟巾帼的身影一闪，她的两只瘦小的手臂将黄阿虎握着手枪的手臂，高高地举了起来，大喊一声："吴总编快跑！"随即又用自己瘦弱的身体，将吴品菊用力一撞，吴品菊跌倒在草丛中。

一声清脆的枪响，黄阿虎手中的手枪被击落在草丛中。又一声枪响，黄阿虎头部中弹应声倒地。又一声枪响，孟巾帼也应声倒下。刚才跌倒在草地中的吴品菊突然跃身站起来，扑向孟巾帼。但吴品菊还未挺直身体，从陡峭的山坡上纵身跳下一个身影，将吴品菊扑倒在灌木丛中。在空中飞跃下来的人影将吴品菊扑倒的一刹那，又是两声跟得很紧的枪响："啪！啪！"

第一枪是宗佩兰打的，这一枪击落了黄阿虎的手枪。第二、第三枪是吕福安打的，击中了黄阿虎和孟巾帼的头部。后面紧接着的两声枪声，分别是吕福安和宗绍阳打的，吕福安开第三枪要射杀吴品菊时，宗绍阳的手枪响了。吕福安的手枪被击落，枪虽然响了，但子弹打偏了。

宗绍阳飞快地跑到吴品菊跟前，这时吴品菊母女俩和朱莉莉已经将孟巾帼围起来。孟巾帼躺在吴品菊的怀里，大口大口地喘着粗气，严关根几乎与宗绍阳同时跑到吴品菊跟前，朱莉莉用一块白纱布捂着孟巾帼的脑袋，她的双手全是鲜血。吴品菊见是宗绍阳，着急得要哭出来："她脑部中弹，她还没有说出制造安副市长车祸的元凶啊！"

这时警察和武警战士从四面八方围了过来。严关根指挥众警察把黄阿虎抬了起来，黄阿虎已经死了。宗佩兰帮着母亲把孟巾帼抱起来。

吴品菊抱着孟巾帼，双眼盯着她的脸，眼泪汪汪地说："孟副县长，你别害怕，我们一定要救活你！你一定要把杀害安副市长的元凶说出来啊！"

孟巾帼脸如死灰，双目紧闭，已经昏迷过去。严关根让几个年轻力壮的警察从吴品菊怀里接过孟巾帼，迅速向山下抬去。众人把孟巾帼抬到甘露寺前的停车场上，市医院的救护车就来了。吴品菊母女俩和朱莉莉跟着救护车走了。

宗绍阳抬起手腕看了看手表，此时已是早晨六点半。他拿出手机想给李敬右打电话，询问许伟达的情况。吕福安左手捂着一只正在滴血的右手，气呼呼地走到他的身边，怒发冲冠地大声喊道："谁向我开枪？是谁向我开的枪？！"宗绍阳从容不迫地回答他："是我向你开的枪！"吕福安一听宗绍阳的话，暴跳如雷："你胆大包天，怎么敢向我开枪！"宗绍阳针锋相对地说：

"你没有权力击毙黄阿虎和孟巾帼！"吕福安还想说什么，宗绍阳的手机突然响了起来。电话是李敬右打来的，李敬右告诉他，许伟达已经在机场出现了，魏怀松要求一定要动员他留下来，他说破了嘴皮，但许伟达坚持要走，请示他该怎么办？宗绍阳说，你让许院长等一等，我有话对他说，我马上就到。他挂掉手机，然后和颜悦色地对吕福安说："如果我做得有什么不妥，我愿意接受任何处分！"说毕他飞也似的向山下跑去。

第十五章

尾　声

　　早晨六点四十分，市委派来一辆子弹头面包车把黄三省接走了。秘书在电话里对欧阳殿生说，许伟达要离开祖国大陆到美国去，魏书记要他一起去说服许伟达留下来。黄三省刚走不久，陈湘莲和黄秀秀走进了安祖裕的别墅，她们是由琥珀派出所的警车送来的。范芝毅打电话给别墅大院门口的警卫，将她们母女俩放了进来。听到汽车的喇叭声响，欧阳殿生照例又站到了大门口的石阶上。

　　"阿姨……"黄秀秀从警车里钻出来，一见欧阳殿生就很恭敬地叫了她一声，虽然她比欧阳殿生小不了几岁，接着陈湘莲被女儿搀扶着从警车里钻了出来。欧阳殿生不由得吃了一惊，该发生的事终于发生了。

　　黄三省在山阴饭店与妻女见面时，虽然进行了精心化装，但他的举手投足、声音笑貌，很快就激活了陈湘莲残存的记忆，连黄秀秀也开始相信，"安副市长"就是她的父亲。后来，琥珀派出所的娃娃脸所长告诉她，安副市长是她们的亲戚，答应派车送她们到安府认亲，她们就来了。

　　陈湘莲一见欧阳殿生，就急切地问道："我的老公在哪里？"

　　眼前的事实，欧阳殿生在心理上确实很难承受，她花容失色，想斥责说："你别说疯话了，这里哪有你的老公？"但话到嘴边又忍住了，因为安祖裕的头颅是黄三省的，这已成既定事实，矢口否认也是徒劳无益的。她不承认，黄三省会承认，进行手术的医生们会承认，法律和伦理道德也会毫不留情地倒向陈湘莲一边。与其将来尴尬被动，还不如现在好言相劝。于是她秀丽的脸上露出一丝妩媚动人的笑容，和颜悦色地说："来，有事请到里面说……"说着伸出一只手臂挽住陈湘莲，和她们母女俩一起走进别墅。

欧阳殿生把母女俩领进平时接待贵宾的小客厅，让她们坐到沙发上，又让女佣端来水果，泡好茶水。女佣出去后，欧阳殿生重新关好房门，紧挨陈湘莲坐了下来。

"阿姨，我爹呢？"黄秀秀亲热地问道。

"你怎么知道他是你爹呢？"欧阳殿生平心静气地问道。

"琥珀派出所让我们来认亲，我知道安副市长其实就是我爹，"黄秀秀说，"医生也对我娘说，我爹的头安装到了安副市长身上。"

欧阳殿生心里明白，与其说是琥珀派出所让她们来认亲，还不如说是孟巾帼让她们来认亲，与其说是孟巾帼让她们来认亲，还不如说是李剑峰让她们来认亲。李剑峰用这个办法揭穿了黄三省的真实身份，就是为他荣登市委书记的宝座铺平道路，李剑峰这一手真毒。欧阳殿生在心里把李剑峰恨得咬牙切齿。

"阿姨，他在哪里？你让他跟我回去！"陈湘莲一脸愁苦，跟着女儿叫欧阳殿生阿姨。

"即使他是你的丈夫……"欧阳殿生想起眼前这个女人所遭受的苦难，心里也不免产生许多同情，但要她马上承认"安祖裕"是这个女人的，并拱手相让，这实在是太残酷了。丈夫是假的，但地位和权力却是真的。黄三省多次提出要回排头村去，如果他真的回到了她们的身边，她眼前的生活也将成为历史。如果能说服她们，让黄三省继续僭越副市长的地位，那就另当别论了。她好言相劝，"他现在是一位副市长，如果他一旦承认是你的丈夫……你有没有想过，那会是一个什么后果？"她有意把话说得慢条斯理和风细雨，必要时还停顿一下，提出问题，让对方冷静地思考。

有文化的黄秀秀完全明白欧阳殿生话中的意思，也知道她说这些话的用意。她回答说："爹在这里日子过得很好，有权有势，威风八面，回到乡下就是一个农民。但他是我爹，他不能不认我们……"

陈湘莲哭起来："他本来就是个农民啊……"她突然双腿一软，跪到欧阳殿生面前，"阿姨，我求求你，你把他还给我……"

欧阳殿生被她这个突如其来的动作吓了一跳："你别这样，有话坐着说！"

陈湘莲却号啕大哭起来，欧阳殿生显得手足无措了，她对黄秀秀说："快别让你母亲哭了，该怎么做，我们好好商量……"

黄秀秀把母亲从地板上拉起来，让她在沙发上坐好："娘，你别哭了，哭不是个办法……"

欧阳殿生见陈湘莲渐渐地平静下来，想到了一个两全其美的办法，她问道："秀秀，你们生活一定很困难吧？"

"是的。"

"他即使和你们一起回到乡下，你们的生活是不是照样很困难？"

"是的。"

"为他着想，也为你们自己着想，为我和我的女儿着想，秀秀，你看我们是不是这样做……"

"怎么做？"

"市里领导都知道，老安和你父亲是一对孪生兄弟……我们两家是亲戚。我在经济上帮助你们母女俩，让你们也过上好日子……"

"我还能叫爹吗？"

"私下可以，公开场合只能叫叔叔！"

黄秀秀眼泪忍不住流下来："这怎么行？"

陈湘莲问："他就不回排头村了？"

"不回了，但你们经常可以到我家里来……"

陈湘莲又暴发性地大哭起来："我不要钱，我要老公！"

宗绍阳驱车来到机场时，离许伟达乘坐的航班起飞已不到五分钟。宗绍阳一头冲进机场贵宾厅，李敬右一脸的沮丧，像玩老鹰捉小鸡游戏似的站在门口，阻拦着许伟达。许伟达手里拎着一只小提包，想躲过李敬右的阻拦，从空隙中冲出去。两个人你来我往，左躲右挡的，很是好笑。李敬右一见宗绍阳进来，立即大喊："宗局，你终于来啦！"

宗绍阳一个箭步站到许伟达面前，大口地喘着粗气说："许院长，你能不能坐下来，听我说一句话？"

许伟达站住了。他说："飞机要起飞了，有话我们以后再说吧！"

宗绍阳说："我的话非与你现在说不可，我已奉命通知机场，你乘坐的航班被延迟起飞了！"

宗绍阳的话音刚落，机场的扩音机里果然传来了播音员报告航班因故延迟的消息，并一遍又一遍地说着表示歉意的话。

许伟达大怒："你们怎么能这样做！你们怎么能这样做！"

推迟航班起飞时间，这是魏怀松在万般无奈的情况下不得已采取的措施。魏怀松在电话里对宗绍阳说，国外媒体对上官云霞之死和顾迪安、诸葛瑞德两名科学家出国访问众说纷纭，美国的个别媒体预言许伟达一旦离开中国大陆，踏上美国本土，就不可能再回到中国大陆，这样这项石破天惊的奇迹将成为美国的科学成果。魏怀松心情沉重地说，要是真的出现这样的情况，我们可真是对不起党和人民了……当时离飞机起飞的时间，已只有十五六分钟。魏怀松要他火速赶到机场，他和市委、市政府其他领导随后赶来，劝说许伟达留下来，如果劝说不成只好放行。宗绍阳见许伟达大怒，连忙解释说："许院长，你先别生气，我们不是不让你走，飞机随时可以起飞……你不是说我们是好朋友吗，对好朋友总不能这样不辞而别吧？我有几句话对你说，市委魏书记也有话要对你说……"

许伟达的脸色稍微平和了一点儿，但仍然带着几分愠怒："魏先生我就不等了，你有话快说吧！"

宗绍阳握着许伟达的手，拉着他在沙发上坐了下来。李敬右则站在他们身旁，像是一位随时听候吩咐的听差。

"你快说！"许伟达催促道。

"无论作为朋友，还是作为政府官员，我都恳求你别离开自己的祖国。但在现在的情况下，我感觉到我就是说尽千言万语，你也不一定听得进去……"宗绍阳虽然坐在沙发上，但他的一只大手紧紧地握着许伟达的手，心平气和地说。

"这些话你不说我心里也明白。要是没有别的事，你就让我走吧。"许伟达看着宗绍阳从沙发上站起来，动情地说，"我非常敬重你……"他的声音哽咽了，把头别向一边，避开宗绍阳的目光。

"我感到万分的荣幸，又感到万分的悲哀。"

"为什么？"许伟达不解地问道。

"因为在国家和人民非常需要你的时候，你却要远涉重洋，离我们而去，而且还不惜使自己的祖国和人民蒙受不白之冤……"

"这是什么意思？"许伟达追问道。

"你可能还不知道，你要离开祖国大陆的消息，国外的媒体已经传播得沸沸扬扬，说什么的都有啊！有的说，是祖国大陆的环境不适合你们生活和工作；有的甚至预言，你和顾教授、诸葛教授将不再回到祖国大陆，人体头颅异体移植的科研成果将永远地留在美国，成为他们的科研成果……我感到非常的悲哀！"

"这完全是胡扯。"许伟达气愤地说。

"我知道这全是胡扯，"宗绍阳说，"但我们工作确实有许多失误，我们正在检讨和反思。上官云霞的遇害，我们将永远无法饶恕自己……"

"是不是可以让我走了？"

这时宗绍阳的手机响了，他将手机紧贴耳边，不断地点着头，说着"是"。打好电话，他说："许院长，你如果一定要走，我们一定放你走，但请你再稍等片刻，魏书记还有几句话要对你说。"

许伟达知道不见魏怀松一面他无法脱身，就把旅行包放到地上，一屁股坐到沙发上，赌气地说："好，见过魏书记你总该让我走了吧？"

这时，贵宾厅门口响起了嘈杂的人声，一群人鱼贯而入，走在最前面的是魏怀松，紧随其后的是黄三省和李剑峰。许伟达一见魏怀松，立即从沙发上站起来迎过去。魏怀松三脚并作两步跑近他，伸出双手紧紧地握住了他的手。宗绍阳立即让开路站到一旁，李敬右则站在他的旁边。

魏怀松说："我们是刚刚得知你要离开祖国，才急匆匆赶来的。"他边说边拉着许伟达在沙发上坐了下来。

李剑峰紧蹙双眉，一脸的凝重，在紧挨许伟达的另一把沙发上坐了下来。黄三省的神色显得很兴奋，他没有坐下来，只是站在许伟达面前，很专心地听着魏怀松和许伟达说话。这天早上，魏怀松得到李敬右的报告说许伟达要乘坐早上八点钟的飞机转道新加坡去美国，就让秘书通知李剑峰和黄三省一起到机场，来劝说许伟达留在国内。

"我为自己没有向诸位领导辞别而感到惭愧，但这也是万不得已的事。"许伟达一脸歉意地说。

"应该感到惭愧的是我们，我们没有为许先生创造更好的工作环境，使许先生对我们失去了信心，"魏怀松也是一脸的愧疚，他说，"我在来机场的途中，接到省委领导的电话，省委领导批评我们没有做好工作。现在，我以党和政府的名义真诚地恳求许先生留下来……"

许伟达心里受到了一点儿震荡，但他仍不动声色地说："我还是走吧，有机会我还会回来的。"

李剑峰说："省委领导说，如果许先生坚持要走，我们持欢送的态度。"

许伟达站起来，他把手里的旅行包放到沙发上，双手抱拳向魏怀松和李剑峰作揖说："我这就向各位领导告辞！"然后他提起旅行包，对宗绍阳说，"现在该让我上飞机了吧？"

魏怀松从沙发上站起来，吃惊的目光盯着李剑峰的脸。李剑峰也立即站起来，避开魏怀松灼人的目光，将眼睛看到别处。虽然此时他的脸色仍然有着几分凝重，但凝重中已经有着几分的得意。

许伟达向门口走去，这时候谁也没有想到去阻拦他，人群只是慢慢地移动着，簇拥着他慢慢地向门口走去。就在这个时候，站在一旁一直没有说话的黄三省，突然一步跨到许伟达面前，挡住他的去路，恳切地说："许院长，要不是你们为我做了换头术，救活了我黄三省的生命，你不会遭人迫害，上官医生也不会遇难。许院长，是我害了你们，害了国家啊！许院长，我求求你别离开我们……"

许伟达站住了，和蔼可亲地说："黄三省，快别这么说，你害不了我，谁也害不了我！"

黄三省和许伟达这么一说，在场的绝大部分人都惊得目瞪口呆，人群中立即响起一阵轻轻的议论声，不少人把目光投向黄三省，满腹惊疑地打量着他，仿佛他是位外星人一样。

魏怀松却很坦然，他拍着黄三省的肩膀，和颜悦色地说："别胡思乱想了，怎么是你害了许先生，害了国家呢？"

李剑峰却是另一番神情，他原本很凝重的脸色，显得异常的兴奋。"你是谁？请你再说一遍。"他目光炯炯地逼视着黄三省，问道。

"我是黄三省。"黄三省从容不迫地回答说。

"也就是说，你这个安祖裕是冒牌的？"

"你言重了。我只是借用了一下我兄弟的权力，除掉了恶霸黄阿虎。"

李剑峰一声冷笑，意味深长地说："魏书记，现在终于真相大白了，许伟达使用高科技手段，制造了一个假的安祖裕……"

魏怀松脸上笑容消失，显得十分严峻。他说："李剑峰同志，我不赞成你的话。许先生和他的同仁们为我们民族，为我们国家，创造了划时代的科学奇迹……"

李剑峰的脸色陡变，显得苍白而严肃。

这时宗绍阳的手机响了，他把手机贴在耳边听了一会儿，然后回答说："还没有登机，我们正在说服他……"他挂掉手机，脸色凝重地对魏怀松说，"安副市长的车祸是有人精心策划制造的，具体执行者黄阿虎已经被击毙，幕后策划者孟巾帼头部中弹，刚才我爱人吴品菊打电话来说，经市医院抢救，颅内出血已经止住，但弹头却留在颅内，只有取出弹头才能拯救她的生命，这个手术目前在市医院无人敢做，而另一个更重要的主谋者孟巾帼还没有说出来。"他转脸对许伟达恳切地说，"许院长，我听你说过，拯救生命是医生的天职，为了拯救生命，你也该留下来……市医院的同志已为你做好了手术前的一切准备工作，等候你重返医院，重返手术台……"

这时贵宾厅门口出现了一阵骚动，吕福安的右手被白纱布紧紧地包裹着，手臂弯曲着被白纱布吊在脖子上，他大步流星，气呼呼地走进来。他的身后紧跟着好几名穿着制服的警察，严关根也在其中。

吕福安径直走到魏怀松跟前，满面怒气地说："魏书记，李书记，你们评评理，我正在追捕犯罪嫌疑人，宗绍阳却无端向我开枪，将我的右手击伤，"他抬起裹着纱布的右手在魏怀松面前挥了挥，然后双眼盯着宗绍阳说，"简直是反了！"

李剑峰立即振作起来，毫无血色的脸庞又容光焕发了，紫色的嘴唇又红润起来，双眼也像要喷出烈焰似的，怒视着宗绍阳，厉声喝问道："自从安祖裕发生车祸以后，你就一意孤行，妄自尊大，目空一切，几经教育又屡教不改，现在竟开枪击伤吕福安同志。现在我问你，是谁给你这样的权力？又是谁支持你这样做的？说！"

黄三省对李剑峰一直没有什么好感，认为他也是黄阿虎和孟巾帼的同伙。现在见李剑峰对宗绍阳这样恶劣的态度，更是火冒万丈。他上前一步，将两人分隔开来，像是用自己的身体卫护着宗绍阳似的，不让李剑峰的目光盯着宗绍阳，而他自己却面对着李剑峰，满面怒容，大喝一声："你！"

李剑峰想将黄三省的身体拨开："你给我走开，你在这里没有说话的权利！"

黄三省岿然不动，毫不客气地反问道："我怎么没有权利说话，有理走遍天下，无理寸步难行！"

李剑峰一声冷笑："一个冒牌货色，有什么资格与我说话？"

黄三省反唇相讥："我冒牌我自己承认了，有的人冒牌却不敢承认！"

李剑峰怒目圆睁："你！"

"都别说啦，"魏怀松摇摇手说，然后向宗绍阳问道，"怎么回事？"

宗绍阳说："吕局长一枪击毙了黄阿虎，又一枪击伤孟巾帼，当他开第三枪时，我一枪击落了他的手枪。我认为，开枪射击黄阿虎和孟巾帼本身就是错误的，尤其是孟巾帼掌握着重要情况。如果让吕局长将第三发子弹射出，很可能误伤我的妻子吴品菊，因为此时吴品菊正在救治孟巾帼……"

吕福安气急起来，急忙辩护说："黄阿虎手里有枪，我不能不开枪！"

站在一旁的严关根突然说："吕局长开枪时，黄阿虎已经没有枪了。"

"黄阿虎的枪到哪里去啦？"魏怀松问。

"被宗佩兰击落了。"严关根回答说。

"这就等于说，"魏怀松将目光盯着吕福安胖乎乎的脸，威严地问道，"你射杀了一位手无寸铁的犯罪嫌疑人？"

"当时，我不知道黄阿虎的手枪被击落了啊！"吕福安回答说，但底气明显不足。

"击毙了黄阿虎，你又接连开了两枪，这又做何解释？"宗绍阳问道。

"这……"吕福安一时语塞，双眼求助似的望着李剑峰。

李剑峰一脸的严肃，只是沉默不语。

这时李敬右的手机响了，他将手机贴在耳边认真地听着，但还未等对方把话说完，他就挂掉手机兴奋地走近许伟达，激动地说："云霞的案子破了，汪培琼都交代了，是她伙同范芝毅作的案，那绺头发丝是汪培琼从许院长放在办公桌上的梳子里拿去的。范芝毅已被刑拘，正在审讯……"他情绪激动地说，"许院长，我知道你是清白的，你是清白的啊！"

许伟达被李敬右的情绪感染了，声音嘶哑地说："我知道，我知道，你和宗局长是相信我的……"

李敬右说："汪培琼还交代了指使他们去审问云霞的那个人……"

黄三省急切地问："谁？"

李敬右将手臂举起来，指向李剑峰说："他！"

李剑峰猝然变色，愤怒地将手臂一甩："胡扯！"说毕向门外走去。

魏怀松却把他叫住了："老李，你先别走，我还有话说。"

李剑峰双腿像生了根似的站住了。

魏怀松走到许伟达跟前，亲切地说："许先生，我们承认工作有失误，有漏洞，我们的政权中也有坏人，但你不能因为这些而抛弃我们这些敬重你、爱戴你的人啊！再说呢，"他停顿了一下，继续说，"省委领导说，以党和政府的名义挽留你，你总不能不给面子啊！"

许伟达双眼湿润了，握住魏怀松的手说："请原谅我一时的意气用事，我没有想到国家会对科学研究这样重视……"他转脸对宗绍阳说，"你让飞机起飞吧，赶快将我送到市医院，孟巾帼一刻也不能耽误了！"

李敬右从他手中接过旅行包，说："许院长，我送你去医院！"说毕，率先走出了贵宾厅。

许伟达紧跟在他的身后，也走了出去。

不一会儿飞机就起飞了，这时是早晨八时十分，飞机延迟了十分钟。

魏怀松走到巨大的玻璃幕墙跟前。飞机腾空而起，轰鸣声响彻云霄。他仰望阳光普照万里无云的天空，凝视着穿云破雾，正在渐渐远去的飞机，沉思着。众人围着他站在他的身后，跟着他仰望天空，贵宾厅里一片宁静。

沉默片刻，魏怀松转过身对大家说："飞机飞走了，要是许先生也跟着走了，我们将是千古罪人，要背一世骂名……"

宗绍阳说："为了权力，有的人不仅制造了安副市长的车祸，还杀害了上官云霞，迫害许伟达，权力使人丧心病狂。"

"宗局长说得不错，我兄弟被害和上官医生被杀，还有许院长被人迫害，都与权力有关，权力不能落在坏人手里，否则我们老百姓没法活，"黄三省说，"魏书记，我僭越我兄弟的地位，只是为了报仇，现在大仇已报，我该回我的排头村去了……"

冬日的阳光很好，既柔和又鲜亮。机场贵宾厅里大部分人虽然都是一脸的严肃，但在阳光的照耀下，还是显得神采奕奕。只有李剑峰和吕福安保养得很好的脸上，像涂了一层黄蜡，显得蜡黄蜡黄的。宗绍阳想，也许他们已经意识到，要是孟巾帼被抢救过来，等待他们的将不再是权力和花环，而是镣铐和枷锁，对权力的贪婪毁灭了他们。

2004年11月21日　重写

2018年8月25日　修改

2020年12月24日　定稿

后　记

我读书总喜欢先读后记，因为后记往往记录着作者对成书经过的描述，以及作者的成书本意，最能体现作者"千滴汗水"和"万般辛苦"的艰辛。所以在本书出版前，我首先想到的是要写一篇后记，说一说成书经过和写作的本意，作者的"千滴汗水"和"万般辛苦"自然也就体现其中了。

本书最早的题目叫《置换灵魂》，故事是说两个同胞兄弟，一个遭遇车祸头部严重受伤，另一个被人殴打腹部受了重伤，两个人同时被送到医院，面临死亡，医生对这兄弟俩大胆地实施了头颅移植手术。这两个亲兄弟，一个是计划单列市的市委常委、副市长，另一个是普通农民。两位亲兄弟生前从未碰过面，他们的灵魂在冥冥之中相遇，因两人身份地位相差悬殊，对人间世事的认知也有了惊世骇俗的差异。后来几易其稿，删除了两个灵魂对话的内容，突出了对副市长安祖裕车祸案的侦破，和对农民黄三省致死案的调查取证经过。这样就突出了案情的复杂性和公安人员的不畏强权、不屈不挠的斗争精神，所以改名为《疑案》。数年之后，我对《疑案》再次做了修改，正式定名为《生死对决》。

这部小说有一个非常重要的情节，就是"头颅异体移植"。这个情节有些读者可能会认为过于胆大，过于荒谬，其实类似的情节在国外的文艺作品中司空见惯，不足为奇。作为文艺作品，就看作者叙述得是否真实，是否符合情理，是否符合艺术创作的规律。在现实生活中，"头颅异体移植"在医学界已经说了好多年，先是国外的专家说，后来我们国内的专家也说，最近还说要在我国某省实施这一手术。"头颅异体移植"的过程，不像小说描写得那么简单，也不是这么几个医生能够完成得了的，那是一门综合性的科学技术，非常复杂，风险又很大，如果能够成功，那么我们在生命科学的许多方面将获得重大突破。小说的意义不是"头颅异体移植"本身，而是由此而折射出来的社会含义。小说中个别居心不良的官员，为了一己私利，编造种种谎言，千方百计迫害科学技术人员，这样的悲剧，在我们的现实生活中时有发生。所以在现实生活中，"尊重知识、尊重人才"不是说说这么简单。改革开放初期，许多专业技术人员受不了那种迫害，纷纷离开自己的祖国到外国去谋生，所以有位中央领导大声疾呼："老九不能走！"这个呼喊使人感慨万分。小说中黄三省被殴打致死的情节，也是骇人听闻的。黄阿虎的行为实际上属于黑社会性质，他的直接保护伞是靠性贿赂上来的副县长孟巾帼。好在我们有魏怀松、宗绍阳这样一批忠于党、忠于人民的优秀干部，才使那些为鬼为蜮的阴谋难以得逞。

　　这是一部小说，讲的是一个故事。一部小说总是有它的思想、它的意境，怎么看这部小说的思想或意境，正如我们所说，一千个人看《哈姆雷特》，就有一千个不同的"哈姆雷特"，仁者见仁，智者见智。小说在情节或细节的设计上，肯定有一些缺陷、一些纰漏，敬请读者朋友多多指正。

叶　坚

2021年12月11日